KB235059

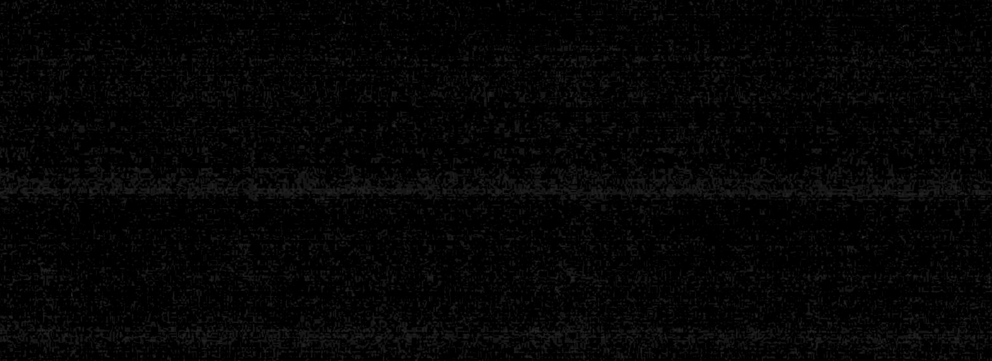

문학 속의 삶

문학 속의 삶

문학 속의 삶

이관우 지음

이담 Books

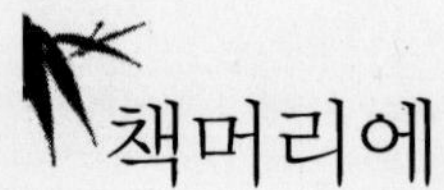# 책머리에

　문학은 삶을 담는 그릇이다. 우리는 문학이라는 그릇 속에 담긴 다양한 삶을 맛보며 공감과 연민을 느끼기도 하고 경악과 분노를 일으키기도 한다. 그리고 이런 반응과 더불어 깨달음을 얻고 자기 정화를 이룬다. 그럼으로써 우리는 문학에 존재의 최소한의 당위성을 마련해 준다.

　이 책은 문학 속에 담긴 삶의 모습들을 가벼운 마음으로 살펴보기 위해 엮었다. 사람들은 흔히 문학을 학문적 영역에 넣어 분석하고 비평하기를 좋아하지만 이 책에서는 그런 복잡하고 깊숙한 작업을 피하고 부담 없이 친근하게 문학을 만나보고자 한다. 좀 더 쉽게 말하자면 이 책은 문학을 전공하는 사람들뿐만 아니라 문학적 교양과 상식을 얻고자 하는 평범한 사람들을 위해 쓰였다. 이 책에서는 문학의 실체인 작품을 놓고 그 안에 담긴 삶의 모습을 들여다보기도 하고, 그러한 삶을 문학 속에 끌어들인 작가의 면면을 뜯어보기도 하고, 필요할 경우 그러한 삶을 낳게 된 시대적 상황에도 접근한다. 다만 이 모든 것은 '쉽고 재미있게'를 전제로 하고 있다.

　이 책에서는 주로 독일문학을 다루고 있어 책 제목을 '독일문학 속의 삶'으로 붙이려 했지만 러시아의 문호 톨스토이의 삶과 한국인이면서 독일에 건너가 독일어로 작품을 쓴 이미륵의 작품도 포함되어 있고, 독일문학이 보편적 세계문학으로도 간주될 수 있음을 감안하여 조금 범위를 넓혀 '문학 속의 삶'으로 정했다.

먼저 세계적인 대문호 괴테가 일생 동안 거쳐 간 굵직굵직한 여인 10명을 추려내어 각각의 면면을 살피면서 그들이 괴테에게 끼친 영향을 살펴보았다. 그리고 그 여인들 중 마지막 여인이자 74세의 괴테가 청혼까지 했다가 거절당한 19세 소녀 레베초와의 실연의 아픔으로 탄생한 노래『마리엔바트의 비가』와 동화라는 장르명칭을 작품제목에 그대로 사용하여 동화의 전형으로 삼고자 했던『동화』를 좀 더 구체적으로 들여다보았다. 또 첫사랑의 추억을 수채화같이 그려낸 슈토름의『임멘호』, 내면의 양극성을 조화시키지 못하고 비극을 맞는 소시민의 삶을 예리하게 묘사한 하우프트만의『철로지기 틸』, 자아와 초자아의 대립을 바탕으로 의식의 흐름기법을 통해 인간심리를 정교히 나타낸 슈니츨러의『죽은 자는 말이 없다』, 이상에 반하는 현실을 극복하지 못하고 집을 나가 객사하는 톨스토이의 최후를 그린 츠바이크의『신에게로의 도피』, 경술국치 후 암울한 시대 상황을 피해 독일로 망명하여 한평생을 보낸 불운한 지식인 이미륵의 자전적 소설『압록강은 흐른다』, 제2차 세계대전 직후 굶주림에 시달리는 노부부의 고난과 사랑을 그린 보르헤르트의 단화『빵』, 역시 어느 귀향병의 고립무원 상황을 통해 전쟁이 낳은 절망적 삶을 보여주는 보르헤르트의 방송극『문밖에서』, 언론의 허위적이며 선정적인 보도로 삶이 망가져 살인자가 되는 한 여인의 비극을 다룬 뵐의『카타리나 블룸의 잃어버린 명예』를 살펴보았다.

직접적으로 작품을 다루고 있지 않은 1장 '괴테의 여인들'과 7장 '톨스토이의 최후'를 제외한 나머지 2~6장과 8~11장의 9개 장에서는 먼저 작품 전반을 포괄적으로 살펴본 다음 곧바로 우리말로 옮긴 텍스트를 수록함으로써 즉석에서 작품을 감상할 수 있도록 했다. 다만 이미륵의『압록강은 흐른다』와 뵐의『카타리나 블룸의 잃어버린 명예』, 보르헤르트의『문밖에서』는 분량이 많아 전체 텍스트를 수록하지 못한 대신 작품해설 속에 많은 부분을 인용해 넣어 텍스트의 일부라도 맛볼 수 있도록 했다.

아무쪼록 이 책이 문학을 통해 삶의 지혜를 일깨우고 문학적 교양과 상식의 폭을 넓히는 데 조금이나마 도움을 줄 수 있기를 기대한다.

2012년 2월

이관우

목차

1장

괴테의
여인들

1장 괴테[1]의 여인들

여인들은 괴테의 일생에서 중요한 역할을 했으며, 그들과의 사랑
은 작품을 탄생시키는 결정적 동기가 되었다. 예컨대 스물네 살의 청
년 괴테와 이미 다른 남자와 약혼한 여인 샬롯테 부프와의 이루어질
수 없는 불행한 사랑은 괴테로 하여금 소설 『젊은 베르테르의 슬픔』

---

[1] 요한 볼프강 폰 괴테(Johann Wolfgang von Goethe, 1749~1832)는 1749년 8월 28일, 프랑크푸르트 암 마인에서 태어났다. 비교적 넉넉한 중산층 집안에서 자라나 어려서부터 문학과 예술을 가까이 접했다. 부친의 권유로 대학에서는 법학을 전공하고 고향으로 돌아와 20대 초반에 변호사로 개업했지만, 괴테의 관심은 이미 법률이 아니라 문학 쪽으로 기울어져 있었다. 이때부터 그는 여러 문인과 교제하고, 광범위한 독서에 몰두하며, 시와 희곡 등을 습작한다.

괴테는 실러라는 또 다른 독일 문학의 거장과 교류함으로써 든든한 지원군을 얻었다. 1794년부터 본격적으로 시작된 두 사람의 우정은 급기야 실러가 괴테를 따라 바이마르로 이주하기에 이르렀다. 두 사람은 『크세니엔』(1795)이라는 풍자시를 공저했고, 서로의 작품을 비평하며 집필을 독려했다. 희곡 『타우리스 섬의 이피게니』(1787), 『에그몬트』(1788), 『토르크바토 타소』(1790), 독일 성장소설의 전형인 『빌헬름 마이스터의 수업시대』(1796) 등이 이 시기를 전후해 나온 괴테의 작품들이나.

1805년에 실러가 46세라는 이른 나이에 사망하자 괴테는 큰 충격을 받았다. 하지만 환갑을 맞이한 1809년부터 사망 때까지 20여 년간 비교적 평온한 삶 속에서 괴테의 창작력은 절정에 달했다. 희곡 『파우스트』 제1부(1808), 소설 『친화력』(1809), 자서전 『시와 진실』 제1~3부(1811~13), 기행문 『이탈리아 기행』(1816), 시집 『서동시집』(1816)과 『마리엔바트의 비가』(1823), 소설 『빌헬름 마이스터의 편력시대』(1829), 『시와 진실』 제4부(1830) 등이 모두 이 시기의 작품이다.

괴테는 80년 넘는 생애 동안 시와 소설, 희곡과 산문, 그리고 방대한 양의 서한을 남겼다. 문학뿐만 아니라 신학과 철학과 과학 등 여러 분야에도 손을 댔고, 유능한 관료이며 탁월한 인격자로도 존경을 받았다. 괴테가 오늘날 독일뿐만 아니라 세계 문학사에서도 유례를 찾아보기 힘들 정도로 독보적인 인물인 까닭은 이처럼 오랜 활동기간과 다재다능함 때문이다. 18세기 중반에서 19세기 초에 이르는 그의 생애 동안에는 산업혁명과 프랑스 혁명, 나폴레옹의 대두 같은 세계사의 굵직한 사건이 연이어 일어났다. 그런 역사적 격동기 속에서 괴테의 문학은 다른 여느 작가와는 다른 깊이와 넓이 모두를 성취했다.

을 쓰도록 하고, 그럼으로써 괴테는 내면의 고통에서 벗어난다. 괴테 스스로도 그 소설 속의 주인공인 베르테르처럼 자살을 하는 대신 이 소설을 씀으로써 영혼의 고통에서 구원을 찾았다고 고백하고 있다. 또 노년에 어린 소녀에게 반해 청혼까지 했다가 거절당한 실연의 경험은 비련의 시로 유명한 『마리엔바트의 비가』를 낳았다.

이처럼 괴테의 작품들 속에는 다양한 여인들과의 체험의 흔적이 녹아들어 있으며, 이것은 괴테 문학을 특징짓는 요소이기도 하다. 그리하여 괴테는 바이마르 고전주의를 대표하는 또 다른 인물인 실러와 구별되고 있다. 괴테가 개인적 체험을 출발점으로 삼는 반면 실러는 이념에서 출발하고 있기 때문이다. 괴테는 실러가 철학을 연구하는 것을 보고 그렇듯 도움이 되지 않는 일에 뼈를 깎는 노력을 기울인다고 생각하니 슬퍼진다고까지 말했을 정도다. 실제로 괴테는 추상적인 철학 같은 것보다 구체적인 지질학 또는 광물학에 흥미가 있어 각종 광석 수집을 더없는 기쁨으로 삼았으며, 그의 집은 그와 같은 수집품으로 가득 차 있었다고 한다. 괴테에게는 손으로 접촉할 수 있는 것만이 최고였고, 현실인 동시에 진실이었다. 괴테에게 있어서 손으로 말질 수 있는 최고의 것은 바로 여성이었다. 인간은 스스로 관심을 갖는 대상에게서 가장 손쉽게 배울 수 있기에 괴테가 여성을 통해서 느끼고 깨닫고 익히게 된 것은 당연한 결과였다. 여성은 괴테에게 영원한 인도자이자 창조적 삶의 원천인 동시에 정신과 영혼의 가장 숭고한 구심점이었다. 그리하여 괴테는 『파우스트』의 마지막 부분에서 이렇게 말하고 있다.

영원히 여성적인 것이 우리를 높이 끌어올린다.

괴테는 숨을 거두기 전에 "좀 더 빛을"이라는 말을 남겼다. 그리고 더 이상 말조차 할 수 없게 되었을 때 이불 위에 손가락으로 'W'라는 문자를 썼다. 이것은 자신의 이름 'Wolfgang'의 머리글자인 'W'로 풀이할 수 있는 동시에 세계를 뜻하는 'Welt'의 'W'로 해석할 수도 있다. 그렇지만 무엇보다도 여성을 의미하는 'Weib'의 'W'였지 않나 추측되기도 한다. 그는 이처럼 이승에서의 마지막 순간까지도 여성이라는 존재와 함께했다. 괴테의 일생은 이들 여인들과의 교류로 이루어졌다고 해도 과언이 아니며, 그에게 젊음과 생기를 불러일으키며 끝없이 새로운 세계를 추구하도록 내몬 여성들이야말로 위대한 창작의 원동력이었다.

괴테가 일생 동안 인연을 맺은 중요한 여인들은 17세 때 알게 된 식당주인의 딸로부터 74세 때 온천지에서 청혼까지 한 19세 소녀에 이르기까지 대략 10명으로 압축할 수 있다. 괴테의 여성편력을 살펴보는 것은 그의 인생과 문학을 이해하는 데 있어 빼놓을 수 없는 요소가 되고 있으므로 그가 거쳐 간 여인들의 면면을 차례로 훑어보기로 한다.

1. 안나 카타리나 셴코프(1746~1810)

주석을 녹여 그릇을 만드는 석주공이자 포도주거래상인 아버지와 식당을 하던 어머니 사이에서 태어난 셴코프는 '케트헨'이나 '아네테'로도 불렸다. 괴테는 17세 때인 1766년 라이프치히대학에서 공부를 시작하면서 셴코프의 집 식당을 단골로 정해 점심을 해결한다. 그리고 자신보다 나이가 세 살 많은 셴코프와 열렬한 사랑에 빠진다.

괴테는 자서전 『시와 진실』에서 이 소녀에 대해 이렇게 설명하고 있다.

> 내가 말할 수 있는 것은 이 소녀가 젊고, 말쑥하며, 쾌활하고, 사랑스럽고, 우아하다는 것, 마음의 성전 안에 작은 성자로서 한동안 모셔두고 온갖 숭배를 바칠만한 가치가 있는 여자라는 것뿐이다. 숭배는 받는 것보다 주는 것이 더 큰 기쁨을 일으키는 것이다. 나는 날마다 그녀를 아무 방해도 받지 않고 만났다. 그녀는 내가 먹는 음식 조리를 도왔고, 적어도 저녁때만큼은 내가 마실 포도주를 가져다주었다.

그녀는 괴테보다 세 살이 많아 좀 더 성숙했을 것이기에 처음에는 괴테의 접근에 대해 조심성 있고 사양하는 태도를 보였을 것으로 보인다. 또한 명문귀족의 아들과 석주공의 딸과의 관계가 신분상 인정될 수 없다는 것을 그녀는 잘 알고 있었다.

괴테가 셴코프와의 관계에 대해 터놓고 의논할 수 있는 사람은 괴테보다 열 살 많은 에른스트 볼프강 베리히였다. 그는 린데나우 백작의 의전담당관이자 로코코적인 우아한 삶과 문학에 있어서 전문가였다.

괴테는 로코코 풍의 경쾌한 서정시를 선호하는 베리히의 영향을 받는다. 베리히는 괴테가 쓴 시들을 한데 모았는데, 그 중에는 『아네테가 애인에게』라는 유명한 시도 포함되어 있다.

> 도리스가 다뫼텐 곁에 서 있는 걸 나는 보았어요.
> 그가 다정하게 그녀 손을 잡았어요.

괴테는 셴코프가 다른 남자와 가까이 지내는 것을 목격하고 참을 수 없는 질투심에 1768년 봄 그녀를 버린다. 괴테는 셴코프로 인해 받은 처절한 충격을 전원극『사랑에 빠진 자의 기분』속에서 전하고 있다. 여기에서는 질투심에 불타는 한 남자가 자신 또한 다른 여자와 간통할 수 있음을 깨달으면서 고통에서 치유된다.

괴테는 셴코프와의 관계가 끝난 후에도 얼마 동안 아주 호의적인 편지들을 그녀에게 보낸다. 다음은 1768년 11월 1일에 쓴 편지의 일부다.

셴코프는 1770년 법률가이자 훗날 라이프치히의 부시장이 된 크리스티안 카를 간네와 결혼한다. 괴테는 바이마르로 이주한 후 1776년 라이프치히로 첫 연인을 다시 한 번 방문한다.

셴코프는 괴테의 다른 여인들과 마찬가지로 부드러운 천성으로 폭풍 같은 괴테의 기질을 조절해주는 역할을 했다. 그녀는 괴테에게 완벽하게 매력적인 여인으로 여겨졌으며, 그럼으로써 괴테를 청년기 회의주의에서 해방시켰다.

2. 주잔나 카타리나 폰 클레텐베르크(1723~1774)

주잔나 카타리나 폰 클레텐베르크는 괴테 어머니의 친구로 젊은 괴테에게 경건주의적인 종교적 감화를 많이 준 여인으로 유명하다. 클레텐베르크는 수녀이자 경건주의교단의 일파인 헤른후트 형제교단의 일원이었다. 그녀는 자신도 병을 앓고 있으면서 괴테가 1768년 라이프치히 체류 중 병에 걸려 프랑크푸르트의 집으로 돌아오자 그를 정성껏 돌보면서 둘 사이의 교제가 시작된다. 셴코프와의 쓰라린 사랑의 실패와 갑작스런 육신의 병으로 실의에 빠져 있던 괴테는 완숙한 아름다움과 숭고한 정신을 지닌 클레텐베르크를 어머니처럼, 때로는 누나처럼 믿고 의지하다가 나중에는 사랑하는 연인으로 여기며 자신의 내면적 불안과 고통을 숨김없이 털어놓는다. 이로써 괴테는 방종한 생활에서 어느 정도 자신감을 회복할 수 있게 되고, 몸도 점차 기력을 되찾아간다.

괴테가 그녀를 통해 여러 경건주의 종파의 여성들과 교류할 수 있게 되는가 하면 그녀는 괴테에 의해 개신교 목사이자 신학자인 라바터를 알게 되는 등 두 사람은 서로의 삶에 도움을 준다. 클레텐베르크는 오직 자신의 신앙만을 인생의 기쁨이자 희망으로 여기며 아무런 회의나 의심 없이 인생을 신에게 맡겼다. 괴테는 자서전『시와 진실』에서 클레텐베르크를 이렇게 묘사하고 있다.

> 그녀는 섬세한 자태에 중간 정도의 체구였으며, 진실하고 자연스런 태도는 사교예법과 궁중예법으로 더욱 호감을 주었다. 그녀의 매우 단아한 의상은 헤른후트파 여인들의 복장을 연상케 했다. 그녀는 결코 명랑함과 평온한 마음을 잃지 않았다. 그녀는 자신의 병을 허

무한 세속적 존재의 필연적 요소라고 보고 대단한 인내로 견뎌냈
으며, 간간이 고통이 없을 때에는 활기차게 대화를 즐겼다. 그녀가
가장 좋아하는, 아마도 유일했을 즐거움은 스스로를 관찰하며 스스
로에게서 할 수 있는 도덕적 체험이었다.

(…)

그녀가 쾌활하고 경건한 시선을 지상의 사물에 던지면 우리 같은
세속의 자식들을 혼란스럽게 하는 모든 것은 그녀 앞에서 쉽게 풀
어졌다. 또한 그녀는 위에서 미로를 내려다보면서 그 미로 속에 사
로잡히지 않았기 때문에 올바른 길을 가르쳐줄 수 있었다.

괴테는 그녀의 인내심과 너그러움과 돈독한 신앙심에 깊은 인상을
받았고, 『빌헬름 마이스터의 수업시대』 속의 '아름다운 영혼의 고백'
편에 그녀의 글과 발언들을 세심하게 다듬어 알리고 있다. 괴테가 필
리스라는 여인의 입을 통해 전달하는 이 고백은 클레텐베르크의 일
기를 바탕으로 쓰였다고 한다.

어린 시절 병을 앓으면서 한 가지 깨달은 게 있습니다. 사람은 모
두 개인에 맞는 체질이 있어 아무리 좋은 음식이라 할지라도 정작
본인에게 맞지 않을 경우, 성찬도 독이 될 수 있다는 진리였습니다.
(…) 모두가 인정하는 도덕과 관습이 아무리 중요해도 그것이 나
의 인생을 가로 막는 장애물이라면, 나는 나 자신의 구원을 위해
결코 굴복하지 않을 생각이었습니다.
(…)
세상에 한 가지라도 약점이 없는 사람은 없습니다. 단지 훌륭한 사
람일수록 타인의 시선에서 자유로울 수 없기에 약점이 더 자세히
눈에 들어오는 것뿐입니다. (…) 하느님이 나의 기도를 들으셨는지,
어느 날 아침에 사건의 해결을 위해 목사님을 당신 곁으로 부르셨
습니다. 바로 어제까지만 해도 그분을 비난하던 많은 사람들이 관
속에 누운 그분을 보며 눈물을 흘렸습니다. 그분과 논쟁하던 사람
들 중에 목사님의 인품과 신앙을 의심하는 사람은 한 명도 없었습
니다.

(『아름다운 영혼의 고백』에서)

3. 프리데리케 브리온(1752~1813)

괴테는 21세 때인 1770년 10월 제젠하임에서 목사의 딸 프리데리케 브리온을 알게 된다. 제젠하임은 당시 괴테가 법률학을 공부하던 슈트라스부르크와 가까이에 있었다. 괴테와 프리데리케 사이에서는 서로 알게 되자마자 곧장 격렬한 사랑의 불꽃이 타오른다. 괴테는 이 때의 이야기를 자서전인 『시와 진실』 11장에서 쓰고 있다. 그러나 두 사람의 관계는 1년 만에 끊어진다. 일찍이 정신적으로 안정되지 못한 자기 쪽에 문제가 있다고 여겨온 괴테는 프리데리케와의 사랑의 고리를 끊고 1771년 8월 석사학위를 취득한 후 변호사로서의 경력을 쌓기 위해 고향 프랑크푸르트로 돌아간다. 괴테는 프랑크푸르트로 돌아가기 직전 제젠하임에 들렀지만 프리데리케에게 마지막이라는 언질을 주지 않는다. 고향인 프랑크푸르트로 돌아가서야 편지로 이별을 알린다. 분명 괴테가 그녀를 버린 것이다. 소녀는 사랑의 상처로 크게 아파하고, 괴테는 훗날 끝없는 죄의식에 대해 이렇게 고백한다.

> 이별의 편지에 대한 프리데리케의 답장이 내 마음을 찢어지게 했다. 나는 그제야 비로소 그녀가 겪어야 했던 마음의 상처를 느낄 수 있었다. 그렇지만 그 상처를 치유하거나 완화시켜줄 방법을 찾을 수가 없었다. 그 여자는 또 다시 내 마음을 완전히 사로잡았다. 나는 계속해서 그 여자가 있었으면 좋겠다고 생각했다. 그러나 가장 문제가 되는 것은 내가 내 자신의 불행을 용서할 수 없다는 점이었다. 이 시점에 나는 처음으로 죄책감을 느꼈다. 나는 가장 아름다운 마음을 가진 여인에게 깊은 상처를 주었다. 그처럼 암담하고 후회스런 시기는 없었다. 그리고 늘 해왔던 기분 좋은 사랑도 하지 못해 견디기 어려울 정도로 고통스러웠다.

　프리데리케와 사랑을 나누던 시기에 이루어진 『제젠하임의 노래』
는 오늘날 독일 서정시의 발전에 있어 이정표이자 질풍노도 시기의
완성작으로 인정되고 있다. 독일의 서정시는 바로크와 로코코의 정해
진 규칙과 인습적인 형식 및 내용에 따라 누구나 만들어낼 수 있는
수공예품 정도로 여겨져 왔다. 이때 괴테는 『제젠하임의 노래』를 통
해 결정적인 전환점을 이루었고, 오늘날 우리가 이해하는 서정시의
형태를 마련한 것이다. 그것은 예리한 비유적 묘사, 개인적 솔직성,
감정의 진실성, 가차 없는 자기폭로를 특징으로 하고 있다.

　『제젠하임의 노래』 속에 들어있는 시들 중에서는 무엇보다도 『만
남과 이별』과 『오월의 노래』가 프리데리케와의 사랑의 체험을 가장
절절하게 나타내주고 있다. 다음은 4연으로 된 『만남과 이별』이다.

고동치는 심장이 나를 재빨리 말에게로 내몰았네!
거의 생각보다도 앞서 행동이 이루어졌지.
저녁은 이미 무겁게 땅을 내리누르고
산에는 밤이 걸려 있었다.
참나무는 벌써 안개 옷을 입은 채
우뚝 솟은 거인이 되어 서 있었다.
수풀 속에서 어둠이
수백 개의 검은 눈으로 바라보았다.

첩첩이 쌓인 구름 속에서 달온
희미하게 안개 속을 헤쳐 나오고
바람은 조용히 날개를 흔들며
섬뜩하게 내 귓전에서 윙윙거렸다.
밤은 수천 가지 무시무시한 괴물을 만들어내지만
내 마음은 밝고 즐거웠다.
내 혈관에서 타오르는 이 불꽃이여!
내 심장에서 끓어오르는 이 열정이여!

나 그대를 보았고, 그 달콤한 시선으로부터
기쁨이 은은하게 나에게 밀려왔다.
내 마음은 온통 네 곁에 있었고
숨 쉬는 것조차 너를 위한 것이었다.
장밋빛 봄기운이
사랑스런 네 얼굴을 감쌌지.
신들이여, 저에게 자비를 베푸소서!
저는 자비를 바랐지만 얻지를 못했나이다!

그러나 벌써 아침 해는 솟아오르고
이별 때문에 나는 마음을 졸였다.
너와 입맞춤할 때가 얼마나 좋았던가!
네 눈을 보니 고통스럽기 그지없구나!
나는 떠나고, 너는 서서 땅을 내려다보았지.
그리고는 촉촉한 눈으로 나를 바라보았지.
그래, 사랑을 받는다는 건 얼마나 큰 행복인가!
신들이여, 사랑하는 것 또한 대단한 행복이지요!

이렇게 1연에서는 괴테가 밤중에 말을 타고 프리데리케를 만나기 위해 출발하는 모습이, 2연에서는 깜깜하고 삭막한 한밤중이지만 그녀를 만날 생각에 환희와 열정이 끓어오르는 모습이 잘 그려져 있다. 3연과 4연은 여인을 만나 하룻밤을 보내고 다음 날 헤어져야 하는 아쉽고 슬픈 심정을 노래하고 있다. 봄기운이 가득한 아침에 사랑하는 여인이 나에게 눈길을 주는데, 그 눈길에는 고통이 가득하다. 여기서 만나고 헤어지는 두 연인은 바로 괴테 자신과 프리데리케다.

지난밤에 만나 하룻밤의 사랑을 속삭였지만 이들 두 사람에게는 이별의 시간이 다가온다. 괴테는 달콤했던 만남의 시간을 떠올리며 아쉬워한다. 프리데리케 역시 괴테에게 달콤한 시선을 보내고 있다. 그러나 그녀의 눈에는 눈물이 촉촉하다. 그녀의 얼굴은 장미꽃처럼 붉고 화사하다. 밝고 화사한 얼굴에 눈물이라니 괴테는 마음이 아프다. 괴테는 프리데리케를 움직이는 신들이 그녀로 하여금 이별 없이 자신을 사랑할 수 있도록 만들어주기를 바라지만 그 소망은 이루어지지 않는다. 이별은 항상 사람을 초조하게 만든다. 이별은 또한 사람을 고통스럽게 만든다. 떠날 때는 연인들이 서로 눈물을 흘린다. 단지 위안을 삼을 수 있는 것은 사랑을 주고받으면서 느꼈던 행복이다.

다음은 괴테가 프리데리케와의 결별을 앞두고 썼으리라 추측되는 『오월의 노래』다.

얼마나 찬란하게
자연은 빛나는가!
반짝이는 태양!
웃음 가득한 들판!

나뭇가지마다
꽃들이 피어나고,
수풀 속에서 나오는
수천 가지 목소리들.

모든 이의 가슴에서 터져 나오는
즐거움과 환희.
오 대지여, 오 태양이여.
오 행복이여, 오 기쁨이여.

오 사랑이여, 오 사랑이여
저 높은 곳에는
아침구름 같은
금빛이 아름답구나.

너는 싱그런 들판에
찬란하게 축복을 내리고

온 세상은
꽃향기에 묻혔노라!

오 소녀여, 소녀여
내가 너를 얼마나 사랑하는지!
너의 눈이 얼마나 반짝이는지!
네가 나를 얼마나 사랑하는지!

종달새가 노래를 사랑하고
하늘을 사랑하는 것처럼.
아침에 피는 꽃들이
하늘에서 내려오는 안개를 사랑하는 것처럼.

나는 너를
뜨겁게 사랑하고
너는 내게 젊음을
그리고 기쁨과 용기를 주었다.

너는 새로운 노래를 부르게 하고
춤을 추게 하는구나.
네가 나를 사랑하는 것처럼
영원히 행복해라.

　이 시는 1771년 5~6월에 괴테가 프리데리케와 마지막 나날을 보내는 가운데 쓴 것으로 추측된다. 괴테는 성림강림절을 맞아 5월 중순 마지막으로 제젠하임을 찾는다. 이때 괴테는 감기몸살이 심해져 요양을 하고자 했기 때문이다. 프리데리케는 건강이 나빠져 괴테가 찾아와도 그다지 반갑지 않았다. 괴테 또한 이미 프리데리케에 대한 사랑의 감정을 정리한 상태였기에 그녀에게 마지막 작별인사를 할 기회를 찾고자 한다. 괴테는 성림강림절 축제에 참석해 춤을 추지만 그의 파트너는 더 이상 프리데리케가 아니다. 괴테는 약 5주 동안 제젠하임에 머물렀지만 무책임하게도 프리데리케에게 작별의 인사도 남기지 않고 그곳을 떠나고 만다.

그러나 『오월의 노래』는 이별의 고통을 감사와 축원으로 승화시키고 있다. 이 시의 앞부분에서는 사랑에 의해 대지와 태양이 온통 즐거움과 행복으로 가득하다. 여기서는 이별은 생각할 수도 없다. 나도 너를 사랑하고, 너 역시 나를 사랑한다. 사랑은 찬란하기만 하다. 꽃이 화사하게 핀 아침들판에서는 종달새가 즐겁게 노래한다. 너와의 사랑을 통해 나는 젊음과 기쁨과 용기를 얻었다. 그러나 맨 끝 두 개 행을 보면 그러한 사랑이 영원한 행복을 기원하는 이별로 끝나고 만다. 괴테는 제젠하임에서 프리데리케에게 작별인사도 못했으면서 시에서는 이처럼 멋지게 작별을 고한다.

괴테는 프리데리케와 결별한 후 후회와 고통에서 벗어나기 위해 주변지역을 자주 떠돌며 자연 속에서 마음의 안정을 찾았다. 『방랑자의 폭풍의 노래』와 같은 시도 이때 쓰였다. 괴테는 또 프리데리케를 버린 죄책감을 참회로 이루어진 시적 고백을 통해 달랬다. 그리하여 그는 자서전에서 『괴츠 폰 베를리힝엔』과 『클라비고』에 나오는 두 사람의 마리라는 여인과 그들의 애인 역을 하는 두 사람의 나쁜 인물은 이런 참회적 관찰의 결과라고 밝히고 있다.

괴테는 『파우스트』에서도 순진한 처녀 그레트헨을 등장시켜 프리데리케에 대한 참회를 나타내고 있다. 악마 메피스토펠레스의 꾐에 빠져 20대의 청년으로 젊어진 파우스트는 어린 소녀 그레트헨을 사랑하게 된다. 이 때문에 그녀는 불행에 빠지게 되고, 마침내 파우스트와의 사이에서 낳은 어린 아기를 죽여 처형당하게 된다. 그녀는 고뇌와 굴욕 속에서 반미치광이가 되고, 파우스트는 감옥에서 그녀를 구출해 내려고 온갖 노력을 다 기울이나 허사로 돌아간다. 파우스트는 오직 자신을 부르는 그녀의 소리만을 뒤에 남기고 참담한 마음으로 그 곳을 떠나게 된다.

4. 샬롯테 부프(1753~1828)

괴테는 프리데리케와 헤어진 뒤 1년도 지나지 않아 새로운 여인 샬롯테 부프를 만나게 된다. 그는 베츨라르의 독일제국대법원에서 연수생으로 일하던 1772년 6월 어느 무도회에서 열아홉 살의 샬롯테 부프를 처음 알게 된다. 괴테는 이번에도 샬롯테 부프의 우아한 자태에 끌려 곧장 사랑에 빠지지만 안타깝게도 그녀는 괴테가 사랑할 수 없는 여인이 되어 있었다. 그녀는 이미 4년 전에 하노버의 외교서기관인 요한 크리스티안 케스트너와 약혼한 사이였다.

언니의 생일을 맞아 시골 별장에서 열린 무도회에서 그녀를 처음 본 괴테는 즉시 그녀의 아름다운 외모와 개방적인 태도에 사로잡힌다. 괴테는 자서전『시와 진실』에서 샬롯테 부프에 대해 이렇게 묘사하고 있다.

그녀는 어머니가 세상을 뜬 후 많은 동생들의 맏이로서 아주 열심히 일을 했으며, 홀아비가 된 아버지를 혼자서 잘 모셨다. 그래서 그녀의 남편이 될 사람도 자신과 후손을 위해 그녀에게서 지금과 똑같은 모습을 바랐고 확실한 가정의 행복을 기대할 수 있었다. 그러나 삶에 도움이 될 이런 목적을 염두에 두지 않더라도 누구나 그녀가 탐나는 여자라는 것을 인정했다. 그녀는 격렬한 열정을 불러 일으키지는 않지만 누구에게나 일반적으로 호감을 주는 여자였다. 날씬하고 귀여운 몸매, 순수하고 건강한 성격, 거기에서 나오는 쾌활한 활동력, 일상적인 일의 능숙한 처리 등 모든 것이 그녀에게 한데 부여되어 있었다. 그런 기질들을 바라보는 것이 나는 늘 기분 좋았고, 그런 기질들을 지닌 사람들과 즐겨 어울렸다.

괴테는 그녀와 밤늦도록 춤을 춘다. 비가 오는 동안에는 무도회손님들을 재미있는 놀이로 이끄는 그녀의 센스에 괴테는 더욱 감명을 받는다. 무도회는 다음 날에도 이어져 괴테는 그녀의 아름다움에 계속 매료된다. 괴테가 별장에서 열린 무도회를 마치고 그녀의 집으로 돌아오자 그녀도 막 도착하여 자매들과 함께 빵을 자르고 있었다. 이 모습은 당시 동판화로 만들어져 오늘날에도 베츨라르의 롯테하우스에서 볼 수 있다. 괴테는 이때의 체험을 살려『젊은 베르테르의 슬픔』에서 이렇게 묘사하고 있다.

> 현관방에서 두 살에서 열한 살까지의 어린아이 여섯이 아름다운 소녀를 둘러싸고는 법석대고 있었다네. 그녀는 크지도 작지도 않은 중키의 아가씨였지. 그녀는 청초하고 단정한 흰옷을 걸치고, 팔과 가슴에는 연한 붉은빛 리본을 달고 있었다네. 그녀는 검은 빵을 손에 들고는 자신을 에워싼 어린애들에게 제각기 나이와 입맛에 따라 한 조각씩 쪼개서 아주 다정스레 나눠주었다네.

괴테가 사랑한 샬롯테 부프도 일찍 어머니를 여의고 열 명의 동생을 돌보며 어머니의 역할을 했던 점을 상기한다면『젊은 베르테르의 슬픔』속에 등장하는 소녀 롯테는 샬롯테 부프를 원형으로 삼고 있음을 쉽게 알 수 있다.

괴테는 곧 샬롯테 부프의 자매들과도 무척 잘 어울려 지내게 된다. 괴테는 또 그녀의 약혼자가 근무지에서 돌아온 후에는 그와도 아주 좋은 관계를 유지한다. 그러나 괴테는 샬롯테 부프와의 관계를 이어갈 가망이 없자 고통스러워하며 베츨라르를 떠난다. 그녀를 향한 애정과 질투를 억제할 수 없었던 괴테는 두 사람에게 작별편지를 남기고 베츨라르를 떠나 그 서글픈 이별을 서간소설인『젊은 베르테르의 슬픔』속에 고스란히 엮어 담는다. 괴테는 샬롯테 부프와의 이루어질 수 없는 사랑과 라이프치히대학에서 함께 공부했던 친구가 유부녀에게 실연당해 권총으로 자살한 사건을 연결하여 이 편지형식의 소설을 쓰게 된다. 따라서 이 소설 속에 등장하는 베르테르는 괴테 자신이며, 롯테는 샬롯테 부프, 롯테의 약혼자 알베르트는 샬롯테 부프의 약혼자 케스트너를 나타내고 있다. 다른 남자의 약혼녀가 되어 있는 여인에 대한 격정적인 사랑에 괴로워하며 자살까지 생각했던 괴테는 『젊은 베르테르의 슬픔』을 씀으로써 내면의 고통을 문학적으로 승화시켜 위기에서 벗어난다.

샬롯테 부프는 1773년 약혼한 지 5년 만에 결혼을 하여 남편과 함께 하노버에서 살게 된다. 그녀는 여덟 아들과 네 딸의 어머니가 되어 대가족살림을 이끌어나갔다. 1800년 남편이 죽은 후에도 그녀는 널리 흩어져 살고 있는 가족들의 구심점이 되어 그들이 계속 발전하고 성공하는 데 적극적인 역할을 했다.

그녀는 계속하여 괴테와 편지를 통한 연락을 주고받음으로써 괴테가 그녀의 아들들에게 교육적으로 도움을 줄 수 있도록 했다. 그녀는 1816년 막내 여동생의 결혼식에 참석하기 위해 몇 주 동안 바이마르에 가 머물렀고, 괴테도 만났다. 그러나 단 한 번의 형식적인 만남에 그쳤다. 토마스 만은 1939년에 낸 소설『바이마르의 롯테』에서 이들의 만남을 감정이입으로 형상화하고 있으나 다분히 문학적으로 가공되어 있다.

5. 안나 엘리자베트 셰네만(1758~1817)

1775년 초 괴테는 친구의 소개로 프랑크푸르트의 부유한 은행가문인 셰네만의 집을 방문한다. 셰네만의 16살 된 딸 엘리자베트는 스피넷을 연주하고 있다. 사람들은 즐겁게 대화를 나누고, 괴테는 지혜롭고 재미있는 대화상대로 인정받아 그 후에도 자주 초대를 받는다. 그러면서 엘리자베트와의 사랑이 진전되어간다. 열정과 실망, 매력과 반감이 교차하는 가운데 몇 달이 지나간다. 그리고 비록 일찍이 불협화음이 일었지만 괴테는 1775년 부활절에 릴리(괴테가 부른 엘리자베트의 애칭)와 약혼한다. 이 시기에 괴테는 참된 사랑을 느끼고 행복해한다. 이들이 서로 얼마나 깊이 사랑했는지는 괴테가 쓴 여러 시들에서 엿볼 수 있다.

> 사랑하는 릴리, 내가 그대를 사랑하지 않는다면
> 이 경치가 나에게 무슨 기쁨을 줄 수 있으랴!
> 사랑하는 릴리, 내가 그대를 사랑하지 않는다면
> 어디에서건 내가 행복을 찾을 수 있을까?
>
> (『산에서』에서)

> 내 릴리의 동물원만큼 다채로운 동물원이 어디 있으랴!
> 그녀는 그 안에 최고로 진기한 동물들을 가지고 있다.
> 그리고 가져다 넣기는 했어도 어떻게 넣었는지는 자신도 모른다.
> 불쌍한 왕자들까지도
> 결코 사라지지 않는 사랑의 고통에 빠졌다.
>
> (『릴리의 공원』에서)

그러나 괴테는 릴리의 행동공간인 상류층 사회가 자신의 존재를 충족시켜줄 수 없다는 것을 실감하고 갈등을 겪는다. 또한 그의 자유로운 영혼은 아직 한 여자에게 정착하는 것을 허용하지 않았다. 그는 헤르더에게 보낸 편지에서 "자유를 동경하는 마음의 소용돌이가 가정의 행복이라는 항구 가까이에 가려는 생활의 배를 다시금 먼 바다로 밀어냅니다"라고 고백하고 있다. 괴테는 한 친한 여자 친구에게 보낸 편지에서도 자신의 내면의 갈등을 이렇게 밝히고 있다.

> 사랑하는 친구여, 그대가 지금의 괴테를 상상할 수 있으려나 모르겠네. 전에는 머리부터 발끝까지 꽤 많은 찬사를 받아오던 내가 호화로운 양복차림으로 벽에 걸린 등불과 샹들리에의 화려한 조명에 에워싸인 채 여러 사람들 속에 끼어 내기놀이를 하고, 이따금 기분 전환을 위해 사람들 틈에서 빠져나와 연주회를 보러가고, 그리고는 춤을 추고, 온갖 경박한 흥미를 다 돋워 귀여운 한 금발소녀의 비위를 맞춘다네. 이것이 지금 이곳 사육제날의 괴테라네. (…) 하지만 또 한 사람의 괴테가 있지. 회색 모피 옷을 입고 갈색 비단목도리를 두르고 장화를 신은 사람. 그는 스치는 2월의 바람결에서 이미 봄을 예감하고, 이제 곧 사랑하는 넓은 세계가 그에게 열리게 되고, 언제나 스스로 살아가고 노력하고 일하면서 곧 청춘의 천진난만한 감정을 짧은 시 속에, 삶의 진한 향료들을 많은 드라마 속에 표현하고자 한다네.

1775년 5월 초 슈톨텐베르크 백작 형제가 프랑크푸르트로 와서 괴테를 방문한다. 괴테는 스위스로 여행을 떠나는 그들과 합류한다. 그는 한편으로는 잠시나마 릴리와 헤어진다는 데 대해 기뻐했고, 다른 한편으로는 이 헤어짐이 영원한 것이 될 수 있을지 시험해보고 싶었다. 여행 도중 괴테는 작센-바이마르-아이제나하 공국의 황태자인 카알 아우구스트와 처음 만난다. 괴테는 장트 고트하르트까지 함께 간 후 이탈리아까지 여행을 계속하자는 제안을 받았으나 릴리를 생각하여 다시 돌아온다. 그는 7월 22일 프랑크푸르트로 돌아왔으나 릴리와의 관계에 따른 복잡한 갈등이 다시 폭발한다. 그는 결국 가을에 파혼을 선언한다.

9월 3일 카알 아우구스트는 성년이 되면서 바이마르공국의 정부를 넘겨받는다. 그는 9월 22일 프랑크푸르트로 괴테를 방문하여 자신의 궁중에서 일할 것을 제안한다. 괴테는 이를 받아들이고, 이로써 괴테의 바이마르 시대가 시작된다. 릴리와의 결별이 확실하게 공인된 것이다. 하지만 괴테는 결별 후에도 평생 동안 릴리를 잊지 못한다. 그는 첫 이탈리아 여행에서는 릴리의 초상화가 담긴 메달을 목에 걸고 알프스를 넘는다. 또한 괴테는 말년인 80세에 이르러서도 그가 신임하던 프리트리히 조레트에게 "릴리는 내가 깊고 진실하게 사랑했던 첫 번째 여인이며, 어쩌면 마지막 여인이기도 했다"고 털어놓는다.

괴테와 결별한 지 3년 후 릴리는 은행가이자 나중에 슈트라스부르크 시장이 된 프라이헤른 베른하르트 폰 튀르크하임과 결혼한다. 그녀의 가족은 프랑스혁명의 위협을 피해 1793년 피난길에 오른다. 그녀는 농부아낙으로 변장하고 아이들을 데리고 독일 국경지역에 머물다가 나중에 슈트라스부르크로 돌아온다. 그녀는 1800년대 초에 괴테와 다시 한 번 짧은 편지왕래를 통해 자신이 아는 청년의 후원자가 되어줄 것을 요청하지만 괴테는 받아들이지 않는다.

괴테가 버린 여인 릴리 셰네만은 희곡 『스텔라』[2]에서 남편에게 버

---

2) 페르난도는 체칠리에와 결혼하여 딸을 낳고 몇 년 동안 행복한 결혼 생활을 하다가 돌연 자취를 감춘다. 그리고는 또 다른 여인 스텔라를 만나 한적한 시골로 숨어들어 몇 년 동안 행복하게 지낸다. 그러다 다시 체칠리에가 그리워지자 그녀를 찾아 스텔라 곁을 떠난다. 그러나 끝내 체칠리에를 찾아내지 못하자 실망한 페르난도는 외인부대에 입대하게 된다. 그때 남편에게 버림받아 힘겨운 삶을 살아가던 체칠리에가 딸과 함께 스텔라가 살고 있는 동네를 찾는다. 체칠리에는 그곳에서 스텔라를 만나게 되고 그들은 서로의 처지를 털놓고 얘기하며 서로를 동정하게 된다. 그러나 스텔라의 집에 걸려 있는 초상화를 보고 체칠리에는 스텔라가 그토록 사랑하고 기다리는 남자가 자기의 남편임을 알고 떠나려 한다. 군복무를 마친 페르난도는 스텔라를 찾아오고, 거기에서 두 여인을 만난다. 페르난도는 스텔라와 다시 행복한 삶을 꿈꾸었지만, 체칠리에를 마주하고는 다시 가정을 이루고 싶은 욕망 또한 커진다. 페르난도는 체칠리에와 함께 딸을 데리고 떠

림받은 여인 '체칠리에'로 그려지고 있다. 체칠리에는 남편이 자신을 버리고 이유도 없이 사라져버렸지만 그 어떤 원망도 하지 않고 체념 속에서 살아가며, 다시 돌아온 남편을 너그럽게 받아들이고, 나아가 남편의 정부마저 포용하여 함께 살자고 제안한다. 체칠리에는 풍랑을 헤매던 배가 언제든 찾아와 안착할 수 있는 아늑한 항구와도 같은 여인으로서 괴테가 꿈꿔온 이상적 여인상이 아니었을까 싶다.

6. 샬롯테 폰 슈타인(1742~1827)

괴테가 만났던 수많은 여성 중에서 그의 인생과 창작활동에 가장 큰 영향을 미친 여성은 슈타인 부인이었다. 괴테가 슈타인 부인을 사랑했던 것은 이전의 다른 여성들과 나누었던 '풋사랑'이 아니라 그녀에게 1,700통에 달하는 편지를 보낼 정도의 열렬하고도 온 정성을 기울였던 '참사랑'이었다. 게다가 슈타인 부인이 괴테보다 일곱 살이나 연상인 유부녀였다는 점에서 두 사람의 관계는 끊임없이 관심의 대상이 되어왔다.

괴테는 1775년 바이마르에 도착한 후 곧 샬롯테 폰 슈타인을 만나게 된다. 그녀는 『베르테르』의 작가로 유명한 괴테를 만나보고 싶어 했다. 그녀는 궁정의 마구관리장과 결혼한 상태였지만 결혼생활이 그다지 행복하지는 않았다. 괴테가 그녀를 처음 알게 되었을 당시 그녀는 결혼 11년째로 7명의 아이를 낳아 4명은 일찍 죽고 3명만 키우고

나려 하지만 스텔라를 뿌리칠 수도 없는 것이다. 이럴 수도 저럴 수도 없는 상황에 처한 페르난도가 권총으로 자살을 하려고 하자 체칠리에는 일부이처제를 해결방안으로 내놓고 함께 사이좋게 살기로 한다. 이 작품은 그 후 개작되었는데, 여기에서는 스텔라가 독약을 마시고, 페르난도는 죄의식으로 권총으로 자살하는 것으로 끝맺고 있다.

있었다. 26세의 혈기왕성한 청년은 7년 연상의 33세 유부녀와 열렬한 사랑에 빠지지만 가정을 가진 그녀와의 사랑은 늘 일정한 거리를 둘 수밖에 없는, 이른바 '플라토닉 러브'였다. 괴테는 서정시『그대는 어찌하여 우리에게 깊은 눈길을 주었나』에서 서로의 가슴 속을 훤히 들여다볼 수 있는 운명적 관계를 강조하며 슈타인 부인과의 강한 정신적 일치를 드러내고 있다. 그러나 괴테는 끓어오르는 열정을 제어하지 못하고 어쩔 수 없이 그녀를 '부인'이 아닌 '그대'로 불렀고, 그럴 때마다 그녀는 완곡하지만 분명하게 선을 그었다. 괴테가 그녀에게 편지를 쓸 때면 '사랑'이라는 말을 넘치도록 많이 사용했다. 하지만 괴테는 편지의 끝에는 언제나 그녀의 남편에 대한 안부 인사를 적어 넣는 것을 잊지 않았다. 그녀의 남편은 두 사람의 관계를 알고 있었으나 공개적인 것이었고 결혼생활에 문제될 정도는 아니라고 믿었기에 용인해 주었다.

괴테와 슈타인 부인은 끝까지 정신적 사랑만을 이어나갔고, 슈타인 부인은 일곱 살 연하의 괴테에게 격정을 완화시키는 어머니와도 같은 역할을 했다. 그리하여 그녀는 괴테를 질풍노도의 작가로부터 고전주의자로 변화시키는 데 한 몫을 했다. 괴테는 슈타인 부인을 이렇게 묘사하고 있다.

그대는 지나가버린 시절의
내 누이나 내 아내였다.
(…)

그대는 뜨거운 피에 진정제를 떨어뜨려 주고
사납게 방황하는 길을 바로잡아주네.
천사 같은 그대의 품안에서

깨어진 가슴이 안식을 얻네.

누이 같고 어머니 같은 정신적 스승으로서의 슈타인 부인의 역할이 괴테의 육체적 사랑에 대한 욕망을 영원히 쫓아냈다고 볼 수는 없다. 괴테는 슈타인 부인과의 정신적이며 금욕적인 사랑을 절반만의 사랑으로 느끼고, 나머지 절반의 사랑, 즉 육체적 욕망을 충족시킬 사랑을 아쉬워하기도 한다.

우리는 오로지 절반만 생명을 가진듯하네.
우리 주위에서는 가장 밝은 낮도 어둠침침하다네.

괴테가 1786년 9월 초 슈타인 부인의 감정을 상하게 하며 몰래 이탈리아로 도피하게 된 것은 바로 이런 육체적 욕망의 실현불가능성이 하나의 원인이 되었다고 추측할 수도 있다. 괴테가 1년 9개월을 이탈리아에서 머문 다음 1788년 6월 다시 바이마르로 돌아온 후 상황은 더 악화된다. 괴테는 돌아오자마자 지적으로는 풍요롭지 못하지만 마음이 따스한 크리스티아네 불피우스와 교제를 시작하여 동거까지 하게 된다. 험담 좋아하는 바이마르 사람들은 그녀를 놓고 부적절한 연애담이나 입에 올릴 뿐이었고, 슈타인 부인은 그런 여자에게 빠져버린 괴테로 인해 더욱 심한 모멸감을 느끼게 된다. 그러나 괴테는 슈타인 부인이 거부한 그 절반의 사랑을 불피우스가 허용해주는 데 대해 놀라워한다. 슈타인 부인은 마음의 상처를 입고 물러난다. 그리고 불피우스가 죽은 후 두 사람의 관계는 다시 회복된다.

괴테가 10년 넘는 세월 동안 열정을 다 바쳐 한 사랑이었지만 7년 연상의 부인은 늘 지적인 차원에서만 마음의 문을 열 따름이었다. 그러나 괴테는 슈타인 부인 덕분에 불타는 감성을 지성의 힘으로 조절할 수 있었고, 『사냥꾼의 저녁 노래』, 『바다 여행』, 『달에게』, 『나그네의 밤 노래』 같은 시를 쓰며 사랑의 고통을 견딜 수 있었다. 또 괴테는 희곡 『타우리스의 이피게니』3)에서 슈타인 부인을 모델로 한 여주인공 이피게니를 통해 참된 인간성 및 내적 아름다움을 지닌 고결한 여인상을 구현하고 있다. 『빌헬름 마이스터』4)에서도 빌헬름 마이스터가 이곳저곳 유랑하면서 수많은 여인들과 애정행각을 벌이다가 도적들의 습격을 받아 위험에 처했을 때 도움을 받은 마지막 여인 나탈리에 또한 슈타인 부인을 표본으로 하고 있으며, 아름다움과 지성을 두루 갖춘 귀족계층의 완전한 여인으로 그려지고 있다.

---

3) 아가멤논의 딸 이피게니는 제물이 되어 죽을 운명에 처한다. 그러나 그녀는 아폴로 신의 도움으로 타우리스 섬에서 살아남는다. 이곳의 왕 토아는 모든 이방인 여자는 제물로 받쳐야 하는 계율을 어기면서 이피게니를 살려둔다. 그녀가 고결하고도 아름다운 신붓감으로 적격이었기 때문이다. 특히 외아들이 죽었으므로 하루 빨리 결혼식을 올려 후손을 두려고 한다. 그러나 이피게니는 왕의 결혼제안을 거절한다. 이피게니의 거절을 접하자 토아 왕은 커다란 심리적 상처를 입는다. 이피게니의 오빠 오레스트는 아버지 아가멤논을 죽인 어머니를 살해함으로써 신과 동족으로부터 커다란 징벌을 받을 운명에 처해 있었으나 디아나 여신의 도움으로 목숨을 건져 필라데스와 함께 타우리스 섬으로 오게 된다. 벌을 면하려면 누이를 타우리스 섬에서 구해 그리스로 데려 와야 한다는 아폴로신의 명을 받은 오레스트는 이피게니와 극적으로 만나 그녀에게 모든 것을 털어놓으며, 비밀리에 토아 왕의 사람들을 죽인 뒤 탈출하자고 제안한다. 고결한 성품을 지닌 이피게니는 오랫동안 고심하다가 마침내 오빠의 교활한 음모를 거부한다. 이피게니는 모든 사실을 토아 왕에게 털어 놓고, 그에게 자신이 오빠와 함께 그리스로 떠날 수 있도록 청원한다. 토아 왕은 이피게니의 고결하고도 순수한 성품에 이끌려 이들로 하여금 그리스로 떠나도록 도와준다.

4) 『빌헬름 마이스터』는 『빌헬름 마이스터의 수업시대』(1796)와 『빌헬름 마이스터의 편력시대』(1829)로 나뉘어 있다. 『빌헬름 마이스터의 수업시대』는 산업화, 기계화로 일자리를 잃은 사람들을 신대륙 아메리카로 이주시키는 일을 준비하는 모임인 〈탑의 모임〉으로부터 빌헬름이 수업증서를 받는 것까지의 과정이 담겨 있다. 빌헬름은 시민사회 내에서 연극(예술)을 통해 자신을 해방시키고자 노력하는 사람으로 묘사된다. 『빌헬름 마이스터의 편력시대』는 알프스 산악지대를 편력하는 주인공 빌헬름을 통해 산업화로 접어들고 있는 사회상을 반영하고 있다. 이 작품에서 역설하는 것은 '체념'이다. 하지만 여기에서의 '체념'은 무기력한 포기가 아니라 한 시대가 저물었다는 것을 의미한다. 또 공동체 내에서 자신의 한계를 인정하고 참여해야 한다는 도덕적인 의식을 담고 있다. 괴테는 체념을 통해, 보다 큰 조직을 위해 자신을 제한할 줄 아는 미덕을 제시하고 있다. 주인공 빌헬름의 다양한 여성편력이 이채롭다.

7. 크리스티아네 불피우스(1765~1816)

괴테의 인생을 바꾸고, 아내이자 아들의 어머니가 되는 크리스티아네 불피우스와 괴테와의 인연은 우연한 만남에서 비롯된다. 1788년 아폴다의 한 조화공장에서 꽃을 만드는 일을 하던 23세의 불피우스는 괴테를 찾아와 통속작가인 오빠 아우구스트를 받아들여 가르쳐달라고 부탁한다. 39살이던 괴테는 이 아가씨의 소박하고 꾸밈없는 자연 그대로의 태도에 마음이 끌려 기회를 놓치지 않는다. 괴테는 불피우스를 본능적으로 선택해서 자신의 커다란 집 안에 받아들인다. 불피우스는 자신의 이복누이와 아주머니도 이 집으로 끌어들인다. 한동안 불피우스의 오빠까지 합세한다. 괴테는 그를 위해서 극장과 도서관 비서직을 마련해 준다. 그는 이렇게 하여 불피우스와 동거에 들어가고 그녀의 가족과도 한데 어울려 지내게 된다. 이곳에서는 이제까지의 괴테의 의식적으로 장중한 태도와는 정반대로 모두가 편안하고 소시민적이고 제멋대로였으며, 그는 여기에 점점 더 익숙해져간다.

그것은 물론 세상 사람들의 상상을 뛰어넘는 돌발적이고 비정상적인 사건이었다. 바이마르 사람들은 자신들의 눈으로 볼 때 당연히 신분상 어울리지 않는 상스러운 결합일 수밖에 없는 두 사람의 동거에 대해 끝없는 비난을 퍼붓는다. 사람들은 괴테가 철없는 애송이도 아니고 나이도 먹을 만큼 먹었으므로 순간적 감정에 의해 불피우스와 잠시 불장난을 하는 것쯤으로 생각했을지 모르지만 두 사람의 사랑은 공고하게 이어진다.

바이마르의 궁정과 사회는 괴테와 불피우스의 신분에 어긋나는 결합을 거부했고, 괴테는 대공의 지시에 따라 당분간 바이마르 중심에 있던 숙소를 떠나 불피우스와 함께 교외의 사냥꾼 집으로 이주하여 살아야 했다. 불피우스는 오로지 집과 정원으로 행동반경을 제한받기도 했다. 그녀는 괴테가 말리지 않았는데도 무도회나 술자리에는 스스로 알아서 참석하지 않았다. 불피우스는 1806년 10월 14일 바이마르를 점령한 프랑스군이 괴테를 붙잡으려고 집에 들이닥쳤을 때 온 힘을 다해 막아내어 약탈을 저지하고 괴테의 목숨을 구해준다. 그 일이 있은 후 5일 만인 10월 19일 괴테는 생명의 은인인 불피우스와 결혼식을 올린다. 만난 지 18년 만에 두 사람의 결혼식이 치러지고 나서야 불피우스는 비로소 '추밀고문관의 부인'으로서 바이마르 사회로부터 서서히 받아들여지기 시작한다.

처음에 바이마르 사회는 세계적으로 유명한『베르테르』의 작가이자 추밀고문관인 괴테가 도대체 무엇 때문에 공장노동자이며 온 세상이 다 아는 술주정뱅이의 딸과 어울리는지에 대해 의문을 제기했다. 이에 괴테는 자신의 방식대로 서정시의 형식을 빌려 답한다. 그의 시『아침의 한탄』과『무례와 기쁨』등은 불피우스의 단순한 성향과 남을 즐겁게 해주는 태도에 의해 사랑이 무엇인지를 비로소 알게 되어 얼마나 행복한지를 암시하고 있다. 또 그리스도교적인 도덕관념에 의해 방해받기 이전인 고대의 감각적 사랑에 대해 찬양하고 있는『로마 비가』도 불피우스와의 체험을 사실직으로 보여주고 있다. 이탈리아 여행을 통해 고대예술에서의 여성의 관능을 체험한 괴테는 독일로 돌아와 처음으로 불피우스에게서 여체의 신비를 재발견하고 성애의 즐거움을 만끽한다.『로마 비가』는 그가 불피우스와 달콤한 육체적 관계를 나눌 때 쓴 시로 자신의 경험을 고스란히 담고 있다.

나는 종종 그녀의 팔에 안겨 시를 지었다네.
그리고 6운각의 운율을 세어 보았다네 (…) 손가락으로 그녀의 등
을 나지막이 두들기며.
우리를 황홀하게 하는 것은 화끈하게 발가벗은 아모르 여신이 주
는 기쁨이라네.
그리고 흔들리는 침대에서 삐걱거리며 나는 매력적인 소리라네.

(『로마 비가』에서)

그런가 하면 두 사람이 주고받은 편지들은 신분상의 불균형에도 불구하고 불피우스가 괴테의 천재성에 의해 위축되지 않았고, 동등하며 거리낌 없이 괴테를 진심으로만 대했으며, 괴테 역시 그녀에 대해 마찬가지 태도를 보였다는 것을 증명하고 있다. 살면서 끝없이 많은 지적인 도전들과 복잡다단한 일들을 겪어온 괴테는 불피우스와의 사적인 삶에서 위험이 없는 안전한 피난처를 발견하고 만족을 느꼈으리라 짐작된다. 그녀는 단순하고 감각적이며, 그에게 아무런 두려움도 주지 않고, 그를 판단하지도 않으며, 그에게 모든 자유를 허용하고, 자신이 보잘것없는 존재임을 받아들이고 그가 필요로 할 때면 언제나 그 자리에 있는 여자였다. 불피우스는 괴테의 억제되어 있던 남성성의 살아 있는 기반이었다. 괴테는 다른 여인들로부터 얻을 수 없었던 성적 욕구충족을 불피우스에게서 얻었으며, 반대로 정신적인 욕구는 거의 항상 다른 여인들에게 눈을 돌려 충족했다.

『발견』은 불피우스와 특히 많은 관련이 있는 시로 '작은 꽃송이(Blümchen)', '작은 눈동자(Äuglein)', '작은 뿌리(Würzlein)' 등 축소명사들이 사용되어 아주 앙증맞은 느낌을 준다. 괴테는 불피우스를 "발견"하고 나서 25년 후인 1813년 8월에 이 시를 썼는데, 물론 제목은 불피우스를 대상으로 하고 있다. 해석은 아주 쉽다. 작은 꽃은 바로

불피우스다. 그녀는 사회적 명예를 해치고 혼기를 망칠 수 있는 경박하고 짧은 사랑관계에 대해 저항한다. 괴테 자신은 세심하게 돌보는 정원사가 되어 그 귀여운 작은 꽃, 즉 불피우스를 자신의 정원에 심어줌으로써 시들어 죽는 것을 막는다. 나아가 그것은 18년 동안이나 미뤄온 괴테와 불피우스와의 결혼을 의미하기도 한다.

그렇게 나 홀로
숲속으로 걸어갔네.
아무것도 찾으려 하지 않았지.
그것이 내 생각이었어.

그늘 속에서 나는
작은 꽃송이를 보았네.
별처럼 빛나며,
작은 눈동자처럼 아름다운.

내가 그 꽃을 꺾으려 하자
꽃은 속삭였네.
난 꺾여
시들어버려야 하나요?

나는 그 작은 뿌리를
뽑아냈네.
그것을 나는
예쁜 집 정원으로 옮겼다네.

그러자 그 꽃은 조용한 구석에서
다시 살아났지.
지금 그 꽃은 가지를 쳐가고
자꾸자꾸 꽃을 피워가고 있다네.

불피우스는 괴테와 동거한 지 1년이 지나 첫아들 아우구스트를 낳고, 계속하여 네 명의 아이가 탄생하지만 모두 일찍 세상을 뜬다. 나이가 들면서 건강이 나빠진 불피우스는 1815년 뇌졸중에 걸리고, 이듬해에는 신장기능이 멈춰 심한 고통 끝에 51세의 나이로 세상을 뜬다. 그녀의 묘석에는 괴테의 영결시가 새겨져 있다.

> 오 태양이여, 그대는 암울한 구름을 뚫고
> 얼굴을 내밀려 헛되이 애쓰고 있구나!
> 내 평생 이룬 모든 것을 잃은들
> 그녀 잃은 슬픔에 비하랴.

괴테가 두루 거친 수많은 여인들과 비교할 때 불피우스는 태생적 배경과 지적 측면에서 가장 뒤처지는 여인이었지만 괴테와 합법적인 결혼에 이른 유일한 여인이었으며, 괴테에게 유일하게 가정적 행복과 성적 충족감을 선사해 준, 어쩌면 그가 예찬한 '영원히 여성적인 것' 자체가 아니었을까 한다.

8. 빌헬르미네 헤르츠리프(1789~1865)

췰리카우에서 태어나 어린 나이에 고아가 된 헤르츠리프는 1798년 출판업자 프롬만의 집에 양녀로 들어가 이들 가족과 함께 예나로 이주한다. 그녀는 나중에 태어난 동생들과 함께 다정다감하고 풍요로운 문화적 정서 속에서 귀여움을 받으며 성장한다. 손님 접대하기를 좋아하는 예나의 양부모 집에서 그녀는 도시의 여러 인사들을 만나는데, 특히 초기 낭만주의 작가들과 자주 접촉한다.

무엇보다도 1807년 괴테의 방문은 양부 프롬만은 물론 온 가족을 기쁘게 한다. 헤르츠리프를 만난 괴테는 그녀의 미모에 반해 그녀에게 많은 시들을 써 보낸다. 하지만 이미 탁월한 아름다움으로 다른 여러 젊은이들로부터 열렬한 환심을 사고 있던 나이어린 소녀는 자신을 향한 괴테의 애정을 알아차리지 못한다. 당시 그녀의 집에 모여 소네트 짓기로 내기를 하던 양부모의 친구들 중 한 사람은 그녀를 "천진난만한 용모와 크고 검은 눈을 지닌, 어린 장미꽃들 중 가장 귀여운 장미꽃"이라고 표현하는 등 그녀는 사람들에게 대단한 호감을 일으켰다.

괴테는 헤르츠리프와의 관계에 대해 "나는 그녀를 여덟 살 아이일 때 사랑하기 시작했고, 그녀가 열여섯 살 때는 유치함 이상으로 사랑했다"고 밝히고 있다.

1821년 사랑하지도 않는 법률학 교수와의 결혼은 그녀를 불행으로 이끈다. 정신적 고통에 시달리던 그녀는 정신착란증에 빠져 요양원에서 76세로 생을 마감한다.

괴테의 시 모음 『소네트』 속의 5, 10, 16, 17번 시는 헤르츠리프에 대한 괴테의 사랑의 감정을 노래하고 있다. 특히 5번 시 『성장』은 어린 아이로부터 성년이 되어가는 헤르츠리프를 바라보면서 느끼는 괴테의 감정변화를 잘 표현하고 있다.

> 작고 귀여운 아이였을 때 너는 들판과 초원으로
> 그 많은 봄날 아침을 나와 함께 뛰어다녔다.
> "사랑스런 근심을 지닌 저런 딸을 위해서라면
> 아버지 되어 축복하며 집을 몇 채라도 짓고 싶구나!"
>
> 그리고 네가 세상을 들여다보기 시작했을 때
> 너의 기쁨은 집안의 걱정이었다.

"저런 누이동생이 있다면 내 마음 평온할 텐데
어찌하면 나 그녀와, 아! 어찌하면 그녀 나와 친해질 수 있으랴!"

이제 아무 것도 아름다운 그 성장을 막을 수 없다.
뜨거운 사랑이 내 가슴 속에서 날뛴다.
그녀를 끌어안아 고통을 달래볼까?

하지만 아! 이제 나는 너를 군주로 생각해야만 되겠구나.
너는 그토록 당당하게 내 앞에 우뚝 솟아 있고,
너의 스쳐 지나는 눈길 앞에 나는 몸을 굽힌다.

　괴테의 소설 『친화력』5)에 나오는 오틸리에도 헤르츠리프를 원형
으로 하고 있다. 이 작품에 등장하는 에두아르트는 아내의 조카딸인
오틸리에와, 아내 샬롯테는 남편의 친구 오토와 결합하지만 결국 에
두아르트와 오틸리에는 죽음을 동반한 비극으로 끝난다. 괴테는 예나
에 체류하며 헤르츠리프에게 애정을 느낄 당시 불피우스와 결혼한
상태였다. 따라서 괴테는 아내가 있는 몸으로 다른 여자를 사랑한다
는 것을 도덕적으로 스스로 용인할 수 없으면서도 헤르츠리프에 대
한 열정 또한 버릴 수 없었다. 그는 이런 내적 번민과 갈등을 『친화력』
에 옮겨 담아 죽음을 통한 속죄를 표명하고 있다.

---

5) 두 종류의 화합물이 따로 떨어져 있을 때에는 어떤 변화도 일어나지 않으나 그것이 접근하여 상호 작용하
기 시작하면 본래의 화합물을 분해하여 새로이 결합시키는 힘에 의해 새로운 화합물이 생겨나는데, 이 힘
을 친화력이라 한다. 괴테는 이러한 작용을 인간관계에 적용시켜 『친화력』을 썼다.
과거 연인관계였던 에두아르트와 샬롯테는 각기 아내와 남편을 잃은 후 재혼하게 된다. 부유한 귀족 계층
인 두 사람은 에두아르트의 농장에서 은둔적인 삶을 살아가면서 멋진 공원을 꾸미는 일에 몰두한다. 두 사
람은 사랑과 정열보다는 믿음으로 연결되어 있다. 평온하던 두 사람 사이의 관계는 에두아르트가 곤경에
빠진 친구 오토 대위를, 샬롯테가 조카딸 오틸리에를 맞아들임으로써 금이 간다. 샬롯테는 오토와 깊은 관
계에 빠지는 것을 경계하며 자제하지만 에두아르트는 변함없이 오틸리에를 열정적으로 사랑한다. 갈등을
겪던 에두아르트는 전쟁터로 나가고, 오토는 이성적 판단으로 그곳을 떠난다. 샬롯테는 에두아르트가 떠나
기 전 마지막 잠자리에서 가진 아이를 낳으며, 오틸리에는 교회를 가꾸며 샬롯테가 낳은 아이를 돌본다. 시
간이 흘러 오틸리에를 잊지 못하는 에두아르트는 집주변을 서성이다가 오틸리에를 만나고, 오틸리에는 이
만남을 샬롯테에게 숨기려고 서두르다가 자신이 돌보던 아이를 물에 빠져 죽게 한다. 아이에 대한 죄책감
으로 오틸리에는 단식 끝에 죽는다. 에두아르트도 오틸리에의 죽음에 충격을 받아 스스로 목숨을 끊는다.

9. 마리안네 폰 빌레머(1784~1860)

1814년 여름 괴테는 오랫동안 갈망해온 라인과 마인 지역으로의 여행을 떠난다. 그는 17년 만에 고향 프랑크푸르트에 돌아와 친구인 은행가 요한 야콥 폰 빌레머(1760~1848)의 집에 들른다. 처음에는 다른 많은 사람들과 마찬가지로 별 뜻 없는 의례적 방문이었지만 거기에서 괴테는 예술적 재능이 풍부한 빌레머의 양녀 마리안네를 알게 된다.

연극애호가이자 극단의 운영자였던 빌레머는 1798년 무용단의 단원으로 활동하던 당시 14살의 마리안네를 알게 되어 1800년에 자신의 집으로 데려와 양녀로 입양한다. 1814년 가을 마리안네는 빌레머의 아내가 된다.

1815년 5월 괴테는 라인과 마인 지역을 또 방문한다. 그리고 다시 마리안네를 만난다. 그러나 그녀가 이미 다른 남자의 아내가 되어 있는데다가 35년이라는 서로의 적지 않은 나이 차(66세의 괴테와 31세의 마리안네)는 괴테와 마리안네 사이의 열정적 호감의 형성을 방해했다. 그러나 두 사람 사이에는 열정적 사랑에 버금가는 강렬한 문학적 교감이 이루어지면서 괴테로 하여금 새로운 형태의 시집을 탄생시키게 한다.

당시 괴테는 14세기 페르시아의 시인 하피스의 발자취를 연구하면서 그에게서 많은 영감을 받고 있었다. 괴테와 마리안네는 하피스의 시들을 함께 읽으면서 거기에 나오는 각운들을 이용하여 각자 암호로 된 시들을 짓고, 이를 주고받으며 문학적 유희에 빠진다. 그리하여 하피스의 작품은 개인적인 감정을 표현하기 위해 골라 짜 맞출 수 있는 운들을 담고 있는 일종의 레고와도 같은 역할을 했다. 두 사람 사이의 이러한 시적 창작의 유희는 점점 더 풍성하게 전개되고, 마침내 괴테는 독특한 양식에 따라 독자적인 『서동시집』을 완성한다. 물론 여기에는 마리안네가 큰 역할을 하고 있어 괴테는 주저하지 않고 그녀가 쓴 시들을 포함시킨다. 그리하여 이 시집의 한 부분을 이루고 있는 '줄라이카 편'은 마리안네가 직접 쓴 시들을 모은 것이다.

마리안네는 시 속에서 줄라이카로 나와 괴테 자신을 대변하는 하템과 시를 주고받는다. 다음 두 편의 시는 이렇게 독특한 방식으로 완성된 좋은 예로 괴테가 쓴 '하템'에 대해 마리안네는 '줄라이카'로 답하고 있다.

하템

기회가 도둑을 만드는 게 아니고
기회야말로 가장 큰 도둑이라오.
기회는 내 가슴에 남아 있던
마지막 사랑까지 훔쳐갔기 때문이라오.

기회는 내 삶에서 얻은 모든 것을
그대에게 넘겨주고 말았으니
나 이제 가난뱅이 되어 목숨이
오로지 그대를 기다리고 있을 뿐이라오.

하지만 그대의 불타는 눈길에
나는 자비를 느끼고
그대의 품에 안겨
새로워진 운명에 기뻐한다오.

줄라이카

당신의 사랑에 너무도 행복하여
저는 기회를 나무라지 않겠어요.
그것이 당신에게서 도둑질을 했다지만
그런 도둑질이 절 얼마나 기쁘게 하는데요!

그런데 왜 도둑질이라 하시는 거죠?
저에게 당신을 자진해서 내주세요.
나는 이렇게 생각하고 싶어요,
당신을 훔친 건 바로 나라고.

그렇게 기꺼이 당신을 내주셨으니
당신에게 훌륭한 보답이 있을 거예요.
저의 안식, 저의 풍성한 삶을
기꺼이 드리오니 받으소서.

농담하지 마세요! 가난뱅이라니요!
사랑이 우리를 부자로 만들지 않나요?
당신을 두 팔로 안으면
모든 행복이 저의 것인걸요.

괴테는 4개월 동안의 프랑크푸르트 체류를 마치고 1815년 9월 18일 하이델베르크로 간다. 그런데 며칠 지나지 않은 9월 23일 빌레머와 마리안네 부부의 방문으로 괴테는 깜짝 놀란다. 마리안네는 괴테에게 시 한 편을 긴네준다. 이 시는 훗날 『서동시집』에 '동풍의 노래'라는 제목으로 수록된다.

이 움직임은 무엇을 뜻하는가?
동풍이 나에게 기쁜 소식을 가져오는 걸까?
그 시원하게 움직이는 날갯짓이
마음속 깊은 상처를 식혀주는구나.

바람은 먼지를 일으켜 애무하듯 놀다가
가벼운 구름 속으로 쫓아버리고
즐겁게 날고 있는 벌나비떼를
안전한 포도 잎 아래로 몰아간다.

뜨거운 햇빛을 부드러이 식혀주고
뜨거운 내 뺨도 식혀주며
들판과 언덕에 탐스럽게 자라고 있는
포도를 스쳐가면서도 입맞춤한다.

그 나지막한 속삭임은
그분의 수없는 인사를 전하고
저물어 이 언덕이 어둡기 전에
수천의 입맞춤으로 인사해 오겠지.

넌 계속 불어가렴!
친구들에게, 슬퍼하는 사람들에게 봉사하거라.
저기, 저 높은 담이 빛나는 곳에서
나는 곧 사랑하는 그분을 만나리니.

아, 진정한 마음의 이야기,
사랑의 숨결, 싱싱한 생명은
그분의 입만이 내게 줄 수 있어라.
그분의 숨결만이 그것을 내게 줄 수 있어라.

마리안네는 이제 괴테와 다시 만나는 일은 쉽지 않을 것임을 예감한다. 그들은 네카강을 건너 이리저리 산보를 했고, 이때의 체험들 또한 다시 시가 되어 훗날 『서동시집』 속에 수록된다. 그런 다음 1815년 9월 27일은 괴테와 마리안네가 만난 마지막 날로 기록된다. 그날 이후 두 사람은 편지로만 서로의 정을 나눌 뿐 괴테가 죽을 때까지 다시 만나지 못한다.

괴테는 죽기 전까지 마리안네와 편지를 주고받는다. 그는 마리안네가 편지에 담아 써 보낸 시들과 이에 답하는 자신의 시들 역시 『서동시집』속에 담았다.

괴테가 거쳐 간 수많은 여인들이 괴테에게 창작의 동인은 되었지만 마리안네처럼 직접 작품창작에 함께한 적은 없다. 그리하여 마리안네는 괴테의 일생을 통틀어 괴테와 공동으로 시를 창작한 유일한 여인이었다.

바이마르로 돌아온 괴테는 1815년 10월 21일 한 친구에게 편지를 보내 "시집을 위한 새롭고 풍부한 원천들이 열려 있어 매우 멋지게 범위를 넓힐 수 있게 되었다는 소식을 전해줄 수 있어 기쁘다"고 알리고 있다. 괴테는 물론 마리안네도 『서동시집』의 일부가 마리안네를 원천으로 하고 있다는 사실은 밝힌 적이 없다. 그리하여 『서동시집』이 탄생하게 된 상황에 대해서는 마리안네가 죽기 직전 모든 사정 이야기를 털어놓았던 독문학자 헤르만 그림(그림 동화로 유명한 빌헬름 그림의 아들)에 의해 그녀의 사후에 알려지게 된다.

괴테는 부인 불피우스가 사망한 직후인 1816년 6월 다시 한 번 라인지방으로의 여행을 떠나지만 마차의 바퀴가 빠지는 바람에 두 시간 만에 포기하고 돌아온다.

괴테는 1832년 3월 22일 세상을 뜬다. 마리안네는 괴테의 사망소식을 접하고 이렇게 말한다.

> 신은 나에게 그와의 우정을 주셨습니다. 신은 이제 내게서 그 우정을 빼앗아가셨습니다. 그래도 내게 우정을 그토록 오랫동안 간직할 수 있도록 해주신 신에게 감사드려야 하겠습니다.

마리안네는 괴테가 자신에게 얼마나 큰 존재이며, 자신 또한 괴테에게 어떤 의미였는지를 죽는 날까지 간직하며 살았다.

10. 울리케 폰 레베초(1804~1899)

"늙은이의 망령은 말릴 수도 없다"는 조롱이 따라붙곤 할 정도로 노년기 괴테의 마지막 사랑은 보통사람들의 상상을 초월하는 파격이었다.

1821년 유럽 전역에서 명성이 자자하던 72세의 노시인은 요양을 위해 마리엔바트의 온천지를 찾아 그곳의 세력가인 친구 브뢰지케의 집에 머문다. 일찍 과부가 된 브뢰지케의 딸 아말리에(레베초의 어머니)는 세 딸을 두고 있었다. 이 미망인은 여름이면 딸들을 데리고 마리엔바트에서 지내는 것이 습관이 되어 있었다. 큰딸 레베초가 슈트라스부르크의 기숙학교에 다니다 방학이 되어 집으로 오니 괴테라는 늙은이가 자기 외할아버지의 친구라며 와 있었다. 괴테는 그녀의 가족들과 어울려 춤을 추고, 산보를 하고, 사교적인 놀이를 즐긴다. 특히 17살인 큰딸 레베초와 가장 즐겨 이야기를 나누는 괴테는 자신이 쓴 책을 선물하기도 한다.

"어머, 책이 무척 두꺼운데요. 『빌헬름 마이스터의 편력시대』라… 제목이 어려워요."

"최근에 낸 책이야. 지금은 2부를 구상 중에 있지."

1년 후인 1822년 6월 중순부터 7월말 사이에도 괴테는 같은 요양지에서 이제 18세가 된 그 소녀를 다시 만난다. 그리고는 스스로의 표현대로 "일시적 회춘"을 체험한다. 노시인은 상대가 어떻게 나올지는 별로 생각지도 않은 채 뜨거운 사랑에 빠진다. 괴테는 자신의 표현대로 생애 마지막 "거대한 열정"을 느껴 무도회에서 춤을 추는 레베초를 바라보는 눈길은 예사롭지 않고, 어린 소녀와의 가벼운 입맞춤에도 전율을 느끼곤 한다.

이듬해인 1823년에도 같은 장소에서 같은 상황이 펼쳐져, 노시인의 "일시적 회춘"은 날마다 만나는 소녀에 의해 왕성한 힘을 얻는다. 레베초의 갈색 머리와 푸른 눈, 어린아이다운 자연스러움과 순수함이 노시인의 마음을 사로잡는다. 소녀는 노시인의 호의에 기분 좋아하고, 귀여움을 받는다는 느낌에 이런저런 애교를 다 부린다. 할아버지와의 결합은 생각지도 못했을 소녀였기에 아무런 부담 없이 천진난만하게 굴 수 있었을 것이다.

그러던 중 믿기 어려운 일이 일어난다. 괴테는 소녀의 어머니에게 편지를 써 보내 딸과 결혼하게 해달라며 공식적으로 청혼을 한다. 청혼하기 전 노시인은 의사에게 가 자신의 나이로 결혼하는 것이 건강에 해롭지 않은지 알아보고, 의사는 아무 문제가 없다고 확인해준다. 중간에서 바이마르의 대공 카알 아우구스트까지 나서 힘이 되어준다. 대공은 노시인과 소녀가 결혼하면 궁중에서 편안히 살아가도록 뒷받침해주겠다면서 괴테의 청혼을 지원한다. 그러나 당연히 청혼은 정중하게 거절된다. 괴테는 어느 날 미치도록 보고 싶은 마음에 소녀의 집으로 달려가지만 소녀의 어머니는 두 사람의 만남을 허락하지 않는다. 그러자 그는 주머니에 있던 성냥을 꺼내 불을 붙이며 간곡하게 말한다.

"제발 이 성냥개비 하나가 타는 동안만이라도 그녀를 볼 수 있게 해 주시오"

　코미디 같이 재미있는 이야기지만 괴테는 무척 심각했다. 청혼을 거절당한 괴테는 1823년 9월 온천지 마리엔바트를 떠나고, 돌아가는 마차에서 며칠에 걸쳐 실연의 아픔을 담은 시를 짓는다. 이것이 바로 그 유명한 『마리엔바트의 비가』이다. 레베초와의 만남에서 이별에 이르기까지의 환희로부터 절망에 이르는 감정의 변화를 절규에 가깝도록 처절하게 담아낸 이 시에서 괴테는 레베초와의 이별을 판도라상자로부터의 이별이라고 단정하면서 사랑을 종교적 차원으로 승화시키고 있다. 또한 이 시에는 괴테가 비로소 육욕적 사랑으로부터 완전히 결별하고 있음이 나타나 있다.

　마지막 여인 레베초 곁을 떠난 괴테는 이후 왕성한 창작욕을 불태우며 죽는 날까지 문학을 위해 마지막 정열을 불사른다. 그는 죽음을 1년 남긴 1831년 『파우스트』 2부와 자서전 『시와 진실』 4부를 완성한다.

　레베초는 훗날 '괴테에의 추억'이라는 짧은 글에서 결혼하고 싶은 생각은 전혀 없었다고 밝히고 있다. 그리고 괴테와 자신과의 관계에 대한 소문을 들으면 화를 내며 완강히 부인했다. 그녀는 괴테를 그저 아버지 같은 존재로 여겼다고 말했다. 그러나 노년에 들어 그녀는 괴테와의 관계에 대해 "사랑이 아닌 것은 아니었다"고 미묘한 뉘앙스를 남겼다. 그녀는 평생 결혼하지 않고 혼자 살다가 95세의 나이로 세상을 떠다.

(『마리엔바트의 비가』는 '2장 노시인의 사랑과 비애'에서 상세하게 살핌)

2장

노시인의 사랑과 비애

- 괴테

2장 노시인의 사랑과 비애 – 괴테:
『마리엔바트의 비가』

1823년 9월 5일 여행마차 한 대가 칼스바트로부터 에거를 향해 천천히 지방도로를 굴러가고 있다. 아침은 벌써 가을의 싸늘함을 느끼게 하고, 매서운 바람이 추수가 끝난 들판을 통과하여 불고 있다. 하지만 하늘은 넓은 풍경 위로 파랗게 펼쳐져 있다. 사륜마차 안에는 세 명의 남자가 앉아 있다. 작센-바이마르 대공의 추밀고문관 폰 괴테(칼스바트의 온천요양객 명단에 그렇게 추켜져 기록되어 있는데)와 그의 두 부하인 나이든 하인 슈타델만과 새로운 세기(*19세기)의 거의 모든 괴테 작품들을 맨 처음으로 옮겨 적어 온 서기 욘이다. 부하 두 사람은 모두 한마디 말도 하지 않는다. 젊은 부인들과 소녀들이 몰려와 인사를 하고 입맞춤을 하면서 작별하는 그를 에워쌌던 칼스바트에서의 출발 이후 그 노쇠해 가는 사람이 줄곧 입을 열지 않았기 때문이다. 그는 움직이지 않고 마차 안에 앉아 있다. 단지 깊은 생각에 잠긴, 스스로에 사로잡힌 시선만이 내면의 동요를 나타내고 있다. 처음 말을 갈아타는 곳에서 그는 내리는데, 두 동반자는 그가 우연히 구한 종이 위에 급히 연필로 무언가를 쓰는 것을 본다. 이와 똑같은 일은 바이마르에 이를 때까지 마차가 달리고 쉬는 동안 줄곧 반복된다. 츠보타우에, 그리고 다음 날에는 하르텐베르크 성과 에거에, 그리고는 푀스넥에 도착하자마자 매번 그가 맨 처음 하는 일은 구르는 마차 안에서 곰곰이 생각해낸 것을 급히 써서 메모해 놓는 것이다. 그리고 일기장에는 간략하게 다음과 같은 말만 적어 넣는다.

"시를 정리하다"(9월 6일), "일요일 시를 계속 쓰다"(9월 7일), "도중에 시를 샅샅이 훑어보다"(9월 12일).

목적지인 바이마르에서 그 작품은 완성된다. 그것은 다름 아닌 그 유명한 『마리엔바트의 비가』로 그의 가장 중요한 시이자 개인적으로 가장 깊은 내면에서 우러난 시라서 노년의 그가 가장 사랑한 시이기도 하다. 이 시는 그의 영웅적인 결별이자 영웅적인 새 출발을 의미한다.

괴테는 언젠가 대화 중에 그 시를 "내면 상태의 일기"라고 칭했는데, 아마도 그가 일생 동안 쓴 일기의 어떤 부분도 이 비극적으로 묻고, 비극적으로 탄식하는 그의 가장 심층적인 감정의 기록물만큼 그 근원과 성립배경을 그토록 솔직하고 분명하게 우리 앞에 내보이고 있는 것은 없을 것이다. 그가 젊은 시절에 쓴 어떤 서정시도 그토록 직접적으로 특별한 동기와 사건에 바탕을 두고 있지는 않다. 그리고 "우리를 준비토록 하는 경이로운 노래"인 이 일흔네 살 노인의 가장 깊이 있고, 완숙하며, 진정으로 가을날같이 이글거리는 말년의 시만큼 그렇게 한 숨 한 숨, 한 절 한 절, 한 순간 한 순간 정연하게 이루어졌다고 보는 작품은 없다. 그가 에커만 앞에서 "최고로 열정적인 상태의 산물"이라고 말했듯이 이 시는 동시에 형식의 가장 숭고한 제어와 결합되어 있다. 그리하여 열렬한 삶의 순간이 공공연하면서도 동시에 은밀하게 시의 형상으로 변화된다. 백 년 이상이 지난 오늘날에도 그의 넓게 가지 뻗친 열광적 생의 이 장엄한 잎새는 전혀 시들지 않고 퇴색되지 않았으며, 앞으로 수세기 동안에도 미래의 독일민족의 기억과 감정 속에서 이 9월 5일은 기념할만한 날로 유지될 것이다.

이 메모장, 이 시, 이 사람, 이 시간 위에는 새로운 탄생의 희귀한 별이 빛을 내며 떠 있다. 1822년 2월에 괴테는 아주 심한 병마를 견뎌내야만 했다. 격렬한 오한이 몸을 뒤흔들고, 오랜 시간 의식이 사라졌으며, 그 자신도 사소한 일은 아니라고 여긴다. 명확한 증상을 알아내지 못하고 단지 위태롭다는 것만을 감지하는 의사들은 손을 쓸 수가 없다. 그러나 그 병은 갑작스럽게 찾아왔던 것과 마찬가지로 갑작스럽게 사라진다. 6월에 괴테는 완전한 변신자가 되어 마리엔바트로 간다. 마치 이전의 그 병이 단지 내면의 회춘, "새로운 사춘기"의 증상이었을 뿐이었던 듯한 모습을 나타낸다. 문학적인 것이 거의 완전히 박식함과 연결되었던 그 폐쇄적이며 엄격하고 꼼꼼한 사람이 십여 년 전부터 완전히 감정에만 복종하고 있다. 음악은 "나를 활짝 펼쳐 놓는다"고 스스로 말하고 있듯 그는 피아노를 연주하는 것을, 특히 스치마노프스카와 같은 아름다운 여인이 연주하는 것을 눈물을 흘리지 않고는 거의 듣지 못한다. 그는 가장 깊은 내면의 충동으로부터 젊음을 찾으며, 동료들은 깜짝 놀라면서 그 일흔네 살의 노인이 자정까지 여인들에 몰두하는 것을 바라보고, 수년 전부터 다시 무도장에 출입하고 있는 그가 자랑스럽게 "여자파트너 교체 때 대부분의 멋진 아이들이 손안으로 들어왔다"고 이야기하는 것을 본다. 그의 경직된

본성이 이 여름에 마술 부리듯 녹아버리고 활짝 열렸으며, 지금 나타내고 있는 그의 영혼은 오래된 마술에, 영원한 요술에 내맡겨져 있다. 그의 일기는 "은밀한 꿈들"을 드러내 보이고 있으며, 그의 마음속에서는 "늙은 베르테르"가 다시 깨어난다. 반세기 전 그가 릴리 셰네만과 그렇게 했듯이 여자들과 가까이 지내는 것이 그를 자극하여 짧은 시들로 이끌고 익살스런 유희와 장난들로 이끈다. 아직도 어떤 여자를 선택할지 결정하지 못하고 흔들려, 그 대상이 아름다운 폴란드 여인이었다가 이제는 열아홉 살의 울리케 폰 레베초로 바뀐다. 그의 회복된 감정은 레베초를 향해 크게 고동친다. 15년 전에 그녀의 어머니를 사랑하고 존경했었던 그는 일 년 전에는 "그 어린 딸"을 그저 아버지 같은 마음으로 귀여워했었다. 이제는 그녀에 대한 그의 애착이 그의 총체적 존재를 사로잡으면서 격렬하게 열정으로 커가고 있다. 그것은 화산과 같은 감정 세계 속에 빠진 그를 몇 년 동안의 그 어떤 체험보다 더 가슴깊이 뒤흔들며 커져 가는 또 다른 병인 것이다. 소년과도 같이 일흔네 살의 노인은 열렬히 몰입한다. 산보길 위에서 그녀가 웃는 소리를 듣게 되면 그는 즉시 하던 일을 제쳐 두고 모자도 지팡이도 챙기지 않은 채 급히 그 쾌활한 아이에게로 달려 내려간다. 그는 구혼 역시 젊은 남자처럼 한다. 그리하여 비극 속에 약간의 익살스러움이 담긴 최고의 괴기스런 연극이 펼쳐진다. 자신의 건강상태가 결혼생활에 지장이 없을지 의사와 남몰래 상의하고 나서 괴테는 동행인들 중 최고령자인 대공에게 마음을 털어놓는다. 그리고 자신을 위해 레베초 부인에게 딸 울리케와의 결혼을 요청해 달라는 부탁을 한다. 대공은 50년 전 그와 함께 열광적으로 즐겼던 수많은 호색적인 밤들을 회상하면서, 독일과 유럽이 현자 중의 최고 현자이며 세기의 가장 완숙하고 정화된 정신으로서 존경하는 그 사람 앞에서 조용히 심술궂게 미소 짓는다. 그리고는 별과 훈장을 화려하게 달고 소녀의 어머니에게 가서 일흔네 살의 노인과 열아홉 살 소녀와의 결혼을 요청한다. 그 답변에 대해서는 정확하게 알려진 것이 없다. 그것은 두고 보자는, 좀 더 생각해 보자는 것이었을 것으로 보인다. 그리하여 괴테는 확답을 받지 못한 구혼자로서 그저 의례적인 입맞춤들과 사랑이 담긴 말들에 만족하게 된다. 그러는 사이 다시 한 번 그 사랑스런 모습의 젊은 여인을 소유하고자 하는 욕망이 점점 더 열정적으로 그의 마음을 흔든다. 다시 한 번 그 끝없이 초조한 노인은 결혼을 허락받을 결정적 순간을 얻기 위해 애쓴다. 그는 진실한 마음으로 그 사랑하는 여인을 따라 마리엔바트에서 칼스바트로 옮겨가지만 여기에서도 자신의 불타는 소망에 대한 불확실성만을 찾게 되고, 늦여름과 함께 그의 고통은 커져만 간다. 마침내 작별의 시간이 다가오고, 마차가 굴러 올 때 그 위대한 예감자는 아무것도 약속받지 않고, 거의 아무것도 기대할 수 없는 상태로 자신의 삶 속에서 어마어마한 것이 종말을 맞았음을 느낀다. 그러나 깊은 고통의 영원한 동료인 오랜 위안자가 그 침울한 시간 속에 존재한다. 그것은 고통 위로 몸을 숙이고 있는 천재성이다. 지상에서 위안을 찾지 못하는 그것은 신을 향해 외친다. 괴테는 체험으로부터 나와서 시 속으로 들어가 이미 수없이 해왔듯이 다시 한 번 마지막으로 간구한다. 그리고 이 일흔네 살의 노인은 시를 쓸 수 있게 해준 마지막 은총에 대한 엄청난 감사의 마음에서 자신의 시 위에 40년 전에 자신이 썼던 『타소』(*괴테가 1789년에 쓴 희곡)에 나오는 시구를 적어 넣음으로써 다시 한 번 깜짝 놀라면서 그것의 의미를 체험한다.

이제 백발의 노인은 마음속의 의문들에 대한 불확실성으로 고통스럽게 동요하면서 구르는 마차 안에서 생각에 잠겨 앉아 있다. 울리케는 아침 일찍 언니와 함께 그 "떠들썩한 작별"을 할 때 그에게 달려와서 젊고 사랑스런 입으로 입맞춤했었는데, 그 입맞춤은 애정의 입맞춤이었을까, 딸로서 해준 것이었을까? 그녀가 그를 사랑할 수 있고, 그를 잊지 않을 것인가? 그리고 많은 유산을 고대하고 있는 아들과 며느리가 결혼을 허용할 것이며, 세상은 그를 비웃지는 않을까? 내년이면 그가 그녀에게 있어 무용지물처럼 늙어버리지는 않을까? 그리고 그가 그녀를 다시 보게 된다면 그 재회에서 무엇을 기대할 수 있을까?

불안하게 의문들이 쌓여갔다. 그리고 돌연 하나의 가장 본질적인 것이 행을 이루고 절을 이루는데 - 그 의문, 그 고통이 시가 되는 것이며, 신은 그에게 괴로워하는 것을 말하게 해주었다. 외침은 내면적 감동의 격한 동요가 되어 직접적으로, 적나라하게 시 속으로 밀고 들어간다.

그리고 이제 고통은 놀랍게도 자신의 혼돈으로부터 정화되어 수정같이 맑은 단락들 속으로 파고든다. 작가가 자신의 내면 상황의 혼돈

스런 괴로움, "답답한 공기"를 통과하며 헤맬 때 그의 눈길이 우연히
위로 향한다. 구르는 마차에서 그는 신성한 평화로움이 불안과 대비
되어 있는 조용한 보헤미아의 아침풍경을 바라본다. 그가 바라본 그
모습은 곧장 자신의 시 속으로 흘러든다.

세상은 그대로 남아 있지 않은가?
돌담들은 변함없이 성스런 그림자의 왕관을 쓰고 있지 않은가?
곡식은 익어가지 않는가?
초록빛 땅은 숲과 초원을 지나 강가에까지 뻗어있지 않은가?
그리고 그 모습을 몽땅 드러내다가 곧장 아무런 모습도 없는 상태로
세상을 뒤덮는 거대한 하늘이 둥그렇게 드리워 있지 않은가?

그러나 그에게 이 세상은 지나치게 무미건조하다. 그 격정적인 순
간에 그는 모든 것을 단지 그 사랑하는 여인의 모습과 연결 지어서만
파악할 수 있기에 추억은 마술과도 같이 투명하게 새로이 변화되어
시가 된다.

가볍고 사랑스럽게, 맑고 부드럽게 짜인 듯
묵직한 구름에서 천사 같은 합창이 퍼져 나오누나.
바로 그녀인 양 저 푸른 하늘에서
엷은 안개를 헤치고 솟아나오는 날씬한 모습 하나.
그렇게 그녀가 즐겁게 춤추는 걸 너는 보았다.
가장 사랑스런 모습들 중에서도 가장 사랑스런 모습을.

하지만 너는 그저 한 순간씩만
그녀가 아닌 신기루를 붙잡으려 할 뿐이다.
마음속으로 돌아가라! 거기서 더 잘 찾을 것이니라.
거기에서 그녀는 다양한 모습으로 변화하며 움직일 것이니.
수많은 모습들에 이어 또 하나의 모습이 이루어지고
그리하여 수천의, 점점 더 사랑스런 모습들을 이룰 것이니라.

마음먹자마자 울리케의 모습은 곧장 육감적으로 형성되어 그려진다. 그는 그녀가 그를 맞아들여 "차례차례 행복하게 해주는" 모습, 그녀가 그에게 마지막 입맞춤 후 다시 "마지막 입맞춤"을 해주는 것을 묘사한다.

> 문가에서 기다리며 나를 맞이한 다음
> 차례차례 나를 행복하게 해주려는 듯,
> 마지막 입맞춤을 하고 나서도
> 또 한 번 가장 마지막 입맞춤을 입술 위에 해주려는 듯
> 사랑의 형체는 그처럼 선명하고도 생생하게 내 가슴속에 남아 있다.
> 진실한 심장 속에 불꽃으로 글씨를 새겨 넣은 것처럼.

이제 그 늙은 대가는 추억에 사로잡혀 기쁜 마음으로 가장 숭고한 형식 속에서 이전에 독일어와 어떤 다른 언어도 창조하지 못한 헌신과 사랑의 감정을 그린 가장 순수한 시구들 중 하나를 짓는다.

> 우리 가슴속의 순수함 속에는
> 좀 더 고귀한 자, 좀 더 순수한 자, 알지 못하는 자,
> 그 영원한 무명인에게 의구심을 떨쳐내면서
> 감사의 마음에서 자발적으로 헌신하고자 하는 본성이 움직이며,
> 우리는 그것을 경건하다! 이른다.
> 내가 그녀 앞에 서게 되면 바로 그런 복된 고상함에 함께 하고 있
> 음을 느낀다.

그러나 이 지복한 상태의 뒷감정 속에서 그 버림받은 자는 현실의 괴리로 괴로워한다. 이제 고통이 터져 나와 그 위대한 시의 숭고한 비가적 분위기를 거의 깨뜨린다. 그것은 감정의 노골성을 드러내어 오랜만에 직접적 체험으로의 자발적인 변환을 실현한다. 이 한탄은

전율적이다.

> 이제 나는 멀리 떨어져 있다!
> 지금 이 시간에 어울리는 일이 도대체 무엇이란 말인가?
> 나는 무어라 답해야 될지 알 수가 없다.
> 그녀는 내게 멋지게 지내라고 좋은 것을 많이 주는데,
> 그것은 괴로움만 줄 뿐, 나는 그것에서 벗어나야만 한다.
> 이겨내기 힘든 그리움이 나를 에워싸고,
> 한없는 눈물밖에는 속수무책일 뿐이다.

그리고는 더 이상 거의 고조될 수 없을 만큼 최후의 가장 무시무시한 절규가 고조된다.

> 충직한 길동무들이여, 나를 여기에 내버려 주오.
> 나를 바위덩이 옆에, 진흙탕 속에 홀로 있게 해 주오!
> 그대들에게는 세상이 열려 있으니 계속하여 나아가라!
> 땅은 넓고, 하늘은 숭고하고 거대하도다.
> 관찰하고, 탐구하고, 하나하나 모아나가면
> 대자연의 신비를 흉내 내어 웅얼거리게 될 것이리라.

> 나는 모든 것을, 나 자신까지도 잃어버렸다.
> 신들에게서 총애받던 나였건만.
> 신들은 나를 시험했고 나에게 판도라의 상자를 주었다.
> 충분한 재산과 그보다 더 많은 위험을.
> 신들은 재능 있는 입이 되도록 나를 내몰았고,
> 나를 떼어놓아 - 파멸로 이끌고 있다.

그 자제력 있는 사람에게서 이와 비슷한 시구절이 울려 나온 적은 없었다. 청소년으로서 감춰야 할 것과 어른으로서 간직해야 할 것을 잘 알고 있었던, 전에는 거의 언제나 신기루, 암호, 상징 속에서만 자

신의 깊은 비밀을 드러냈던 그가 여기에서는 백발의 노인으로서 처음으로 대단히 자유롭게 자신의 감정을 털어놓고 있다. 그 다감한 사람이자 위대한 서정시인이 50년 동안에 이 불멸의 메모장에서보다, 그의 삶의 뜻 깊은 이 전환점에서보다 더 활력 있었던 적은 아마 없을 것이다.

괴테 자신도 이 시를 운명의 드문 은총으로서 무척 신비스럽게 느꼈다. 바이마르로 돌아오자마자 그가 다른 어떤 용무나 집안일들에 손대기 전 맨 처음으로 한 것은 그 예술적으로 정교한 비가를 자기 필체로 정성스레 쓰는 일이었다. 암자에 있는 승려와 같이 그는 3일 동안 특별히 골라낸 종이 위에 크고 장중한 서체로 그 시를 모두 써 내려 간 후 그것을 비밀로 하여 가장 가깝고 친밀한 집안사람에게까지 숨긴다. 수다스런 소식이 너무 일찍 퍼지지 않게 하기 위해 그는 제본작업까지 손수 완료하고는, 그 필사본을 빨간 모로코 가죽 표지를 씌워 비단끈으로 묶는다(나중에 그는 그 표지를 푸른색의 아주 멋진 아마포 제본으로 교체하는데, 그것은 오늘날에도 괴테-실러 자료관에서 볼 수 있다). 그에게는 화가 치밀고 불쾌한 나날이 이어진다. 그의 소녀와의 결혼계획은 집안에서 조롱만을 샀고, 아들은 노골적인 증오의 감정을 폭발시켰다. 그는 자신의 시어들 속에서만 그 사랑하는 존재 곁에 머물 수 있다. 아름다운 폴란드 여인 스치마노프스카가 다시 방문하자 비로소 밝은 마리엔바트 시절의 감정이 새로이 솟아나고, 그로 하여금 속을 터놓게 만든다. 10월 27일에 그는 마침내 에커만을 불러들이고, 낭독이 진행되도록 되어 있는 특별한 행사에서 이 시에 그가 어떤 특별한 사랑을 결부시켰는지가 밝혀진다. 괴테는 하인에게 책상 위에 두 개의 촛불을 켜 놓게 하고, 그런 다음 에커만에게 촛불 앞에 앉아 그 비가를 읽도록 부탁한다. 점차 다른 사람들도 그 비가를 들을 수 있게 되지만 가장 친밀한 사람들로 국한된다. 그것은 에커만의 말에 따르면 괴테가 그 비가를 "마치 성전처럼" 소중히 보호했기 때문이다.

그 비가가 그의 삶에 있어 특별한 의미를 지니고 있다는 사실은 그 후 몇 달이 나타내 준다. 그 젊어진 사람의 고양된 건강한 삶에 곧 붕괴가 뒤따른다. 그는 다시 죽음에 가까워진 것처럼 보이고, 안정을 찾지 못한 채 침대에서 의자로, 의자에서 침대로 몸을 질질 끌고 다닌다. 며느리는 여행 중이고, 아들은 증오에 가득 차 있으며, 아무도 그 버림받은 늙은 병자를 돌보거나 조언해 주지 않는다. 그때 친구들로부터 부름을 받아 베를린에서 그의 가장 친밀한 친구인 첼터가 찾아와서는 곧장 그의 마음속에서 사랑의 열병이 불타고 있음을 알아차린다. 그는 깜짝 놀라서 "내가 본 그는 몸속의 온갖 청춘의 고통이 함께 하는 혼신의 사랑을 하고 있는 듯이 보인다"고 쓰고 있다. 괴테를 낫게 하기 위해 그는 "마음속 깊은 관심을 가지고" 괴테의 그 시를 계속하여 반복적으로 읽어주는데, 괴테는 그것을 듣는 것에 싫증을 느끼지 않는다. 괴테는 치유되어 가는 자로서 "자네가 자네의 다감하고 부드러운 목소리로 내가 많은 호감을 갖고 있지만 나 자신에게 그렇다고 고백할 수 없는 그것을 내게 여러 번 들려준 것은 특별한 일이었네"라고 쓰고 있다. 그리고는 계속하여 그는 다음과 같이 쓴다.

"나는 그것을 손에서 놓을 수 없으며, 우리가 함께 산다면 자네는 그것을 외워버릴 수 있을 때까지 오래도록 내게 읽어주고 노래불러 주어야만 할 것이네."

그리하여 첼터가 말한 대로 "그를 찔러 상처 냈던 창으로부터의 치유"가 이루어진다. 괴테는 - 능히 그렇게 말할 수 있는데 - 이 시를 통해 구원된다. 마침내 고통은 극복되고, 마지막 비극적 소망은 제거되며, 사랑하는 그 "어린 딸"과 결혼하여 함께 살고자 하는 꿈은 끝난다. 그는 자신이 더 이상 마리엔바트로도, 칼스바트로도, 또한 걱정 없는 사람들의 명랑한 유희세계 속으로도 가지 못할 것임을 잘 알며, 이제부터 그의 삶은 오로지 작업에만 매달리게 된다. 그 시험당한 자는 운명의 새로운 시작을 단념하며, 그 대신 또 다른 위대한 어휘가 그의 삶의 영역 속으로 들어온다. 그것은 '완성'이라는 것이다. 그는 60년에 걸쳐 펼쳐져 있는 자신의 작품들로 진지하게 눈길을 되돌린다. 분산되어 흩어져 있는 그것들을 바라보고는, 자신이 이제 더 이상 작품을 만들어나갈 수는 없으므로 적어도 그것들을 한데 모아야겠다는 결심을 한다. 『전집』에 대한 계약이 체결되고 저작권이 확보된다. 다시 한 번 열아홉 살 소녀를 두고 일었던 것과 똑같은 사랑이 그의 가장 오랜 청춘시절의 두 동반자인 『빌헬름 마이스터』와 『파우스트』에 대해 소용돌이친다. 그는 힘차게 작품에 손을 댄다. 누렇게 변색된 책갈피들로부터 지난 세기의 구상이 새롭게 수정된다. 그가 여든 살이 되기 전에 『방랑시대』가 완료되고, 다시 영웅적인 용기로 여든한 살의 노인은 그의 생애의 "핵심작"인 『파우스트』에 손을 대어 그 비가의 비극적인 운명의 날들 이후 7년 만에 그것을 완성한다. 그는 비가와 마찬가지로 엄숙한 외경심을 가지고 그것을 봉하여 비밀에 부친 채 세상에 내보이지 않고 숨겨둔다.

칼스바트와의 결별의 날이자 사랑과의 결별의 날인 이 9월 5일은 두 감정의 영역, 즉 마지막 욕망과 마지막 단념, 시작과 완성 사이의 분기점이자 내면적 반전의 잊힐 수 없는 순간으로서 존재하며, 마음을 뒤흔드는 탄식에 의해 영원으로 변화되었다. 우리는 이날을 가히 기념비적인 날로 칭할 수 있는데, 그 이후로 독일 문학은 이 막강한 시 속을 흐르는 초강력한 감정의 흐름보다 감성적으로 더 위대한 시간을 갖지 못했기 때문이다.

<이 글은 슈테판 츠바이크의 『인류사를 이끈 운명의 순간들』
(이관우 역, 공주대학교출판부)에서 발췌한 것임>

마리엔바트의 비가

요한 볼프강 폰 괴테

인간이 자신의 고통으로 말문이 막히면
신은 내게 괴로워하는 것을 말하게 해주었다

꽃이 모두 져버린 이날
다시 만나기를 희망할 수 있을까?
천국과 지옥이 네 앞에 두 팔을 벌리고 있다.
사람의 마음은 어찌 그리 잘도 흔들리는지!
더 이상 의심하지 말라! 그녀가 천국의 문으로 다가와
두 팔로 너를 들어 올려 주리라.

영원히 아름답게 살 가치가 있는 자처럼
천국은 그렇게 너를 맞이하였다.
네게는 기원도 희망도 욕망도 남아 있지 않았다.
여기가 절절하게 도달하려 애썼던 목적지였다.
그리고 이 오로지 아름다운 것을 바라보는 가운데
동경의 눈물샘은 곧장 말라버렸다.

하루라는 시간은 재빠른 날갯짓을 하며 지나지는 않았는데
일 분 일 분은 자신을 내몰아가는 것 같았지!
저녁의 입맞춤은 진실을 보증하는 날인이니
내일의 해가 떠도 지워지지 않으리.
시간들은 자매들처럼 나긋나긋 걸어가면서 닮아갔다.
그러나 어떤 시간도 다른 시간들과 똑같지 않았다.

무섭도록 달콤하고 찢어버리는 듯한 마지막 입맞춤은
얽힌 표정들의 훌륭한 짜맞춤.
천국을 지키는 천사가 불꽃을 뿜으며 내쫓듯
발걸음은 문지방을 피해 빨라지기도 하고 멈추기도 한다.
눈은 언짢아하며 황량한 오솔길을 응시한다.
되돌아보니 문은 닫혀 있다.

이제 영원히 다시 열리지 않을 듯
이 가슴도 스스로 닫혀버렸다.
그녀 곁에서 내기를 하며 반짝이는
하늘의 모든 별들도 느낄 수 없다.
그리고 불만, 후회, 비난, 근심이
이 답답한 공기 속에서 무겁게 짓누르고 있다.

세상은 그대로 남아 있지 않은가?
돌담들은 변함없이 성스런 그림자의 왕관을 쓰고 있지 않은가?
곡식은 익어가지 않는가?
초록빛 땅은 숲과 초원을 지나 강가에까지 뻗어 있지 않은가?
그리고 그 모습을 몽땅 드러내다가 곧장 아무런 모습도 없는 상태로
세상을 뒤덮는 거대한 하늘이 둥그렇게 드리워 있지 않은가?

가볍고 사랑스럽게, 맑고 부드럽게 짜인 듯
묵직한 구름에서 천사 같은 합창이 퍼져 나오누나.
바로 그녀인 양 저 푸른 하늘에서
엷은 안개를 헤치고 솟아나오는 날씬한 모습 하나.
그렇게 그녀가 즐겁게 춤추는 걸 너는 보았다.
가장 사랑스런 모습들 중에서도 가장 사랑스런 모습을.

하지만 너는 그저 한 순간씩만
그녀가 아닌 신기루를 붙잡으려 할 뿐이다.
마음속으로 돌아가라! 거기서 더 잘 찾을 것이니라.
거기에서 그녀는 다양한 모습으로 변화하며 움직일 것이니.
수많은 모습들에 이어 또 하나의 모습이 이루어지고
그리하여 수천의, 점점 더 사랑스런 모습들을 이룰 것이니라.

문가에서 기다리며 나를 맞이한 다음
차례차례 나를 행복하게 해주려는 듯,
마지막 입맞춤을 하고 나서도
또 한 번 가장 마지막 입맞춤을 입술 위에 해주려는 듯
사랑의 형체는 그처럼 선명하고도 생생하게 내 가슴속에 남아 있다.
진실한 심장 속에 불꽃으로 글씨를 새겨 넣은 것처럼.

높은 요철성벽처럼 견고한 마음속에
그녀를 간직하여 온전히 지키고 있도다.
이 마음 영원히 변치 않음에 그녀 기뻐하리라.
그녀 마음 열리기만 하면 내 마음 저절로 알게 되리라.
그 사랑스런 차단막 속에서 내 마음은 더 자유롭게 느끼고
그녀에게 모든 것을 감사하며 고동칠 것이다.

사랑할 능력이, 사랑받고 싶은 욕구가
지워지고 사라졌었는데
기쁜 설계를 하고 결심을 하고 빠른 행동을 할
희망어린 기분을 재빨리 되찾았노라!
사랑이 사랑하는 자를 고무한다면
그건 다름 아닌 나에게서 최고로 잘 이루어졌다.

그것도 그녀를 통해! - 얼마나 많은 가슴속 두려움이
정신과 육체를 달갑잖은 짐으로 누르고 있었던가.
억눌린 심장의 공허하고 황량한 공간 속에서
시선은 온통 소름끼치는 모습들로 에워싸여 있었다.
이제 낯익은 문턱으로부터 어렴풋이 희망이 밝아오고,
부드럽고 밝은 햇살 속에 그녀가 나타난다.

여기 낮은 곳에서 너희에게 - 우리가 알기로는 -
이성보다 더한 축복을 내리는 신의 평화,
나는 그것을 세상에서 가장 사랑하는 존재 앞에서
사랑의 해맑은 평화와 비교한다.
거기서 심장은 안식하고, 어떤 것도 가장 깊은 마음이
그녀의 것이 되는 것을 막지 못한다.

우리 가슴속의 순수함 속에는
좀 더 고귀한 자, 좀 더 순수한 자, 알지 못하는 자,
그 영원한 무명인에게 의구심을 떨쳐내면서
감사의 마음에서 자발적으로 헌신하고자 하는 본성이 움직이며,
우리는 그것을 경건하다! 이른다.
내가 그녀 앞에 서게 되면 바로 그런 복된 고상함에 함께 하고 있
음을 느낀다.

그녀의 시선 앞에서는 태양의 지배 앞에서처럼,
그녀의 숨결 앞에서는 봄의 입김 앞에서처럼,
그토록 오랫동안 얼음처럼 딱딱하게 굳은 채
겨울의 구덩이에 깊이 파묻혀 있던 자의식이 녹아내린다.
어떤 이기심도, 어떤 고집도 견디지 못하고
그녀가 나타나면 모두가 비에 씻긴 듯 사라진다.

그녀가 말하고 있는 것만 같다.
"시간 시간 우리에게는 삶이 다정하게 주어지지요.
어제의 것은 우리에게 별로 알려지지 않았고,
내일의 것을 아는 것은 금지되었지요.
내가 저녁이 오는 것을 두려워할 때면
태양은 가라앉아 무엇이 나를 기쁘게 해주는지 보았어요.

그래서 나는 기쁘게 알아차리고
그 순간의 눈 속을 들여다보지요! 미루지 말아야지요!
재빨리 호의를 가지고 활기차게 그를 만나지요.
행동하면서건, 기쁘게도 사랑하면서건!
오로지 당신이 있는 곳에서는 모든 것이 언제나 유치하고,
그래서 당신은 모든 것이고, 극복할 수 없는 사람이지요."

나는 생각했다, 너의 말이 훌륭하다고.
신이 그대에게 순간의 은총을 딸려 보내주었다고.
그리고 귀여운 네 곁에서는 누구나
곧장 운명의 은총을 입은 자임을 느끼리라.
너에게서 떨어지라는 손짓이 나를 놀라게 한다.
그렇게 높은 지혜를 배운들 내게 무슨 소용이 있으랴!

이제 나는 멀리 떨어져 있다!
지금 이 시간에 어울리는 일이 도대체 무엇이란 말인가?
나는 무어라 답해야 될지 알 수가 없다.
그녀는 내게 멋지게 지내라고 좋은 것을 많이 주는데,
그것은 괴로움만 줄 뿐, 나는 그것에서 벗어나야만 한다.
이겨내기 힘든 그리움이 나를 에워싸고,
한없는 눈물밖에는 속수무책일 뿐이다.

그러니 물이 아무리 솟구쳐 나와 쉬지 않고 흘러도
마음속 불길을 잡을 수는 없으리라!
이미 내 가슴속에서는 포악한 광란이 벌어지고,
죽음과 삶이 무시무시한 싸움을 벌이고 있다.
육신의 고통을 잠재울 약초는 있겠지만
나의 정신에는 결단과 의지가 없다.

생각할 수가 없다. 그녀 없이 어떻게 지낸단 말인가?
그녀의 모습을 수천 번 떠올린다.
지금 흐릿하게 바로 지금 지극히 밝은 빛 속에서
금세 머무적거리다가는 금세 사라져버린다.
밀물과 썰물, 왔다가 가는 것,
이것이 손톱만큼이라도 위로를 줄 수 있을 것인가?

충직한 길동무들이여, 나를 여기에 내버려 주오.
나를 바위덩이 옆에, 진흙탕 속에 홀로 있게 해 주오!
그대들에게는 세상이 열려 있느니 계속하여 나아가라!
땅은 넓고, 하늘은 숭고하고 거대하도다.
관찰하고, 탐구하고, 하나하나 모아나가면
대자연의 신비를 흉내 내어 응얼거리게 될 것이리라.

나는 모든 것을, 나 자신까지도 잃어버렸다.
신들에게서 총애받던 나였건만.
신들은 나를 시험했고 나에게 판도라의 상자를 주었다.
충분한 재산과 그보다 더 많은 위험을.
신들은 재능 있는 입이 되도록 나를 내몰았고,
나를 떼어놓아 - 파멸로 이끌고 있다.

3장

환상과
비유의 세계
- 괴테

3장 환상과 비유의 세계 – 괴테:『동화』

괴테는 우리에게 세 편의 동화를 남겼다. 완성연대 순으로『동화』(1795),『신 멜루지네』(1807),『신 파리스』(1811)가 그것이다. 괴테는 고전주의를 이끌고 완성시킨 작가였지만 이들 동화를 통해 다음에 이어지는 낭만주의시대의 대표적 장르인 동화의 기초를 다지고 방향을 제시했다. 괴테의 동화들은 삶의 문제들에 대한 비유적이며 환상적인 묘사를 통해 독자를 상상의 세계 속에 자유롭게 떠돌며 행복을 느끼게 하는 마력을 지니고 있다.

세 편의 동화 중 가장 먼저 쓰이고 분량이 가장 긴『동화』는 장르명칭 자체를 제목으로 하고 있어 괴테가 이 작품을 동화의 전형으로 내세우려 했음을 알 수 있다. 노벨레6)라는 장르를 정의하기도 한 괴

---

6) 노벨레는 본래 이탈리아 작가 보카치오의『데카메론』을 원형으로 하는 문학 장르의 명칭이며, 독일에서는 18, 19세기 및 20세기 초에 하인리히 폰 클라이스트, 게르하르트 하우프트만, 괴테, 토마스 만, 프란츠 카프카 등의 작가들에 의해 발전되었다. 특히 괴테는 노벨레의 이론을 제시하여 노벨레를 "예기치 않은 전대미문의 사건"으로 규정하기도 했다. 괴테는 1826년 장르명칭을 제목으로 단『노벨레』를 발표하여 이 작품을 노벨레의 표본으로 제시하고자 했음을 짐작케 한다. 노벨레는 실제로 일어난 엄청난 일이나 가공의 충격적인 사건(전염병 · 전쟁 · 홍수 등)에 바탕을 둔 이야기로서 발단으로부터 전개과정을 거쳐 정점에 이르고, 예기치 않은 사건에 의해 반전되어 필연적 결말에 이르는 정연한 사건전개를 구조적 특징으로 한다. 그 밖에 역설적인 어조로 끝나는 짧은 줄거리, 세련되고 부드러운 문체, 감정의 억제, 주관적인 표현보다는 객관적인 표현 등이 특징이다.

테는 역시 이 장르명칭을 제목으로 사용한 『노벨레』를 발표하기도 했다. 자신의 작품을 장르적 표본으로 내세우려 한 괴테다운 오만함이 엿보이는 대목이다.

장편소설 『독일 피난민들의 대화』의 마지막 부분에 삽입된 이 『동화』에서는 자연과 인간이 하나 되어 평화롭고 이상적인 세상을 만들어가는 과정이 환상적으로 그려진다. 괴테의 『동화』는 한 편의 동화인 동시에, 제목과는 달리 단순한 동화가 아니기도 하다. 이것은 그냥 가볍게 읽어도 재미있고, 곰곰이 생각하며 읽어도 재미있다. 아이들이 읽어도 좋고, 어른들이 읽어도 좋다. 이 동화에는 사람들뿐만 아니라 도깨비불과 뱀, 매, 강아지, 채소, 강물, 바위계곡도 등장하여 함께 어우러지고 있다. 인간과 자연이 서로 대화를 나누고 있으며, 생물과 무생물이 서로 교감하고 있고, 물질계와 영혼계가 서로 어울리고 있다. 게다가 이야기가 전개되는 각 장면 장면은 누구라도 금방 그림으로 옮길 수 있을 만큼 회화적으로 묘사되어 있다. 괴테의 동화는 마치 수수께끼 같기도 하고, 숨은 그림 찾기 같기도 하다. 괴테 자신의 입을 빌어 말한다면, "동화에는 숨은 뜻이 있는 동시에 숨은 뜻이 없다." 그러므로 숨은 뜻을 찾으면서 읽어도 괜찮고, 그렇게 하지 않아도 괜찮은 것이다.

『동화』에 숨어 있는 뜻은 무엇일까? 우선 이 동화에 등장하는 인물들은 각각 어떤 의미를 지니고 있다. 예를 들면, 금으로 된 왕은 '지혜'를, 은으로 된 왕은 '빛'을, 청동으로 된 왕은 '힘'을 뜻한다. 또한 이 동화에는 여러 가지 비밀이 숨어 있다. 그중 몇 가지는 괴테가 자기 입으로 풀어 주고 있다. 예를 들어 처음 세 가지 비밀은, 세상을 지배하는 것이 '지혜'와 '외모'와 '권력'이라는 사실이다. 그리고 이야기의 끝 무렵에 풀리는 네 번째 비밀은 지혜, 외모, 권력보다 더 위대한 것은 '사랑'이라는 것이다.

동화 속에 직접적으로 드러나 있지 않은 또 다른 숨어 있는 비밀을 찾아내고 싶은 사람은 우선 틀 그림 속에서 숨은 그림들을 찾아내고, 다시 숨은 그림들을 엮어서 틀 그림을 그리는 수고를 되풀이해야 할 것이다. 그렇지만 이 수고는 재미있고 즐거운 것이 될 수 있다. 왜냐하면 이 일은 시험문제를 풀 때처럼 미리 정해져 있는 정답을 알아맞히는 일이 아니기 때문이다. 이 비밀은 읽는 사람마다 다를 수도 있고, 읽을 때마다 다를 수도 있다. 거꾸로 여러 사람이 똑같은 답을 찾아낼 수도 있을 것이다. 괴테의 말에 따르면, 세상에서 가장 큰 비밀을 찾아가는 일은 자유롭게 상상하는 길이며, 각자의 미적 취향에 따라 새롭게 창조하는 길이다. 동화는 사람들로 하여금 현재의 자신으로부터 벗어나 무한한 자유의 세계로 나아가도록 이끌어 주는 것을 특징으로 하고 있다.

폭풍우가 몰아치는 한밤중에 도깨비불들이 뱃사공의 도움으로 강을 건너면서 시작되는 이야기는 녹색 뱀, 거인, 지하사원의 왕들, 램프를 든 노인과 그의 부인, 젊은이, 강아지, 백합, 매 등을 등장시키며 비유와 환상이 얽힌 꿈과 같은 세계를 그린다.

여기서 핵심적인 비유는 지하사원의 네 왕들이다. 이들 중 앞의 세 왕은 세 개의 시대를 비유하고 있다. 즉 지혜로 나타나는 첫 번째 왕은 고전주의를, 빛으로 나타나는 두 번째 왕은 중세를, 힘으로 나타나는 세 번째 왕은 절대주의를 비유하고 있다. 그리고 주저앉은 네 번째 왕은 프랑스혁명에 의해 몰락한 루이 16세에 비유되고 있다.

작품의 말미에서는 백합을 사랑하면서도 그림자가 되어 세상을 떠

돌 수밖에 없는 운명에 처한 젊은이가 마침내 백합의 손길로 다시 태어나 둘이서 결혼을 하고 왕과 왕비가 된다. 젊은이는 지혜와 외모와 권력을 상징하는 세 왕의 뒤를 이어 정통 후계자로 등극하는 것이다. 백합과 젊은이의 결혼은 지혜, 외모, 권력에 이어 세상을 다스리는 또 다른 가장 큰 힘인 사랑을 바탕으로 한 안정되고 평화로운 통치기반의 확립으로 비유된다.

신비와 환상의 세계도 무한히 펼쳐지고 있다. 금화를 삼킨 녹색 뱀은 투명하고 찬란한 빛을 내다가 나중에는 보석으로 변해 강을 가로지르는 화려한 다리가 된다.

이 계곡 안에는 아름다운 녹색 뱀이 살고 있었는데, 뱀은 짤랑거리는 소리를 내며 떨어지는 금화로 인해 잠에서 깨었다. 뱀은 반짝이는 금화들을 보자마자 그 자리에서 그것들을 몹시 탐욕스럽게 집어삼켜버렸고, 수풀 속과 바위틈 사이에 흩어져 있던 모든 금화들을 세심하게 찾았다.
그것들을 모두 삼켜버리자 뱀은 곧장 금이 자신의 뱃속에서 녹아 온몸으로 퍼져나가는 듯한 지극히 기분 좋은 느낌이 들었고, 자신의 몸이 투명하며 반짝거리게 되었다는 것을 알아차리고 몹시 기뻐했다. (…중략…)
왕자가 외쳤다.
"와! 우리 눈앞에 벽옥과 석영으로 만들어진 것처럼 서 있는 저 다리는 어쩌면 저다지도 아름다울 수 있단 말인가? 저 다리는 에메랄드와 녹옥수와 감람석이 더없이 우아하고 다채롭게 조합되어 이루어진 것으로 보이니 누구나 발을 들여놓는 것을 두려워할 수밖에 없겠지?"
두 사람은 뱀이 일으킨 변화를 알지 못했다. 날마다 정오가 되면 강을 가로질러 세워져 멋진 다리의 형태로 서 있는 것은 바로 뱀이었던 것이다. 두 보행자는 경외심을 느끼며 다리에 들어서서 말없이 건너갔다.

노인의 램프는 돌을 금으로, 나무를 은으로, 죽은 동물들을 보석으로 변화시키고, 온갖 금속들을 사라지게 하는 놀라운 마력이 있어 죽은 강아지를 아름다운 마노로, 카나리아를 황옥으로 변화시킨다.

백합의 손은 어루만짐에 의해 생명을 빼앗기도 하고 되살리기도 한다. 그리하여 마노가 다시 강아지로 소생하고 죽은 애인이 살아난다. 그런가 하면 램프를 든 노인의 예언에 따라 지하에 묻혀 있던 사원은 땅 위로 솟아오른다.

한편 『동화』에서는 동물과 인간의 상호 소통이라는 동화의 전형적 특성이 나타나 있다. 특히 인상적인 것은 뱀의 헌신적 봉사와 희생이다. 뱀은 죽은 왕자 둘레로 따리를 틀어 햇볕을 차단함으로써 시체가 부패하는 것을 늦춘다. 또한 자신을 희생하여 강을 가로지르는 다리가 됨으로써 강을 사이에 두고 떨어져 있는 백합의 집과 지하사원 사이의 소중한 연결로를 구축한다. 그리하여 그림자처럼 세상을 떠돌던 젊은이를 구제하여 백합과의 결혼을 성사시키고, 새로운 시대의 도래를 이룩한다. 또한 다리를 통해 마차와 사람들과 짐승들이 자유롭게 오갈 수 있게 함으로써 인간과 자연이 하나 되는 이상적 세계의 실현에 기여한다. 이러한 뱀의 모티브는 고대 그리스 및 로마시대부터 주로 종교와 신화에서 영원의 표상으로 전해 내려왔다. 괴테도 꼬리를 물고 있는 뱀을 시간적 영원성의 상징이라고 밝힌 바 있다.『동화』에서도 뱀은 강을 가로지르는 영원불멸의 다리가 되고 있음이 마지막 구절에서 강조되고 있다.

> 그 다리는 오늘날까지 여행자들로 붐비고 있으며, 그 사원은 온 세
> 상에서 사람들이 가장 많이 찾는 사원이 되었다.

그런가 하면 램프는 불꽃을 튀겨 노인에게 긴급히 달려가야 할 곳이 생겼음을 알리고, 매는 노인에게 길을 인도해주는 등 자연과 인간이 서로 소통하고 협력한다.

『동화』에서는 자연과 인간, 어둠과 밝음, 환상과 현실, 과거와 현재, 약자와 강자 등 대립적이고 양극적인 요소들이 하나로 합일되어 궁극적으로는 모두가 한데 어우러져 평화롭게 살아가는 하나의 완전한 이상세계가 이루어진다. 따라서 이 동화는 분열과 갈등을 넘어 통일과 조화와 균형을 지향하는 괴테의 동화 이념은 물론 그가 이끌었던 고전주의의 시대정신과도 엄격하게 합치되고 있다.

동화

요한 볼프강 폰 괴테

방금 폭우로 물이 불어나 넘쳐버린 큰 강가에서 늙은 뱃사공이 하루의 힘든 일에 지쳐 자신의 조그만 오두막집에 누워 잠을 자고 있었다. 한밤중이 되자 웬 시끄러운 목소리들이 그를 깨웠다. 그는 여행자들이 강을 건네줄 것을 원하는 소리를 들었다.
문밖으로 나간 그는 매여 있는 나룻배 위에서 커다란 도깨비불 두

개가 이리저리 움직이고 있는 것을 보았다. 그것은 그들이 무척 다급하며 빨리 강 건너편으로 건네지기를 바란다는 걸 확인시켜주었다. 뱃사공 노인은 지체하지 않고 배를 풀어 몸에 밴 능란한 솜씨로 강을 가로질러 달려 나갔고, 그러는 동안 그 낯선 이들은 어떤 때는 나룻배의 가장자리와 의자에서, 어떤 때는 바닥에서 이리저리 껑충껑충 뛰면서 알 수 없는 무척 빠른 언어로 서로 지껄여대고 이따금 크게 웃음을 터뜨렸다.

노인은 소리를 질렀다.

"배가 뒤뚱거려! 자네들이 그렇게 요란하게 굴면 배가 뒤집힐 수 있네. 앉게, 불빛들이여!"

그들은 노인의 이런 요구를 듣고 큰 소리로 웃음을 터뜨렸고, 노인을 비웃고 전보다 더 요란해졌다. 노인은 그들의 불손함을 꾹 참아냈고, 곧 건너편 강가에 도달했다.

"수고에 대한 보답이요!"

여행자들은 이렇게 외쳤고, 몸을 흔들자 번쩍이는 수많은 금화들이 축축한 나룻배 안으로 떨어져 내렸다.

그러자 노인이 외쳤다.

"아니 이럴 수가, 자네들 뭐하는 건가! 자네들이 나를 엄청난 불행으로 몰아넣고 있어! 금화 한 닢이 물속으로 떨어지기라도 한다면 이 쇳조각을 견뎌내지 못하는 강물이 무시무시한 풍랑을 일으켜 배와 나를 집어삼켜버릴 것이네. 그리고 자네들에게도 화가 미칠지 누가 알겠는가. 금화를 다시 거둬들이게!"

그들은 대답했다.

"우리는 몸에서 털어낸 것은 어떤 것도 다시 거둬들이지 못합니다."

노인은 몸을 굽혀 금화들을 모자에 주워 담으면서 말했다.

"그렇다면 자네들은 내게 그것들을 긁어모아 땅으로 가져가 파묻어야 하는 수고를 끼치고 있구먼."

도깨비불들은 나룻배에서 뛰어내렸고, 노인이 소리쳤다.

"뱃삯은 어떻게 되는 건가?"

그러자 도깨비불들이 외쳤다.

"금을 받지 않는 사람은 무보수로 일할 수밖에요!"

"내게는 땅에서 난 과일들로만 품삯을 지불할 수 있다는 걸 자네들이 알았어야 했는데."

"땅에서 난 과일들이요? 우리는 그런 것들을 중요하게 여기지 않으며, 즐겨 먹지도 않는데요."

"하지만 나는 자네들이 양배추 세 개, 엉겅퀴 세 개, 큰 양파 세 개를 가져다준다고 내게 약속하지 않으면 자네들을 보내줄 수 없네."

도깨비불들은 무시하며 떠나려고 했다. 그러나 그들은 도무지 알 수 없는 방식으로 땅바닥에 묶여 있는 듯한 느낌을 받았다. 그것은 그들이 지금까지 겪어보지 못한 가장 불쾌한 느낌이었다. 그들은 곧장 노인의 요구를 들어주겠다고 약속했다. 노인은 그들을 풀어주고 떠나게 했다.

그들이 노인의 뒤에 대고 외쳤을 때는 이미 노인은 멀리 배를 타고 떠나간 뒤였다.

"노인양반! 들어보소, 노인양반! 우리는 아주 중요한 걸 잊고 말하지 못했어요!"

노인은 계속 멀어져 가 그들의 말을 듣지 못했다. 그는 계속하여 강 아래쪽으로 배를 몰고 가 결코 강물이 닿을 수 없는 산악지역에 그 위험한 금을 파묻을 생각이었다. 그는 거기에서 높은 바위들 사이에 있는 아주 깊은 계곡 하나를 발견하고 그 안에 금을 뿌려버리고는 자신의 오두막집으로 돌아갔다.

이 계곡 안에는 아름다운 녹색 뱀이 살고 있었는데, 뱀은 짤랑거리는 소리를 내며 떨어지는 금화로 인해 잠에서 깨었다. 뱀은 반짝이는 금화들을 보자마자 그 자리에서 그것들을 몹시 탐욕스럽게 집어삼켜버렸고, 수풀 속과 바위틈 사이에 흩어져 있던 모든 금화들을 세심하게 찾았다.

그것들을 모두 삼켜버리자 뱀은 곧장 금이 자신의 뱃속에서 녹아 온몸으로 퍼져나가는 듯한 지극히 기분 좋은 느낌이 들었고, 자신의 몸이 투명하며 반짝거리게 되었다는 것을 알아차리고 몹시 기뻐했다. 뱀은 이미 오래 전부터 이런 현상이 일어날 수 있을 것이라고 믿어왔다. 그러나 뱀은 이 반짝이는 빛이 오래 지속될 수 있을 것인지에 대해 의문이 들었으므로 호기심과 함께 앞으로도 계속 보장받을 수 있기를 바라는 마음에서 그 아름다운 금을 안으로 뿌릴 수 있는 사람이 누구인지를 알아보기 위해 바위 밖으로 나갔다. 그러나 뱀은 아무도 발견하지 못했다. 뱀은 채소와 수풀 사이를 기어갔으므로 싱그러운 푸르름을 통과해 가며 퍼뜨리는 자신의 우아한 빛에 스스로 경탄하며 더욱 더 기분이 좋았다. 잎사귀들은 모두 에메랄드빛을 냈으며, 꽃들은 모두 가장 화려하게 단장하고 있었다. 뱀은 황량한 거친 숲을 지나쳤지만 아무 것도 찾지 못했다. 그러나 평지로 나와 멀리서 자신의 빛과 비슷한 어떤 반짝임을 바라보자 희망은 더욱 더 커졌다.

"드디어 나와 똑같은 것을 찾았네!"

뱀은 이렇게 외치고 그곳을 향해 서둘러 갔다. 뱀은 늪과 갈대를 통과하여 기어가는 어려움이 있었지만 크게 신경 쓰지 않았다. 왜냐하면 뱀은 메마른 산악초원에서, 특히 높은 바위틈에서 주로 살았고, 맛있는 야채를 즐겨 먹고, 보통 부드러운 이슬과 신선한 샘물로 갈증을 달래 왔을지라도 그 소중한 금에 대해서, 또한 그 찬란한 빛에 대해 알아보려는 희망으로 자신에게 내려진 어떤 어려움도 모두 기꺼이 받아들였을 것이기 때문이다.

뱀은 몹시 지친 채 마침내 어느 축축한 갈대숲에 이르렀다. 그곳에서는 앞서의 두 도깨비불이 이리저리 움직이며 장난치고 있었다. 뱀은 재빨리 그들에게 달려가 인사를 했고, 자신과 친족관계에 있는 그런 우아한 신사들을 찾게 되어 기뻤다. 도깨비불들은 뱀을 훑어보고는 껑충껑충 뛰며 지나쳐버렸고, 자신들 나름의 방식으로 웃었다.

그들은 말했다.

"아주머니, 당신이 본래 수평의 선으로 되어 있다면 그건 아무런 의미도 없는 거요. 분명 우리는 빛을 낸다는 측면에서만 친족관계에 있소. 한번 보세요(여기서 그 두 불꽃은 그들의 넓이를 희생시켜 가능한 한 길고 뾰족한 모습이 되었다). 수직의 선으로 된 우리 신사들에게 이 늘씬한 길이가 얼마나 잘 어울리는지 말이오. 친구여, 우리의 이런 모습을 기분 나쁘게 보지 마시오. 어떤 가족이 이런 걸 뽐낼 수 있겠소? 도깨비불들은 존재하는 동안 결코 앉지도 눕지도 않아 왔소."

뱀은 이 친족들과 함께 있는 것이 무척 불편했다. 왜냐하면 머리를 마음먹은 대로 높이 들어 올리려고 했지만 앞으로 나아가기 위해서는 다시 땅으로 구부릴 수밖에 없음을 느꼈기 때문이다. 그리고 이전에 어두운 숲속에 있을 때가 훨씬 더 편안했었는데, 자신의 빛이 이 친척들 앞에서 시간이 지날수록 급격히 약해지는 것 같았으며, 마침내 완전히 꺼져버릴 것 같은 두려움이 들었던 것이다.

이런 곤란한 상황에서 뱀은 도깨비불들에게 조금 전 바위계곡 안으로 떨어져 내린 그 번쩍이는 금이 어디서 나온 것인지 알려줄 수 없는지 급히 물었다. 뱀은 자신은 그것이 하늘에서 직접 떨어진 황금비일 걸로 추측한다고 말했다. 도깨비불들은 웃고 몸을 흔들었으며, 그들 둘레로 엄청난 양의 금화가 떨어져 내렸다. 뱀은 그것을 집어삼키기 위해 그쪽으로 재빨리 다가갔다. 상냥한 신사들은 말했다.

"실컷 드세요, 아주머니. 우리는 더 많이 대드릴 수 있어요."
그들은 무척 빠른 동작으로 몇 차례 더 몸을 흔들어 뱀은 그 값진
먹을 것을 미처 제때에 받아먹지 못할 정도였다. 뱀의 빛은 눈에
띄게 널리 퍼져나가기 시작했고, 진정 가장 찬란하게 빛났다. 반면
도깨비불들은 무척 야위고 작아졌는데, 그렇다고 그들의 흥겨운 기
분이 조금이라도 사라진 것은 아니었다.
뱀은 급히 집어삼키고 나서 다시 숨을 돌린 다음 말했다.
"나는 당신들에게 영원히 감사해야 할 빚을 지고 있습니다. 내게
원하는 걸 요구하십시오. 힘닿는 데까지 들어드리겠습니다."
도깨비불들이 외쳤다.
"아주 잘 됐소! 어여쁜 백합이 어디에 사는지 말해 주겠소? 우리를
가능한 한 빨리 그 어여쁜 백합의 궁전과 정원으로 데려다 주시오.
우리는 그녀의 발치에 몸을 바쳐야 하는데 조급해 죽을 지경이오."
뱀은 깊은 한숨을 쉬며 대답했다.
"그 일은 내가 지금 바로 해드릴 수는 없습니다. 그 어여쁜 백합은
유감스럽게도 강 건너편에 살고 있습니다."
"강 건너편이라! 우리는 폭풍우가 몰아치는 이 밤에 강을 건너왔는
데! 지금 우리를 갈라놓고 있는 저 강은 얼마나 포악한가! 그 노인
을 다시 부르는 일도 불가능하지 않은가요?"
뱀이 대답했다.
"당신들은 헛수고만 하게 될 겁니다. 왜냐하면 당신들이 그를 이쪽
편 강가에서 만난다 해도 그는 당신들을 받아주지 않을 것이기 때
문입니다. 그는 누구든지 저쪽에서 이쪽으로 건네줄 수는 있어도
아무도 이쪽에서 저쪽으로 건네주지는 못합니다."
"아까 우리가 건너편에 제대로 자리를 잡았던 건데! 강을 건너갈
수 있는 다른 방도는 없는 겁니까?"
"몇 가지가 있긴 하지만 지금 당장은 안 됩니다. 내가 손수 신사 여
러분을 건네 드릴 수는 있지만 정오가 되어야 합니다."
"그건 우리가 다니기 좋아하는 시간이 아니오."
"그렇다면 당신들은 저녁에 거인의 그림자 위에 올라타고 건너갈
수 있습니다."
"어떻게 그럴 수가 있소?"
"여기서 멀지 않은 곳에 살고 있는 그 거대한 거인은 몸으로는 아
무 것도 하지 못합니다. 그의 손은 지푸라기 하나도 집어 올리지
못하고, 어깨는 볏단 하나 옮기지 못합니다. 하지만 그의 그림자는
많은 것을, 아니 모든 것을 할 수 있습니다. 그는 따라서 해가 뜨고

질 때 가장 힘이 강해집니다. 그러므로 저녁에 그의 그림자의 목 부분에 앉아 있기만 하면 됩니다. 그러면 거인은 천천히 강가 쪽으로 걸어가고 그림자가 여행자를 강 건너로 옮겨줍니다. 하지만 당신들이 정오에 수풀이 강가로 빽빽하게 뻗쳐 있는 저쪽 숲 언저리로 나온다면 내가 당신들을 건네주고 어여쁜 백합에게 소개해 줄 수 있습니다. 반면에 당신들이 한낮의 더위를 싫어한다면 저녁 무렵에 저 암석만(巖石灣)에서 그 거인을 찾기만 하면 됩니다. 거인은 틀림없이 호의를 베풀 겁니다.”

젊은 신사들은 가볍게 몸을 숙여 인사하고는 멀어져갔다. 뱀은 그들에게서 벗어나 자기 자신의 빛을 즐기게 되고, 또 한편으로는 오랫동안 묘하게도 자신을 괴롭혀 온 호기심을 해소하게 되어 기뻤다. 뱀은 종종 여기저기 기어 다니던 바위계곡 안 한 곳에서 이상한 것을 발견한 적이 있었다. 그는 이 깊은 계곡 바닥을 비록 빛 없이 기어 다녀야 할 경우에도 감각을 통해 물체들을 아주 잘 구별해낼 수 있었기 때문이다. 그가 몸에 배어 이곳저곳에서 익숙하게 찾아낼 수 있는 것은 울퉁불퉁한 천연자원들뿐이었다. 그리하여 커다란 수정들의 톱니 사이로 휘말려 들어가기도 하고, 순은의 갈고리와 머리칼을 느끼기도 했으며, 이런 저런 보석을 손수 찾아내기도 했었다. 그런데 뱀은 둘레가 막힌 어느 바위 안에서 인간의 손에 의해 만들어졌음을 짐작케 하는 물체들을 감지하고는 몹시 놀랐었다. 뱀이 올라갈 수 없는 매끄러운 벽면들, 뾰족한 고른 모서리들, 잘 만들어진 기둥들이 있었는데, 가장 기이하게 여겨진 것은 사람의 형상들이었다. 뱀은 이 형상들을 여러 번 휘감아보고, 이것들이 틀림없이 청동이나 아주 반질반질하게 다듬어진 대리석일 것으로 여겨왔었다. 뱀은 이 모든 체험들을 이제 눈으로 살펴봄으로써 짐작만 해왔던 모든 것을 확인해보기를 원했다. 뱀은 이제 스스로의 빛을 통해 이 놀라운 지하의 원형사원을 비출 수 있을 것으로 믿었고, 돌연 이 기이한 물체들을 완벽하게 알아내게 뇌기를 희망했다. 뱀은 서둘렀고, 낯익은 길에서 지금껏 수시로 그 성전으로 기어들어가곤 했던 틈새를 곧장 찾아냈다.

뱀은 그곳에 도달하자 호기심에 차 둘러보았다. 비록 자신의 빛이 그 원형건물의 모든 물체들을 비출 수는 없었지만 가까이에 있는 것들은 충분히 뚜렷하게 보였다. 뱀은 놀랍고 경외하는 마음으로 반짝이는 벽감 안을 올려다보았다. 그 안에는 순금으로 된 어느 근엄한 왕의 조각상이 놓여 있었다. 체격으로 보아 그 입상은 어른보다 더 컸지만 얼굴모습으로 보면 성인 남자라기보다는 어린 남자

였다. 그의 잘 다듬어진 몸은 소박한 외투를 두르고 있었고, 떡갈
나무잎으로 된 둥근 관이 그의 머리칼을 가지런히 모으고 있었다.
뱀이 이 근엄한 조각상을 바라보자 왕은 곧장 말을 하기 시작했다.
"너는 어디서 왔느냐?"
뱀이 대답했다.
"황금이 살고 있는 계곡에서 왔습니다."
왕이 물었다.
"황금보다 더 찬란한 것이 무엇이냐?"
"빛입니다."
"빛보다 더 생기 있는 게 무엇이냐?"
"대화입니다."
뱀은 이런 얘기를 주고받으면서 옆쪽을 훔쳐보았다. 뱀은 다음 벽
감 안에서 또 다른 멋진 조각상 하나를 보았다. 벽감 안에는 길쭉
하고 허약한 모습을 한 은으로 된 왕이 앉아 있었다. 그의 몸은 장
식이 된 옷으로 덮여 있었고, 왕관과 요대와 왕홀은 보석들로 장식
되어 있었다. 그는 안면에 자긍심에 찬 쾌활함을 띠고 있었고, 대
리석 벽면에 검은색으로 흐르던 핏줄이 갑자기 밝아져 사원 전체
에 우아한 빛을 퍼뜨리자 곧장 말을 하려는 듯이 보였다. 뱀은 이
빛에 의해 세 번째 왕을 보았다. 세 번째 왕은 청동으로 된 강력한
모습으로 앉아 있었고, 자신의 침대에 기대고 있었으며, 월계관으
로 치장되어 있었고, 사람이라기보다는 바위에 가까웠다. 뱀은 자
신에게서 가장 멀리 떨어져 서 있던 네 번째 왕을 둘러보려고 했지
만 벽이 열렸고, 그러면서 빛을 내던 핏줄이 번개처럼 번쩍하고는
사라져버렸다.
그때 나타난 키가 중간 정도 되는 한 남자가 뱀의 관심을 끌었다.
그는 농부의 옷차림을 하고 있었고, 조용한 불꽃이 들여다보이는
조그만 램프를 손에 들고 있었다. 램프는 그림자 하나 던지지 않은
채 기이한 방식으로 원형사원 전체를 환하게 밝혔다.
금으로 된 왕이 물었다.
"우리가 빛을 내고 있는데 너는 어째서 왔느냐?"
"아시다시피 저는 어두운 것을 비추면 안 되니까요."
은으로 된 왕이 물었다.
"내 왕국은 끝장이 나겠느냐?"
"나중에 끝장나든가 결코 끝장나지 않을 것이오."
청동으로 된 왕이 힘찬 목소리로 묻기 시작했다.
"나는 언제 일어서게 되느냐?"

"곧 일어서게 될 것이오."
"나는 누구와 함께해야 하느냐?"
"형들과 함께 해야 하오."
"막내는 어떻게 될 것이냐?"
"그는 주저앉게 될 것이오."
그러자 네 번째 왕이 거칠고 더듬거리는 목소리로 외쳤다.
"나는 피곤하지 않아."
그들이 얘기하는 동안 뱀은 조용히 사원 안을 이리저리 기어 다니며 모든 것을 관찰했으며, 이제 네 번째 왕을 가까이에서 바라보았다. 그는 기둥에 기대어 서 있었고, 수려한 모습은 아름답다기보다는 둔중해 보였다. 그러나 그가 어떤 금속을 녹여 만들어졌는지는 쉽게 구별할 수 없었다. 정확히 관찰해 보면 그것은 그의 형들을 만든 세 가지 금속의 혼합물이었다. 그러나 주조과정에서 이 물질들이 제대로 섞여 용해되지 않은 듯했다. 금과 은으로 된 핏줄들이 청동으로 된 몸뚱이를 통과하여 불규칙하게 흐르고 있어 그 조각상에 혐오스런 외관을 부여하고 있었다.
그러는 사이 금으로 된 왕이 노인에게 말했다.
"너는 비밀들을 몇 가지나 알고 있느냐?"
"세 가지요."
은으로 된 왕이 물었다.
"어떤 것이 가장 중요한 것이냐?"
"모두 다 알고 있는 비밀이요."
청동으로 된 왕이 물었다.
"그것을 우리에게도 알려주겠느냐?"
"네 번째 비밀을 알게 되는 즉시 알려드리지요."
혼합되어 만들어진 왕이 혼잣말로 중얼거렸다.
"나와는 상관없는 일이지!"
"제가 네 번째 비밀을 알고 있습니다."
뱀은 이렇게 말하고, 노인에게 다가가 귀에 대고 무슨 말인가를 속삭였다.
노인이 큰 소리로 외쳤다.
"때가 되었다!"
사원은 쩌렁쩌렁 메아리쳤고, 금속의 조각상들이 쨍그랑 소리를 냈다. 그 순간 노인은 서쪽으로, 뱀은 동쪽으로 주저앉았으며, 모든 것이 재빨리 바위계곡들을 없애버렸다.
노인이 지나간 모든 통로들은 그의 뒤에서 즉시 금으로 채워졌다.

왜냐하면 그의 램프는 돌을 모두 금으로, 나무를 모두 은으로, 죽은 동물들을 보석으로 변화시키고, 모든 금속들을 없애버리는 놀라운 속성을 지녔기 때문이다. 그러나 이러한 효과를 나타내기 위해서는 램프가 오로지 홀로 빛을 내야만 했다. 만약 그 램프 곁에 다른 빛이 있으면 램프는 단지 아름다운 밝은 불빛을 낼 뿐이었고, 살아 있는 모든 것은 램프에 의해 계속 생기를 띠게 되었다.

노인은 산기슭에 지은 자신의 오두막집으로 들어갔고, 아내가 엄청난 슬픔에 빠져 있는 것을 보았다. 그녀는 불 옆에 앉아 울고 있었고, 좀처럼 마음을 가라앉히지 못했다.

그녀는 소리쳤다.

"이런 불행한 일을 당하다니. 내가 오늘 당신을 가지 못하게 하려 했는데!"

노인은 아주 조용히 물었다.

"도대체 무슨 일이오?"

그녀는 흐느끼면서 말했다.

"당신이 떠나자마자 문 앞에 두 명의 앞뒤 가리지 않는 거친 나그네가 나타났어요. 나는 조심도 하지 않고 그들을 들어오게 했는데, 그들은 두 명의 점잖고 정직한 사람으로 보였지요. 그들은 약한 불꽃으로 옷을 입고 있어 도깨비불들로 여길 수 있었지요. 그들은 집에 들어서자마자 파렴치하게 나에게 말을 걸며 알랑거렸고, 너무나 심하게 치근덕거려서 내가 그 생각을 하면 수치스러워 죽겠어요."

노인은 웃으면서 대답했다.

"이봐요, 그 신사들은 아마 농담을 했을 거요. 그들은 당신의 나이를 보고 아마 흔한 공손함을 표하면서 그렇게 했을 테니까요."

노파는 소리쳤다.

"뭐 나이라고! 나이! 나는 언제나 나이 소리만 듣고 살아야 한단 말예요? 내가 도대체 나이를 얼마나 먹었는데요? 흔한 공손함이라니! 나도 알 건 다 알아요. 당신 벽들이 어떻게 보이는지 좀 둘러보세요. 내가 백 년 동안 본 적이 없는 저 오래 된 돌들 좀 보세요. 그들이 금을 모조리 핥아먹었어요. 얼마나 빨리 핥아먹었는지 당신은 상상도 못할 거요. 그리고 그들은 그것이 보통의 금보다 훨씬 더 맛있다는 걸 줄곧 확인해주었어요. 그들은 벽들을 모두 깨끗이 핥아버리자 무척 기분이 좋아보였고, 확실히 단숨에 훨씬 더 길고 넓어졌으며, 더 밝게 반짝거리게 되었어요. 이제 그들은 다시 오만방자한 행동을 하기 시작했지요. 그들은 다시 내 몸을 쓰다듬었고, 나를 자신들의 여왕이라 불렀으며, 몸을 흔들어 주위에 많은 금화들을 떨어뜨렸지요. 당신도 보다시피 그것들이 저기 의자 밑에서 아직도 반짝이고 있어요. 하지만 이런 불행한 일이 일어날 줄이야! 우리 강아지가 그 금화 몇 닢을 삼켜버렸지요. 그런데 보세요. 그것이 벽난로 옆에 쓰러져 죽어 있어요. 불쌍한 것! 나는 슬픔을 가라앉힐 수가 없군요. 나는 이런 일이 일어난 걸 그들이 떠나버린 다음에야 알았어요. 그렇지 않았으면 나는 그들에게 그들이 뱃사공에게 진 빚을 갚아주겠다는 약속을 하지 않았을 거예요."
노인이 물었다.
"그들이 진 빚이 무엇이오?"
"양배추 세 개, 엉겅퀴 세 개, 양파 세 개요. 나는 날이 밝으면 그것들을 강가로 가져다주겠다고 약속했지요."
"당신은 그들에게 호의를 베풀어도 좋소. 그들은 기회가 되면 우리를 다시 도와줄 것이기 때문이오."
"그들이 우리를 도와주게 될지는 모르지만 그들은 그렇게 하겠다고 약속하고 맹세는 했어요."
그 사이 벽난로 안의 불은 다 타버렸다. 노인은 많은 양의 재로 석탄을 덮고, 반짝이는 금화들을 치워버렸다. 이제 다시 그의 조그만 램프만이 홀로 가장 아름다운 광채로 빛을 냈다. 그리하여 벽들은 금으로 덮였고, 강아지는 생각할 수 있는 한 가장 아름다운 마노로 변했다. 그 진귀한 암석의 서로 교차되는 갈색과 검정색깔이 그것을 가장 진귀한 예술품으로 만들었다.
노인이 말했다.
"당신 바구니를 챙겨 그 안에 저 마노를 넣으소. 그런 다음 양배추 세 개와 엉겅퀴 세 개와 양파 세 개를 챙겨 마노 둘레에 넣어 강으로 가져가시오. 정오 무렵 뱀의 도움을 받아 강을 건너서 아름다운 백합을 찾아가 그녀에게 그 마노를 가져다주오. 그녀는 살아있는 모든 것을 어루만짐으로써 죽이는 것처럼 마노를 어루만짐으로써 살아나게 할 거요. 그녀는 마노를 충실한 반려자로 가지게 될 기요. 그녀에게 슬퍼하지 말라고 말해주오. 또한 그녀가 구원될 날이 다가왔다고, 이제 때가 되었기 때문에 가장 큰 불행을 가장 큰 행복으로 여겨도 된다고 말해주오."
늙은 부인은 바구니를 꾸려 날이 밝자 길을 떠났다. 떠오르는 태양은 멀리서 반짝이는 강물을 밝게 내리비췄다. 노파는 바구니가 머리 위를 압박했기 때문에 천천히 걸어갔다. 그런데 그렇게 힘들게 하는 것은 마노가 아니었다. 그녀는 죽은 것들을 이고 갈 때면 무엇이든 이고 간다는 느낌조차 받지 않았고, 오히려 곧장 바구니가

위로 떠올라 그녀의 머리 위에서 둥둥 떠가곤 했다. 그러나 신선한
채소나 살아 있는 작은 동물을 이고 가는 것은 그녀에게 지극히 힘
들었다. 그녀는 힘들어하며 한동안 걸어가다가 갑자기 깜짝 놀라
멈춰 섰다. 그녀가 하마터면 평야를 지나 자신에게까지 뻗친 거인
의 그림자를 밟을 뻔했기 때문이다. 그녀는 그 어마어마한 거인이
강물에서 목욕을 한 후 물 밖으로 나오는 것을 보고 그에게서 어떻
게 달아나야 할지 알 수가 없었다. 거인은 그녀를 보자 조롱하며
인사를 했고, 그림자의 양손을 곧장 바구니 속에 집어넣었다. 양손
은 가볍고 능숙하게 양배추 한 개와 엉겅퀴 한 개와 양파 한 개를
꺼내어 거인의 입으로 가져갔다. 그런 다음 거인은 강물 위로 계속
걸어가 노파에게 길을 터주었다.
그녀는 되돌아가 자신의 정원에서 모자라는 채소들을 다시 채워
넣어야 더 좋을지 어쩔지를 곰곰이 생각했고, 그렇게 주저하면서도
계속 앞으로 걸어가 곧 강가에 도착했다. 그녀는 뱃사공을 기다리
며 오랫동안 앉아 있었다. 마침내 한 특별한 여행자를 태우고 배를
저어 강을 건너오고 있는 뱃사공이 보였다. 그녀가 충분히 잘 볼
수는 없었지만 젊고 고상하며 멋진 한 남자가 나룻배에서 내렸다.
노인이 외쳤다.
"무얼 가져온 거요?"
"도깨비불들이 당신에게 빚지고 있는 채소들입니다."
노파는 이렇게 대답하고 자신의 물건을 가리켰다.
노인은 종류마다 두 개씩밖에 없음을 알고는 몹시 불쾌해졌고, 그
것들을 받을 수 없음을 분명하게 밝혔다. 노파는 그에게 받아달라
고 간절히 요청했고, 지금은 집으로 돌아갈 수 없으며, 집에까지
가기에는 짐이 무거워 힘들다고 설명했다. 그는 그것은 자신에게
달린 문제만은 아니라는 것을 그녀에게 분명히 밝히면서 안 된다
는 답변을 고수했다.
"나는 받아야 할 것을 아홉 시간 동안 함께 모아두어야 해요. 또한
나는 강에게 삼분의 일을 넘겨주기 전까지는 아무 것도 받을 수 없
소."
노인은 많은 얘기들을 횡설수설 늘어놓은 다음 마침내 이렇게 대
답했다.
"한 가지 방법은 있소. 만약 당신이 강 앞에서 스스로 보증을 하고
자신을 채무자로 인정한다면 나는 이 여섯 개를 받겠소. 하지만 위
험이 몇 가지 따를 것이오."
"내가 약속을 지킨다면 위험한 일은 벌어지지 않나요?"

"전혀 벌어지지 않소. 당신의 손을 강물에 집어넣으시오. 그리고 스물네 시간 안에 빚을 갚겠다고 약속하시오."

노파는 그렇게 했다. 그러나 석탄처럼 새까맣게 변한 자신의 손을 물에서 다시 꺼냈을 때 깜짝 놀라지 않을 수 없었다. 그녀는 노인에게 격렬하게 항의하고, 자신의 두 손은 자기 몸에서 가장 아름다운 부분이었으며, 힘든 일에도 불구하고 그 고상한 손가락들은 하얗고 예쁘게 유지해 왔다고 주장했다. 그녀는 그 손을 몹시 혐오스럽게 바라보고 절망에 차 소리쳤다.

"더 나빠졌어요! 손가락이 줄어들었어요. 다른 쪽 것보다 훨씬 더 작아요."

그러자 노인이 말했다.

"지금은 그런 것처럼 보일 뿐이오. 하지만 당신이 약속을 지키지 않는다면 정말로 그렇게 될 수 있소. 그 손은 점점 줄어들어 마침내 사용할 수 없어 아쉬워하지도 못한 채 완전히 사라질 테지만 그 손을 쓰지 못하는 건 아니오. 아무도 그 손을 보지 못할 뿐 당신은 그 손으로 모든 일을 할 수 있을 거요."

노파가 말했다.

"나는 차라리 그 손을 쓸 수 없게 되어 사람들이 내게서 그 모습을 보지 않았으면 하고 바랐어요. 하지만 그건 전혀 쓸모없는 일이지요. 나는 이 검은 피부와 근심에서 벗어나기 위해 내 약속을 지키겠어요."

이렇게 말한 다음 노파는 바구니를 집어 들었는데, 그것은 저절로 그녀의 정수리 위로 솟아올라 자유롭게 공중에 둥둥 떴다. 노파는 천천히 생각에 잠겨 강가를 거닐던 그 젊은 남자를 향해 재빨리 다가갔다. 그 남자의 멋진 용모와 특별한 복장이 노파에게 깊은 인상을 주었다.

그의 가슴은 번쩍이는 갑옷으로 덮여 있었고, 이 갑옷을 통해 멋진 신체의 모든 부분들이 실룩거렸다. 그의 어깨 둘레에는 자포가 걸쳐 있었고, 모자를 쓰지 않은 머리 둘레로는 멋진 곱슬머리 상태의 갈색 머리칼이 물결지고 있었나. 그의 귀여운 얼굴은 예쁘게 생긴 두 발과 마찬가지로 햇볕에 노출되어 있었다. 그는 맨발로 편안하게 뜨거운 모래 위를 걸어갔는데, 어떤 깊은 고통이 겉으로 보이는 모든 인상들을 무디게 하는 듯했다.

말붙이기 좋아하는 노파는 그를 대화에 끌어들이려 했지만 그는 짤막한 몇 마디 외에는 묻는 말에 답변을 하지 않았다. 그리하여 노파는 그의 멋진 눈에도 불구하고 그에게 매번 헛되이 말을 거는데 지쳐서 그와 작별을 고하며 말했다.

"신사양반, 당신은 너무 천천히 걷는군요. 나는 녹색 뱀을 타고 강을 건너 가 어여쁜 백합에게 내 남편의 귀한 선물을 전해주려면 한 순간도 지체할 수 없어요."

이렇게 말하며 노파는 서둘러 걸어갔고, 그 멋진 젊은이도 마찬가지로 곧장 힘을 내어 급히 그녀를 뒤쫓아 갔다.

젊은이가 외쳤다.

"어여쁜 백합에게 간다고요! 그럼 우리는 같은 길을 가는군요. 가지고 가는 것은 어떤 선물입니까?"

이에 대해 노파는 이렇게 대답했다.

"신사양반, 내 질문들은 그렇게 간단히 무시해버리고 나서 내 비밀들에 대해서는 그토록 열렬히 묻는 건 정당한 일이 아니지요. 하지만 서로 주고받기로 하고 당신의 사연을 얘기해준다면 나도 당신에게 나와 내 선물에 얽힌 사정을 숨김없이 알려주겠소."

그들은 곧장 의견의 일치를 보았다. 노파는 그에게 자신의 상황을 털어놓았고, 개에 관한 이야기를 해주고는 그 기이한 선물을 살펴보도록 했다.

그는 곧장 그 천연의 예술품을 바구니에서 끄집어내어 살며시 움직이는 것 같은 그 강아지를 가슴에 안았다.

그는 소리쳤다.

"행복한 동물이로구나! 너는 살아 있는 것들이 슬픈 운명을 당하지 않으려고 그녀 앞에서 달아나는 것과는 달리 그녀의 손으로 어루만져지게 될 것이고, 그녀에 의해 살아나게 되겠구나. 하지만 나는 단순히 슬프다고만 말할 수는 없지! 그녀가 앞에 있음으로써 마비되어버리는 것이 그녀의 손에 의해 죽음을 당하는 것보다 훨씬 더 슬프고 불안한 일이 아닐까!"

그는 계속하여 노파에게 말했다.

"나를 좀 보시오. 내가 살아가는 동안 얼마나 불행한 상황을 견뎌내야 하는지를. 내가 전쟁터에서 명예롭게 입었던 이 갑옷과 지혜로운 통치를 통해 얻은 이 자포가 각각 불필요한 짐과 쓸데없는 장식물로서 나에게 참혹한 운명을 내려주었지요. 왕관과 왕홀과 칼은 사라졌소. 그밖에도 나는 다른 모든 속인들처럼 헐벗고 굶주리고 있소. 이 모든 것이 그녀의 아름다운 푸른 눈이 불길하게 작용하여 모든 살아 있는 것들에게서 힘을 빼앗고, 그녀의 어루만지는 손에 목숨을 잃지 않은 것들은 스스로를 살아 움직이는 그림자의 상태로 느끼게 되기 때문이오."

그는 그렇게 계속 한탄을 했지만 그의 내면의 상태뿐만 아니라 외적인 상태도 알고 싶어 하는 노파의 호기심을 충족시키지는 못했다. 그녀는 그의 아버지의 이름도 왕국의 이름도 알지 못했다. 그는 마치 살아 있기라도 하듯 그 딱딱하게 굳은 강아지를 쓰다듬었다. 햇볕과 젊은이의 따스한 가슴이 그것을 따뜻하게 해주었다. 그는 램프를 든 그 남자에 대해, 또한 그 신성한 불빛의 작용에 대해 많은 것을 물었고, 그것이 자신의 비참한 상태에 대해 장차 많은 좋은 것을 약속해 주는 것 같았다.

그들은 이렇게 얘기를 나누는 동안 멀리서 이쪽 강가에서 건너편 강가로 뻗어 있는 다리의 웅장한 아치를 보았다. 그것은 햇볕을 받아 아주 멋지게 반짝이고 있었다. 두 사람은 다리가 그토록 찬란하게 보이는 걸 본 적이 없었기에 깜짝 놀랐다.

왕자가 외쳤다.

"와! 우리 눈앞에 벽옥과 석영으로 만들어진 것처럼 서 있는 저 다리는 어쩌면 저다지도 아름다울 수 있단 말인가? 저 다리는 에메랄드와 녹옥수와 감람석이 더없이 우아하고 다채롭게 조합되어 이루어진 것으로 보이니 누구나 발을 들여놓는 것을 두려워할 수밖에 없겠지?"

두 사람은 뱀이 일으킨 변화를 알지 못했다. 날마다 정오가 되면 강을 가로질러 세워져 멋진 다리의 형태로 서 있는 것은 바로 뱀이었던 것이다. 두 보행자는 경외심을 느끼며 다리에 들어서서 말없이 건너갔다.

그들이 강 건너편에 이르자마자 다리는 흔들리며 움직이기 시작했고, 곧장 강물의 표면을 어루만지더니 녹색 뱀이 자기 본래의 모습으로 바뀌어 땅 위를 걸어가는 그들 보행자를 뒤따랐다. 두 사람은 등을 타고 강을 건너도록 허락해준 데 대해 뱀에게 감사의 말을 하다가 곧 그들 셋 외에 틀림없이 또 다른 여러 사람이 무리지어 있다는 것을 알아차렸다. 그러나 두 사람은 눈으로는 그들을 볼 수 없었다.

그들은 옆에서 누군가가 속삭이는 소리를 들었는데, 이에 뱀이 곧장 속삭이며 대답했다. 그들은 귀를 기울였고, 마침내 둘이서 주고받는 다음과 같은 목소리를 알아들을 수 있었다.

"우리는 우선 어여쁜 백합의 정원에서 아무도 모르게 서성일 테니 밤이 되어 우리가 눈에 띄게 되면 즉시 우리를 그 완전한 미의 여인에게 소개시켜줄 것을 부탁합니다. 당신은 큰 호숫가에서 우리를 만나게 될 것입니다."

"그렇게 하지요."

뱀은 이렇게 대답했고, 속삭이는 소리는 공중으로 사라졌다.

우리의 세 여행자는 이제 어떤 순서로 그 어여쁜 여인 앞에 다가갈 것인지를 상의했다. 그녀 주위에는 많은 사람들이 있을 수 있었기 때문에 그들이 혹독한 고통을 당하지 않으려면 각각 한 사람씩 드나들어야 했다.

바구니 안에 변해버린 개를 갖고 있는 노파가 먼저 정원으로 접근해가 자신을 도와줄 백합을 찾았는데, 그녀는 막 하프에 맞춰 노래를 부르고 있었기 때문에 쉽게 찾을 수 있었다. 은은한 노랫소리는 먼저 잔잔한 호수의 표면에 둥근 물결이 되어 나타나더니 곧 부드러운 입김과도 같이 잔디와 초목을 살랑이게 했다. 그녀는 다양한 종류의 멋진 나무들이 그림자를 드리운, 둘레가 막힌 초원광장에 앉아 있었고, 첫눈에 노파의 눈과 귀와 심장을 다시금 매혹시켰다. 노파는 놀라워하며 그녀에게 다가갔고, 그 어여쁜 여인이 자기가 없는 동안 더욱 더 아름다워졌다는 것을 확인했다. 선량한 노파는 멀리에서부터 그 사랑스런 소녀에게 인사와 칭찬의 말을 외쳤다. "당신을 보게 되다니 이 얼마나 큰 행운이며, 당신의 존재는 주변에 천국과도 같은 세상을 펼치고 있구려! 하프는 당신의 무릎에 그토록 매혹적으로 기대어 있고, 당신의 두 팔은 그것을 그토록 부드럽게 감싸고 있으며, 그것은 당신의 가슴을 그리워하는 듯하고, 당신의 가는 손가락들이 닿으면서 그토록 사랑스런 음을 울리는구려! 그런 자리를 차지할 수 있는 젊은 당신이야말로 무척이나 복도 많구려!"

노파는 이렇게 말하면서 그녀에게 더 가까이 다가갔다. 어여쁜 백합은 눈을 떴고, 양손을 내려놓고는 말했다.

"당치않은 칭찬으로 나를 슬프게 하지 마오. 나는 그럴수록 내 불행이 더 커지는 걸 느낀다오. 보세요. 여기 내 발밑에 불쌍한 카나리아가 죽어 있지요. 그 새는 전에는 내 노래들을 아주 우아하게 따라 불렀고, 내 하프에 앉는 것이 몸에 뱄었으며, 나를 건드리지 않도록 세심하게 조련되었지요. 오늘 내가 잠에서 일어나 상쾌한 기분으로 조용한 아침노래를 부르기 시작하고, 이 내 작은 가수가 다른 때보다 더 기분 좋게 내 조화로운 음을 들으려고 하는 사이 매 한 마리가 내 머리 위로 날아갔지요. 이 불쌍한 작은 동물은 깜짝 놀라서 내 가슴속으로 도망쳐 들어왔고, 그 순간 나는 그것이 삶과 작별하는 마지막 경련을 일으키는 것을 느꼈다오. 그 강도 같은 매는 내 시선과 마주쳐 힘을 못 쓰게 된 채 호숫가를 기어 다니

게 되었지요. 하지만 매에게 그런 벌이 내려졌다 해도 내 아끼는
것이 죽었으니 무슨 소용이 있겠어요. 또한 그것의 무덤은 내 정원
의 슬픈 수풀만 늘려나갈 뿐이겠지요."
노파는 그 불행한 소녀의 이야기를 듣고 눈에서 흘러내린 눈물을
닦으면서 외쳤다.
"힘내세요, 어여쁜 백합이여! 정신 차리세요. 내 남편이 당신께 말
해드리라고 했어요. 당신은 당신의 슬픔을 누그러뜨리고, 가장 큰
불행을 가장 큰 행복의 전조로 보아야 한대요. 때가 되었기 때문이
래요. 그리고 실제로 세상일이란 변화무쌍하게 되어가지요. 내 손
이 얼마나 검게 변했는지 좀 보세요! 정말 이 손은 이미 훨씬 작아
졌으며, 나는 완전히 사라지기 전에 서둘러야 해요! 내가 왜 도깨
비불들에게 호의를 내보이고, 왜 거인을 만나고, 왜 내 손을 강물
에 담가야 했는지요? 내게 양배추 한 개와 엉겅퀴 한 개와 양파 한
개를 주실 수 있는지요? 그러면 나는 그것들을 강에게 가져다주고,
내 손은 전처럼 하얗게 되어 당신의 손과 거의 비슷한 상태로 유지
할 수 있을 텐데요."
"양배추와 양파는 아마 찾을 수 있을 거예요. 하지만 엉겅퀴는 아
무리 찾아도 없을 겁니다. 내 넓은 정원에 있는 모든 식물들은 꽃
도 열매도 맺지 않아요. 하지만 내가 꺾어서 아끼는 것의 무덤에
심는 모든 나뭇가지는 곧장 푸르러져 하늘높이 자라난다오. 나는
유감스럽게도 이 모든 것들, 즉 초목과 숲들이 자라는 것을 보아왔
지요. 이 소나무들의 우산, 이 실측백나무들의 뾰족탑, 참나무와 밤
나무의 거대한 입상들은 모두 슬픈 기념물로서 내 손에 의해 아무
것도 자라지 않던 땅에 심어진 것들이지요."
노파는 이 말에 거의 주의를 기울이지 않고 어여쁜 백합 앞에서 점
점 더 검어지고 시시각각 더 작아지는 것처럼 보인 자신의 손만 바
라볼 뿐이었다. 그녀는 바구니를 들고 막 떠나려고 하다가 가장 중
요한 것을 잊었다는 느낌이 들었다. 그녀는 곧장 변해버린 개를 꺼
내들어 어여쁜 백합에게서 그다지 떨어지지 않은 풀밭 속에 놓았다.
그녀는 말했다.
"제 남편이 당신에게 이 기념물을 보냈지요. 아시다시피 당신은 이
보석을 어루만짐으로써 다시 살아나게 할 수 있지요. 이 귀엽고 충
직한 동물이 당신에게 틀림없이 많은 기쁨을 줄 거예요. 또한 제가
그것을 잃은 슬픔은 당신이 그것을 가지고 있다는 생각에 의해 말
끔히 가시게 될 거예요."
어여쁜 백합은 그 귀여운 동물을 만족해하며 바라보았고, 그것이

놀랄 만큼 빛나는 것을 보았다.

백합은 말했다.

"내게 어느 정도 희망을 불러일으키는 많은 징조들이 한꺼번에 일어나는군요. 아! 그런데 우리가 많은 불행이 한꺼번에 닥칠 경우 가장 길한 것이 가까이에 와 있다고 상상하는 것은 우리들 천성의 망상이 아닐까요?

> 나를 도울 많은 좋은 징조들이 내게 무슨 소용이 있으랴.
> 새의 죽음, 친구 여인의 검은 손은 뭔가?
> 보석 강아지가 그런 징조를 지니고 있을까?
> 또한 그것은 램프가 내게 보낸 게 아닐까?

> 달콤한 인간세계의 즐거움에서 벗어나
> 나는 슬픔에 젖어 있을 뿐이네.
> 아! 어찌하여 사원은 강가에 서 있지 않은지!
> 아! 다리는 어찌하여 세워지지 않는지!"

선량한 노파는 초조한 마음으로 어여쁜 백합이 하프의 우아한 음에 맞춰 부름으로써 모든 사람들을 감동시킨 이 노래에 귀를 기울였다. 그녀는 막 떠나려고 하던 차에 녹색 뱀이 나타남으로써 그대로 있게 되었다. 뱀은 이 노래의 마지막 행을 듣고는 곧장 기대에 차서 어여쁜 백합에게 용기를 불어넣어주었다.

뱀은 외쳤다.

"다리에 대한 예언은 이루어졌소이다! 아치가 지금 얼마나 찬란하게 보이는지 이 선량한 부인에게 물어 보시오. 전에는 꿰뚫어볼 수 없던 벽옥과 기껏 구석이나 희미하게 비추던 석영이 이제 투명한 보석이 되었어요. 어떤 녹주옥도 그처럼 맑을 수 없고, 어떤 에메랄드도 그처럼 아름다운 빛깔일 수 없지요."

백합이 말했다.

"그렇게 된 것을 축하해요. 그러나 미안하지만 나는 예언이 아직 이루어지지 않았다고 믿고 있어요. 당신이 말하는 높은 아치 모양의 다리는 보행자들만이 건너갈 수 있는데, 우리에게 약속되기로는 모든 종류의 말과 마차와 여행자들이 다리를 건너 오고갈 수 있게 되는 것이었거든요. 강에서 저절로 솟아오르게 될 커다란 교각들에 대해서는 예언되지 않았나요?"

줄곧 자신의 손에만 시선을 고정시켜 온 노파는 이제 대화를 중단시키고는 작별인사를 했다.

어여쁜 백합이 말했다.

"잠깐 기다리세요. 내 불쌍한 카나리아를 가져가세요. 램프에게 그 것을 아름다운 황옥으로 변화시켜 달라고 부탁하세요. 그러면 나는 그것을 어루만져 살아나게 할 것입니다. 그것은 당신의 착한 강아 지와 함께 내가 시간을 보내는 데 가장 좋은 친구가 될 것입니다. 그런데 가능한 한 빨리 서두르세요. 해가 지면 몹쓸 부패가 그 불 쌍한 동물에게 덤벼들어 아름답게 이루어진 모습을 영원히 망가뜨 릴 테니까요."

노파는 그 조그만 사체를 바구니 속 부드러운 나뭇잎들 사이에 집 어넣고 급히 떠났다.

뱀은 중단된 대화를 계속하여 이어갔다.

"어쨌든 사원은 세워져 있어요."

백합이 대답했다.

"하지만 그것은 아직 강가에 서 있지 않아요."

뱀이 말했다.

"그것은 아직 땅 속 깊은 곳에 있지요. 나는 왕들을 보았고 그들과 이야기를 나누었지요."

백합이 물었다.

"그런데 그 왕들은 언제 일어나게 되나요?"

뱀이 대답했다.

"나는 사원에서 울려 퍼지는 중요한 말을 들었지요. '때가 되었다' 라는."

어여쁜 백합의 얼굴에 우아한 기쁨의 빛이 퍼졌다. 그리고 그녀는 말했다.

"나는 오늘 그 행운의 말을 두 번째로 듣고 있군요. 내가 그 말을 세 번째로 듣게 될 날은 언제쯤 올까요?"

백합이 일어섰다. 그러자 곧장 한 매력적인 소녀가 숲에서 나와 백 합에게서 하프를 받아들었다. 이 소녀에 이어 또 한 소녀가 나타나 백합이 앉았던 상아로 조각된 야외의자를 접었고, 은으로 된 방석 을 팔 밑에 끼었다. 이어서 진주로 수놓은 커다란 양산을 든 세 번 째 소녀가 나타나 백합이 산책길에 자신을 필요로 할까봐 대기하 고 있었다. 이 세 소녀는 이루 다 표현하기 어려울 만큼 아름답고 매력적이었지만 모두가 백합과는 도저히 비교될 수 없다고 고백함 으로써 백합의 아름다움을 높여줄 뿐이었다.

그러는 사이 백합은 그 기이한 강아지를 호감을 갖고 바라보고 있었다. 그녀는 몸을 굽혀 그것을 어루만졌고, 그 순간 강아지는 뛰쳐 일어났다. 강아지는 쾌활하게 주변을 둘러보았고, 이리저리 뛰어다니다가 마지막으로 그의 은인에게 재빨리 달려가 지극히 정겹게 인사를 했다. 그녀는 강아지를 팔로 들어 올려 가슴에 꼭 껴안았다.

백합이 외쳤다.

"너는 무척이나 차갑구나. 비록 네 몸에서는 절반의 생명만이 움직이지만 나는 너를 환영해. 나는 너를 가슴깊이 사랑할 것이며, 너와 점잖게 장난을 칠 것이고, 너를 정겹게 쓰다듬어줄 것이며, 내 가슴에 꼭 껴안아줄 거야."

그녀는 그런 다음 그것을 풀어주었고, 쫓아냈다가 다시 불렀으며, 그것과 아주 점잖게 장난을 쳤고, 그것을 데리고 아주 쾌활하고 천진난만하게 잔디밭을 맴돌았다. 그리하여 조금 전 그녀의 슬픔이 모두의 가슴을 동정으로 몰아넣은 것과는 달리 사람들은 새로이 깜짝 놀라며 그녀의 기쁨을 바라보았고, 함께 기뻐하지 않을 수 없었다.

이런 쾌활함과 점잖은 장난은 그 슬픈 젊은이가 도착함으로써 중단되었다. 그는 이미 우리가 알고 있는 모습으로 들어섰지만 한낮의 더위는 그를 더 야위게 만든 듯했고, 사랑하는 여인 앞에서 순간순간 더 창백해져 갔다. 그는 손에 그 매를 들고 있었고, 매는 비둘기처럼 조용히 앉아서 날개를 늘어뜨리고 있었다.

백합은 그를 향해 외쳤다.

"당신이 그 저주스런 동물을, 오늘 내 작은 가수를 죽인 그 끔찍스런 것을 내 눈앞에 가져오다니 무례하군요."

젊은이는 이에 대해 이렇게 대답했다.

"불행한 새를 나무라지 마시오! 그보다는 오히려 당신 자신과 운명을 책망하고, 내 비참한 운명의 동반자와 내가 함께 어울리도록 허용해 주시오."

그러는 동안 강아지는 쉬지 않고 어여쁜 백합을 핥았고, 그녀는 그 투명한 귀염둥이를 지극히 다정한 몸짓으로 대했다. 그녀는 그것을 겁주기 위해 손뼉을 쳤다. 그런 다음 그것을 다시 자기에게 다가오게 하려고 달음질쳤다. 그녀는 그것이 달아나면 붙잡으려고 했고, 자기에게 달려들려고 하면 쫓아버렸다. 젊은이는 점점 더 심한 불쾌감을 느끼며 바라보았다. 그러나 그에게 몹시 혐오스럽게 여겨진 그 추한 동물을 그녀가 팔로 안아 자신의 하얀 가슴에 끌어당겨 신성한 입술로 입맞춤을 하자 마침내 그에게서는 인내심이 몽땅 사라쳤다. 그는 온통 절망에 차 이렇게 외쳤다.

"슬픈 운명에 의해 당신을 앞에 두고도 어쩌면 영원히 떨어져 살아야 하는 내가, 또한 당신에 의해 모든 것을, 나 자신까지도 잃어버린 내가 자연법칙에 어긋나는 저 기형물이 당신을 기쁘게 하고, 당신의 호감을 독차지하고, 당신의 포옹을 즐기는 걸 두 눈으로 바라보아야 한단 말이오! 나는 아직도 더 오랫동안 이리저리 방랑하고, 강을 건너오고 건너가는 슬픈 순환의 여정을 계속해야 한단 말이오? 아니오. 내 가슴속에는 아직 지난날의 영웅적 용맹의 불꽃이 남아 있소. 그것이 지금 이 순간 최후의 불길로 타오르고 있소! 당신의 가슴에서 돌멩이들이 고이 쉴 수 있다면 나는 기꺼이 돌이 되겠소. 당신이 어루만져 죽게 된다면 나는 당신의 손에 죽을 것이오."

이렇게 말하며 그는 격렬하게 몸을 움직였다. 매는 그의 손에서 날아갔고, 그는 어여쁜 백합에게 달려들었다. 그녀는 그를 저지하려고 두 손을 뻗침으로써 그를 좀 더 일찍 만지게 될 뿐이었다. 그는 의식을 잃었고, 그녀는 무척 무거운 어떤 것이 가슴을 내리누르는 것을 느끼고 깜짝 놀랐다. 그녀는 비명을 지르며 뒤로 물러섰고, 그 귀여운 젊은이는 의식을 잃은 채 그녀의 팔을 놓고 땅바닥에 쓰러졌다.

불행한 일은 벌어지고 말았으니! 어여쁜 백합은 꼼짝하지 않고 서서 의식을 잃은 시체를 꼿꼿이 바라보았다. 그녀의 가슴은 심장이 멎는 듯했고, 눈에서는 눈물조차 말라버렸다. 강아지가 그녀에게서 다정한 몸짓을 받으려고 애썼지만 헛일이었다. 그녀의 연인과 함께 온 세상이 죽어버린 것이다. 그녀는 절망에 차 할 말을 잃었고, 어떻게 도움을 받을지 알지 못했기에 도움을 찾을 생각도 하지 못했다.

반면에 뱀은 더욱 더 부지런히 움직였다. 뱀은 구조할 방도를 생각하고 있는 것 같았다. 실제로 뱀의 특별한 움직임은 적어도 다음에 이어질 불행의 끔찍한 결과를 잠시 동안 저지하는 데 기여했다. 뱀은 유연한 몸으로 시체 둘레에 넓게 원을 만들었고, 꼬리의 끝을 이빨로 문 채 조용히 누워 있었다.

오래지 않아 백합의 아름다운 시녀들 중 한 사람이 나타나 상아로 된 야외의자를 가져와 친절한 몸짓으로 어여쁜 백합에게 앉도록 권했다. 곧 이어 두 번째 시녀가 왔다. 그녀는 붉은 면사포를 가져와 그것으로 상전인 백합의 머리를 씌워 준다기보다는 장식해주었다. 세 번째 시녀는 백합에게 하프를 넘겨주었다. 백합이 그 화려

한 악기를 끌어당겨 줄을 튕겨 몇 개의 음을 매혹적으로 울리자 첫
번째 시녀가 곧장 밝고 둥근 거울을 가지고 뒤로 물러나 어여쁜 백
합을 마주 보고 서서 그녀의 시선을 끌어 모아 그녀에게 세상에서
찾을 수 있는 가장 우아한 모습을 표현해 주었다. 고통은 그녀의
아름다움을, 면사포는 그녀의 매력을, 하프는 그녀의 우아함을 높
여주었다. 사람들은 그녀의 슬픈 상태가 바뀌는 걸 보게 되길 바랐
고, 그녀의 모습을 지금 보이는 그대로 영원히 유지할 수 있기를
원했다.

그녀가 차분한 눈길로 거울을 바라보면서 곧 악기로 감미로운 음
을 내자 곧장 그녀의 고통은 더 고조되는 듯했으며, 악기는 그녀의
슬픔에 격렬하게 답했다. 그녀는 몇 번 입을 열어 노래를 부르려고
했지만 목소리가 나오지 않았고, 곧장 그녀의 고통은 눈물이 되어
녹아내렸다. 두 소녀가 그녀의 팔을 붙들어 부축했고, 하프가 그녀
의 무릎에서 떨어져 내리자 곧장 날쌘 시녀가 그것을 집어 옆으로
치웠다.

"해 지기 전에 누가 램프를 든 남자를 우리에게 데려다 주시겠어요?"
뱀이 나지막하지만 들을 수 있을 정도로 속삭였다. 소녀들은 서로
를 쳐다보았고, 백합의 눈물은 더 많이 흘러내렸다.

이 순간 바구니를 든 노파가 헐레벌떡 되돌아왔다.

그녀는 소리쳤다.

"나는 엉망진창이 돼버렸어요. 내 손이 거의 다 사라진 것 좀 보세
요. 내가 아직 강물에게 빚을 갚지 않았다며 뱃사공도 거인도 나를
건네주려 하지 않았어요. 나는 백 개의 양배추와 백 개의 양파를
받치려고 했지만 내가 빚진 그 세 개 외에는 받으려 하지 않는 거
예요. 그리고 이 근처에서는 도무지 엉겅퀴는 찾을 수가 없어요."

그러자 뱀이 말했다.

"고통은 잊고 여기서 좀 도와주세요. 어쩌면 당신에게도 도움이 될
거요. 할 수 있는 한 서둘러 도깨비불들을 찾으세요. 아직 그들을
볼 수 있기에는 너무 밝지만 당신은 아마 그들이 웃고 몸을 흔드는
소리는 들을 수 있을 거요. 그들이 서둘러 오고 있다면 거인이 그
들을 태워 강을 건네주고 있을 거요. 그들이 램프를 든 남자를 찾
아서 여기로 보낼 수 있을 거요."

노파는 할 수 있는 한 서둘렀고, 뱀은 백합과 마찬가지로 초조하게
두 도깨비불이 돌아오기를 기다리는 듯했다. 그러나 안타깝게도 지
는 해의 햇살은 빽빽한 숲의 나무꼭대기만을 금빛으로 물들이고
있었고, 긴 그림자가 호수와 초원 위로 뻗쳤다. 뱀은 초조하게 움

직였고, 백합은 눈물을 흘렸다.

이렇게 곤경에 처한 뱀은 이리저리 둘러보았다. 해가 지고 부패가 그 마법의 원을 뚫고 들어와 아름다운 젊은이를 가차 없이 공격하게 될 것을 시시각각 두려워했기 때문이다. 마침내 뱀은 높은 공중에서 가슴에 마지막 햇살을 받고 있는 심홍색 깃털을 한 매를 발견했다. 뱀은 이 좋은 징표를 보고 기쁨에 몸을 흔들었고, 그것은 들어맞았다. 왜냐하면 곧 이어 램프를 든 남자가 마치 스케이트를 타듯 호수를 건너 미끄러져오고 있는 것이 보였기 때문이다.

뱀은 자신의 자세를 바꾸지 않고 그대로 있었지만 백합은 일어서서 램프를 든 남자에게 외쳤다.

"어느 착한 영혼이 우리가 그토록 갈망하고 필요로 하는 이 순간에 당신을 보냈나요?"

노인이 대답했다.

"내 램프의 영혼이 나를 내몰고, 매가 나를 이곳으로 이끌었지요. 램프는 사람들이 나를 필요로 할 때 불꽃을 튀기며, 그러면 나는 공중을 둘러보고 징표를 찾기만 하면 되지요. 새나 별똥이 내게 어디로 가야 하는지 방향을 가리켜 주지요. 안심하세요, 너무도 어여쁜 소녀여! 내가 도울 수 있을지도 모르겠소. 하지만 한 사람만으로는 돕지 못하고, 많은 사람들과 적시에 한데 뭉쳐야 해요. 우리 기다리면서 희망을 가져봅시다."

노인은 뱀에게로 몸을 돌리더니 뱀 옆 둔덕에 앉아 그 죽은 사체에 빛을 비추면서 계속하여 말했다.

"원을 그대로 풀지 말고 있어라."

노인은 이어서 말했다.

"그리고 저 귀여운 카나리아도 가져다가 원 안에 놓으세요."

소녀들은 노파가 세워놓은 바구니에서 조그만 죽은 새를 꺼내 노인의 말대로 했다.

그 사이 해는 졌고, 어둠이 짙어지자 뱀과 노인의 램프가 나름대로의 독특한 방식으로 빛을 내기 시작했다. 백합의 면사포 또한 스스로 부드러운 빛을 내어 연한 아침노을과도 같이 그녀의 창백한 뺨과 하얀 옷을 한없이 우아하게 물들였다. 사람들은 서로를 조용히 관찰하며 바라보았고, 근심과 슬픔은 확실한 희망에 의해 누그러지고 있었다.

그리하여 늙은 부인은 두 쾌활한 도깨비불과 어울리는 것이 불편하지 않은 듯 보였다. 도깨비불들은 그 동안 몹시 많은 소모를 했음에 틀림없었는데, 다시 지극히 야위었기 때문이다. 그러나 그들은 그렇기에 공주와 그 밖의 여자들에 대해 더욱 더 점잖게 행동했다. 그들은 무척 분명하게, 또한 여러 가지 많은 표현을 써서 꽤 일반적인 것들을 말했고, 특히 백합과 시중드는 여자들을 감싼 빛나는 면사포가 퍼뜨리는 매력을 기꺼이 받아들이는 태도를 보였다. 여자들은 수줍어서 눈을 내리깔았고, 그들의 아름다움에 대한 칭찬은 그들을 정말로 더 아름답게 만들었다. 노파를 제외하고는 모두가 만족하고 안심했다. 자신의 램프가 빛을 비춰주는 한 노파의 손은 더는 줄어들지 않을 것이라는 남편의 확신에도 불구하고 노파는 이렇게 가다가는 자정이 되기 전에 고상한 손가락들이 완전히 사라져버릴 것이라고 거듭 주장했다.

램프를 든 노인은 도깨비불들의 대화를 주의 깊게 들었고, 백합이 이 대화에 의해 기분이 풀어지고 명랑해진 것에 만족스러워했다. 이윽고 자정이 다가왔고, 사람들은 무엇을 어찌해야 될지 알지 못했다. 노인은 별들을 바라본 다음 이렇게 말하기 시작했다.

"우리는 행운의 시간에 함께하고 있소. 모두가 자신의 직무를 완수하고, 자신의 의무를 다한다면 모두의 불행이 개개인의 기쁨을 갉아먹듯이 모두의 행복이 개개인의 고통을 저절로 해소시킬 것이오."

이 말에 따라 이상한 소란함이 일었다. 그 자리에 있던 모든 사람들이 혼잣말을 하며 각자 무엇을 해야 할 것인지를 큰 소리로 떠들어댔기 때문이다. 세 소녀만은 조용했다. 한 소녀는 하프 옆에서, 또 다른 소녀는 양산 옆에서, 세 번째 소녀는 안락의자 옆에서 잠이 들어 있었다. 그리고 밤이 늦었기 때문에 그런 그들을 나쁘게 생각할 수 없었다. 불꽃을 내는 젊은이들은 시녀들에게도 몇 마디 의례적인 인사말을 한 다음 마지막으로 최고의 미인으로 여기는 백합 옆에만 서 있게 되었다.

노인이 매에게 말했다.

"거울을 집어라. 그리고 첫 햇살로 잠자는 여인들을 비추고 공중에서 반사되는 빛으로 그들을 깨워라."

뱀은 이제 몸을 움직이기 시작했고, 원을 풀고는 커다란 고리 모양을 한 채 천천히 강을 향해 이동했다. 두 도깨비불도 엄숙하게 뱀의 뒤를 따랐다. 사람들은 도깨비불들을 좀 더 일찍 가장 진정한 불꽃으로 여겼어야 했다. 노파와 그녀의 남편은 바구니를 양쪽에서 붙들고 갔다. 그들은 바구니가 부드러운 빛을 낸다는 것을 그때까지 거의 알아차리지 못했었다. 바구니는 점점 더 커져서 더 많은 빛을 내게 되었고, 이어서 노파와 남편은 젊은이의 시체를 들어 올

려 바구니 안에 넣고는 그의 가슴 위에 카나리아를 놓았다. 바구니
는 위로 솟아올라 노파의 머리 위에서 둥둥 떠갔다. 노파는 도깨비
불들을 바짝 뒤따라갔다. 어여쁜 백합은 강아지를 팔에 안고 노파
의 뒤를 따랐으며, 램프를 든 남자가 행렬의 끝에 섰다. 주변은 이
여러 가지 불빛들로 인해 몹시 기묘하게 밝아졌다.

일행은 강에 도착하자 적잖이 놀라면서 강을 가로질러 솟아 있는
찬란한 아치를 보았다. 자비심 많은 착한 뱀이 그들에게 이 다리를
통해 반짝이는 길을 마련해준 것이다. 낮에는 사람들이 서로 연결
되어 다리를 이루고 있는 것처럼 보이는 투명한 보석들을 보고 놀
랐다면 밤에는 그것들의 반짝이는 찬란함으로 놀랐다. 위쪽으로는
밝은 원이 어두운 하늘과 뚜렷하게 구별되었지만 아래쪽으로는 강
렬한 불빛이 중앙으로 집중되어 움직이는 다리의 안정성을 나타내
주고 있었다. 행렬은 천천히 건너갔고, 자신의 오두막집에서 멀리
앞을 내다보던 뱃사공은 강을 건너 뻗어 있는 빛나는 원과 기이한
불빛들을 깜짝 놀라며 바라보았다.

그들이 강 건너에 도착하자 아치는 곧장 나름의 방식대로 흔들리
더니 물결과 같은 형태로 강물에 접근하기 시작했다. 그런 다음 뱀
은 곧장 몸을 움직여 땅을 밟았고, 바구니는 땅 위에 내려앉았으며,
뱀은 다시 자기 몸으로 둥글게 원을 만들었다. 노인은 뱀 앞에 몸
을 구부리고는 말했다.

“그대는 무슨 결심을 했소?”

뱀이 대답했다.

“제가 희생당하기 전에 스스로 희생하려고요. 당신은 땅에 어떤 돌
도 남겨두지 않겠다고 제게 약속해 주세요.”

노인은 그렇게 하겠다고 약속한 다음 어여쁜 백합에게 말했다.

“왼손으로는 뱀을 만지고 오른손으로는 그대의 애인을 만지시오.”

백합은 무릎을 굽히고 앉아 뱀과 시체를 만졌다. 그 순간 시체는
생명을 되찾은 듯했고, 바구니 안에서 움직였으며, 높이 일어섰다
가 앉았다. 백합은 그를 껴안으려 했지만 노인이 제지했다. 그는
그 대신 젊은이가 바구니와 원에서 걸어 나올 때 그를 일으켜 세우
고 이끌어주었다.

젊은이는 서 있었고, 카나리아는 그의 어깨 위에서 날개를 푸덕였
다. 둘은 다시 살아났지만 정신은 아직 돌아오지 않았다. 그 멋진
친구는 눈을 뜨고는 있었으나 보지는 못했으며, 적어도 모든 것을
아무 관심 없이 바라보는 것 같기는 했다. 이 사건에 대한 놀람이
어느 정도 가라앉자 사람들은 비로소 뱀이 기이하게 변해버린 것

을 알아차렸다. 뱀의 홀쭉한 몸이 수천 개의 반짝이는 보석이 되어 떨어져 내렸다. 자신의 바구니를 붙잡으려던 노파가 부주의하여 뱀을 건드리게 되었던 것이다. 사람들은 더 이상 뱀의 형상은 아무 것도 볼 수 없었고, 잔디밭 안에는 반짝이는 보석들로 된 아름다운 원만이 놓여 있었다.

노인은 곧 돌들을 바구니에 담을 준비를 했고, 그의 부인이 그를 도와야 했다. 그런 다음 두 사람은 바구니를 강가의 어느 높이 솟은 곳으로 가져갔다. 노인은 그 중 몇 개를 골라 갖고 싶어 했을 어여쁜 백합과 그의 부인의 반감을 사며 바구니에 담긴 모든 돌들을 강물에 쏟아 부었다. 돌들은 빛을 내며 반짝이는 별들처럼 물결을 타고 헤엄쳐갔고, 사람들은 그것들이 멀리에서 사라져버렸는지 가라앉았는지 구별할 수가 없었다.

그런 다음 노인은 도깨비불들에게 정중하게 말했다.

"신사양반들, 이제 내가 당신들에게 길을 가리켜주고 통로를 열어줄 테니 우리에게 성전의 문을 열어준다면 당신들은 우리에게 가장 큰 일을 해주게 된다오. 우리가 이번에는 그 문을 통해 들어가야만 하는데 그것은 당신들 외에는 아무도 열 수가 없소."

도깨비불들은 공손하게 몸을 숙이고 뒤에 쳐졌다. 램프를 든 노인이 그의 앞에서 열린 바위 안으로 앞장서 걸어갔다. 젊은이가 거의 기계적으로 노인의 뒤를 따랐고, 백합이 조용하고 모호한 태도로 조금 떨어져서 젊은이의 뒤에 섰다. 노파는 뒤에 처지려 하지 않았고, 남편의 램프 불빛이 비출 수 있도록 손을 뻗었다. 이제 노깨비불들이 행렬을 마무리 지었는데, 그들은 불꽃의 끝을 서로에게 기울이며 서로 얘기를 나누는 듯이 보였다.

그다지 오래 가지 않아 행렬은 어느 커다란 청동 문 앞에 이르렀는데, 대문은 금으로 된 자물통으로 잠겨 있었다. 노인은 곧장 도깨비불들을 불렀고, 그들은 오래 희희낙락거리지 않고 최대한 뾰족하게 키운 불꽃으로 열심히 자물통과 빗장을 녹여 없앴다.

청동문이 큰 소리를 울리며 재빨리 열리고 성전 안에서는 안으로 들어서는 불빛들을 받으며 위엄 있는 왕들의 조각상들이 나타났다. 모두가 그 존엄한 지배자들 앞에 몸을 숙였고, 특히 도깨비불들은 서로 뒤얽혀 몸을 굽혀 인사했다.

잠시 후 금으로 된 왕이 물었다.

"너희는 어디서 왔느냐?"

노인이 대답했다.

"세상에서 왔습니다."

은으로 된 왕이 물었다.

"너희는 어디로 가느냐?"

노인이 대답했다.

"세상으로 갑니다."

청동으로 된 왕이 물었다.

"우리한테 무얼 원하느냐?"

노인이 말했다.

"전하들을 따르기를 원합니다."

혼합되어 만들어진 왕이 막 말을 하려고 하는데 금으로 된 왕이 자기 곁으로 너무 가까이 다가온 도깨비불들에게 말했다.

"내게서 멀리 떨어져라. 내 금은 너희의 식욕을 충족시키기 위해 존재하는 게 아니니라."

그러자 그들 일행은 은으로 된 왕에게 몸을 돌려 그의 곁으로 바짝 다가갔고, 그의 옷은 그들의 노란 반사광에 의해 아름답게 반짝였다.

그는 말했다.

"너희들을 환영한다. 하지만 나는 너희를 먹일 수는 없다. 배는 밖에서 채우고 내게 너희의 빛을 가져다주어라."

그들은 그에게서 멀어져 그들을 알아보지 못한 듯이 보인 청동으로 된 왕을 지나쳐 혼합되어 만들어진 왕에게로 살금살금 걸어갔다.

혼합되어 만들어진 왕이 더듬거리는 목소리로 외쳤다.

"누가 세상을 지배할 것이냐?"

노인이 대답했다.

"자신의 발을 딛고 서 있는 사람입니다."

혼합되어 만들어진 왕이 말했다.

"그게 난데!"

노인이 말했다.

"그건 밝혀지게 될 것입니다. 때가 되었기 때문입니다."

어여쁜 백합은 노인의 목을 끌어안고 그에게 지극히 정겹게 입맞춤했다.

백합은 말했다.

"성스런 어르신, 너무나도 감사합니다. 내가 그 예감에 찬 말을 세 번째로 들었기 때문입니다."

말을 마치기가 무섭게 백합은 노인을 더 꼭 끌어안았다. 그들의 발밑에서 땅이 흔들리기 시작했기 때문이다. 노파와 젊은이도 서로 꼭 붙들었다. 이리저리 떠다니는 도깨비불들만이 아무 것도 감지하지 못했다.

사람들은 닻을 올린 배가 항구를 부드럽게 벗어나는 것과 같이 사원 전체가 움직이는 것을 분명하게 느꼈다. 사원이 통과해 갈 때 앞쪽에 깊숙한 땅이 열리는 것 같았다. 사원은 어디에서도 방해물을 만나지 않았고, 나아가는 도중에 바위는 없었다.

잠깐 동안 원형천장의 구멍을 통해 가는 빗방울들이 안으로 흩뿌려 들어오는 듯했다. 노인은 어여쁜 백합을 더 꼭 붙잡고 말했다. "우리는 강 밑에 있으며 곧 목적지에 도착하게 됩니다."

그 후 오래지 않아 그들은 멈춰서 있다고 생각했지만 착각이었다. 사원이 위로 솟아오른 것이었다.

이제 그들의 머리 위에서 이상한 소음이 일어났다. 판자들과 대들보들이 뒤죽박죽 뒤엉켜 원형천장의 구멍으로 우지끈 부러지는 소리를 내며 밀려들기 시작했다. 백합과 노파는 펄쩍 뛰어 옆으로 비켰고, 램프를 든 남자는 젊은이를 붙들고 서 있었다. 솟아오르면서 사원이 땅에서 떼어내 끌어안았던 뱃사공의 작은 오두막집이 점차 내려앉아서 젊은이와 노인을 뒤덮었다.

여자들은 크게 소리 질렀고, 사원은 마치 예기치 않게 땅과 충돌한 배처럼 흔들렸다. 여자들은 공포에 떨며 어스름 속에서 오두막집 둘레를 헤맸고, 문은 잠겨 있어 그들이 두드려도 아무런 응답이 없었다. 그들은 더 세차게 두드렸고, 마침내 나무문이 딸그랑거리며 울리기 시작하자 적잖이 놀랐다. 숨겨져 있던 램프의 힘에 의해 오두막집은 안에서부터 은이 되었다. 오래지 않아 오두막집은 모습을 바꾸었는데, 그 고상한 금속이 판자와 기둥과 대들보의 제멋대로의 형태에서 벗어나 세공작업에 의해 이루어진 멋진 집으로 확장되었던 것이다. 이제 커다란 사원의 중앙에 멋진 작은 사원 하나가 서 있게 되었으며, 그것은 원한다면 사원의 제단으로도 이용할 만했다. 이제 안에서 위쪽으로 난 계단을 통해 그 고상한 젊은이가 위로 올라갔다. 램프를 든 남자가 젊은이를 비춰주었다. 또 다른 한 남자도 젊은이를 호위해 주는 것 같았는데, 그는 흰색의 짧은 옷을 입고 나타났고 손에는 은으로 된 노를 들고 있었다. 그의 모습에서는 곧장 그가 전에 변해버린 오두막집에서 살았던 뱃사공임을 알아볼 수 있었다.

어여쁜 백합은 사원에서 제단으로 연결된 바깥쪽 계단을 올라갔지만 여전히 애인과는 떨어져 있을 수밖에 없었다. 램프가 숨겨져 있는 동안 손이 점점 작아져버린 노파는 소리를 질렀다.

"나는 아직도 불행해져야 하나요? 그 많은 기적들 가운데 내 손을 구해줄 기적은 없나요?"

노파의 남편은 열려 있는 문을 가리키며 말했다.

"이봐요, 날이 밝고 있어요. 서둘러 강으로 가서 목욕을 해요."

노파는 외쳤다.

"무슨 말을 하는 거예요. 나는 아직 빚을 갚지 않았으니 나더러 몽땅 검어져서 완전히 사라져버리란 말이군요."

노인이 말했다.

"가서 내 말대로 해요! 빚은 모두 갚았어요."

노파는 서둘러 떠났다. 그 순간 떠오르는 태양의 빛이 둥근 지붕에 나타났고, 노인은 젊은이와 어여쁜 백합 사이로 들어서서 큰 소리로 외쳤다.

"땅 위에서 지배하는 세 가지 것은 지혜, 빛, 힘이로다!"

그가 첫 번째 것을 말하자 금으로 된 왕이 일어났고, 두 번째 것을 말하자 은으로 된 왕이, 세 번째 것을 말하자 청동으로 된 왕이 천천히 몸을 일으켜 세웠다. 반면 혼합되어 만들어진 왕은 갑자기 서툴게 주저앉았다. 그를 보는 사람은 엄숙한 순간임에도 불구하고 웃음을 참기가 어려웠다. 왜냐하면 그는 앉은 것도 아니고, 누운 것도 아니고, 기댄 것도 아닌 이상한 모양으로 넘어져 있었기 때문이다.

지금까지 혼합되어 만들어진 왕을 돌보는 데 몰두해온 도깨비불들은 옆으로 물러섰다. 그들은 아침 여명으로 희미해졌지만 다시 잘 키워져 불꽃을 내었다. 그들은 뾰족한 혀로 그 거대한 조각상의 금으로 된 핏줄을 능숙하게 온 힘을 다해 모조리 핥아먹었다. 그렇게 함으로써 생긴 불규칙한 빈 공간들은 한 동안 그대로 노출되어 있었고, 그의 모습은 여전히 이전과 같았다. 그러나 마침내 가는 실핏줄들까지 다 먹어치워 버리자 조각상은 갑자기 부서졌는데, 유감스럽게도 그것은 사람이 앉을 때 온전히 유지해야 하는 부분들이었다. 반면에 구부려야 할 관절들은 뻣뻣하게 굳은 채로 있었다. 그런 모습을 보고 눈을 돌리지 않을 사람은 아무도 없었다. 형태와 덩어리 사이의 어중간한 물체는 보기에 역겨웠다.

램프를 든 남자는 이제 멋진, 그러나 여전히 꼿꼿하게 앞을 응시하고 있는 젊은이를 제단에서 내려오도록 이끌어 곧장 청동으로 된 왕에게 데려갔다. 그 강력한 군주의 발 앞에는 청동으로 된 칼집 속에 든 칼이 놓여 있었다. 젊은이는 요대를 찼다.

강력한 왕이 외쳤다.

"왼손에는 칼을 들고, 오른손은 비워두어라!"

그런 다음 그들은 은으로 된 왕에게로 갔고, 왕은 그의 왕홀을 젊은이에게 기울였다. 젊은이는 그것을 왼손으로 붙잡았고, 왕은 친절한 목소리로 말했다.

"양들에게 풀을 먹이라!"

그들이 금으로 된 왕에게 가자 왕은 아버지가 축복하는 듯한 태도로 젊은이에게 떡갈나무잎으로 만든 관을 머리 위에 씌워주고는 말했다.

"최고의 것을 깨달아라!"

노인은 이렇게 접촉하는 동안 젊은이를 정확히 관찰했다. 허리에 칼을 둘러맨 다음에는 그의 가슴이 솟아올랐고, 양팔이 활발히 움직였으며, 두 발은 더 힘차게 걸었다. 그가 왕홀을 손에 쥐면서 힘은 누그러지고 이루 말할 수 없는 매력이 더 강해졌다. 떡갈나무잎으로 만든 관이 그의 곱슬머리를 장식하자 그의 얼굴모습은 활기를 띠었고, 눈은 이루 말할 수 없는 정신으로 반짝였다. 그의 입에서 나온 첫 마디 말은 '백합'이었다.

그는 은으로 된 계단을 올라 백합을 향해 급히 달려가며 외쳤다. 그동안 백합은 제단 발코니에서 왕들을 찾아다니는 그를 바라보아 왔었다.

"사랑하는 백합! 사랑하는 백합! 온갖 것을 다 갖춘 남자가 그대의 순수함과 그대의 가슴이 내게 일으키는 잔잔한 충동보다 더 소중한 것을 어떻게 바랄 수 있단 말이오?"

그는 노인에게로 몸을 돌려 세 개의 성스런 조각상들을 바라보면서 계속하여 말했다.

"오! 나의 친구여. 내 조상들의 제국은 훌륭하고 확고하오. 그러나 그대는 좀 더 먼저, 좀 더 일반적으로, 좀 더 확실하게 세상을 지배하는 네 번째 힘인 사랑의 힘을 잊었소."

그는 이렇게 말하며 아름다운 소녀의 목을 끌어안고 넘어졌다. 이미 면사포를 벗어버린 그녀의 뺨은 지극히 아름다운 불멸의 홍조로 물들었다.

그러자 노인이 웃으면서 말했다.

"사랑은 지배하지 않지요. 하지만 사랑은 만들어내며, 그것은 지배하는 것 이상이지요."

이러한 흥겨움과 행복과 감격에 취해 사람들은 날이 완전히 밝았다는 것도 알아차리지 못했다. 그때 열린 문을 통해 전혀 예상치 않은 것들이 돌연 일행의 눈에 들어왔다. 기둥들로 둘러싸인 넓은 광장이 앞마당을 이루었고, 그 끝에서는 수많은 아치들과 함께 강

을 가로질러 뻗어 있는 길고 화려한 다리가 보였다. 다리의 양쪽에
는 보행자들을 위한 주랑이 아늑하고 화려하게 설치되어 있었다.
다리에서는 이미 수천 명의 사람들이 끊임없이 오가고 있었다. 가
운데의 큰 길은 무리를 이룬 가축들과 노새들, 말을 타고 가는 사
람들과 마차들로 붐볐다. 그들은 양쪽에서 서로 방해하지 않고 물
흐르듯 건너가고 건너왔다. 그들은 모두가 아늑함과 화려함에 놀라
워하는 것 같았다. 새로운 왕은 왕비와 함께 서로의 사랑으로 행복
해하며 이 많은 민중의 움직임과 삶에 감탄했다.
램프를 든 남자가 말했다.
"뱀을 정중하게 추모하십시오. 폐하는 뱀 덕분에 목숨을 얻었고,
폐하의 민중들은 뱀 덕분에 이웃 강변을 비로소 활기 넘치는 땅으
로 만들어 연결시킨 다리를 얻었습니다. 뱀이 자기 몸을 희생시키
고 남긴 저 떠다니며 반짝이는 보석들은 이 찬란한 다리의 교각들
이 되고 있으며, 다리는 이 교각들을 딛고 손수 세워졌고 앞으로도
손수 지탱해 나갈 것입니다."
사람들이 램프를 든 남자에게 이 이상한 비밀에 대해 설명을 요구
하려던 차에 네 명의 아름다운 소녀가 사원의 문으로 들어섰다. 사
람들은 하프와 양산과 야외의자를 통해 곧장 그들이 백합의 시녀
들이란 것을 알아보았지만 세 사람보다 더 아름다운 네 번째 여인
은 모르는 사람이었다. 그녀는 자매처럼 농담을 하며 그들과 함께
사원을 급히 지나쳐 은으로 된 계단으로 올라갔다.
램프를 든 남자가 그 아름다운 여인에게 말했다.
"사랑하는 부인, 당신은 앞으로 내가 하는 말을 더 잘 믿겠지요?
당신과 오늘 아침 강에서 목욕을 한 모든 피조물에게 행운이 있을
것이오!"
본래의 모습은 흔적조차 남아 있지 않은 채 젊어지고 아름다워진
노파가 힘찬 젊은 두 팔로 램프를 든 남자를 끌어안았고, 그는 그
녀의 포옹을 다정하게 받아들였다.
그는 웃으면서 말했다.
"당신에게 내가 너무 늙었다면 당신은 오늘 새 남편을 택해도 좋아
요. 오늘부터는 새로이 맺어지지 않는 혼인관계는 무효요."
그녀가 대답했다.
"아니, 당신도 젊어졌다는 걸 모르시나요?"
"내가 당신의 젊은 눈에 씩씩한 젊은이로 보인다니 기쁘오. 나는
당신을 새로이 아내로 맞이하여 당신과 함께 다음 천 년을 기꺼이
살아가고 싶소."

왕비는 새 여자친구를 환대했고, 그녀 및 다른 놀이친구들과 함께 제단으로 내려왔다. 그러는 동안 왕은 두 남자의 사이에 서서 다리를 바라다보며 민중이 뒤섞여 붐비는 모습을 관심 있게 관찰했다. 그러나 왕의 만족감은 오래 가지 않았다. 그는 한 순간 혐오감을 일으키는 물체를 보았기 때문이다. 아직 아침잠에서 덜 깬 듯이 보이는 커다란 거인이 다리를 건너 비틀거리며 걸어와 큰 소동을 일으키고 있었다. 거인은 언제나 그러했듯 잠에 취해 일어나서 익숙한 강의 움푹 들어간 곳에서 목욕을 할 생각이었다. 그는 그곳에서 지금까지와는 다른 견고한 땅을 발견하고 비틀거리며 포장된 넓은 다리 위로 올라섰다. 비록 그는 사람들과 가축들 사이로 비틀거리며 아주 서툴게 들어섰지만 모든 사람들은 그의 존재를 깜짝 놀라 바라보았다. 하지만 아무도 그를 몸으로 느끼지는 못했다. 그러나 해가 거인의 눈을 비추고 거인이 해를 가리려고 양손을 들어 올리자 그의 어마어마하게 큰 두 주먹의 그림자가 그의 뒤에서 힘차고 둔중하게 군중들 사이로 이리저리 움직였다. 그리하여 사람들과 동물들이 떼 지어 넘어지고 다쳤으며, 강물 속으로 굴러 떨어질 위험에 처했다.

왕은 이런 참혹한 사태를 바라보고는 자신도 모르게 손으로 칼을 뽑으려 했다. 그러나 그는 곰곰이 생각하고는 먼저 조용히 자신의 왕홀을 바라보고 나서 램프와 그의 동반자의 노를 바라보았다.

그러자 램프를 든 남자가 말했다.

"무슨 생각을 하고 계신지는 알겠습니다. 하지만 우리와 우리의 힘은 이 힘없는 자에 대해서는 아무 것도 할 수가 없습니다. 가만히 계십시오! 거인이 해를 끼치는 건 이것이 마지막이고, 다행히도 그의 그림자는 우리를 비켜갔습니다."

그 사이 거인은 점점 더 가까이 다가왔고, 자신의 두 눈으로 직접 본 광경 앞에 깜짝 놀라 양손을 내리고는 더 이상 해를 끼치지 않았다. 그리고는 얼빠진 듯 입을 벌리고 앞마당으로 들어섰다.

거인은 사원의 문을 향해 걸어가다가 갑자기 마당의 한가운데에서 땅에 고정되었다. 그는 불그스름하게 반짝이는 보석들로 된 거대하고 막강한 조각상이 되어 서 있었다. 그리고 그의 그림자는 땅 위에서 그를 에워싼 채 숫자가 아닌 고상하고 의미 있는 그림들이 박힌 원이 되어 시간들을 나타냈다.

왕은 그 괴물의 그림자가 유익하게 쓰이게 된 것을 알고 무척 기뻐했다. 아주 화려하게 치장을 하고 시녀들과 함께 제단에서 올라오던 왕비도 사원에서 보이는 다리의 전망을 거의 가리고 있는 그 특이한 조각상을 바라보자 몹시 기뻐했다.

그 사이 군중들은 움직이지 않고 가만히 서 있는 거인을 향해 몰려가 빙 둘러싸고 그의 변한 모습을 놀라워하며 바라보았다. 군중들은 그제야 눈에 띈 듯 사원 쪽으로 몸을 돌려 문으로 몰려들었다. 이 순간 매는 거울을 들고 사원의 둥근 지붕 위에 높이 떠 있었고, 태양의 볕을 끌어 모아 제단 위에 서 있는 일행에게 비추었다. 그러자 왕과 왕비와 수행원들이 하늘의 광채를 받으며 새벽어스름이 가시고 있는 사원의 원형천장 아래에 나타났다. 군중은 왕의 시선 앞에 엎드렸다. 군중이 다시 정신을 차리고 일어서자 왕은 일행과 함께 제단으로 내려와 비밀스런 홀을 지나 자신의 궁전으로 걸어갔다. 그리고 군중은 사원 안에서 뿔뿔이 흩어져 각자의 호기심을 충족시켰다. 군중은 수직으로 서 있는 세 명의 왕을 놀라움과 경외감을 느끼며 관찰했다. 그러나 네 번째 벽감 안에 양탄자에 덮여 숨겨져 있는 덩어리가 어떤 것인지 알고 싶은 욕구가 더 컸다. 누군가가 착하고 사려 깊은 마음으로 그 주저앉은 왕에게 화려한 덮개를 덮어씌워 어떤 눈도 들여다보지 못하게 하고 어떤 손도 감히 그것을 훔쳐가지 못하게 했기 때문이다.

군중들이 다시 넓은 광장으로 관심을 돌리지 않았더라면 그들은 바라보며 경탄하는 일을 끝낼 수 없었을 것이며, 밀려드는 많은 사람들은 사원 안에서 질식해 죽었을 것이다.

예기치 않게 금화들이 마치 하늘에서 쏟아져 내리듯 짤랑짤랑 소리를 내며 대리석 바닥으로 떨어졌다. 가까이에 있던 유랑자들은 그것을 차지하려고 몰려들었고, 이러한 기적은 반복되어 이쪽에서 일어났다가 저쪽에서 일어났다가 했다. 사그라지는 도깨비불들이 여기서 다시 한 번 흥을 돋워 주저앉은 왕의 사지에서 금을 흥겹게 모조리 털어내 버렸던 것이다. 금화들이 더 이상 떨어지지 않는데도 군중은 얼마 동안 탐욕스럽게 이리저리 뛰어다녔고, 몰려들었다가 흩어지곤 했다. 마침내 그들은 흩어져 제 갈 길을 갔다. 그 다리는 오늘날까지 여행자들로 붐비고 있으며, 그 사원은 온 세상에서 사람들이 가장 많이 찾는 사원이 되었다.

4장

아련한
첫사랑의
추억

- 슈토름

4장 아련한 첫사랑의 추억 − 슈토름[7]: 『임멘호』

이 작품은 누구에게나 있을 옛 시절의 감미로우면서도 가슴시린 첫사랑을 떠올리게 하는 투명한 수채화와도 같은 이야기이다. 아름답지만 이루지 못한 사랑이야기인 만큼 은은하고 애잔한 분위기가 작품 전체를 지배하고 있다.

어느 늦가을 저녁 산보에서 돌아와 서재에 앉아 쉬고 있던 노인의 눈길이 벽에 걸린 어느 여인의 초상화에 머문다. 그 순간 시간은 과

---

7) 슈토름(Theodor Storm, 1817~1888)은 1817년 북독일의 항구도시 후줌에서 태어나 1888년 고향에서 사망했다. 변호사인 아버지와 예술에 조예가 깊은 어머니 사이에서 자라나 청년기까지 괴테의 시와 실러의 희곡을 즐겨 읽었으며, 음악과 외국어에 남다른 재능을 보였다. 킬 대학과 베를린 대학에서 법률을 전공하는 한편 몸젠 형제 및 아이헨도르프, 뫼리케 등 독일 문학의 거장들과 교류했다. 1843년에 고향인 슐레스비히−홀슈타인 주에서 변호사로 개업하고, 같은 해 학우였던 몸젠 형제와 함께 40여 편의 시가 실린 첫 번째 작품집 『세 친구의 노래』를 발표했다. 이 무렵 덴마크의 지배에서 벗어나고자 했던 슐레스비히−홀슈타인 주의 무력 항쟁에 가담하여 싸우다가 변호사직을 박탈당하고 오랜 시간 타지를 떠돌게 된다. 발간과 동시에 대단한 반향을 불러일으킨 서정적인 작품 『임멘호』(1852) 이후 『저 멀리 황야 마을에서』(1872), 『후견인 카르스텐』(1878), 『에켄호프』(1879), 『한스 키르히와 하인츠 키르히』(1882), 『꼭 닮은 어떤 자』(1886), 『어떤 고백』(1887) 등을 발표하며 연대기소설 및 추리소설, 연애소설, 사회참여적 소설에 이르기까지 다양한 형식적 실험을 시도했다. 소재 면에서도 당시로서는 드물게 빈민, 화가, 음악가, 인형극 공연자, 수공업자들의 삶을 다채롭게 펼쳐 보였다. 북독일의 향토적 정서를 가장 잘 표현한 '전원 작가'라는 평가를 받았으며, 1887년 사망 직전에 발표한 『백마의 기사』로 19세기 독일 사실주의 문학의 거장이자 국민적인 작가가 되었다.

거로 돌아가고, 노인은 소년이 되어 그녀와의 소꿉장난에서부터 추억 여행을 시작한다.

주인공인 라인하르트와 엘리자베트는 어릴 때부터 서로 아주 가까이 지낸다. 다섯 살 위인 라인하르트는 동화를 들려주며 엘리자베트를 감동시킨다. 또한 그는 엘리자베트 몰래 튼튼한 양피지철을 마련하여 그 안에 그녀와의 체험을 담은 시들을 모아나간다. 그는 어린 마음에 엘리자베트와 결혼하여 평생을 함께 살고 싶어 한다.

그러나 열일곱 살이 되면서 대학진학을 해야 하는 라인하르트에게는 엘리자베트와의 이별의 순간이 점점 더 가까이 다가온다. 라인하르트는 출발을 앞두고 엘리자베트에게 약속한다. 집을 떠나 도시에서 공부해도 계속 그녀를 위해 동화를 쓸 것이며, 그것을 자기 어머니에게 편지로 보내 그녀에게 전달하도록 하겠다는 것이다. 라인하르트 없는 생활은 상상도 할 수 없는 엘리자베트는 그런 약속에 기뻐한다. 라인하르트가 집을 떠나기 전 날 사람들은 한곳에 모여 그를 위한 환송연을 열고, 라인하르트와 엘리자베트는 온종일 함께 지낸다. 라인하르트는 밤늦게 집에 돌아오자 즉시 시 한편을 지어 이미 반쯤 시로 채워진 양피지철에 끼워 넣는다.

곧 크리스마스가 되고, 저녁에 라인하르트는 친구 대학생들과 어울려 지하주점에서 시간을 보낸다. 그는 치터를 연주하는 한 소녀에게 관심을 기울인다. 그는 소녀를 희롱하며 노래를 부르게 한다. 그러나 집에 크리스마스 선물이 와 있다는 친구의 연락을 받고 아쉬워하는 소녀를 떼어놓고 급히 하숙집으로 돌아온다. 그는 소포를 발견하고 설레는 마음으로 뜯어본다. 안에는 케이크와 개인용품들과 함께 엘리자베트의 편지와 그의 어머니의 편지가 동봉되어 있다. 엘리자베트는 편지에서 라인하르트가 선물로 준 새가 죽었다고 알린다. 또 자기에게 동화를 써 보내준다는 약속을 지키지 않는다며 라인하르트를 비난한다. 라인하르트는 다시 고향으로 돌아가고픈 충동에 사로잡힌다. 그는 심란한 마음을 달래기 위해 거리를 산책한 후 돌아와 집 앞에서 구걸하던 거지소녀에게 케이크의 절반을 나눠 준다. 그리고 엘리자베트와 자기 어머니에게 편지를 쓴다.

오랜 시간이 흐른 뒤 라인하르트는 부활절을 맞아 고향을 찾아 엘리자베트와 만난다. 그러나 그들 사이에는 무언가 낯선 것이 존재한다. 라인하르트가 없는 동안 라인하르트의 오랜 친구인 에리히가 임멘호숫가에 있는 아버지의 농장을 이어받았다. 에리히는 또 엘리자베트에게 새를 새로 사주었다. 라인하르트는 엘리자베트에게 자신의 양피지철을 건네주고, 엘리자베트는 그 안에 담긴 자신에게 바치는 시들의 제목을 훑어보며 얼굴을 붉힌다. 그녀는 그가 좋아하는 풀잎을 끼워 넣어 양피지철을 돌려준다. 라인하르트는 엘리자베트에게서 자신이 떠나 있을 2년 동안에도 변함없이 자신을 사랑하겠다는 다짐을 받고, 자신이 품고 있는 한 가지 비밀을 2년 후 돌아와서 알려주겠다고 약속하며 다시 집을 떠난다. 그러나 둘 사이에는 2년 동안 편지 왕래조차 없다. 그 2년 후 라인하르트는 엘리자베트가 두 번이나 거절한 끝에 마침내 에리히와 약혼을 하게 되었다는 얘기를 자신의 어머니를 통해 듣게 된다.

몇 년이 지나 에리히는 라인하르트를 임멘호숫가의 자기 집으로 초대한다. 하지만 엘리자베트에게도 그녀의 어머니에게도 비밀로 한다. 엘리자베트는 뜻밖에도 라인하르트가 찾아온 것을 기뻐한다. 그동안 시와 노래들을 모으며 살아온 라인하르트는 새로운 민요들을 소개해 달라는 에리히의 부탁을 받는다. 라인하르트가 사랑에 관한 민요구절들을 소개하는 동안 엘리자베트는 살며시 자리를 뜨고, 라인하르트도 호수로 간다. 그는 호수 한가운데에 떠있는 수련을 붙잡으려고 헤엄쳐 다가가다가 포기하고 돌아온다.

다음 날 저녁 라인하르트는 엘리자베트와 함께 호수 건너편을 산책한다. 엘리자베트는 거기서 에리카꽃을 발견하고, 라인하르트로부터 그들의 이루지 못한 젊은 날의 사랑에 관한 추억담을 듣고 눈물을 흘린다. 혼란스런 마음을 추스르지 못한 라인하르트는 다음 날 새벽 편지를 남기고 몰래 떠날 계획을 세운다. 아직 어둠이 가시지 않은 새벽 라인하르트는 대문을 나서다가 엘리자베트가 나와 있는 것을 보고 깜짝 놀란다. 그녀도 라인하르트가 떠나려는 것을 짐작하고 있었으며, 그가 다시는 오지 않을 것임을 알고 있었다. 그는 그렇게 엘리자베트의 눈길을 뒤로 한 채 결연히 떠나간다.

이제 노인은 다시 현실로 돌아와 깜깜해진 방안에서 가까이에 있지만 도달할 수 없는 듯이 보이는 호수 가운데의 수련을 떠올린다. 그는 흘러가버린 청춘시절을 회상하며 오랫동안 몸 바쳐온 학문연구에 빠져든다.

이 작품은 작가 슈토름을 유명하게 만든 가장 잘 알려진 단편들 중 하나이다. 특히 이 작품에서는 이야기 속에 여러 번 삽입된 시들이 감미로운 서정적 분위기를 고양시키는 기능을 하고 있음이 이채롭다. 라인하르트가 엘리자베트와 함께 숲속에서 산딸기를 찾아 헤매면서 느낀 엘리자베트에 대한 감정은 이렇게 시로 표현되고 있다.

여기 산비탈에
바람은 온통 숨을 죽이고,
나뭇가지들은 늘어져 있는데,
그 아래 그 아이가 앉아 있네.

그녀는 백리향(百里香) 속에 앉아 있고,
진한 향기 속에 앉아 있네.
파란 파리들은 윙윙거리며
공중에서 반짝이네.

숲은 말없이 서 있고,
그녀는 총명하게 숲속을 들여다보네.
그녀의 갈색 곱슬머리 주위로
햇살이 모여드네.

뻐꾸기는 멀리서 웃고,
내게 떠오르는 생각은
그녀가 숲의 여왕의
금빛 눈을 하고 있다는 것이라네.

라인하르트가 결혼한 엘리자베트의 집을 방문하여 낭독해주는 민요구절은 공교롭게도 사랑했던 남자를 떠나 다른 남자의 아내가 된 엘리자베트의 심정을 그대로 담고 있다. 그리하여 자기 자신의 사연인 양 이 민요를 듣고 있던 엘리자베트는 도저히 자리에 앉아 있을 수 없어 밖으로 나간다.

내 엄마가 그걸 원하셨기에
난 다른 남자를 택해야 한다네.
내가 지금껏 간직해온 것을
내 가슴은 잊어야 한다네.
잊고 싶지 않으면서도.

내가 엄마에게 하소연해도
엄마는 들어주지 않으셨다네.
지난날 명예 속에 머물던 것이
이제는 죄가 되어버렸네.
난 어찌해야 하나!

내 모든 긍지와 기쁨 대신
난 고통을 얻었다네.
아, 그렇게 되지 않았어야 했건만.
아, 구걸이나 하러 다녔으면.
갈색 황무지를 넘어!

차례로 이어지는 모티브들과 상징적인 장면들이 확고한 내적 연관 관계를 이루고 있음도 주목할 만하다. 예컨대 어린 시절 라인하르트와 엘리자베트가 숲 속에서 산딸기를 찾다가 길을 잃는 것은 앞으로 두 사람의 관계가 순탄치 않을 것임을 상징하는 듯하다. 라인하르트가 준 되새의 죽음과 에리히의 선물인 카나리아는 엘리자베트의 라인하르트와의 관계단절과 에리히와의 새로운 관계진전을 암시하고 있다. 라인하르트가 대학생 시절 집시소녀를 만난 후 훗날 임멘호 농장에서 그녀와 같은 모습을 한 거지소녀를 다시 만나는 것은 우연하고 환상적이긴 하지만 자신의 잘못으로 버려진 여인이 다시 나타나 죄책감을 일깨워주는 역할을 하고 있다.

가장 중심적인 상징모티브는 임멘호 위에 떠있는 수련이다. 라인하르트가 수련에 결코 일정 거리 이상으로 다가갈 수 없는 것은 어떤 방해 요인 때문임을 상징하고 있다. 그 방해 요인은 엘리자베트를 놓고 자신과 경쟁하는 에리히일 수도 있고, 예술적인 것보다는 현실적인 것에 보다 더 비중을 두어 자기보다 에리히를 더 좋아하는 엘리자베트의 어머니일 수도 있다. 이 수련은 좁게는 바로 가까이에 있는, 그리하여 손만 뻗으면 잡힐 것 같았으나 실제로는 그렇게 되지 않은 엘리자베트를 상징하며, 넓게는 잡힐 것 같으나 막상 잡으려 하면 뒤로 물러나 끝내 잡히지 않는 인간이 추구하는 행복을 상징한다고 할 수 있다.

한편 이 작품에서는 현재 시점인 서두와 결말부가 과거 시점인 가운데 이야기를 감싸고 있는 독특한 틀구조를 이루고 있는 점도 주목할 만하다. 서두는 이렇다.

> 노인의 두 눈은 자신도 모르게 밝은 달빛이 계속하여 서서히 옮겨가는 것을 좇았다. 이제 달빛은 초라한 검은 액자 속의 조그만 사진 위로 왔다.
> "엘리자베트!
> 노인이 나지막하게 말했다. 그리고 그가 이 말을 하자 시간은 바뀌었다. 그는 어린 시절로 돌아가 있었다.

그런 다음 노인의 회상에서 풀어져 나오는 긴 이야기가 펼쳐진 다음 결말부는 서두에 나왔던 노인의 현재 모습으로 되돌아온다.

> 달빛은 더 이상 유리창에 비치지 않았고, 어두워졌다. 노인은 여전히 합장을 한 채 팔걸이의자에 앉아 텅 빈 방안을 바라보고 있었다. 점차 그의 눈앞에서 그를 에워싼 어둠이 검고 넓은 호수로 변해갔다. 검은 물결이 점점 더 깊게 겹겹이 이어져 펼쳐졌고, 너무 멀어서 노인의 눈이 거의 미치기 어려운 맨 마지막의 물결 위에는 하얀 수련 한 송이가 넓은 잎들 사이에서 외롭게 흔들렸다.

이 작품은 이렇게 회상을 통한 이야기 전개방식과 젊은 날의 애절한 사랑을 그리고 있어 훗날 토마스 만의 소설 『토니오 크뢰거』의 모델이 되었다고 말해지기도 한다. 실제로『토니오 크뢰거』에서 주인공 토니오 크뢰거는『임멘호』를 읽으며, 그것을 친구에게 읽어보라고 권하기도 한다.

　슈토름의『임멘호』는 1989년 독일에서 클라우스 겐드리스 감독에 의해 같은 제목의 영화로 제작되어 뛰어난 서정적 분위기로 호평을 받았다.

임멘호

테오도르 슈토름

노인

　어느 늦가을 오후 옷을 잘 차려입은 한 노인이 천천히 거리를 내려가고 있었다. 그는 산보를 하고 돌아와 집으로 돌아가는 듯했는데, 유행이 지난 버클 달린 그의 구두가 먼지로 덮여있었기 때문이다. 그는 금단추가 달린 등나무지팡이를 팔 밑에 끼고 있었다. 그는 새하얀 머리털과 독특한 대조를 이루는, 지나간 젊은 시절을 몽땅 담고 있는 듯한 검은 눈으로 조용히 주변을 둘러보거나 저녁안개에 잠긴 채 자기 앞에 놓인 도시를 내려다보았다. 그는 거의 이방인처럼 보였다. 지나가는 많은 사람들이 자신도 모르게 이 노인의 진지한 눈을 들여다보았지만 그들 중 단지 몇 사람만이 그에게 인사를 했기 때문이다. 마침내 그는 어느 높은 뾰족지붕 집 앞에 멈춰 섰고, 다시 한 번 시내를 건너다보고는 현관으로 들어섰다. 문의 종소리가 울리자 안쪽 방안에서는 현관 쪽으로 난 작은 창에 녹색 커튼이 올려지고 그 뒤에서 한 늙은 부인의 얼굴이 보였다. 그 남자는 등나무지팡이로 그녀에게 신호를 보냈다.
"아직 불을 켜지 마시게!"
그는 남쪽지방의 억양으로 말했고, 가정부는 커튼을 다시 내렸다. 노인은 넓은 현관을 지나 거실을 통과해갔는데, 거실 벽들에는 도자기꽃병들이 들어 있는 커다란 참나무장식장들이 서 있었다. 그는 마주해 있는 문을 통해 조그만 마루로 들어섰는데, 그곳에서 좁은 계단이 뒤채의 위층 방으로 이어져 있었다. 그는 계단을 천천히 올라가 위층에서 문을 열고 적당히 넓은 방안으로 들어섰다. 그곳은 은밀하고 조용했다. 한쪽 벽은 거의 서류장과 책장으로 차 있었고, 또 다른 벽에는 사람과 풍경 사진들이 걸려 있었다. 펼쳐진 몇 권의 책들이 여기저기 놓여 있는 녹색 보가 덮인 책상 앞에는 빨간 비단방석이 깔린 묵직한 등받이의자가 서 있었다. 노인은 모자와 지팡이를 구석에 놓은 다음 등받이의자에 앉았는데, 두 손을 맞잡은 채 산보에서 돌아와 푹 쉬려는 듯 보였다. 그가 그렇게 앉아 있는 동안 날은 점점 더 어두워졌고, 마침내 달빛이 유리창을 통해 벽에 걸린 그림들로 떨어졌다. 노인의 두 눈은 자신도 모르게 밝은 달빛이 계속하여 서서히 옮겨가는 것을 좇았다. 이제 달빛은 초라한 검은 액자 속의 조그만 사진 위로 왔다.
"엘리자베트!"
노인이 나지막하게 말했다. 그리고 그가 이 말을 하자 시간은 바뀌었다. 그는 어린 시절로 돌아가 있었다.

아이들

곧장 한 조그만 소녀의 우아한 모습이 그에게 다가왔다. 여자아이는 엘리자베트라고 불렸으며, 다섯 살쯤 된 듯했고, 그의 나이는 여자아이의 두 배였다. 여자아이는 목에 빨간 비단목도리를 두르고 있었는데, 그것은 갈색 눈과 어울려 여자아이를 멋지게 보이게 했다.
"라인하르트. 우리 논다, 놀아! 하루 종일 수업이 없고, 내일도 없어."
여자아이가 외쳤다.
라인하르트는 팔 밑에 끼고 있던 주판을 대문 뒤에 슬쩍 던져놓았고, 그런 다음 두 아이는 집을 지나 정원으로, 다시 정원 문을 빠져나가 초원으로 달려갔다. 예기치 않은 방학이 그들에게 무척이나 도움이 되었다. 라인하르트는 엘리자베트의 도움을 받아 이곳에 뗏장으로 집을 세웠었다. 그들은 그 안에서 여름밤을 지내려고 했는데, 아직 벤치가 마련되지 않았다. 이제 그는 곧장 작업에 착수했다. 못, 망치와 필요한 판자들은 이미 준비되어 있었다. 그러는 동안 엘리자베트는 둑을 따라 걸어가서 야생 당아욱의 둥그런 씨앗들을 따서 앞치마 속에 모았는데, 그녀는 그걸로 팔찌와 목걸이를

만들고자 했다. 라인하르트가 많은 못들을 구부러지게 박은 가운데
에도 마침내 벤치를 완성시키고 나서 다시 햇살이 비치는 밖으로
나왔을 때 엘리자베트는 이미 멀리 초원의 반대쪽 끝에 가 있었다.
"엘리자베트! 엘리자베트!"
그가 부르자 그녀가 왔는데, 그녀의 곱슬머리가 나부꼈다. 그는 말
했다.
"이리 와, 이제 우리들의 집이 완성되었어. 너 무척 덥겠구나. 우리
들어가서 새 벤치 위에 앉자. 너에게 어떤 이야기 해줄게."
그러고는 둘은 안으로 들어가 새 벤치 위에 앉았다. 엘리자베트는
앞치마에서 둥근 씨앗들을 꺼내 긴 끈에 꿰었고, 라인하르트는 이
야기를 하기 시작했다.
"옛날에 세 명의 실 잣는 여자가 있었는데……"
"아, 나 그 얘기 달달 외우고 있어. 언제나 똑같은 얘기 좀 그만 해."
엘리자베트가 말했다.
그래서 라인하르트는 세 명의 실 잣는 여자에 대한 이야기는 집어
치워야 했으며, 그 대신 사자굴 속에 내던져진 불쌍한 남자에 대한
이야기를 해주었다.
그는 말했다.
"이제 밤이 되었는데, 너 알지? 아주 깜깜한 밤. 그리고 사자들은
잠을 잤어. 하지만 사자들은 이따금 잠자면서 하품을 하고 붉은 혀
를 내밀었어. 그래서 그 남자는 몸서리를 쳤고 아침이 오기를 기다
렸어. 그때 갑자기 그의 둘레에 밝은 빛이 비추었고, 그가 올려다
보자 그의 앞에 한 천사가 서 있었어. 천사는 그에게 손짓을 하고
는 곧장 바위 속으로 들어갔어."
엘리자베트는 주의 깊게 들었다. 그리고 말했다.
"천사라고? 그럼 날개도 달렸겠네?"
"이야기가 그렇다는 거지. 세상에 천사는 없는 거야."
라인하르트가 대답했다.
"에이 시시해, 라인하르트!"
여자아이는 이렇게 말하고 그의 얼굴을 빤히 쳐다보았다. 그가 침
울하게 그녀를 바라보자 그녀는 이상하다는 듯 물었다.
"사람들은 왜 항상 그렇게 말하지? 엄마도 아줌마도 학교에서도
늘 그렇게 말하잖아?"
"나도 모르겠어." 그가 대답했다.
"그런데 말이야, 사자들도 없는 거야?"
"사자들? 사자들은 있는 건지! 인도에서는 우상을 섬기는 중들이

사자들을 마차 앞에 매달고 함께 사막을 뚫고 달린대. 내가 어른이
되면 직접 한 번 그곳에 가볼 거야. 거기는 우리가 사는 이곳보다
훨씬 더 멋지고, 겨울이 없어. 너도 나와 함께 가야 돼. 그러겠니?"
"응. 하지만 엄마도 함께 가야 해. 그리고 너의 엄마도."
엘리자베트가 말했다.
"안 돼. 그때가 되면 그분들은 너무 늙어서 함께 갈 수 없어."
"하지만 나는 혼자 못 가."
"너는 가도 돼. 그때가 되면 너는 내 아내가 될 거고, 그러면 다른
사람들이 너에게 어떤 명령도 할 수 없을 거야."
"하지만 엄마가 우실 거야."
"우리는 다시 돌아오는 거야. 말해 봐, 너 나와 함께 가는 거지? 그
렇지 않으면 나는 혼자 갈 거고, 다시는 돌아오지 않을 거야."
라인하르트는 소리 높여 말했다.
어린 소녀는 울음을 터뜨리려 했다. 그러고는 말했다.
"그렇게 화난 눈으로 보지 마. 나도 함께 인도로 갈게."
라인하르트는 한없이 기뻐하며 소녀의 손을 잡고 초원으로 데리고
갔다.
"인도로, 인도로."
그는 이렇게 노래하며 소녀와 함께 펄쩍펄쩍 뛰며 맴돌았고, 그리
하여 소녀의 목에서 붉은 목도리가 날아가 버렸다. 그런 다음 그는
갑자기 소녀를 놓아주고 진지하게 말했다.
"거기에 가도 아무 일도 일어나지 않을 거야. 넌 용기도 없구나."
"엘리자베트! 라인하르트!"
정원 입구에서 그들을 부르는 소리가 들려왔다.
"여기 있어요! 여기 있어요!"
아이들은 이렇게 대답하고 손을 맞잡고 집을 향해 뛰어갔다.

숲속에서

아이들은 그렇게 함께 지냈다. 소녀는 그에게 종종 너무 치분했고,
소년은 그녀에게 종종 너무 격렬했지만 그것이 그들의 사이를 벌
려놓지는 않았다. 그들은 거의 모든 자유시간을 함께 보냈다. 겨울
에는 어머니들의 제한된 방안에서, 여름에는 숲속과 들판에서.
한번은 라인하르트의 면전에서 엘리자베트가 학교선생에게 꾸중을
듣자 라인하르트는 선생의 관심을 자신에게 돌리기 위해 화를 내
며 자신의 판넬을 책상에 부딪쳤다. 그것은 발각되지 않았다. 그러

나 라인하르트는 그 지리수업에 관심을 몽땅 잃었다. 그 대신 그는 한 편의 긴 시를 지었다. 시 속에서 그는 자신을 어린 독수리로 비유했고, 선생을 회색 까마귀로 비유했으며, 엘리자베트는 하얀 비둘기였는데, 독수리는 머지않아 자신의 날개가 자라게 되면 회색 까마귀에게 복수하기로 맹세했다. 어린 시인의 눈에는 눈물이 글썽였고, 그는 자신이 무척 숭고하게 느껴졌다. 집에 돌아오자 그는 하얀 종이들을 많이 꿰어 조그만 양피지 책을 만들었다. 그는 그 맨 앞면에 조심스런 손놀림으로 자신의 첫 시를 썼다. 곧 그는 다른 학교를 다니게 되었다. 여기에서 그는 자기 또래의 많은 새 친구들을 사귀었지만 그것으로 인해 엘리자베트와의 교제가 방해받지는 않았다. 그는 이제 자신이 그녀에게 몇 번이고 반복하여 이야기해주었던 동화들 중에서 그녀가 가장 마음에 들어 했던 것들을 적어 넣기 시작했다. 그러면서 그에게는 자주 자기 자신의 생각도 시로 써넣고 싶다는 기분이 들었다. 그러나 그는 왜 그런지는 알 수 없었으며, 언제까지나 그 이유를 알아낼 수 없었다. 그는 자신이 들은 대로 정확하게 이야기들을 적었다. 그런 다음 그는 그 종이들을 엘리자베트에게 주었고, 그녀는 그것들을 자신의 보관함 서랍 속에 소중히 보관했다. 그리고 이따금 저녁에 그가 함께 있는 가운데 그녀가 그녀의 엄마에게 그 노트들 속의 이야기들을 읽어주는 것을 들을 때면 그는 기분 좋은 만족감을 느꼈다.

7년이 지났다. 라인하르트는 상급과정 교육을 위해 그 도시를 떠나야 했다. 엘리자베트는 라인하르트 없는 시간이 존재할 것이라고는 생각조차 하지 못했다. 어느 날 그가 그녀에게 전과 다름없이 그녀를 위해 동화들을 써주겠다고 말하자 그녀는 기뻤다. 그는 자기 어머니에게 보내는 편지로 그녀에게 동화들을 보낼 것이며, 그녀는 그것들을 읽고 마음에 들었는지 그에게 답장을 보내줘야 한다고 말했다. 출발일이 다가왔다. 그러나 양피지책 속에는 출발 전까지 여전히 많은 시들이 담겨졌다. 그 책 자체와 점점 하얀 종이들의 거의 절반을 채우게 된 대부분의 노래들의 동기가 된 것이 엘리자베트임에도 불구하고 그녀에게만은 그것이 비밀이었다.

6월이었고, 라인하르트는 다음 날 떠나게 되어 있었다. 사람들은 다시 한 번 함께 축하의 날을 즐기고자 했다. 그리하여 많은 사람들이 큰 무리를 이루어 가까이에 있는 숲들 중 한 곳으로 소풍을 가게 되었다. 사람들은 숲의 변두리까지 몇 시간이 걸리는 길은 마차로 간 다음 음식바구니들을 내려서 들고 계속 걸어갔다. 먼저 전나무 숲을 통과해 가야 했는데, 서늘하고 어둠침침했으며 땅바닥에는 이곳저곳에 가느다란 나뭇잎들이 흩어져 있었다. 반시간의 보행 끝에 사람들은 전나무 숲의 어둠에서 빠져나와 신선한 너도밤나무 숲속으로 들어섰다. 여기에서는 모든 것이 밝고 푸르렀으며, 이따금 잎이 무성한 나뭇가지들 사이로 햇살이 내리비쳤다. 어린 다람쥐 한 마리가 그들의 머리 위로 이 가지에서 저 가지로 뛰어다녔다. 위쪽으로 우듬지들을 한 무척 오래된 너도밤나무들이 투명한 나뭇잎아치를 하고 서 있는 곳에서 일행은 멈추었다. 엘리자베트의 어머니는 바구니들 중 한 개를 열었고, 한 노인은 자신을 음식조달관이라 자칭했다. 그는 외쳤다.

"모두들 내 주위로 모이렴, 너희들 어린 녀석들아! 그리고 내가 너희들에게 무슨 말을 하는지 제대로 새겨들으렴. 아침식사용으로 이제 너희들 모두가 각자 마른 빵 두 개씩을 받는다. 버터는 집에 남겨두었으니 부식은 너희들 스스로 찾아야만 한다. 숲속에는 산딸기가 충분히 있다. 즉 그것을 찾을 줄 아는 사람에게는 얼마든지 있다는 얘기다. 찾지 못하는 서툰 사람은 빵을 메마른 상태로 먹어야만 한다. 인생에서는 어디나 그런 법이다. 너희들 내 말 알아들었지?"

"물론이지요!"

아이들이 외쳤다.

노인은 말했다.

"아직 내 말은 끝나지 않았다. 우리 늙은이들은 일생 동안 이미 충분히 나돌아 다녔다. 그래서 우리는 이제 집에, 다시 말해서 여기 이 가지들이 넓게 드리워진 나무들 아래에 머물면서 감자를 벗기고, 불을 지펴서 식탁을 차리고, 12시가 되면 달걀도 삶을 것이다. 그 대신 너희들은 너희들이 딴 산딸기의 절반을 우리에게 내놓아 우리도 후식을 먹을 수 있도록 해야 한다. 이제 이쪽저쪽으로 가서 열심히 찾아라!"

아이들은 온갖 장난기어린 표정들을 지었다.

"멈춰라!"

노인이 다시 한 번 외쳤다.

"이건 너희들에게 말할 필요도 없는 건데, 산딸기를 찾지 못하는 사람은 우리에게 가져다 바치지 않아도 된다. 하지만 명심해야 할 것은 그런 사람은 우리 늙은이들에게서도 아무 것도 받지 못한다는 것이다. 그리고 너희들은 오늘 좋은 교훈들을 충분히 얻게 될 텐데, 너희들이 산딸기를 덤으로 갖게 된다면 너희들은 오늘 하루 삶을 성공적으로 이끄는 것이다."

아이들은 같은 생각이었으며, 짝을 지어 길을 떠났다.

"가자, 엘리자베트. 내가 산딸기 많은 곳을 알고 있어. 네가 마른 빵을 먹어서는 안 되지."

라인하르트가 말했다.

엘리자베트는 밀짚모자의 녹색 끈을 묶어 팔 위에 걸었다. 그리고 말했다.

"그럼 가. 바구니는 준비되었어."

그러고 나서 그들은 숲속으로 점점 더 깊이 들어갔다. 그들은 햇볕이 뚫고 들어오지 못하는 축축한 나무그늘을 통과하여 갔는데, 그곳은 모든 것이 고요했고, 보이지 않는 위쪽 공중에서 매들의 외침만이 들렸다. 그런 다음 그들은 다시 빽빽한 수풀을 통과해 갔는데, 수풀이 너무 빽빽하여 라인하르트가 나뭇가지를 꺾기도 하고, 덩굴을 옆으로 제쳐놓기도 하면서 길을 트기 위해 앞장서 가야 했다. 그러나 곧 라인하르트는 뒤에서 엘리자베트가 자신의 이름을 부르는 소리를 들었다. 그는 몸을 돌렸다. 그녀가 외쳤다.

"라인하르트! 기다려, 라인하르트!"

그녀는 보이지 않았다. 마침내 그는 조금 떨어진 곳에서 그녀가 덤불과 싸우고 있는 것을 보았다. 그녀의 작고 귀여운 머리통이 간신히 수풀 위로 드러나 흔들렸다. 그는 다시 되돌아가서 그녀를 데리고 뒤엉킨 초목 사이를 뚫고 탁 트인 곳으로 나왔다. 그곳에서는 파란 나비들이 외로운 들꽃들 사이에서 날아다니고 있었다. 라인하르트는 엘리자베트의 달아오른 얼굴에서 축축한 머리칼을 쓸어 올려주었다. 그런 다음 그는 그녀의 머리 위에 밀짚모자를 씌워주려고 했지만 그녀가 거절했다. 그러자 그는 그녀에게 간청했고 결국 그녀는 밀짚모자를 쓰게 되었다.

"그런데 산딸기는 도대체 어디에 있는 거야?"

그녀는 마침내 멈춰 서서 깊은 숨을 몰아쉬며 물었다.

"여기에 있었는데. 두꺼비들이 우리보다 먼저 다녀갔나 보다. 아니면 담비나 어쩌면 요정들이 다녀갔을지도 몰라."

그가 말했다.

"그래. 잎들은 아직 남아 있어. 하지만 여기서 요정들 얘기는 하지 마. 나는 아직 전혀 피곤하지 않으니 우리 가서 계속 찾아 봐."

엘리자베트가 말했다.

그들 앞으로 작은 개천이 흐르고 있었고, 그 건너편에 다시 숲이 펼쳐졌다. 라인하르트는 엘리자베트를 팔로 안고 개천을 건넜다. 잠시 후 그들은 울창하게 그늘진 나무숲을 지나 다시 탁 트인 밝은 곳으로 나왔다. 소녀가 말했다.

"여기에 틀림없이 산딸기가 있을 거야. 달콤한 향기가 나."

그들은 햇살이 내리쬐는 곳을 이리저리 찾으며 돌아다녔지만 산딸기는 없었다. 라인하르트가 말했다.

"아니야, 그건 야생초 냄새일 뿐이야."

나무딸기수풀과 가시덩굴이 곳곳에 뒤엉켜 있었고, 키 작은 풀들과 번갈아 가며 탁 트인 땅바닥을 덮고 있는 야생초들의 독한 냄새가 대기를 가득 채웠다. 엘리자베트가 말했다.

"여기는 쓸쓸해. 다른 아이들은 어디에 있을까?"

라인하르트는 돌아갈 길을 생각하지 않았었다.

"잠깐 기다려. 바람이 어느 쪽에서 불어오지?"

그는 이렇게 말하고, 손을 높이 들어올렸다. 그러나 바람은 불지 않았다.

"조용히 해 봐. 그들이 이야기하는 게 들리는 것 같아. 아래쪽으로 한 번 소리쳐 봐."

엘리자베트가 말했다.

라인하르트는 손을 둥글게 말아 입에 대고 외쳤다.

"이쪽으로 와!"

그러자 "이쪽으로 와!"라는 소리가 되돌아왔다.

"그들이 대답하네!"

엘리자베트는 이렇게 말하며 손뼉을 쳤다.

"아니야. 그건 아무것도 아니고, 메아리일 뿐이야."

엘리자베트는 라인하르트의 손을 붙잡았다. 그리고 말했다.

"나 무서워!"

라인하르트는 말했다.

"괜찮아. 무서워할 필요 없어. 여기 아주 근사한 걸. 저기 풀들 사이의 그늘에 앉아. 우리 조금 쉬자. 우리는 다른 아이들을 곧 찾게 될 거야."

엘리자베트는 가지가 축 늘어진 너도밤나무 아래에 앉아서 조심스럽게 사방으로 귀를 기울였다. 라인하르트는 거기에서 몇 발짝 떨어진 나무그루터기 위에 앉아 말없이 그녀를 건너다보았다. 해는 그들의 머리 바로 위에 떠 있었고, 한낮의 작열하는 햇살이 뜨거웠다. 금빛을 반짝이는 강청색의 작은 파리들이 날갯짓을 하며 공중에 떠 있었고, 그들 주위에서는 부드럽게 붕붕거리고 윙윙거리는 소리가 들렸다. 이따금 숲속 깊은 곳에서 딱따구리의 쪼는 소리와 다른 산새들의 날카로운 지저귐 소리가 들려왔다.

"들어 봐. 종이 울리고 있어."
엘리자베트가 말했다.
"어디서?"
라인하르트가 물었다.
"우리 뒤쪽에서. 들리지? 정오가 되었어."
"그렇다면 우리 뒤쪽으로 도시가 자리 잡고 있는 거야. 그리고 곧장
앞으로 뚫고 나아가면 틀림없이 우리는 다른 아이들을 만나게 돼."
그래서 그들은 돌아가는 길을 택했고, 산딸기 찾는 일은 포기했는
데, 엘리자베트가 지쳤기 때문이었다. 마침내 나무들 사이로 일행
의 웃음소리가 울려왔다. 그러고는 그들은 땅바닥에서 하얀 천이
가물거리는 것을 보았는데, 그것은 식탁이었으며, 그 위에는 산딸
기가 수북하게 쌓여 있었다. 노인은 냅킨을 단춧구멍에 꽂고 구운
고깃덩이를 열심히 썰면서 아이들에게 자신의 설교를 계속해나갔다.
"저기 낙오자들이 온다."
아이들은 나무 사이로 걸어오는 라인하르트와 엘리자베트를 보자
이렇게 외쳤다.
"이쪽으로! 수건들을 털어내고, 모자들을 뒤집어라! 이제 너희가
찾은 것을 이리 내놓으렴."
노인이 외쳤다.
"배고프고 목말라요!"
라인하르트가 말했다.
"그게 전부라면 너희는 그걸 가질 수밖에 없지. 너희는 내가 한 말
을 알고 있겠지. 여기서는 게으름뱅이들은 얻어먹지 못하지."
노인은 그들을 향해 가득 찬 접시를 들어 올리고 말했다.
결국 라인하르트가 간청한 끝에 식탁이 마련되었고, 그때 관목수풀
에서 지빠귀가 지저귀었다.
그날은 그렇게 지나갔다. 라인하르트는 그러나 무언가를 찾았다.
그것은 산딸기가 아니었지만 그것 또한 숲속에서 자라난 것이었다.
그는 집에 돌아오자 자신의 낡은 양피지책 속에 이 시를 적어 넣
었다.

여기 산비탈에
바람은 온통 숨을 죽이고,
나뭇가지들은 늘어져 있는데,
그 아래 그 아이가 앉아 있네.

그녀는 백리향(百里香) 속에 앉아 있고,
진한 향기 속에 앉아 있네.
파란 파리들은 윙윙거리며
공중에서 반짝이네.

숲은 말없이 서 있고,
그녀는 총명하게 숲속을 들여다보네.
그녀의 갈색 곱슬머리 주위로
햇살이 모여드네.

뻐꾸기는 멀리서 웃고,
내게 떠오르는 생각은
그녀가 숲의 여왕의
금빛 눈을 하고 있다는 것이라네.

그렇게 그녀는 그의 보호의 대상일 뿐만 아니라, 그의 앞에 펼쳐지는 삶의 온갖 사랑스럽고 소중한 것의 상징이기도 했다.

그때 길가에 그 아이가 서서

성탄절이 다가왔다. 아직 오후시간이었는데, 라인하르트는 다른 대학생들과 함께 시청 지하주점의 낡은 참나무식탁에 앉아 있었다. 벽에 걸린 램프들에 불이 켜 있었는데, 그곳 지하는 이미 어두워졌기 때문이다. 하지만 손님들은 드문드문 모여들었고, 종업원들은 벽기둥에 느긋하게 기대고 있었다. 둥근 천장 아래 한쪽 구석에서는 바이올린 연주자와 치터를 연주하는 소녀가 섬세한 집시풍의 용모를 하고 앉아 있었다. 그들은 악기를 무릎 위에 올려놓고 무심히 앞을 바라보고 있는 듯했다.
대학생들의 식탁에서 샴페인 병마개가 펑 하고 터졌다.
"마셔, 나의 사랑스런 보헤미아 아가씨!"
귀공자 같은 외모를 한 젊은이가 소녀에게 가득 찬 술잔을 건네면서 외쳤다.
"나는 마시고 싶지 않아요."
그녀는 자세를 바꾸지 않고 말했다.
"그럼 노래 불러!"

그 귀공자는 이렇게 외치고 그녀의 무릎에 은화 한 닢을 던졌다. 소녀는 천천히 손가락으로 자신의 검은 머리를 매만졌고, 바이올린 연주자는 그녀의 귀에 대고 귓속말을 했다. 그러나 그녀는 머리를 뒤로 젖히고 턱을 치터 위에 받쳤다.
"저 사람을 위해서는 연주하지 않을래요."
그녀가 말했다.
라인하르트는 손에 술잔을 들고 뛰어올라가 그녀 앞에 섰다.
"당신 원하는 게 뭐예요?"
그녀가 당돌하게 물었다.
"너의 눈을 보는 것."
"내 눈이 당신과 무슨 상관이 있지요?"
라인하르트는 불타는 눈으로 그녀를 내려다보았다.
"너의 눈빛은 거짓된 것이란 걸 나는 잘 알지!"
그녀는 뺨을 손바닥에 묻고 그를 훔쳐보았다. 라인하르트는 술잔을 입에 들어올렸다.
"너의 아름다운, 거짓된 눈을 위하여!"
그는 이렇게 말하고 마셨다.
그녀는 웃고 머리를 휙 돌렸다.
"주세요!"
그녀는 이렇게 말했고, 자신의 검은 눈을 그의 눈과 마주치면서 천천히 남은 술을 마셨다. 그런 다음 그녀는 삼화음을 취해 좀 더 깊고 격정적인 목소리로 노래를 불렀다.

    오늘, 오직 오늘만
    나는 이렇게 아름답네.
    내일, 아 내일이면
    모든 것이 사라지네!

    오직 이 순간만
    당신은 아직 나의 것.
    죽음, 아 죽음을
    나는 홀로 맞아야 하네.

바이올린 연주자가 빠른 템포로 후주곡을 연주하는 동안 주점에 새로 들어선 한 사람이 일행에 끼어들었다.
그는 말했다.

“자네를 데리러 왔네. 자네가 집을 나와 있는 동안 자네에게 크리
스마스 선물이 와 있네.”
“크리스마스선물이라고? 나에게 그런 게 올 리 없는데.”
라인하르트가 말했다.
“무슨 소리야! 자네의 방안이 온통 전나무 성탄트리와 구운 케이크
냄새로 가득한데.”
라인하르트는 술잔을 내려놓고 자신의 모자를 집어 들었다.
“무슨 일인데요?”
소녀가 물었다.
“나 바로 가봐야 돼.”
그녀는 이마를 찡그렸다.
“가지 말고 있어요!”
그녀는 작은 목소리로 외치고 친밀하게 그를 쳐다보았다.
라인하르트는 머뭇거렸다. 그러고는 말했다.
“그럴 수 없어.”
그녀는 웃으면서 발끝으로 그를 찼다. “가요! 당신은 아무 소용도
없어요. 당신들 모두 아무 소용이 없어요.”
그녀가 말했다. 그녀가 몸을 돌려 돌아서는 동안 라인하르트는 천
천히 지하계단을 올라갔다.
바깥 거리에는 어둠이 깊게 드리워져 있었다. 그는 열이 오른 이마
에서 신선한 겨울공기를 느꼈다. 여기저기서 불타는 전나무의 밝은
빛이 창문으로부터 흘러나왔고, 이따금 안에서 작은 피리와 트럼펫
의 시끄러운 소리와 환성을 지르는 아이들의 목소리가 들렸다. 구
걸하는 아이들은 떼를 지어 이집 저집을 돌아다니거나 계단 난간
위에 앉아서 창문을 통해 자신들에게 허용되지 않은 화려한 광경
을 들여다보려고 했다. 때때로 갑자기 대문이 열리고 꾸짖는 목소
리가 그 어린 손님들의 무리를 밝은 집으로부터 어두운 골목으로
내쫓았다. 다른 어떤 집 현관에서는 오래된 크리스마스캐럴이 불렸
고, 그 아래에서는 낭랑한 소녀들의 목소리가 들렸다. 라인하르트
는 그 소리를 듣지 못했고, 모든 것을 지나쳐서 이 거리에서 저 거
리로 재빨리 걸어갔다. 그가 자신의 집에 왔을 때는 완전히 어두워
져 있었다. 그는 비틀거리며 계단을 올라 자신의 방으로 들어섰다.
달콤한 향기가 그를 향해 풍겨와 고향생각을 일으켰는데, 그것은
집에서 크리스마스 때 어머니 방에서 나는 냄새였다. 그는 떨리는
손으로 등불을 켰다. 그러자 책상 위에는 커다란 소포가 놓여 있었
고, 그가 그것을 풀자 익숙한 갈색 축하케이크들이 펼쳐졌다. 몇몇

케이크들 위에는 설탕으로 그의 이름의 첫 글자들이 쓰여 있었는데, 그렇게 할 사람은 엘리자베트 말고는 아무도 없었다. 그러고는 섬세하게 수놓인 속옷이 든 작은 꾸러미가 나타났고, 손수건과 커프스, 마지막으로 어머니와 엘리자베트가 쓴 편지들이 있었다. 라인하르트는 먼저 엘리자베트의 편지를 펼쳤다. 엘리자베트는 이렇게 쓰고 있었다.

"아름다운 설탕글씨들은 케이크를 만드는 데 누가 도왔는지 당신에게 잘 설명해줄 수 있겠지요. 당신을 위해 커프스에 수놓은 사람도 바로 그 사람이랍니다. 우리에게서는 이제 크리스마스의 저녁이 무척 조용해질 거예요. 우리 엄마는 언제나 9시 반이면 벌써 물레를 구석으로 치우신답니다. 당신이 없는 이번 겨울은 무척이나 쓸쓸하군요. 지난 일요일에는 당신이 내게 선물로 준 되새까지 죽었어요. 나는 무척 많이 울었어요. 하지만 나는 그것을 늘 잘 돌봐왔어요. 그 새는 햇살이 새장 안으로 비치는 저녁이면 언제나 노래했지요. 당신도 알다시피 엄마는 그 새가 온 힘을 다해 노래 부를 때면 입을 다물게 하기 위해 새장 위에 수건을 걸어놓았지요. 이제 방안은 더 조용해졌고, 당신의 친구 에리히가 가끔 우리를 방문할 뿐이랍니다. 당신은 언젠가 그가 자신의 외투와 닮아 보인다고 말했었지요. 나는 이제 그가 대문으로 들어설 때마다 늘 그 생각을 하지 않을 수가 없으며, 그게 너무도 우스꽝스러워요. 하지만 엄마에게는 얘기하지 마세요. 그러면 엄마는 조금 언짢아할 거예요. 내가 당신의 어머니께 크리스마스에 무슨 선물을 해야 좋을지 말해줘요! 당신이 조언해주지 않는다면? 나 자신을 드리면 되지! 에리히는 검은 분필로 나를 그리곤 해요. 나는 이미 세 번이나 그의 앞에서 앉아 있어야 했어요. 매번 꼬박 한 시간 동안이나. 낯선 사람이 내 얼굴을 그렇게 속속들이 들여다보는 것이 정말 역겨웠어요. 나는 그렇게 하려고 하지 않았는데, 엄마가 내게 권했어요. 엄마는 그것이 착한 베르너 부인에게 커다란 기쁨을 안겨드리게 될 것이라고 말했지요.

라인하르트, 그런데 당신은 약속을 지키지 않는군요. 당신은 동화를 보내지 않았어요. 나는 자주 당신의 어머니께 불평을 털어놓았는데, 그때마다 어머니는 늘 당신이 그런 하찮은 일보다 더 많은 할 일이 있다고 말씀하시더군요. 그러나 나는 그 말을 믿지 않아요. 분명 다른 이유가 있는 거라고 생각해요."

이제 라인하르트는 어머니의 편지도 읽었으며, 두 편지를 모두 읽고 그것들을 천천히 다시 접어 치웠을 때 격렬한 향수가 그를 엄습했다. 그는 잠시 방안을 이리저리 거닐었다. 그는 나지막하게 반쯤 알아들을 수 있을 정도로 혼자서 이렇게 읊조렸다.

> 그는 거의 길을 잃고
> 어디로 빠져나갈지 알지 못하네.
> 그때 길가에 그 아이가 서서
> 그에게 집으로 가라고 손짓하네!

그런 다음 그는 책상으로 가서 돈을 조금 꺼내어 다시 거리로 내려갔다. 거리는 그 사이에 더 조용해졌다. 크리스마스트리들은 불이 꺼졌고, 아이들의 행렬도 끝이 났다. 바람이 적막한 거리를 휩쓸고 지나갔다. 노인들과 젊은이들이 가족 단위로 자신들의 집에서 함께 모여 앉아 있었고, 크리스마스 저녁의 후반부가 시작되었다. 라인하르트가 시청지하주점 근처에 오자 지하에서 바이올린 소리와 치터를 연주하는 소녀의 노랫소리가 들려왔다. 아래쪽에서 지하주점 출입문의 종소리가 울리고 한 검은 모습의 사람이 비틀거리며 흐릿하게 불빛이 비치는 넓은 계단을 올라왔다. 라인하르트는 건물 그림자들 속으로 들어선 다음 재빨리 지나쳐갔다. 잠시 후에 그는 불빛이 반짝이는 보석가게에 도착했고, 거기에서 붉은 산호로 된 조그만 십자가 한 개를 산 다음 왔던 길로 다시 돌아갔다. 그는 자신의 집에서 멀리 떨어지지 않은 곳에서 초라한 누더기를 걸친 어느 조그만 소녀가 어떤 집의 높은 대문 앞에 서서 문을 열려고 헛되이 애쓰고 있는 것을 보았다.

"내가 도와줄까?"
그가 말했다. 그 아이는 아무 대답도 하지 않고 무거운 대문걸쇠를 붙잡았다. 라인하르트가 이미 대문은 열었다.
"안 돼. 그들은 너를 쫓아낼 거야. 나와 함께 가자! 내가 너에게 크리스마스 케이크를 주마."
그가 말했다. 그러고 나서 그는 대문을 다시 닫고 그 조그만 소녀의 손을 잡았다. 소녀는 말없이 그와 함께 그의 집으로 들어갔다. 그는 나갈 때 등불을 켜놓았었다.
"여기 네 케이크가 있다."
그는 이렇게 말하고 자신의 소중한 케이크의 절반을 소녀의 앞치마 속에 넣어주었는데, 설탕글씨가 있는 것만은 남겨두었다.
"이제 집으로 가서 엄마에게도 그걸 드리거라."
그 아이는 수줍어하는 눈길로 그를 올려다보았다. 그 아이는 그런

친절함에 익숙하지 않아 그에 대해 어떤 반응도 내보일 수 없는 듯
보였다. 라인하르트는 문을 열고 소녀에게 등불을 비춰주었으며,
그 아이는 케이크를 가지고 새처럼 계단을 훌쩍 날아 내려가 집으
로 갔다.
라인하르트는 난로의 불꽃을 키우고 먼지 덮인 잉크병을 책상 위
에 놓았다. 그런 다음 그는 앉아서 밤새도록 어머니와 엘리자베트
에게 편지를 썼다. 남은 크리스마스 케이크는 손대지 않은 채 그의
옆에 놓여 있었다. 그러나 엘리자베트가 만든 커프스는 그가 끼고
있었는데, 그것은 그의 하얀 모직재킷과 아주 멋지게 잘 어울렸다.
그는 겨울햇살이 얼어붙은 유리창 위에 쏟아지고 마주 놓인 거울
속에서 창백하고 진지한 얼굴이 모습을 드러낼 때에도 여전히 그
렇게 앉아 있었다.

고향에서

부활절이 되었을 때 라인하르트는 고향을 찾았다. 도착한 다음 날
아침 그는 엘리자베트에게 갔다.
"너 많이 컸구나."
그는 아름답고 가냘픈 소녀가 자신에게 미소 지으며 다가오자 이
렇게 말했다. 그녀는 얼굴을 붉혔지만 아무 대답도 하지 않았다.
그가 반갑게 맞으며 붙잡은 손을 그녀는 살그머니 빼내려고 했다.
그는 그녀를 의아스러운 듯 바라보았다. 전에는 그녀가 그러지 않
았었는데, 이제 그들 사이에는 뭔가 낯선 것이 끼어든 것 같았다.
그가 고향에 오래 머물고 날마다 그녀를 찾아와도 여전히 그러했
다. 그들이 단둘이서 함께 앉아 있을 때면 말없는 침묵이 생겼고,
그것은 그에게 고통스러웠으며, 그는 걱정을 하며 그것을 막으려고
애썼다. 방학 동안에 확실한 즐거움을 맛보기 위해 그는 대학생활
의 첫 몇 달 동안 틈나는 대로 열심히 탐구했던 식물학을 엘리자베
트에게 가르쳐주기 시작했다. 모든 일에서 그의 뜻에 따르는 데 익
숙해져 있는데다 배움의 욕구가 강한 엘리자베트는 그것을 기꺼이
받아들였다. 이제 일주일에 몇 번은 들판이나 황야로 소풍을 가게
되었는데, 그러면 그들은 점심때 녹색 식물채집상자에 약초와 꽃들
을 가득 채워 집으로 가져왔으며, 라인하르트는 함께 채집한 것들
을 엘리자베트와 나누기 위해 몇 시간 후에 다시 오곤 했다.
그런 목적으로 어느 날 오후 그가 방안에 들어섰을 때 지금껏 보지
못했던 금도금이 된 새장을 엘리자베트가 싱싱한 별꽃들로 장식하

고 있었다. 새장 안에는 카나리아 한 마리가 앉아서 날개를 치고 소리를 지르며 엘리자베트의 손가락을 쪼고 있었다. 전에는 거기에 라인하르트가 준 새가 들어 있었다.
"내 불쌍한 되새가 죽고 나서 금빛 새로 변해버렸나?"
그는 쾌활하게 물었다.
"되새가 그렇게 될 리가 있나. 자네 친구 에리히가 오늘 낮에 엘리자베트에게 주려고 그것을 자기 농장에서 보내왔다네."
등받이의자에 앉아 실을 잣고 있던 엘리자베트의 어머니가 말했다.
"어떤 농장에서요?"
"자네 모르고 있었군?"
"무엇을요?"
"에리히가 한 달 전부터 임멘호숫가에 있는 부친의 제2농장을 물려받아 운영하고 있다는 거 모르나?"
"하지만 지금까지 어머니께서는 제게 거기에 대해 한마디도 하지 않으셨잖아요."
"이런. 자네가 자네 친구에 대해 한마디도 물어보지 않았잖아. 그는 호감이 가는 사려 깊은 젊은이지."
어머니는 커피를 준비하기 위해 밖으로 나갔다. 엘리자베트는 라인하르트에게 등을 돌리고 작은 나뭇잎들을 정리하는 데 열중했다. 그녀가 말했다.
"잠깐만 기다려요. 곧 끝나요."
라인하르트가 평소와는 달리 대답을 하지 않자 그녀는 몸을 돌렸다. 그의 눈 속에는 그녀가 지금껏 알아채지 못했던 돌연한 근심의 기색이 서려 있었다.
"무슨 일이에요, 라인하르트?"
그녀는 그에게 가까이 다가서면서 물었다.
"내가 뭘?"
그는 아무렇지도 않다는 듯 말하고 꿈꾸듯이 그녀의 눈 속을 들여다보았다.
"당신은 무척 슬퍼 보여요."
"엘리자베트, 나는 저 노란 새를 견딜 수가 없어."
그녀는 놀라면서 그를 바라보았고, 그를 이해할 수 없었다. 그녀는 말했다.
"당신 참 이상하군요."
그는 그녀의 두 손을 잡았고, 그녀는 그의 손에 잡힌 채 가만히 있었다. 곧 어머니가 다시 들어왔다.

커피를 마신 후 어머니는 물레 옆에 앉았고, 라인하르트와 엘리자베트는 식물들을 정리하기 위해 옆방으로 갔다. 이제 그들은 꽃실의 수를 세고, 잎과 꽃들을 조심스럽게 펼쳐서 종별로 두 개씩 표본을 골라 그것들을 말리기 위해 큰 책의 갈피 사이에 끼웠다. 햇살이 내리쬐는 고요한 오후였으며, 옆에서 어머니의 물레 돌아가는 소리밖에 들리지 않았다. 이따금 라인하르트가 식물들의 강과 목을 대거나 엘리자베트의 서툰 라틴어명칭 발음을 교정해 줄 때면 그의 가라앉은 목소리가 들렸다.

"이제 보니 은방울꽃이 없네."

그녀는 모든 채집물을 분류하여 정리한 다음 말했다.

라인하르트는 주머니에서 조그만 흰색 양피지책을 꺼냈다.

"여기 네게 줄 은방울꽃자루가 있지."

그는 반쯤 마른 식물을 책 속에서 꺼내면서 말했다.

엘리자베트는 글이 적힌 책갈피들을 보고 물었다.

"당신 또 동화들을 썼어요?"

"이건 동화가 아니야."

그는 이렇게 대답하고, 그녀에게 그 책을 건넸다.

거기에 담긴 것은 오로지 시들이었고, 대부분의 시들이 기껏해야 한쪽 면을 채우고 있었다. 엘리자베트는 책장을 한 장씩 넘겼다. 그녀는 제목들만 읽는 것 같았는데, 거의 모든 시들이 '그녀가 선생에게 혼났을 때', '그녀가 숲속에서 길을 잃었을 때', '부활절동화와 함께', '그녀가 내게 처음으로 편지를 썼을 때' 등과 같은 제목을 달고 있었다. 라인하르트는 탐색하면서 그녀를 바라보았는데, 그녀가 계속 책장을 넘기는 동안 마침내 그녀의 맑은 얼굴에 엷은 홍조가 일어 점차 얼굴 전체로 퍼져나가는 것을 볼 수 있었다. 그는 그녀의 눈을 보려고 했지만 엘리자베트는 고개를 들지 않았고, 마침내 말없이 그의 앞에 책을 내밀었다.

"그걸 내게 그렇게 돌려주지 마!"

그가 말했다.

그녀는 양철채집상자에서 갈색 잔가지 한 개를 꺼냈다.

"책 속에 당신이 좋아하는 풀을 넣어줄게요."

그녀는 이렇게 말하고 그의 손에 그 책을 건네주었다.

마침내 방학의 마지막 날이자 라인하르트가 출발하는 날 아침이 왔다. 엘리자베트는 어머니께 간청하여 자신의 친구를 집에서 몇 정거장 떨어진 우편마차까지 바래다주는 것을 허락받았다. 그들이 대문을 나서자 라인하르트는 그녀에게 팔을 맡겼고, 그렇게 말없이

그 날씬한 소녀와 나란히 걸어갔다. 그들이 정거장에 가까이 다가
가면 갈수록 그에게는 긴 이별을 하기 전에 꼭 필요한, 자신의 미
래의 삶에 온갖 가치와 온갖 애정이 달려 있는 어떤 말을 전해야만
할 것 같은 생각이 들었지만 그는 어떻게 말을 해야 될지 알 수가
없었다. 그것이 그를 초조하게 하여 그는 점점 더 천천히 걸었다.
"너무 늦겠어요. 성 마리엔 교회에서 벌써 10시를 알리는 종이 울
렸어요."
그녀가 말했다.
그러나 그는 그렇다고 더 빨리 걷지 않았다. 마침내 그는 더듬거리
며 말했다.
"엘리자베트, 이제 2년 안에는 나를 보지 못할 거야 …… 내가 다시
돌아와도 틀림없이 지금처럼 똑같이 나를 좋아하겠지?"
그녀는 고개를 끄덕이고 다정하게 그의 얼굴을 들여다보았다. 잠시
후 그녀는 말했다.
"나도 당신을 지켜줄 거예요."
"나를? 누구로부터 나를 지켜준다는 거지?"
"내 엄마로부터요. 우리는 어제 저녁 당신이 돌아간 다음 당신에
대해 오래도록 얘기했어요. 엄마는 당신이 옛날처럼 그렇게 좋은
것 같지 않다고 하셨거든요."
라인하르트는 잠깐 동안 침묵했다. 그런 다음 그는 그녀의 손을 잡
았고, 그녀의 천진난만한 눈을 진지하게 들여다보면서 말했다.
"나는 여전히 옛날과 똑같이 좋은 사람이야. 너만은 그걸 굳게 믿
어줘! 너는 믿지, 엘리자베트?"
"응."
그녀가 말했다. 그는 그녀의 손을 놓고 그녀와 함께 마지막 거리를
재빨리 지나쳐갔다. 작별이 가까워져 올수록 그의 얼굴은 기쁜 빛
을 띠었고, 그는 그녀에게 너무 빠를 정도로 걸었다.
"웬일이에요, 라인하르트?"
그녀가 물었다.
"나는 비밀이 하나 있다. 아주 멋진 비밀!"
그는 이렇게 말하고 반짝이는 눈으로 그녀를 바라보았다.
"내가 2년 후에 다시 돌아오면 그때 알게 될 거야."
그러는 사이 그들은 우편마차에 도착했다. 시간은 꼭 맞았다. 라인
하르트는 다시 한 번 그녀의 손을 잡았다. 그는 말했다.
"잘 있어! 잘 있어, 엘리자베트. 우리가 한 말 잊지 마."
그녀는 머리를 끄덕였다.

"잘 가요!"
그녀가 말했다. 라인하르트는 마차에 올랐고, 말들이 마차를 끌기 시작했다.
마차가 모퉁이를 돌 때 그는 다시 한 번 그녀의 사랑스런 모습을 보았는데, 그녀는 돌아서서 천천히 걸어가고 있었다.

한 통의 편지

거의 2년 후 라인하르트는 책과 서류들 사이에 있는 램프 앞에 앉아 함께 공동연구를 하는 한 친구를 기다리고 있었다. 누군가가 계단을 올라왔다.
"들어와!"
그러나 그 사람은 주인아줌마였다.
"편지 왔어요, 베르너 군!"
그러고 나서 그녀는 다시 내려갔다.
라인하르트는 고향을 방문한 이후 엘리자베트에게 편지를 쓰지 않았고 그녀로부터 편지를 받은 적도 없었다. 이 편지 또한 그녀에게서 온 것이 아니었고, 그의 어머니의 필체로 되어 있었다. 라인하르트는 뜯어서 읽었는데, 곧 다음과 같은 내용을 읽게 되었다.
"내 사랑하는 아이야, 네 나이에는 거의 해마다 자신만의 독특한 얼굴을 갖게 되지. 청춘은 스스로를 더 초라하게 놔두지 않기 때문이란다. 이곳도 많은 것이 변했는데, 내가 너를 제대로 이해해왔다면 그것은 무엇보다도 네게 가슴 아픈 일일 것이다. 에리히가 지난 석 달 동안 두 번이나 청혼을 했지만 거절당한 뒤 마침내 어제 엘리자베트로부터 승낙을 얻었단다. 그녀는 줄곧 그런 결정을 내리지 못해왔는데, 결국 그렇게 한 거야. 그녀는 아직 퍽 어리지. 결혼식은 곧 열린다고 하는데, 그러면 그녀의 어머니도 그들과 함께 이곳을 떠날 것이란다."

임멘호

다시 몇 년이 흘렀다. 어느 따스한 봄날 오후에 햇볕에 그을린 건강한 얼굴의 한 젊은 남자가 내리막 숲길을 걸어가고 있었다. 그는 진지한 잿빛 눈으로 긴장한 채 마침내 단조로운 길의 변화가 시작되기를 기대하듯 멀리 바라보았는데, 여전히 변화의 조짐은 보이지 않았다. 마침내 아래쪽에서 마차 한 대가 천천히 올라왔다.

“여보세요! 농부양반.”
방랑자는 옆으로 지나쳐가는 농부에게 외쳤다.
“이리로 가면 임멘호로 가는 게 맞소?”
“계속 곧장 가시오.”
농부는 이렇게 대답하고 둥근 모자를 벗어 인사했다.
“거기까지는 아직 먼가요?”
“바로 코앞이오. 파이프담배 반도 채 피우기 전에 그 호수에 당도할 거요. 저택이 바로 그 옆에 있지요.”
농부는 마차를 몰고 지나갔고, 그 사람은 더 서둘러 나무들 아래를 따라 걸어갔다. 15분 후에 그의 왼쪽 편에서 갑자기 그늘이 사라졌다. 길은 가파른 비탈 옆을 지나고 있었고, 백 년 된 참나무들의 꼭대기가 간신히 길에까지 솟아올라 있었다. 그 너머로 햇살이 비치는 넓은 풍경이 펼쳐졌다. 아래쪽 깊숙한 곳에 잔잔하고 검푸른 호수가 햇살이 비치는 녹색 숲들로 에워싸인 채 놓여 있었다. 숲들은 한쪽 부분에서만 트여서 푸른 산들에 의해 막히는 곳까지 깊숙한 원경을 펼치고 있었다. 그곳을 가로질러 맞은편 숲의 녹색 수림 가운데에는 하얀 눈 같은 것이 펼쳐져 있었다. 그것은 꽃이 만개한 과일나무들이었는데, 그 앞쪽으로 높은 호숫가에 빨간 기와지붕을 한 하얀 저택이 솟아 있었다. 황새 한 마리가 굴뚝 위를 날아올라 천천히 물위에서 맴돌고 있었다.
“임멘호!”
방랑자는 외쳤다. 그는 이제 거의 여행의 목적지에 도착한 것 같았다. 왜냐하면 그는 움직이지 않고 서서 발언저리에 솟아있는 나무들의 꼭대기를 넘어 물위에 비친 저택의 모습이 잔잔히 흔들리는 다른 쪽 호숫가를 건너다보았기 때문이다. 그런 다음 그는 갑자기 길을 계속 걸어갔다.
이제 길은 거의 가파르게 경사져 내려갔고, 그리하여 아래쪽에 서 있는 나무들이 다시 그늘을 드리웠으며, 동시에 호수의 전망을 가렸는데, 호수는 가끔 나뭇가지들 사이를 뚫고 반짝였다. 곧 길은 다시 완만하게 오르막을 이루었고, 좌우로 나무들이 사라졌으며, 그 대신 길옆을 따라 잎이 무성한 포도밭 언덕이 펼쳐졌는데, 길의 양옆에는 윙윙거리며 우글대는 벌들로 가득 찬 꽃핀 과일나무들이 서 있었다. 갈색 외투를 입은 한 늠름한 남자가 방랑자를 향해 다가왔다. 그는 방랑자에게 거의 도달하자 모자를 흔들며 밝은 목소리로 외쳤다.
“잘 왔네, 잘 왔어, 라인하르트! 임멘호 농장에 온 걸 환영하네!”

"안녕, 에리히, 자네의 환대에 감사하네!"
라인하르트는 그에게 답하며 외쳤다.
그런 다음 그들은 서로 다가서서 악수를 청했다.
"정말 자네가 맞나?"
에리히는 가까이에서 자신의 옛 학창시절 친구의 진지한 얼굴을
들여다보며 말했다.
"물론 그렇지, 에리히. 자네도 그 모습 그대로군. 단지 과거에도 늘
그랬었지만 좀 더 밝아 보이네."
이 말에 기분 좋은 미소가 에리히의 단순한 얼굴표정을 좀 더 밝게
했다.
"맞아, 라인하르트. 자네도 알다시피 나는 그 후 큰 행운을 얻었지."
에리히는 라인하르트에게 다시 한 번 손을 내밀면서 말했다. 그런
다음 그는 손을 비비며 만족스럽게 외쳤다.
"이건 깜짝 놀랄 사건일 거야! 그녀는 그 사람을 예상하지 못하고
있을 걸. 전혀!"
"깜짝 놀랄 사건이라고? 도대체 누구에게 말이야?"
라인하르트가 물었다.
"엘리자베트에게."
"엘리자베트라고! 자네 그녀에게 내가 온다는 얘기 하지 않았나?"
"말하지 않았지, 라인하르트. 그녀는 자네가 오리라고는 생각도 못
할 거고, 장모님도 마찬가지일 거야. 나는 기쁨을 더 크게 하려고
완전히 비밀리에 자네를 초대한 걸세. 자네도 알다시피 나는 늘 나
만의 조용한 계획들을 꾸며왔지."
라인하르트는 곰곰이 생각에 잠겼고, 그들이 농장에 가까이 다가갈
수록 그의 가슴은 무거워지는 듯했다. 길의 왼쪽 편에서는 이제 포
도밭이 끝나고 드넓은 야채밭이 펼쳐졌는데, 그것은 거의 호숫가에
까지 뻗쳐 있었다. 황새는 그 사이 아래로 내려앉아 위엄 있게 채
소밭 사이를 이리저리 거닐었다.
"훠이!"
에리히가 손뼉을 치며 외쳤다.
"저 다리 긴 이집트황새 녀석이 또다시 내 어린 완두콩줄기를 훔쳐
먹고 있네!"
황새는 천천히 몸을 일으켜 새로 지은 한 건물의 지붕 위로 날아갔
는데, 그 건물은 야채밭 끝에 있었고, 그 담들에는 뒤엉킨 복숭아
와 살구나무들의 가지들이 늘어져 있었다.
"저것은 주정공장이네."

에리히가 말했다.

"내가 2년 전에 세웠지. 관리용 건물은 돌아가신 내 아버지께서 새로 세우셨고, 살림집은 이미 내 할아버지께서 지으셨다네. 그렇게 계속 조금씩 넓혀 나가는 거지."

그들은 이런 말을 하면서 어느 넓은 광장으로 왔는데, 그곳의 옆쪽은 농장 관리용 건물과, 뒤쪽은 저택과 경계를 이루고 있었다. 저택의 양옆은 높은 정원 담과 연결되어 있었는데, 이 담 뒤로 주목으로 된 어두운 벽들의 모습이 보였고, 여기저기에 라일락나무들이 꽃이 만개한 가지들을 마당으로 늘어뜨리고 있었다. 햇살과 작업으로 얼굴이 달아오른 남자들이 광장을 지나가며 그들에게 인사했고, 에리히는 이 사람 저 사람에게 작업지시를 하거나 그들의 그날 작업에 대해 물었다. 그러고는 그들은 집에 도착했다. 그들은 높고 서늘한 현관복도에 들어섰고, 그 끝에서 좀 더 어두운 왼쪽 옆 통로로 꺾어들었다. 여기에서 에리히는 문을 열었고, 그들은 어느 넓은 정원홀로 들어섰는데, 그곳은 마주해 있는 창문들을 덮고 있는 빽빽한 나뭇잎들에 의해 양쪽이 초록빛 어스름으로 가득 차 있었다. 그러나 이 창문들 사이에서 넓게 양쪽으로 열린 높은 두 개의 문이 빛나는 봄 햇살을 가득 들어오게 했고, 원형 화단과 높이 경사진 나뭇잎담장이 있는 정원의 전망을 볼 수 있게 했다. 정원은 곧게 뻗은 넓은 통로에 의해 양분되었고, 그 통로를 통해 호수와 더 먼 곳에 마주해 있는 숲들을 바라볼 수 있었다. 그들이 안으로 들어서자 샛바람이 그들에게 한 줄기 향기를 실어다주었다.

정원 문 앞 테라스 위에는 소녀 같은 모습의 하얀 옷차림을 한 여인이 앉아 있었다. 그녀는 일어나서 들어서는 사람들을 향해 걸어갔다. 그러나 몇 걸음 떼어놓기도 전에 그녀는 발에 뿌리가 박힌 듯 멈춰 서서 그 낯선 남자를 꼼짝 하지 않고 응시했다. 그는 그녀에게 웃으면서 손을 내밀었다.

"라인하르트!"

그녀가 외쳤다.

"라인하르트! 이럴 수가, 당신이로군요! 우리는 오랫동안 보지 못했지요."

"오래 보지 못했지."

그는 이렇게 말하고 더 이상 아무 말도 할 수 없었는데, 그녀의 목소리를 듣자 가슴에 미묘한 아픔을 느꼈기 때문이다. 그가 그녀를 올려다보자 그녀는 몇 년 전 그가 고향도시에서 작별인사를 건넸던 당시와 똑같은 귀엽고 사랑스런 모습으로 그의 앞에 서 있었다.

에리히는 기쁨에 빛나는 얼굴을 하고 문 옆에 서 있었다. 그는 말했다.
"자, 엘리자베트, 정말이지 당신 그 사람이 올 거라고는 예상하지 못했을 거야. 꿈에도 상상하지 못했을걸!"
엘리자베트는 에리히를 친밀한 눈빛으로 바라보았다. 그리고 그녀는 말했다.
"당신 정말 멋져요, 에리히!"
에리히는 그녀의 가는 손을 어루만지면서 꼭 쥐었다. 그리고 말했다.
"우리 이제 그를 맞게 되었으니 너무 빨리 보내지 맙시다. 그가 오랫동안 떠나 있었으니 우리가 다시 고향에 친숙해지도록 만들어야겠소. 그가 얼마나 이국적이고 고상하게 보이는지 한 번 봐요."
엘리자베트의 수줍어하는 눈길이 라인하르트의 얼굴을 훑어보았다. 라인하르트는 말했다.
"그건 오로지 우리가 함께 지내지 않은 세월 때문이지."
이 순간 엘리자베트의 어머니가 작은 열쇠바구니를 팔에 걸고 문으로 들어왔다.
"베르너! 어머나, 예기치 않은 너무나 귀한 손님이 왔네."
그녀는 라인하르트를 보자 말했다. 그리고 이제 묻거니 답하거니 하며 즐거운 시간이 평온하게 이어졌다. 여자들이 앉아서 자신들의 일을 했고, 라인하르트가 자신을 위해 마련된 다과를 즐기는 동안 에리히는 그의 옆에 앉아 단단한 해포석 담뱃대에 불을 붙이고 연기를 내뿜으며 대화를 나누었다.
다음 날 라인하르트는 에리히와 함께 밖으로 나가 밭, 포도밭, 호프재배지, 주정공장을 돌아보았다. 모든 것이 잘 정돈되어 있었고, 들판과 공장에서 일하는 사람들은 모두가 건강하고 만족스런 모습이었다. 점심때 가족이 정원홀에 모두 모였고, 주인들이 편안하게 대해줌에 따라 그날은 다소간 함께 어울려 보냈다. 라인하르트는 오전의 처음 몇 시간과 마찬가지로 저녁식사 전 몇 시간만은 자신의 방에서 작업을 하며 머물렀다. 그는 수년 전부터 민중 속에 살아남아 있는 운율과 노래들을 손에 넣을 수 있는 데까지 수집해왔는데, 이제 귀중한 수집물들을 정리하고 가능하면 인근지역의 새로운 기록물들을 덧붙여 확충해 나가는 일을 했다. 엘리자베트는 어느 때건 온화하고 다정했다. 그녀는 언제나 변함없는 에리히의 배려를 겸손하게 감사하는 마음으로 받아들였고, 라인하르트는 이따금 옛날의 그토록 활달하던 아이가 어떻게 하여 이런 조용한 부인으로 변했는지를 생각했다.

그는 그곳에 머문 이틀째 날부터 저녁마다 호숫가를 따라 산보를
하곤 했다. 길은 정원 바로 아래로 나 있었다. 정원의 끝에 솟아오
른 땅 위에는 키 큰 자작나무들 아래에 벤치 한 개가 놓여 있었다.
어머니는 그것을 저녁벤치라고 불렀는데, 그것이 서쪽을 향해 놓여
해가 지는 것을 보기 위해 저녁시간에 가장 많이 이용되기 때문이
었다. 라인하르트는 어느 날 저녁 이 길에서 산보를 하던 중 갑작
스런 비에 깜짝 놀라 돌아오게 되었다. 그는 호숫가에 서 있는 보
리수나무 아래에서 비를 피했으나 곧 굵은 빗방울들이 나뭇잎 사
이로 떨어져 내렸다. 온몸이 흠뻑 젖은 채 그는 비를 맞으며 천천
히 다시 집을 향해 걸어갔다. 날은 거의 어두워졌고, 비는 점점 더
세차게 내렸다. 그가 저녁벤치에 가까이 왔을 때 희미하게 빛나는
자작나무둥치들 사이에서 하얀 여인의 모습이 보이는 것 같았다.
그녀는 움직이지 않고 서 있었고, 그가 가까이 다가가 보니 그녀는
누군가를 기다리고 있는 듯 그를 향하고 있었다. 그는 그 사람이
엘리자베트일 것이라고 믿었다. 그러나 그녀에게 도달하여 그녀와
함께 집으로 돌아가기 위해 좀 더 빨리 걷자 그녀는 천천히 방향을
바꾸어 어두운 샛길로 사라졌다. 그는 그녀의 그런 행동에 종잡을
수가 없었다. 그러나 그는 다분히 엘리자베트에 대해 화가 났고,
그 여자가 정말 엘리자베트였는지 의심이 갔다. 하지만 그는 쑥스
러워서 그것을 그녀에게 물어볼 수는 없었다. 그는 집에 도착하여
엘리자베트가 정원 문을 통해 들어서는 것을 보게 될까봐 정원홀
로 들어가지 않았다.

내 엄마가 그걸 원하셨기에

며칠 후 저녁 무렵이었는데, 이 시간에는 늘 그러하듯 가족이 정원
홀에 함께 앉아 있었다. 문들은 열려 있었고, 해는 이미 호수 건너
편 숲 뒤로 넘어가 있었다.
라인하르트는 오후에 시골에 살고 있는 한 친구에게서 전해 받은
몇 곡의 민요들을 가르쳐달라는 부탁을 받았다. 그는 자신의 방으
로 올라갔다가 곧 하나하나 깨끗하게 쓰인 낱장들을 이어 만든 듯
보이는 종이두루마리를 가지고 나왔다.
모두들 책상 옆에 앉았는데, 엘리자베트는 라인하르트의 곁에 앉았
다. 라인하르트가 말했다.
"어쨌든 우리 읽어봅시다. 나도 아직 이것을 다 읽어보지 않았어요."
엘리자베트는 그 필사본을 펼쳤다. 그녀는 말했다.

"여기에 악보가 있네. 이건 당신이 노래 불러야겠어요, 라인하르트."
라인하르트는 먼저 티롤지방의 몇몇 요들송들을 읽었는데, 읽으면
서 이따금 조그만 소리로 흥겨운 멜로디를 흥얼거렸다. 누구나 느
끼는 경쾌함이 일행을 사로잡았다.
"그런데 이 아름다운 노래들은 누가 만들었을까요?"
엘리자베트가 물었다.
"아, 그건 들어보면 재단사들과 이발사들, 또한 그런 부류의 명랑
한 계층의 사람들이 만들었다는 걸 알 수 있지."
에리히가 말했다.
그러자 라인하르트는 말했다.
"그것들은 결코 만들어지지 않는다네. 그것들은 자라나고, 공중에
서 떨어지고, 거미줄처럼 땅위를 여기저기 날아다니며, 수천 곳에
서 동시에 불린다네. 우리는 이 노래들 속에서 우리 자신의 아주
독특한 삶과 고통을 발견하게 되고, 마치 우리 모두가 이 노래들이
생겨나는 것을 도운 것 같은 느낌이 들지."
그는 다른 종잇장을 집어 들었다.
"나는 높은 산 위에 서서……"
"나 그 노래 알아요! 처음에 음만 잡아줘요, 라인하르트. 내가 도와
줄게요."
엘리자베트가 외쳤다. 이제 두 사람은 그 멜로디를 노래했는데, 그
것은 너무 신비로워서 인간에 의해 고안되었다고는 믿기 어려울
정도였다. 엘리자베트는 약간 흐릿한 알토음성으로 라인하르트의
테너음성을 받쳐주었다.
어머니는 앉아서 쉬지 않고 바느질을 하고 있었고, 에리히는 두 손
을 포개고 경건하게 귀를 기울였다. 노래가 끝나자 라인하르트는
그 종잇장을 말없이 옆으로 치웠다. 호숫가로부터 저녁의 정적을
뚫고 목동의 종소리가 울려왔다. 그들은 자신도 모르게 귀를 기울
였으며, 그러자 맑은 소년의 목소리가 이렇게 노래했다.

　　　나는 높은 산 위에 서서,
　　　깊은 골짜기를 바라보고……

라인하르트가 미소 지었다.
"저 노랫소리 잘 들리지? 그렇게 그것은 입에서 입으로 전해지는
거지."
"저 노래는 이 지방에서 자주 불려요."

엘리자베트가 말했다.

"맞아. 저 애는 목동 카스파르인데, 힘센 짐승들을 집으로 몰고 가고 있지."

에리히가 말했다.

그들은 목동의 종소리가 위쪽 관리용 건물 뒤로 사라질 때까지 잠시 동안 귀를 기울였다. 라인하르트가 말했다.

"저것은 원초적 소리들이지. 그것들은 깊은 숲속에서 잠자며, 누가 그것들을 찾아냈는지는 아무도 모르지."

그는 새 종잇장을 꺼냈다.

이미 날은 더 어두워졌고, 붉은 저녁 햇살이 호수 건너편 숲 위에 거품처럼 드리워 있었다. 라인하르트는 그 종잇장을 펼쳤고, 엘리자베트는 옆에서 한 손을 종이 위에 놓고 함께 들여다보았다. 그런 다음 라인하르트가 읽었다.

> 내 엄마가 그걸 원하셨기에
> 난 다른 남자를 택해야 한다네.
> 내가 지금껏 간직해온 것을
> 내 가슴은 잊어야 한다네.
> 잊고 싶지 않으면서도.
>
> 내가 엄마에게 하소연해도
> 엄마는 들어주지 않으셨다네.
> 지난날 명예 속에 머물던 것이
> 이제는 죄가 되어버렸네.
> 난 어찌해야 하나!
>
> 내 모든 긍지와 기쁨 대신
> 난 고통을 얻었다네.
> 아, 그렇게 되지 않았어야 했건만.
> 아, 구걸이나 하러 다녔으면.
> 갈색 황무지를 넘어!

읽는 동안 라인하르트는 종이가 살며시 진동하는 것을 느꼈다. 그가 읽는 것을 마치자 엘리자베트는 자신의 의자를 뒤로 밀치고 말없이 정원으로 내려갔다. 어머니의 시선이 그녀를 좇았다. 에리히가 뒤따라가려고 했지만 어머니가 말했다.

"엘리자베트는 밖에서 할 일이 있네."

그래서 그는 그대로 있었다.

밖에서는 정원과 호수 위에 저녁이 점점 더 짙게 깔리고 있었고, 나방들은 윙윙거리며 열린 문들 옆에서 날아다녔다. 문들을 통해 꽃과 수풀의 향기가 점점 더 강하게 밀려들어 왔다. 물에서는 개구리들의 울음소리가 들려왔고, 창문 아래에서는 밤꾀꼬리 한 마리가 울었고, 정원 깊숙한 곳에서도 또 한 마리가 울었다. 달은 나무들 위를 내려다보고 있었다. 라인하르트는 엘리자베트의 고운 모습이 사라진 현관통로들 사이를 잠시 동안 바라보았다. 그러고 나서 그는 원고를 다시 둘둘 말았고, 옆에 함께 있는 사람들에게 인사를 하고는 집을 나서 호숫가로 내려갔다.

숲들은 말없이 서서 검은 자태를 호수 위에 멀리 펼치고 있었고, 호수의 가운데는 음침한 어스름 달빛 속에 놓여 있었다. 이따금 나무들 사이에서 나지막하게 쏼쏼 나뭇잎 부딪히는 소리가 들려왔지만 바람이 불어서 그런 것은 아니었고, 단지 여름밤의 입김이 있을 뿐이었다. 라인하르트는 호숫가를 따라 계속 걸었다. 그는 호숫가로부터 돌팔매질이 미치는 거리에 하얀 수련 한 송이가 떠 있는 것을 알아차렸다. 갑자기 그는 그 꽃을 가까이에서 보고 싶은 충동을 느꼈다. 그는 옷을 벗고 물속으로 들어갔다. 물은 얕았으며, 날카로운 풀과 돌들이 그의 발에 부딪혔고, 그는 여전히 헤엄을 쳐야 할 정도의 깊이에 이르지는 않았다. 그러다가 그가 갑자기 아래로 깊이 빨려 들어갔고, 물이 그의 위에서 소용돌이쳤으며, 그가 다시 물 위로 솟아오르는 데는 얼마간의 시간이 걸렸다. 이제 그는 손과 발을 휘젓고 빙빙 돌며 헤엄친 끝에 자신이 빨려들었던 지점이 어디인지를 알아보게 되었다. 그는 곧 수련도 다시 볼 수 있었는데, 그것은 반짝이는 커다란 잎들 사이에 외롭게 놓여 있었다. 그는 천천히 헤엄쳐 나가면서 이따금 물 밖으로 팔을 들어 올렸고, 그리하여 떨어지는 물방울들이 달빛 속에서 반짝였다. 그러나 그와 꽃 사이의 거리는 여전히 그대로인 듯 여겨졌으며, 그가 돌아보자 호숫가는 점점 더 짙어가는 안개 속에 싸인 채 그의 뒤쪽에 놓여 있었다. 그런데도 그는 자신의 계획을 포기하지 않고, 힘차게 같은 방향으로 계속 헤엄쳐 갔다. 마침내 그는 그 꽃에 가까이 접근하여 은빛 꽃잎들을 달빛 속에서 분명하게 구별해낼 수 있게 되었다. 그러나 동시에 그는 그물에 휘감긴 것 같은 느낌이 들었으며, 바닥에서 미끄러운 나무줄기들이 솟아올라 그의 발가벗은 사지에 휘감겼다. 낯선 물이 시커멓게 그를 에워싸고 있었고, 그의 뒤에서는 물고기가 뛰어오르는 소리가 들렸다. 그는 낯선 환경에 갑자기 무서운 생각이 들어 휘감긴 풀들을 힘껏 떨쳐내고 전속력으로 땅을 향해 헤엄쳐 갔다. 그가 땅에서 호수를 되돌아보자 수련은 전과 마찬가지로 멀리에서 외롭게 깊은 어둠 속에 놓여 있었다. 그는 옷을 입고 천천히 집으로 돌아갔다. 정원을 지나 홀에 들어섰을 때 그는 에리히와 어머니가 다음 날 떠나기로 되어 있는 짧은 업무여행을 준비하고 있는 것을 보았다.
"밤늦게 어디 갔다 온 건가?"
어머니가 그를 향해 말했다.
"저요? 수련에게 다가가려고 했는데, 그러지 못했습니다."
그가 대답했다.
"도무지 자네 행동을 이해할 수가 없네! 도대체 수련으로 뭘 하려고 했나?"
에리히가 말했다.
"나는 그것을 옛날에 한 번 알았었는데, 이미 오래된 일이라네."
라인하르트가 말했다.
다음 날 오후 라인하르트와 엘리자베트는 호수 건너편을 산책했는데, 삼림 사이를 지나기도 하고 앞으로 솟은 높은 호숫가를 오르기도 했다. 엘리자베트는 에리히로부터 그와 어머니가 없는 동안 라인하르트에게 주변의 멋진 경치들을, 특히 건너편 호숫가에서 농장의 모습을 보여줄 것을 부탁받았던 것이다. 그들은 이곳저곳을 걸어 다녔다. 마침내 엘리자베트는 피곤해져서 늘어진 나뭇가지들의 그늘 아래에 앉았고, 라인하르트는 그녀의 맞은편에서 나무둥치에 기대어 서 있었다. 그때 라인하르트는 깊은 숲속에서 뻐꾸기가 우는 소리를 들었고, 돌연 이 모든 것이 지난날 언젠가도 똑같았다는 느낌이 들었다. 그는 특이한 미소를 지으며 그녀를 바라보았다.
"우리 산딸기 찾으러 갈까?"
그가 물었다.
"지금은 산딸기 철이 아닌데요."
그녀가 말했다.
"하지만 곧 산딸기 철이 올 거야."
엘리자베트는 말없이 고개를 저은 다음 일어섰고, 두 사람은 산책을 계속했다. 그녀가 그의 옆에서 걸어가는 동안 그의 시선은 계속하여 그녀를 향했다. 그녀가 자신의 옷에 의해 이끌려가듯 아름답게 걸어갔기 때문이다. 그는 자주 그녀의 전체 모습을 완전하게 보기 위해 자신도 모르게 한 발짝 뒤처졌다. 그렇게 하며 그들은 먼 곳까지 조망할 수 있는, 잡풀이 덮인 어느 탁 트인 공터에 도달했다. 라인하르트는 몸을 숙여 땅에서 자라고 있는 풀들 가운데 무언가를 뜯었다. 그가 다시 올려다보았을 때 그의 얼굴은 격정적인 고통의 표정을 띠고 있었다.
"이 꽃 알아?"
그가 말했다.
그녀는 그를 의아해하며 바라보았다.
"그건 에리카네요. 나는 그것을 숲속에서 자주 꺾었었지요."
그러자 그가 말했다.
"나는 집에 낡은 책이 한 권 있어. 전에 나는 그 안에 여러 가지 노래들과 시들을 적어 넣곤 했지. 하지만 이미 오래 전에 그만두었지. 그 책갈피 사이에는 에리카 꽃잎 한 장도 끼어있는데, 그저 시든 꽃잎이지. 내게 그 꽃잎을 준 게 누군지 알아?"
그녀는 말없이 고개를 끄덕였다. 그러나 그녀는 눈을 내리뜨고 그가 손에 들고 있는 그 풀만을 바라보았다. 그렇게 그들은 오래도록 서 있었다. 그녀가 눈을 들어 그를 올려다보았을 때 그는 그녀의 눈이 눈물로 가득 차 있는 것을 보았다.
그가 말했다.
"엘리자베트, 저 푸른 산들 뒤쪽에 우리의 청춘시절이 놓여 있어. 그것은 어디에 머물러 왔을까?"
그들은 더 이상 아무 말도 하지 않았고, 말없이 나란히 호수로 내려갔다. 공기는 후텁지근했고, 서쪽에서 검은 구름이 솟아올랐다.
"뇌우가 오려나 봐요."
엘리자베트는 걸음을 재촉하며 말했다. 라인하르트는 말없이 고개를 끄덕였고, 두 사람은 호숫가를 따라 재빨리 걸어가 그들의 보트에 이르렀다.
호수를 건너는 동안 엘리자베트는 한 손을 보트 가에 놓았다. 라인하르트는 노를 저으며 그녀를 건너다보았다. 그녀는 그를 지나쳐 먼 곳을 바라보았다. 그리하여 그의 시선은 아래로 내려와 그녀의 손 위에 머물렀다. 그리고 이 창백한 손은 그에게 무엇을 숨겨왔는지를 알려주는 모습이었다. 그는 그녀의 손에서 밤이면 아픈 가슴 위에 놓이는 아름다운 여인의 손을 곧잘 사로잡는 감춰진 고통의 미묘한 모습을 보았다. 엘리자베트는 그의 눈이 자신의 손에 머물고 있음을 느끼자 손을 천천히 보트에서 떼어 물속으로 집어넣었다.
저택에 도착하여 그들은 저택 앞에서 가위 가는 사람의 수레를 만났다. 길게 늘어진 검은 고수머리를 한 남자가 쉬지 않고 가위 가

는 바퀴를 돌리면서 이빨 사이로 집시의 멜로디를 흥얼대고 있었
고, 줄에 묶인 개 한 마리가 헐떡이면서 그 옆에 앉아 있었다. 현관
에서는 누더기를 걸친 무척이나 예쁜 얼굴을 하고 있는 한 소녀가
서서 구걸을 하며 엘리자베트에게 손을 뻗쳤다.
라인하르트는 주머니에 손을 넣었다. 그러나 엘리자베트가 앞서서
재빨리 자신의 지갑 속에 있는 돈을 모두 털어 그것을 그 거지소녀
의 벌린 손에 쏟아 부었다. 그런 다음 엘리자베트는 급히 몸을 돌
렸고, 라인하르트는 그녀가 흐느끼며 계단을 오르는 소리를 들었
다. 그는 그녀를 멈춰 세우려고 했지만 곰곰이 생각한 끝에 계단에
그대로 서 있었다. 소녀는 여전히 받은 돈을 손에 든 채 움직이지
않고 현관에 서 있었다.
"네가 원하는 게 뭐니?"
라인하르트가 물었다.
소녀는 몸을 움찔했다.
"나는 더 이상 아무 것도 원하지 않아요."
소녀는 말했다. 그런 다음 소녀는 그를 향해 머리를 돌리고 어리둥
절한 눈빛으로 그를 응시하면서 천천히 대문 쪽으로 갔다. 그는 어
떤 이름을 외쳤으나 소녀는 그것을 듣지 못했다. 소녀는 머리를 숙
이고 가슴 위에 팔을 포갠 채 뜰을 지나 아래로 내려갔다.

　　죽음, 아 죽음을
　　나는 홀로 맞아야 하네.

오래된 노래가 그의 귓전에 울렸고, 그는 숨을 죽였다. 그는 잠시
동안 그런 상태로 있다가 돌아서서 자기 방으로 올라갔다.
그는 작업을 하기 위해 앉았지만 아무 생각도 할 수 없었다. 그는
한 시간 동안을 헛되이 시도하다가 거실로 내려갔다. 아무도 없었
고, 서늘하고 푸르스름한 저녁 어스름만이 내려 있었다. 엘리자베
트의 재봉대 위에는 그녀가 오후에 목에 둘렀던 빨간 목도리가 놓
여 있었다. 그는 그것을 손에 들었으나 그것이 마음을 아프게 하여
다시 내려놓았다. 그는 안정을 찾지 못했고, 호수로 내려가 보트를
풀었다. 그는 노를 저어 건너가 조금 전 엘리자베트와 함께 걸었던
모든 길들을 다시 한 번 걸었다. 그가 다시 집에 돌아왔을 때는 어
두워져 있었다. 그는 뜰에서 마차 끄는 말들을 풀밭으로 데려가려
던 마부를 만났다. 여행을 떠났던 사람들이 방금 돌아온 것이었다.
현관에 들어서면서 그는 에리히가 정원홀에서 이리저리 걸어 다니

는 소리를 들었다. 라인하르트는 그에게로 들어가지 않고, 잠시 가만히 서 있다가 조용히 계단을 올라 자기 방으로 갔다. 여기에서 그는 창가로 가 팔걸이의자에 앉아 아래쪽 주목울타리에서 노래하는 밤꾀꼬리 소리를 들으려는 듯 하고 있었다. 그러나 그는 자기 심장의 고동소리만을 들을 뿐이었다. 아래쪽 집안에서는 모든 것이 적막에 잠겼고, 밤이 흘러갔는데, 그는 그것을 느끼지 못했다. 그는 그렇게 몇 시간을 앉아 있었던 것이다. 마침내 그는 일어서서 열린 창문 옆에 섰다. 나뭇잎들 사이로 밤이슬이 흘러내렸고, 밤꾀꼬리는 노래를 그쳤다. 점차 동쪽으로부터 연노랑 여명에 의해 밤하늘의 짙은 푸르름이 밀려나고 있었다. 신선한 바람이 일어 라인하르트의 뜨거운 이마를 스쳤고, 새벽 첫 종달새가 소리를 지르며 공중으로 날아올랐다. 라인하르트는 갑자기 몸을 돌려 책상으로 가서 더듬거리며 연필을 찾았고, 그것을 찾자 앉아서 하얀 두루마리 종이 위에 몇 줄의 글을 썼다. 글을 마친 다음 그는 모자와 지팡이를 들고, 그 종이를 남겨놓은 채 조심스럽게 문을 열고 현관으로 내려갔다. 새벽 어스름이 아직 구석구석에 남아 있었고, 커다란 집고양이가 거적 위에서 기지개를 켰고, 그가 무심코 내민 손에 등을 곧추세웠다. 바깥 정원에서는 벌써 참새들이 나뭇가지에서 재잘거리며 밤이 지나갔다는 것을 모두에게 알리고 있었다. 그때 그는 위쪽 집 안에서 문이 열리는 소리를 들었다. 누군가가 계단을 내려왔고, 그가 올려다보자 엘리자베트가 그의 앞에 서 있었다. 그녀는 그의 팔에 손을 얹었고, 입술을 실룩였지만 그는 아무 말도 들을 수 없었다. 마침내 그녀가 말했다.

"당신은 다시는 오지 않겠지요. 나는 알아요. 거짓말은 마세요. 당신은 결코 다시는 오지 않을 거예요."

"그래."

그가 말했다. 그녀는 손을 내리고 더 이상 아무 말도 하지 않았다. 그는 현관을 지나 대문 쪽으로 가다가 다시 한 번 돌아섰다. 그녀는 움직이지 않고 그 자리에 서서 힘없는 눈길로 그를 바라보았다. 그는 한 발짝 앞으로 나가 그녀를 향해 두 팔을 펼쳐 뻗었다. 그러고는 힘차게 돌아서서 대문을 빠져나갔다. 밖에는 세상이 신선한 아침빛 속에 놓여 있었고, 거미줄에 매달린 이슬방울들이 첫 햇살에 반짝였다. 그는 뒤돌아보지 않았다. 그는 재빨리 걸어 나갔으며, 그의 뒤로는 고요한 농장이 점점 더 깊숙이 가라앉았고, 그의 앞으로는 거대한 넓은 세계가 솟아올랐다.

노인

달빛은 더 이상 유리창에 비치지 않았고, 어두워졌다. 노인은 여전히 합장을 한 채 팔걸이의자에 앉아 텅 빈 방안을 바라보고 있었다. 점차 그의 눈앞에서 그를 에워싼 어둠이 검고 넓은 호수로 변해갔다. 검은 물결이 점점 더 깊게 겹겹이 이어져 펼쳐졌고, 너무 멀어서 노인의 눈이 거의 미치기 어려운 맨 마지막의 물결 위에는 하얀 수련 한 송이가 넓은 잎들 사이에서 외롭게 흔들렸다.

방문이 열리고 밝은 불빛이 방안으로 들어왔다.

"잘 왔어요, 브리기테. 등불을 책상 위에 놓아줘요."

노인이 말했다.

그런 다음 그는 의자를 책상으로 당기고, 펼쳐진 책들 중 한 권을 집어 들고 언젠가 청춘의 힘을 다 바쳐 행했던 연구에 몰입했다.

5장

소시민적
삶의 양극성
- 하우프트만

5장 소시민적 삶의 양극성 - 하우프트만[8]: 『철로지기 틸』

　　1888년에 나온 게르하르트 하우프트만의 노벨레『철로지기 틸』은 첫 번째 여인과의 결혼으로 낳은 사랑하는 아들의 죽음을 극복하지 못하고 마침내 정신이상자가 되어 살인을 저지르는 철로지기 틸을 다루고 있다. 이 노벨레는 19세기 말을 시간적 배경으로 하고 있으며, 틸의 근무지인 베를린과 프랑크푸르트/오더 사이에 있는 조그만 간수초소에서 이야기가 전개된다.

---

8) 하우프트만(Gerhart Hauptmann, 1862~1946)은 1862년 11월 15일 슐레지엔의 오버잘츠브룬에서 태어나 1946년 6월 6일 아그네덴도르프에서 사망했다. 어릴 때 경건한 종교적 환경에서 자라나 한때 조각을 공부하다가 후에 예나대학 · 베를린대학에서 생물학과 철학을 공부했다. 홀츠, 슐라프가 제창하는 '철저자연주의'의 영향 아래 처녀희곡『해뜨기 전』(1889)을 발표하여 자연주의문학의 기수가 되었다. 이어 가성비극『쓸쓸한 사람들』(1891)에서는 삼각관계로 고민하는 무력한 남편을 묘사하였고, 직공들의 반란을 다룬 희곡『직조공들』(1892)로 극단에서의 지위를 확립하였다. 이후 걸작 희극『비버 모피』(1893)를 비롯하여『마부 헨셸』(1898) 등의 사실극이 발표되었다. 점차 상징적 · 낭만적 경향이 짙어져 몽환극『한넬레의 승천』(1894), 서정미 넘치는 낭만적 상징극『침종』(1896), 『그리고 피파는 춤춘다』(1906) 등을 거쳐 후년의 인형극『축전극』(1913), 최후의 대작『아트리덴 4부극』(1941~1949)이 나왔다. 그밖에 단편소설로는 에로스의 승리를 구가한 걸작『소아나의 이단자』(1918), 장편으로는 종교적 사상체험을 담은『기독광』(1910) 등이 있다. 서정시『틸 오일렌슈피겔』(1927)에서는 제1차 세계 대전 후 독일 민족의 도의적인 분기를 일깨웠으며, 서정시집으로『오색서』(1888) 등을 남겼다. 하우프트만은 자연주의에서 출발하였으며, 그 완성자인 동시에 극복자이기도 하다. 그는 독일문학에 공통된 관념적인 묘사를 피하고 하층민에서 영웅에 이르기까지 살아 있는 인간과 생의 고뇌 그 자체를 사실적이면서도 구상적으로 부각시켰다. 1912년 노벨 문학상을 수상했다.

철로지기 틸은 성품이 매우 온화하며 양심적인 남자로 10년 동안 언제나 성실하게 자신의 일에 몸바쳐오고 있다. 어느 날 그는 사랑하는 첫 번째 부인 민나가 아들 토비아스를 낳은 직후 죽음으로써 큰 충격과 고통을 겪는다.

1년쯤 후 그는 하녀 출신인 뚱뚱하고 지배욕이 강한 레나와 결혼한다. 그러나 이 결혼은 사랑에 의해서가 아니라 냉철한 이성적 판단에 의해 이루어진 것이다. 왜냐하면 틸은 그의 아들 토비아스가 엄마 없이 자라는 것을 원치 않았기 때문이다. 레네는 임신을 하고 두 번째 아이가 태어나며, 이로써 토비아스는 틸의 새 부인에게서 점점 더 냉대를 받게 된다.

시간이 지나면서 틸은 집안의 새로운 주도권자가 된 레네에게 점점 더 종속되며 그녀에게 대적할 수 없게 된다. 그는 토비아스가 레네로부터 수시로 학대받는다는 것을 알아채고도 성적으로든 심리적으로든 레네에게 종속되어 있음으로써 어떤 조치도 취할 수 없게 된다. 그러면서 그는 자신이 언제나 토비아스를 지켜주겠다고 약속했던 죽은 첫 번째 부인에 대해 깊은 죄의식을 느끼며 몹시 고통스러워한다.

틸은 양심의 가책을 느끼며 점점 더 일종의 환상세계 속으로 도피하고, 거기서 죽은 부인의 환영과 만난다. 그는 베를린과 프랑크푸르트/오더 사이의 조그만 간수초소에서 죽은 부인 민나의 환영에 헌신하면서 점차 병적인 상태로 변해간다.

어느 날 틸은 간수초소 옆에 있는 경작용 땅을 넘겨받고, 레네는 곧장 그곳에 감자를 심는다. 틸은 새 부인이 자신의 근무영역에 들어오는 것을 원치 않지만 그녀에게 대항하지 못한다. 그리하여 온 가족이 간수초소로 가게 된다. 초소에 도착하여 틸은 토비아스와 단 둘이

서 산보를 한다. 토비아스는 아버지가 하는 일에 감동을 받아 나중에 자신도 철로지기가 되고 싶다고 말하고, 틸은 그런 아들이 자랑스럽다. 오후에 틸은 레네에게 토비아스를 잘 돌봐줄 것을 부탁하고 근무에 나선다.

급행열차가 쏜살같이 달려오다가 갑자기 제동을 걸며 비상신호가 울린다. 즉시 사고 장소로 달려간 틸은 토비아스가 쓰러져 있는 것을 본다. 아들이 기차에 치인 것이다. 토비아스는 아직 숨을 쉬고 있고, 심한 부상을 입은 채 들것에 실려 가까운 병원으로 옮겨진다.

틸은 일터로 돌아가지만 제정신이 아닌 듯 또 다시 환상 속으로 도피한다. 환상 속에서 그는 죽은 부인에게 복수를 약속한다. 그는 토비아스를 돌보지 않은 레네에게 사고의 책임을 돌리며 그녀에게 복수를 다짐하는 것이다. 레네에 대한 그의 증오는 점점 더 커져간다. 틸은 갑자기 레네가 낳은 젖먹이 아기가 울기 시작하자 분노로 미치광이 상태가 되어 아기의 목을 조르는 환상에 빠진다.

아들을 태우고 돌아오는 열차의 신호음에 의해 비로소 틸은 다시 환상에서 깨어나 현실로 돌아온다. 열차의 마지막 칸에서 토비아스의 시신이 내려지고 레네도 뒤따라 내린다. 틸은 죽은 아들의 모습을 보고 정신을 잃고 작업인부들에 의해 집으로 옮겨진다. 레네는 집에서 온 힘을 다해 틸을 보살피다 기진맥진하여 잠이 든다. 몇 시간 후 토비아스의 시신을 집으로 옮겨온 인부들은 무참히 살해된 레네와 목이 잘린 아기를 발견한다.

틸은 아들이 열차에 치인 그곳에서 선로 위에 앉아 아들의 모자를 쓰다듬는다. 그리고 정신병원으로 옮겨진다.

『철로지기 틸』은 하우프트만을 문학적으로 인정받게 한 첫 작품으로 평가되고 있다. 하우프트만은 어린 시절부터 스스로를 하층민들과 연결되어 있다고 느끼고 그들의 편에 서 왔기에 그가 가난한 소시민인 철로지기의 비극적 운명을 다룬 이 작품을 쓰게 된 것은 결코 새삼스런 일이 아니었다.

이 작품에서는 주인공인 철로지기의 내면에 내재하고 있는 대립적이며 분열적인 성향이 부각된다. 또한 그와 그를 둘러싼 두 명의 부인과의 각각 상반적인 성향도 대비되어 나타나고, 두 부인 간의 대조적 특성도 드러난다. 그리고 이런 양극성이 조화롭게 조정되거나 극복되지 못함으로써 운명적 파국이 초래된다.

틸의 운명은 앞서 살펴본 대로 내면을 양분하고 있는 정신과 본능의 양극적 대립에 의해 파국으로 치닫게 된다. 틸이 내면의 양극성을 극복하지 못함으로써 초래되는 비극적 사태의 전개과정은 틸, 민나, 레네의 세 중심인물들 간의 상호관계를 통해서 정확히 관찰할 수 있는데, 첫 부인이 낳은 아들 토비아스 또한 결정적인 역할을 한다. 토비아스의 죽음에 의해 오래도록 지연되고 저지되어 온 파괴적 힘이 틸로부터 폭발하기 때문이다.

틸은 토비아스 때문에 레네와 결합했다고 볼 수 있다. 목사가 지나치게 성급하게 이루어진 틸의 재혼을 의아해 하자 틸은 토비아스의 양육문제를 들어 그 정당성을 주장한다. 그러나 레네는 아이를 돌보는 대신 이 나약한 아이에 대한 깊은 혐오감으로 가득 차 있다. 그녀에게서 아이가 태어나자 혐오는 증오에까지 이르고, 토비아스는 이때부터 무방비 상태로 그녀의 포악성과 폭력에 노출된다. 틸은 토비아스에 대해 측은한 마음으로 걱정하지만 감히 부인에게 대들지 못한다. 레네에의 종속이 토비아스에 대한 사랑보다 더 강한 것이다.

작품의 대부분을 이루는 파국으로의 과정에서는 인물들의 대립관계가 묘사되고, 공간들도 상징적으로 그려진다. 파국은 어떤 한 사건에 의해 발단된다. 그것은 틸이 경작해 오던 밭을 잃은 다음 새 밭뙈기를 얻는 것인데, 그 밭은 근무초소 바로 가까이에 놓여 있다. 새로운 밭을 경작하기로 한 이 결정이 얼마나 운명적인 사건인지는 틸이 앞서 "살아 있는 여자와 죽은 여자 사이"로 자신의 삶을 나누어 생활하는 동안에만 순수한 양심을 지킬 수 있었다고 한 말을 상기할 때 파악된다. 틸의 양분된 삶은 새 밭을 얻음과 함께 중단된다. 레네가 죽은 여인에게 남겨둔 구역 안으로 밀려들어 오게 되고, 이에 따라 틸에게는 도덕적 정당성과 보호를 위한 최후의 유보공간이 파괴되기 때문이다.

이어지는 몇 가지 중요한 사건들이 서서히 유혈적인 종말로 이끌어간다. 틸은 새로운 밭을 얻게 된 소식을 가지고 집에 돌아온 그날 토비아스가 계모로부터 학대받는다는 것을 알아챘다. 그날 틸은 처음으로 우연히 부인이 아이에게 비정하고 혹독하게 벌을 가한다는 사실을 목격한다. 그러나 그는 부인을 향한 본능의 힘에 지배되어 아무런 저항도 하지 못한다.

틸은 초소에 도착한 다음 새로 얻은 밭을 갈아엎다가 곧 이 새 밭을 얻음으로씨 어떤 불행이 일어날 것인지를 인식한다.

> 그는 한동안 쉬지 않고 팠다. 그런 다음 그는 갑자기 멈추고는 심각하게 머리를 이리저리 흔들면서 큰 소리로 분명하게 혼잣말을 했다.
> "안 돼. 안 돼. 그건 안 돼."
> 그는 되풀이 말했다.

"안 돼. 안 돼. 그건 절대로 안 돼."

갑자기 그에게는 레네가 종종 밭을 갈기 위해 밖으로 나오게 될 것
이며, 그렇게 되면 지금까지 이어온 생활방식이 분명 심각한 요동
속에 빠질 것이라는 생각이 들었다.

흥분한 채 그는 초소로 돌아가기 위해 일을 끝낸다. 그는 이 위기
속에서 돌연 자신이 진 막중한 죄책감을 인식한다. 틸은 해결에 대한
믿음이 없이 죄책감만을 느끼는 것이다. 여기에서는 죄책감의 인식이
결과적으로 해결을 향한 행위를 이끄는 것이 아니라 반대로 앞으로
닥쳐올 운명적 사건을 고조시킨다. 무엇보다도 총체적인 불가항력적
상태는 다음과 같은 부분에서 특징적으로 드러난다.

> 틸은 어찌할 바 모르며 두 손으로 주변을 더듬거렸다. 틸은 한 순
> 간 자신이 마치 물에 빠져 죽는 사람인 것처럼 여겨졌다. 그때 갑
> 자기 푸르스름하게 반짝이며 불꽃이 일었는데, 그것은 천상의 불빛
> 방울들이 어두운 대기권 속으로 내려앉아 곧장 그 속에서 익사해
> 버리는 듯했다.

이 부분은 단순히 사실적으로만 이해하는 데에서 나아가 앞으로
닥쳐올 파멸을 암시하는 상징으로서 평가해야 할 것이다. 이런 일련
의 암시들에는 숲을 낯설게 표현한 부분, 즉 나무들의 잎이 "섬뜩한
말꼬리와도 같이 나풀거렸다"도 포함된다.

무엇보다도 틸이 죽은 부인의 출현을 체험하는 꿈속의 환상 또한
똑같은 암시에 속한다.

> 또 하나의 현상을 그는 더 분명하게 기억했다. 그는 죽은 부인을
> 보았던 것이다. 그녀는 어딘가 멀리에서 와서 한 선로 위에 서 있

었다. 그녀는 무척 아픈 듯 보였으며, 옷 대신 누더기를 걸치고 있
었다. 그녀는 틸의 작은 초소를 둘러보지도 않고 지나쳐 갔으며,
마침내 - 여기서 기억이 희미해졌는데 - 어떤 이유에서인지 그저
힘겹게 앞으로만 나아가다 여러 번 쓰러졌다.
틸은 계속해서 곰곰이 생각한 끝에 그녀가 도망치고 있었다는 것
을 알았다. 그것은 전혀 의심의 여지가 없었는데, 그렇지 않다면
그녀가 발이 말을 듣지 않는데도 불구하고 그런 근심에 가득 찬 눈
길을 뒤로 보내면서 계속 몸을 질질 끌며 앞으로 나아갈 리가 없었
던 것이다. 아 그 끔찍한 눈길!
한편 그녀는 무언가를 들고 갔는데, 그것은 보자기에 휩싸인 축 늘
어진, 피를 흘리는, 창백한 어떤 것이었으며, 그것을 내려다보는 그
녀의 모습은 그에게 지난날의 장면들을 떠오르게 했다.

이 환상 역시 앞서 말한 대로 변화의 촉진제로서가 아니라 변화불
능의 성격을 띤 닥쳐올 사건의 예시로서 파악되어야 한다.

철로지기가 밤을 지내고 일요일인 다음 날 퇴근길에 올랐을 때 지
난밤의 무시무시한 영상들은 햇살이 한껏 쏟아지는 숲속을 통과해
가는 동안 우선은 기억에서 사라져버린 것처럼 보인다. 그러나 집에
서는 레네가 다음 날 새로이 얻은 밭에 가려고 한다는 소식이 그를
기다린다. 이와 함께 앞서 밤의 환영들 속에서 예고된 바 있는 파국
이 첨예화된다. 즉 그는 다음 날 아침 레네와 아이들과 함께 숲으로
가는 데에 동의한다. 밭에 도착하자마자 레네는 밭의 좋은 토질에 만
족하며 일을 하기 시작한다.

땅과 그 땅을 일궈 식량을 얻기 위한 노동은 레네의 왕성한 활동력
과 일치한다. 레네가 신화 속의 땅의 성격을 가졌다면 숲과 초소는
민나의 정신과 일치한다. 틸이 내면 속에서 정신과 본능을, 즉 첫째
부인과의 관계와 둘째 부인과의 관계를 구별 지어 오면서 그때까지
세심하게 지켜온 이 두 공간이 침해받는 것은 운명을 저지할 수 없게

만든다.

틸은 근무규정에 따라 선로검사를 나가면서 부인의 항의에도 불구하고 토비아스를 데리고 간다. 여기에서 다시 작품의 비유적 특성을 나타내는 사실적인 것과 환상적인 것이 결합된다.

그는 나무기둥에서 교회당 안의 낭랑한 합창과도 같이 흘러나오는 멋진 울림소리에 귀를 기울이느라 토비아스의 손을 잡은 채 자주 멈춰 섰다. (…) 철로지기는 마치 교회 안에 있는 것과도 같이 장엄한 기분이 들었다. 뿐만 아니라 그는 시간이 흐르면서 자신의 죽은 아내를 회상케 하는 목소리를 식별해냈다. 그는 그것이 죽은 영혼들의 합창으로서 그녀의 목소리 또한 그 속에 뒤섞여 있다는 상상을 했다.

이 부분은 토비아스의 죽음과 함께 오랫동안 억눌려 온 철로지기의 증오가 레네와 그녀의 아이에 대한 이중살인 속에서 폭발되는 마지막 서술국면 직전에 위치해 있다. 여기에서는 사태해결에 대한 무망성이 감지되는데, 민나의 공간은 절대적인 피안의 영역으로서 현실세계의 고통 및 죄책 등과는 아무런 관계를 맺을 수 없으며, 전혀 구원의 절대력을 지니고 있지 않기 때문이다.

마침내 알 수 없는 내면의 힘은 틸에게서만 보이는 첫째 부인의 모습 속에서 압축되어 나타난다. 틸은 학대받는 토비아스를 안고 있는 그녀에게 둘째 부인을 죽이겠다는 약속을 하면 그 아이를 돌려받을 수 있다는 망상에 빠짐으로써 제정신이 아님이 드러난다. 여기서 작품의 서두에 나타난 죽은 부인과의 "정신적으로 심화된 사랑"이 남편의 지배를 가능케 하는 둘째 부인의 "거친 본능의 힘"과 완벽하게 대조되어 나타난다. 죽은 부인과의 이 마지막 만남 속에서 틸은 완전히 의식을 상실하고 광란의 밤을 연출한다. 이와 함께 틸의 내적 발전단계는 종말에 이른다. 그는 아직 반쯤은 유지하고 있던 의식의 세계로부터 알 수 없는 세계에 빠진 다음 완전히 미쳐버린다.

밤에 사람들이 틸을 들것에 태우고 집으로 돌아가는 모습의 묘사에서는 불행한 사태를 머금은 분위기가 그려지지만 살인을 통해 틸의 내면적 삶이 소멸된 후 서술의 핵심은 점차 구체적으로 손에 잡히는 대상의 포착에 모아진다. 마침내 이야기는 외적인 사건진행을 간략하게 줄이고, 살인행위의 직접적인 묘사 대신 죽은 토비아스를 집으로 데려오는 사람들에 의해 끔찍스런 파멸의 현장이 발견되는 식으로 국외자의 관점에서 사건을 보고한다.

틸이 미결감방으로 이송되어 도착 당일 곧장 자선병원의 정신병동으로 옮겨지는 마지막 부분은 인간영혼의 암울하고 비밀에 찬 세계로부터 밝고 비밀이 없는 시민적 일상의 세계로 회귀함을 의미한다. 그리고 이 객관적 상황묘사 속에서 작품 전체의 주제가 드러난다. 즉 틸은 그 살인행위에 책임이 없으며, 오히려 그는 의지를 마비시키고, 의식을 죽이고, 인간을 한 조각 자연으로 만드는 근본적인 운명적 힘의 희생자라는 것이다.

분명 이 작품의 내적 사건은 단순한 정신병자의 이야기 이상의 의미를 띠고 있다. 이 작품은 한 사람의 다른 사람에의 심리적 종속과 그로 인한 주체적 삶의 불가능성을 나타내주고 있다. 틸은 죽은 부인 민나에게 종속되어 계속하여 일종의 환상세계 속으로 도피할 뿐만 아니라 두 번째 부인 레네에게도 종속되어 그녀에게 맞서지 못한다. 그리하여 경건하고 얌전한 한 남자가 죽은 부인에 대한 죄책감에 쫓기고 아들의 죽음으로 정신이 해체되어 아내 및 아이의 살인자가 된다.

철로지기 틸

게르하르트 하우프트만

1

철로지기 틸은 당직이 되거나 아파서 눕는 날을 빼고는 일요일마다 언제나 노이-치타우의 교회 안에 앉아 있었다. 10년이 흐르는 동안 그가 아팠던 적은 두 번 있었다. 한 번은 열차의 화차에서 떨어져 내린 석탄덩이 때문이었다. 그는 그것에 맞아 다리가 박살난 채 철길 옆 도랑에 내동댕이쳐졌다. 또 한 번은 쏜살같이 달려가던 급행열차로부터 그의 가슴 한가운데로 날아든 포도주병 때문이었다. 이 두 가지 사고 외에는 어떤 것도 그가 시간이 날 때면 곧장 교회로 가는 것을 막지 못했다.

그는 처음 5년 동안은 슈프레 강변의 주거지 센-쇼른슈타인에서 노이-치타우로 혼자서 건너다녀야만 했다. 그러다가 어느 화창한 날 그는 허약하고 병들어 보이는 어떤 여자를 데리고 나타났는데, 마을사람들 말대로 그녀는 헤라클레스 같이 우람한 그의 체구에는 별로 어울리지 않았다. 그러더니 마찬가지로 어느 화창한 일요일 낮에 그는 교회의 제단에서 이 여자에게 일생을 함께 하자고 엄숙하게 청혼을 했다. 이 젊고 부드러운 여자는 2년 동안 교회 의자에서 그의 옆에 앉았으며, 2년 동안 뺨이 움푹 들어간 그녀의 섬세한 얼굴은 험한 날씨에 그을린 그의 얼굴 곁에서 낡아빠진 찬송가책을 함께 들여다보았다. 그러고는 갑자기 철로지기는 다시 전처럼 홀로 앉아 있게 되었다.

지나가 버린 어느 평일에 조종이 울렸으며, 그것이 전부였다.

마을사람들의 확인대로 철로지기에게서는 거의 변화를 느낄 수 없었다. 그의 깨끗한 외출제복의 단추들은 예전과 마찬가지로 반짝반짝 닦여 있었고, 붉은 머리칼은 평상시와 마찬가지로 말끔히 기름을 발라 군인처럼 가르마가 타져 있었다. 다만 그는 머리칼이 덮인 굵은 목을 약간 수그리고는 전보다 더 열렬하게 설교에 귀 기울이거나 노래를 불렀을 뿐이었다. 그에게 부인의 죽음이 그다지 큰 영향을 주지는 않았다는 것이 일반적인 견해였는데, 이러한 견해는 틸이 1년이 지난 후 두 번째로 어느 뚱뚱하고 힘센 알테-그룬트 출신의 소젖 짜는 여자와 결혼하자 강하게 뒷받침되었다.

틸이 혼인을 고하려고 찾아갔을 때 목사도 몇 가지 의문점들을 얘기했다.

"자네는 벌써 재혼하려는 건가?"

"죽은 여자와는 살림을 해나갈 수 없지요, 목사님!"

"물론 그렇지. 하지만 내 말은 자네가 좀 서두른다는 걸세."

"제게는 어린 아들이 문제입니다, 목사님."

틸의 부인은 아이를 낳다가 죽었는데, 그녀가 출산한 아이는 살아나서 토비아스라는 이름을 갖게 되었다.

"아 그래, 그 어린 아들."

목사는 이렇게 말하고는 이제야 그 꼬마가 기억난다는 것을 분명히 나타내는 몸짓을 취했다.

"이건 좀 다른 얘기인데, 자네는 근무하는 동안에 그 아이를 어디에 맡겨 왔나?"

틸은 토비아스를 어떤 할머니에게 맡겼는데, 한 번은 그 할머니가 아이를 불에 태워 죽일 뻔했던 일이 있었고, 또 한 번은 아이가 할머니의 무릎에서 땅바닥으로 굴러 떨어졌지만 다행히 커다란 상처만 한 군데 났었다는 얘기를 해주었다. 그는 그런 상태로 계속 지낼 수는 없으며, 더욱이 선천적으로 허약한 그 아이는 아주 특별히 돌봐야 한다고 말했다. 그는 그렇기도 하거니와 더 나아가 죽은 부인에게 아이가 잘 자랄 수 있도록 언제나 최선을 다해 돌봐줄 것을 굳게 약속했으므로 재혼을 결심하게 되었다고 말했다.

이제 일요일마다 교회에 나오는 새로운 한 쌍의 부부에게 사람들은 겉으로는 아무런 이의를 제기하지 않았다. 이전의 소젖 짜던 여자는 철로지기에게 안성맞춤인 것처럼 여겨졌다. 그녀는 그보다 키가 머리 절반 정도도 채 작지 작았으며 골격에 있어서는 그를 압도했다. 그녀의 얼굴 또한 그의 얼굴만큼이나 아주 거칠게 다듬어져 있었는데, 다만 그녀의 얼굴에는 그의 얼굴과는 반대로 영혼이 깃들어 있지 않았다.

틸이 자신의 두 번째 부인에게서 끈질긴 일꾼이자 모범적인 살림꾼의 모습을 찾기를 소망했다면 이 소망은 깜짝 놀랄 만큼 완벽하게 실현된 셈이었다. 하지만 그는 부인에게서 미처 알지 못한 세 가지 것을 덤으로 받았다. 그것은 혹독하며 지배욕에 찬 기질, 호전성, 무자비한 격정이었다. 반년이 지나자 철로지기의 작은 집에서 주도권을 쥐고 있는 사람이 누구인지가 온 동네에 알려졌다. 사람들은 철로지기를 불쌍히 여겼다.

격분한 남편들은 그 '천한 계집'이 틸과 같은 착한 사람을 남편으로 얻게 된 것은 행운이라면서, 그녀는 사람들에게서 혹독하게 냉대받게 될 것이라고 말했다. 그들은 그런 '짐승'은 길들여져야 한다며, 달리 방법이 없다면 때려서라도 그렇게 해야 한다고 말했다. 그녀는 녹초가 되도록, 간신히 숨만 쉴 정도로 두들겨 맞아야 한다는 것이었다.

그러나 틸은 억센 팔을 가졌지만 그녀를 두들겨 패줄 만한 사람이 아니었다. 사람들이 무엇 때문에 열을 내는지 그는 그다지 신경 쓰지 않는 것 같았다. 그는 부인의 끝없는 잔소리를 보통은 말없이 견뎌냈으며, 그가 한 번 대답을 할 때면 질질 끄는 그의 말의 느린 속도와 나지막하고 차분한 톤은 날카롭게 외치는 부인의 욕지거리와 지극히 묘한 대립을 이루었다. 바깥세상은 그에게 거의 영향을 미칠 수 없는 듯했다. 그는 마치 자신의 내부에 무언가를 지니고 있어 그것을 통해 바깥세상이 자신에게 행하는 온갖 나쁜 것을 좋은 것으로 충분히 메워 받아들이고 있는 것 같았다.

질기게도 무덤덤한 기질에도 불구하고 그에게도 바보취급을 당하면 가만히 있지만은 않는 순간들이 있었다. 그것은 언제나 어린 토비아스와 관련된 일들 때문이었다. 그럴 때면 그의 어린애 같이 착하고 부드러운 성질은 단호함의 색채를 띠게 되었고, 이에는 레네처럼 다루기 힘든 기질도 감히 맞서지 못했다.

그러나 그가 이러한 성질의 일면을 드러내 보이는 순간들은 시간이 흐르면서 점점 더 드물어지고 마침내 완전히 사라졌다. 첫해 동안 그가 레네의 지배욕에 맞섰던 꽤 고통스런 저항도 둘째 해에는 역시 사라졌다. 그는 그녀와 다투고 난 후에는 먼저 그녀를 달래놓아야지 더 이상 전처럼 무관심하게 출근할 수 없었다. 그는 결국 그녀에게 다시 서로 잘 지내자고 간청하기 위해 종종 비굴하게 자신을 낮추곤 했다. 그에게 변경의 소나무 숲 가운데에 있는 외딴 근무초소는 더 이상 예전처럼 그가 가장 즐겨하는 거처가 되지 못했다. 죽은 아내를 향해 잔잔하게 몰입하던 그의 생각들은 살아 있는 여자에 대한 생각에 의해 훼손되었다. 그는 이전처럼 내키지 않는 마음으로가 아니라 이제는 교대시간까지 시간이 얼마나 남았는지 여러 번 셈해보고 난 다음 급히 서둘러서 퇴근길에 오르게 되었다.

첫 번째 부인과 좀 더 심화된 정신적 사랑으로 결합되었던 그는 거친 충동의 힘에 의해 두 번째 부인의 위력 속으로 빠져들어 결국 모든 면에서 거의 무조건적으로 그녀에게 종속되었다. 이따금 그는 일이 그렇게 돌변한 데 대해 자책감을 느꼈으며, 자책감에서 벗어나도록 자신을 도와줄 어떤 특별한 보조수단을 필요로 했다. 그리

하여 그는 자신의 작은 근무초소와 자신이 돌보게 되어 있는 선로
구간을 오로지 죽은 여인의 영혼에게만 받쳐져야 할 일종의 성스
러운 구역으로 은밀하게 설정했다. 실제로 그는 지금까지 온갖 구
실을 대어 자신의 부인이 자신을 따라 그곳에 가는 것을 막아왔다.
그는 언제까지나 그렇게 할 수 있게 되기를 바랐다. 그의 초소번호
를 알지 못하는 그녀는 초소를 찾아내기 위해 어느 방향으로 길을
잡아야 할지 모를 것이었다.

틸은 그렇게 자신에게 주어진 시간을 살아 있는 여자와 죽은 여자
사이로 양심적으로 나눠 놓을 수 있게 됨으로써 실제로 자신의 양
심을 진정시켰다.

그는 자주 자연스레, 무엇보다도 혼자서 경건하게 생각에 잠겨 있
는 순간 자신이 죽은 부인과 정말로 가슴깊이 완전하게 하나가 될
때면 현실의 불빛 속에서 자신의 현재 상황을 바라보고는 역겨움
을 느꼈다.

그가 낮 근무를 할 때면 자신의 죽은 부인과의 정신적 교류는 그녀
와 함께 살던 시절의 정겨운 추억들로 국한되었다. 그러나 어두워
지고, 소나무들 사이를 뚫고 철길 위로 눈보라가 몰아칠 때면 그의
전등불빛이 비추는 한밤중의 작은 근무초소는 예배당이 되었다.

그는 죽은 부인의 빛바랜 사진을 책상 위에 올려놓고, 찬송가책과
성경책을 펼쳐놓고는 긴 밤 내내 번갈아 읽고 노래했는데, 그것은
시간간격을 두고 쏜살같이 지나치는 기차들에 의해서만 중단될 뿐
이었다. 그러면서 그는 얼굴들의 환영이 보이게 되기까지 고조되는
무아경 속에 빠져들어 죽은 부인을 생생하게 살아 있는 듯이 바라
보았다.

철로지기 틸이 꼬박 10년 동안 쉬지 않고 관리해 온 초소는 외딴
벽지에 위치함으로써 그의 신비주의적 성향을 키우는 역할을 했다.
그 초소는 사방 어디로도 사람이 사는 집에서 최소한 45분은 걸릴
만큼 떨어진 채 숲 가운데의 건널목 바로 옆에 놓여 있었고, 철로
지기는 건널목 차단기 조작업무도 수행해야 했다.

여름에는 몇 날, 겨울에는 몇 주가 지나는 동안 틸과 그의 동료를
제외하고는 어떤 사람의 발길도 그 구간을 지나지 않았다. 주기적
으로 반복되는 날씨와 계절의 바뀜만이 그 황량한 곳에 거의 유일
한 변화를 가져다주었다. 두 가지 사고 외에 틸의 근무시간의 규칙
적인 흐름을 깨뜨렸던 사건들은 어렵지 않게 훑어볼 수 있었다. 4
년 전에는 황제를 태우고 블레스라우로 가던 황실특별열차가 통과
해 갔다. 어느 겨울밤에는 급행열차가 수노루 한 마리를 치었다.

어느 무더운 여름날에는 틸이 관할구역 선로검사를 하던 중 코르크 마개로 닫힌 포도주병을 발견했다. 그것을 붙잡은 그는 무척 뜨겁다는 걸 알았고, 코르크 마개를 따자 곧바로 물줄기가 솟아오르는 걸로 보아 아주 잘 발효된 매우 훌륭한 포도주일 것으로 여겼다. 틸은 그 포도주병을 차갑게 식히기 위해 숲속의 얕은 호숫가에 두었는데, 어찌된 일인지 그것이 없어져버려 몇 년이 지난 뒤에도 그것을 잃어버린 데 대해 안타까워해야 했다.

작은 초소 바로 뒤에 있는 샘물은 철로지기 틸에게 얼마간의 기분전환을 하도록 해주었다. 이따금 근처에서 근무하는 철도노동자나 전신국근로자들이 그 샘물에서 물을 마셨고, 물론 그럴 때면 그들과 짧은 대화도 이루어졌다. 산림감독관들 또한 갈증을 달래기 위해 가끔 찾아왔다.

토비아스는 성장이 느려서 태어난 지 2년쯤 되어서야 간신히 말하고 걷는 것을 배웠다. 그는 아버지에게 아주 특별한 애착을 보였다. 그가 깨우쳐 갈수록 아버지의 오랜 사랑도 다시 깨어났다. 아버지의 사랑이 커져 가는 만큼 토비아스에 대한 계모의 사랑은 줄어들었으며, 그것은 한 해가 또 지나 레네가 마찬가지로 아들을 낳자 분명한 혐오로 변했다.

그때부터 토비아스에게는 힘든 시간이 시작되었다. 그는 특히 아버지가 없을 때에는 끊임없이 구타당했고, 아무런 보상도 없이 울보 아기를 돌보느라 연약한 힘을 다 바쳐야 했으므로 몸은 점점 더 녹초가 되어갔다. 그의 머리통은 비정상적으로 컸다. 불타듯 붉은 머리털과 그 아래의 백묵처럼 창백한 얼굴은 밉상이었고 가뜩이나 빈약한 외모와 어우러져 측은한 인상을 주었다. 발육이 뒤처진 토비아스가 건강이 넘쳐흐르는 꼬마동생을 팔에 안고 힘겹게 아래쪽 슈프레 강으로 몸을 끌고 갈 때면 오두막집들의 창문 뒤에서는 저주의 말들이 떠들썩했으나 그것이 감히 밖으로 새나가지는 않았다. 그러나 어느 누구보다도 가까운 당사자인 틸은 그런 것들을 제대로 알아차리지 못하는 듯했고, 착한 이웃사람들이 그에게 던지는 귀띔 또한 이해하려 들지 않았다.

2

6월 어느 날 아침 7시쯤 틸은 근무를 마치고 돌아왔다. 그의 부인은 인사도 채 끝내기 전에 늘 하던 식으로 큰소리로 한탄하기 시작했다. 그때까지 가족이 먹고 살 감자를 확보해 주었던 소작농지가 몇 주 전에 임대해약 되었는데, 레네는 아직까지 다른 대체농지를 찾지 못했던 것이다. 농지를 걱정하게 된 것이 그녀의 책임이었는데도 틸이 금년에 비싼 돈을 주고 열 포대의 감자를 사야 된다면 그 책임은 다름 아닌 자신에게 있다는 말을 몇 번이고 들어야 했다. 틸은 투덜거릴 뿐 레네의 말에 별다른 관심을 기울이지 않고 곧장 근무 없는 밤이면 함께 누워 잤던 큰 아이의 침대로 갔다. 그는 거기에 앉아서 선한 얼굴로 세심하게 보살피는 표정을 지으며 잠자는 아이를 관찰했다. 그는 달려드는 파리들을 아이에게서 쫓아내다가 결국 아이를 깨웠다. 잠에서 깬 아이의 움푹 들어간 파란 눈에서는 감동적인 기쁨의 기색이 나타났다. 아이는 가냘픈 미소를 짓느라 입 언저리를 일그러뜨리면서 재빨리 아버지의 손을 붙잡았다. 철로지기는 곧바로 아이가 옷 입는 것을 도와주었는데, 아이의 약간 부풀어 오른 오른쪽 붉은 뺨 위에 하얀 손톱자국이 나 있는 것을 알아챈 다음 그의 표정에는 한 순간 어두운 그림자 같은 것이 스쳐지나갔다.

아침식사를 하면서 레네가 더욱 더 열을 내며 앞서 제기했던 먹고 사는 문제를 다시 들먹였다. 그러자 틸은 철둑을 따라 아주 가까이 있는 땅 한 뙈기를 너무 외진 곳에 있다는 이유로 보선장이 자신에게 무상으로 넘겨주기로 했다는 소식을 전하며 그녀의 말을 막았다.

레네는 처음에는 그 말을 믿으려 하지 않았다. 그러나 점차 그녀의 의심은 사그라지고, 그녀는 더없이 기분 좋은 상태에 빠져들었다. 그 땅의 넓이와 토질에 대한 질문은 물론 그 밖의 다른 질문들도 모두 형식적인 것이었고, 무엇보다 그 땅 위에 두 그루의 키 작은 과일나무가 서 있다는 것을 알았을 때 그녀는 마냥 좋아했다. 더 이상 물어볼 것이 없게 된 데다 그 마을의 어떤 집에서나 들을 수 있는 구멍가게의 종소리가 끊임없이 울리자 그녀는 그 작은 마을에 새 소식을 퍼뜨리기 위해 쏜살같이 달려 나갔다.

레네가 물건들로 가득 찬 구멍가게의 어두운 방으로 가는 동안 철로지기는 집에서 열심히 토비아스와 놀아주는 데 몰두했다. 아이는 틸의 무릎 위에 앉아 그가 숲에서 가져온 몇 개의 솔방울을 가지고 놀았다.

아버지는 "너 뭐가 될래?"라고 물었는데, 이 질문은 아이의 "보선장"이라는 대답과 마찬가지로 항상 하는 틀에 박힌 것이었다. 이 질문은 단순한 물음이 아니었다. 실제로 그 정도 높이까지 오르는 것이 철로지기의 꿈이었던 것이며, 그는 토비아스에게서 하느님의 도움으로 무언가 뛰어난 것이 이룩되기를 바라는 소망과 기대를 진정으로 품었던 것이다. 어린 아이의 핏기 없는 입술에서 물론 무엇을 뜻하는지도 모르면서 "보선장"이라는 대답이 나오자마자 틸의 얼굴이 환해지기 시작하더니 마침내 충만한 행복감으로 한껏 빛났다.

"토비아스, 나가 놀거라!"

그는 잠시 후 아궁이 속의 불붙은 톱밥으로 담배 파이프에 불을 붙인 후 말했다. 아이는 수줍게 기뻐하며 곧장 문으로 달려 나갔다. 틸은 옷을 벗고 침대로 가서 오랫동안 많은 생각에 잠긴 채 낮고 갈라진 천장을 바라보다가 잠이 들었다. 그는 낮 12시쯤 깨어 부인이 늘 하던 대로 소란스럽게 점심용 빵을 준비하는 동안 옷을 입고 집을 나서 거리로 나갔는데, 거기에서 곧장 손가락으로 벽에 난 구멍에서 석회를 긁어내어 입에 집어넣는 토비아스의 모습을 목격했다. 철로지기는 토비아스의 손을 잡고 마을의 작은 집들을 여덟 채쯤 지나 잎이 드문드문 달린 포플러나무들 사이에 검고 무표정하게 놓여 있는 슈프레 강으로 내려갔다. 물가에 바짝 붙은 화강암덩이 한 개가 있었는데, 틸은 그 위에 앉았다.

동네 사람들은 어느 정도 견딜만한 날씨만 되면 그곳에서 그를 보는 것에 익숙해져 있었다. 아이들은 특별히 그에게 의존했으며, 그를 '틸 아버지'라 불렀고, 특히 그가 어린 시절로부터 기억해낸 많은 놀이들을 그에게서 배웠다. 그가 기억해낸 것들 중 최고의 것은 토비아스를 위한 것이었다. 그는 토비아스에게 경첩 모양의 화살을 깎아 만들어주었는데, 그것은 다른 모든 아이들의 것보다 더 높이 날았다. 그는 토비아스에게 버들피리를 만들어주었고, 자신의 주머니칼 뿔손잡이로 나무껍질을 가볍게 두드리면서 거드름을 피우며 무뎌진 저음으로 마법의 노래를 불러주었다.

사람들은 그의 유치한 짓거리들을 좋게 여기지 않았다. 그들은 어떻게 그가 코흘리개들과 그토록 잘 어울릴 수 있는지 이해하지 못했다. 그렇지만 그들은 아이들이 그의 보살핌을 받으며 잘 지내고 있으므로 근본적으로는 그의 행동에 만족해했다. 나아가 틸은 아이들을 데리고 진지한 일들도 했는데, 큰 아이들에게는 학교숙제가 무언지 물어보고 성경과 찬송가 구절을 익히도록 도와주었으며, 작은 아이들을 데리고는 아-베-아프, 데-우-두 등과 같이 철자를 읽혔다.

점심식사를 한 다음 철로지기는 다시 한 번 잠시 누워서 쉬었다. 휴식을 끝낸 후 그는 오후커피를 마셨고, 그런 다음 곧장 근무하러 갈 준비를 했다. 그는 자신의 모든 업무가 그렇듯 준비하는 데 많

은 시간을 요했다. 장비를 다루는 모든 방법은 몇 년 전부터 정해
져 내려왔는데, 그는 작은 호두나무장롱 위에 조심스레 펼쳐져 있
는 칼, 메모장, 빗, 큰 틀니 한 개, 포장된 낡은 시계 등의 물건들을
항상 똑같은 순서대로 그의 옷 호주머니들 속에 넣었다. 빨간 종이
에 싼 작은 소책자는 특별히 조심스럽게 다루었다. 그것은 밤 동안
에는 철로지기의 베개 밑에 놓여 있었고 낮에는 그에 의해 언제나
작업복 상의 안주머니로 옮겨졌다. 표지 아래 꼬리표에는 틸의 손
으로 쓴 서툴지만 멋진 장식체로 된 글씨가 쓰여 있었다. 토비아스
틸의 저금통장.

틸이 집을 나설 때 긴 추와 누런 글자판이 달린 벽시계는 4시 45분
을 가리켰다. 그는 자기 소유인 작은 조각배로 강을 건넜다. 건너
편 슈프레 강변에서 그는 몇 번 멈춰 서서 마을 쪽을 향해 귀를 기
울였다. 마침내 그는 넓은 숲길로 꺾어들어 몇 분 후에는 나무들이
흔들리는 소리가 깊숙하게 나는 소나무 숲 가운데에 이르렀는데,
숲의 침엽수림은 흡사 파도치는 검푸른 바다와도 같았다. 그는 펠
트 위를 걷듯 소리 없이 축축한 이끼층과 솔잎층으로 된 숲 바닥을
걸어갔다. 그는 올려다보지 않고도 자신의 길을 찾았다. 고목림의
황갈색 나무기둥들을 통과해 가면 저쪽에서는 빽빽하게 뒤엉킨 어
린 나무숲을 지나게 되고, 좀 더 가면 유목들의 지속적인 성장을
위해 보전해 놓은 높게 쭉 뻗은 소나무들이 그늘을 드리운 넓은 유
목보호구역을 지나게 되었다. 푸르스름하고 투명한 안개가 온갖 향
기를 머금은 채 땅에서 솟아올라 나무들의 형태를 희미하게 만드
는 것 같았다. 육중한 우윳빛 하늘은 나무꼭대기 위로 깊숙이 내려
앉아 있었다. 까마귀 떼는 쉬지 않고 깍깍 소리를 지르면서 잿빛
공기 속에서 몸을 씻고 있었다. 검은 물웅덩이들은 길의 깊게 패인
곳들을 채우고 흐릿한 자연을 더욱 흐릿하게 반사시켰다.

틸은 깊은 생각에서 깨어나 위를 올려다보고는 지독히도 나쁜 날
씨라고 생각했다.

그런데 갑자기 그의 생각이 다른 쪽으로 향했다. 그는 어렴풋이 집
에서 무언가를 잊고 가져오지 않았다는 느낌이 들었으며, 주머니를
뒤져보고는 긴 근무시간을 위해 꼭 가져왔어야 할 버터빵을 정말
로 가져오지 않았다는 것을 알았다. 그는 잠시 망설이며 서 있다가
갑자기 몸을 돌려 급히 마을 쪽으로 되돌아갔다.

단시간 내에 그는 슈프레 강에 이르렀고, 힘차게 몇 번의 노를 저
어 강을 건넌 다음 온몸이 땀에 젖은 채 완만하게 경사진 마을길을
곧장 올라갔다. 구멍가게의 늙고 추한 삽살개가 길 가운데에 누워

있었다. 타르 칠이 된 어느 소작농장의 판자울타리 위에는 뿔까마귀 한 마리가 앉아 있었다. 뿔까마귀는 날개를 펼쳤고, 몸을 흔들었고, 머리를 끄덕였으며, 귀청이 찢어질 듯한 깍깍 소리를 내질렀고, 휙 소리를 내며 날개를 푸덕거리면서 날아올라 바람을 타고 숲이 있는 방향으로 날아갔다.

스무 명쯤 되는 어부와 산림근로자들이 가정을 이루고 사는 그 작은 마을의 주민은 아무도 눈에 띄지 않았다.

날카롭게 울리는 목소리가 너무도 소란하게 정적을 깨뜨려 철로지기는 자신도 모르게 달리던 걸음을 멈추었다. 한바탕 격하게 내뱉는 시끄러운 소리가 그의 귓전을 때렸는데, 그 소리는 그가 너무도 잘 알고 있는 어느 낮은 집의 열린 박공창에서 나오는 것 같았다. 그는 가능한 한 발걸음소리를 죽이면서 살금살금 좀 더 가까이 다가가서는 자신의 부인의 목소리임을 분명하게 구별해냈다. 그는 거의 움직이지 않았고, 그녀의 말을 대부분 알아들을 수 있었다.

"이런 냉정하고 무자비한 놈! 가엾은 어린것을 그토록 배고파서 울부짖도록 해? 어떻게 그럴 수 있어? 좋아, 조금만 기다려. 내가 네 놈에게 정신 차리도록 가르쳐주지! 너 각오하고 있어."

한동안 조용했다. 그런 다음 옷가지들을 털어내는 듯한 소리가 들리더니 곧바로 또 다른 욕설들이 마구 터져 나왔다.

"이 천한 풋내기야."

빠른 속도로 내뱉는 말이 아래쪽으로 울렸다.

"너 같이 천한 놈 때문에 내 친자식을 굶주리게 해야 되겠어? 입 닥쳐! 그렇지 않으면 한 끼로 일주일을 먹게 할 거야."

외침소리에 이어 나지막하게 흐느끼는 소리가 들렸다. 흐느끼는 소리는 그치지 않았다.

철로지기는 가슴이 불규칙적으로 무겁게 고동치는 것을 느꼈다. 그는 살며시 몸을 떨기 시작했다. 그의 시선은 넋 나간 듯 땅바닥에 고정되어 있었고, 통통하고 단단한 손은 계속해서 축축한 머리칼을 옆으로 쓸어 내렸고, 머리칼은 연거푸 주근깨가 난 이마로 파고들었다.

한 순간 무언가가 그를 엄습했다. 그것은 근육을 팽창시키고 손가락들을 움켜쥐게 한 경련이었다. 그는 힘이 쭉 빠졌고, 몽롱한 무력감이 들었다.

비틀거리는 발걸음으로 철로지기는 벽돌이 깔린 좁은 현관으로 들어섰다. 그는 지친 몸으로 천천히 삐거덕거리는 나무계단을 올라갔다.

"퉤, 퉤, 퉤!"

다시 시작되었고, 누군가 온갖 분노와 멸시의 표시로 연거푸 세 번 침을 뱉는 듯한 소리가 들렸다.

"이 천하고, 비열하고, 교활하고, 음흉하고, 겁 많고, 상스런 놈아!"

말들은 억양이 점점 높아지며 이어졌고, 그녀가 내뱉는 목소리는 이따금 악을 씀으로써 쇳소리가 났다.

"네가 내 아이를 때리려고 하다니 말이 돼? 너 같이 천한 장난꾸러기가 감히 불쌍하고 힘없는 아이를 혼내려고 해? 어떻게 그럴 수 있어? 나 원 참. 어떻게 그럴 수 있냔 말야? 난 너 때문에 엉망이 되고 싶지 않고, 더구나……"

이 순간 틸이 거실 문을 열었고, 그래서 깜짝 놀란 부인은 시작한 말의 끝을 맺지 못한 채 목구멍에 남겨두었다. 그녀는 화가 나서 얼굴이 새하얘졌다. 그녀의 입술은 분노로 실룩거렸다. 그녀는 오른손을 들어 올렸다가 내리고는 우유단지를 붙들고 그걸로 아기 우윳병을 가득 채우려고 했다. 우유의 대부분이 우윳병에서 식탁 위로 흘러내리자 그녀는 우유를 절반만 채운 채 중단했고, 흥분하여 완전히 제정신을 잃고 이 물건을 잡았다가 저 물건을 잡으면서 잠시도 붙들고 있지 못했다. 마침내 그녀는 무슨 이유로 이런 때 아닌 시간에 집에 돌아왔느냐며, 그가 자신에게서 무언가를 엿들으려고 한 것이라고 분개하며 그를 심하게 야단치기에 이르렀다.

"그렇다면 마지막이 될 거요."

그녀는 말했고, 바로 뒤이어서 자신은 순수한 양심을 지니고 있으며 어느 누구 앞에서도 시선을 내리깔 필요가 없다고 말했다.

틸은 그녀가 말하는 것을 거의 듣지 않았다. 그의 시선은 큰 소리로 울고 있는 토비아스의 모습을 재빨리 스쳐지나갔다. 한 순간 그는 가슴속에서 솟아오르는 어떤 무시무시한 감정을 억지로 억누르고 있음에 틀림없는 듯 보였다. 그러더니 돌연 팽팽하게 긴장된 표정 위에 오래도록 몸에 밴 덤덤함이 자리 잡았는데, 그것은 감춰진 욕망의 눈빛으로 기이히게 생기를 띠었다. 잠깐 동안 그의 시선은 부인의 강건한 사지를 훑어보았는데, 그녀는 그를 외면한 채 이것저것 손보면서 여전히 태연자약하려고 했다. 그녀의 반쯤 노출된 풍만한 가슴은 흥분으로 부풀어 조끼를 파열시키려 위협했고, 추켜올린 치마는 넓은 엉덩이를 더욱 넓게 보이게 했다. 부인에게서는 틸이 맞설 수 없다고 느끼는, 억누를 수 없고 피할 수 없는 힘이 솟아나는 듯했다.

무언가가 부드러운 거미줄처럼 가벼우면서도 철망처럼 견고하게 결박하고, 휘감고, 힘을 빼놓으면서 그를 에워싸고 있었다. 그는 이런 상태에서는 그녀에게 한 마디 말도, 최소한 욕 한 마디도 할 수 없을 것 같았다. 그리하여 토비아스는 눈물로 온몸을 적신 채 두려움에 떨며 구석에 웅크리고 앉아 아버지가 더 이상 자신 쪽을 바라보지 않고 난로 옆 의자에서 잊고 갔던 빵을 집어 들어 유일한 언어소통으로서 어머니에게 내밀어 보이고는 멍하니 살짝 고개를 끄덕이고 곧장 다시 사라지는 모습을 바라볼 수밖에 없었다.

3

틸은 가능한 한 서둘러 숲속의 고요함 속으로 달려갔지만 규정시간보다 15분이나 늦게 자신의 근무장소에 도착했다.

근무 중 피할 수 없는 급격한 기온변화로 인해 폐결핵에 걸린 보조철로지기는 그와 근무교대를 했다. 그는 어느새 퇴근준비를 마치고 초소의 모래로 된 작은 플랫폼 위에 서 있었는데, 나무둥치들 사이로 커다란 초소번호가 하얀 바탕 위에서 검게 반짝였다.

두 사람은 서로 악수를 하고, 몇 마디 짧은 전달사항을 주고받고는 헤어졌다. 한 사람은 초소 안으로 사라지고, 다른 한 사람은 철길을 건너 틸이 걸어왔던 길을 따라 걸어갔다. 그의 발작적인 기침소리가 가까이 들리더니 나무둥치들 사이로 멀어지고, 그와 함께 그 황량한 숲속의 유일한 인간의 소리는 사라졌다. 틸은 밤을 넘기기 위해 여느 때와 마찬가지로 자신의 방식대로 근무초소의 네모난 벽돌방을 정돈하기 시작했다. 마음은 조금 전 집에서의 충격적 상황에 몰입된 가운데 그는 기계적으로 방을 정돈했다. 그는 철로를 느긋하게 내다볼 수 있는 두 개의 틈이 벌어진 측면창문 중 한 창문 옆에 놓인 좁은 갈색 식탁 위에 저녁식사용 빵을 내려놓았다. 그런 다음 그는 작고 녹슨 난로에 불을 붙이고 그 위에 찬물이 담긴 주전자를 올려놓았다. 그는 마지막으로 괭이, 삽, 바이스와 같은 도구들을 대강 정돈해 놓은 다음 등을 닦고 거기에 새로이 석유를 채워 넣었다.

그런 일들을 마치자 날카로운 세 번의 종소리가 반복하여 울림으로써 블레스라우 방면에서 오는 기차가 인접 역을 출발했다는 것을 알렸다. 틸은 조금도 서두르지 않고 한 동안 더 초소 안에 머무르다가 마침내 신호기와 탄약주머니를 손에 들고 천천히 밖으로 나갔다. 그는 신발을 질질 끌며 게으른 걸음으로 좁은 모랫길을 지나 스무 발짝쯤 떨어진 건널목으로 향했다. 틸은 그곳이 비록 사람의 통행이 뜸한 길이긴 하지만 모든 기차가 지나기 전후에 성심껏 차단기를 내리고 열었다.

그는 차단기 작업을 마치고 이제 기차가 오기를 기다리며 검은색과 흰색으로 된 차단봉에 기대어 서 있었다.

철길은 좌우로 곧게 뻗어 거대한 녹색 숲속으로 빨려들었는데, 그 양쪽은 침엽수림이 막고 있었고, 그 사이에 적갈색 철둑을 가로지르는 자갈이 뿌려진 오솔길이 열려 있었다. 철둑 위에 놓인 평행선으로 달리는 검은 선로는 전체적으로 보면 쇠로 된 거대한 그물코와 같았는데, 그 좁은 가닥들은 아스라이 먼 남쪽과 북쪽에서 지평선의 한 점으로 만나고 있었다.

바람이 일어 아래쪽 숲가로 조용한 물결을 일으키더니 먼 곳으로 빨려 들어갔다. 철길을 따라 서 있는 전신주들에서는 윙윙거리는 화음이 울렸다. 커다란 거미줄과도 같이 전신주와 전신주를 휘감으며 이어져 있는 전선들 위에는 재잘거리는 새떼가 촘촘히 열을 지어 달라붙어 있었다. 딱따구리 한 마리가 시선을 끌지 못한 채 웃으면서 틸의 머리 위를 지나 멀리 날아갔다.

거대한 구름덩이 아래로 막 내려앉은 태양은 검푸른 수목 꼭대기들 속으로 가라앉으려고 숲 위에 자줏빛 물줄기들을 쏟아 부었다. 철둑 건너편 소나무둥치들의 아치도 안에서부터 불이 붙어 쇠처럼 반짝였다.

선로도 불타는 뱀과 같이 반짝이기 시작했지만 먼저 꺼졌다. 그리고 이제 불빛은 서서히 땅에서 공중으로 솟아올라, 먼저 소나무들의 둥치들을 거쳐 머리의 대부분을 차가운 부패의 빛 속에 남기면서 마지막으로 맨 꼭대기의 가장자리를 붉은 빛으로 쓰다듬으며 비추었다. 그 장엄한 광경은 소리 없이 화려하게 진행되었다. 철로지기는 여전히 움직이지 않고 차단기 옆에 서 있었다. 마침내 그는 한 발짝 앞으로 나갔다. 선로가 서로 만나는 지평선상의 검은 점이 점점 커졌다. 그 점은 시시각각 커지면서 어느 한 지점에 서 있는 것처럼 보였다. 갑자기 그 점은 움직이면서 가까이 다가왔다. 선로를 통하여 진동과 윙윙거리는 소리가 났다. 리듬을 띤 삐걱거림 소리와 둔탁한 소음은 점점 더 커지면서 마침내 마구 돌진해오는 기마대의 말발굽소리와도 같아졌다.

숨 가쁘게 달리는 요란한 소리가 멀리서부터 대기를 뚫고 간헐적으로 솟구쳐 올랐다. 그러고 나서 갑자기 고요한 적막은 깨졌다. 미친 듯 날뛰는 노호와 굉음이 사방을 메웠고, 선로는 휘었고, 땅은 진동했으며, 강한 기압으로 먼지와 증기와 연기가 섞인 구름이 일더니 숨을 헐떡이는 검은 미치광이는 지나가 버렸다. 굉음은 일어날 때와 마찬가지로 서서히 잦아들었다. 연기도 점차 사라졌다. 하나의 점으로 오그라든 채 기차는 멀리 사라졌고, 오랜 동안 내려온 성스러운 침묵이 외진 숲 위에 한데 어우러져 있었다.

"민나."

철로지기는 꿈에서 깨어난 듯 속삭이고는 초소로 돌아갔다. 그는 커피를 연하게 탄 다음 앉아서 이따금 한 모금씩 마시면서 철길 어딘가에서 주워온 더러운 신문지조각을 바라보았다.

점점 이상한 불안감이 그를 엄습했다. 그는 그것을 작은 방을 가득 비추는 빵 굽는 난로불빛 탓으로 돌리고, 편안한 마음을 찾으려고 재킷과 조끼를 벗었다. 그래도 아무 도움이 되지 않자 그는 일어나서 구석에 있던 삽을 들고 선사 받은 그 작은 밭으로 갔다.

그곳은 좁은 모래 땅뙈기였으며, 잡초가 무성하게 덮여 있었다. 그 위에 서 있는 두 그루의 작은 과일나무 가지들에서는 어린 꽃들이 새하얀 거품처럼 화사하게 피어 있었다.

틸은 안정이 되었고, 잔잔한 기쁨이 다가왔다.

이제 그는 일을 하기 시작했다.

삽은 삐걱거리며 땅을 팠고, 축축한 흙덩이들은 둔중하게 뒤로 넘어가 부스러졌다.

그는 한동안 쉬지 않고 팠다. 그런 다음 갑자기 멈추고는 심각하게 머리를 이리저리 흔들면서 그는 큰 소리로 분명하게 혼잣말을 했다.

"안 돼. 안 돼. 그건 안 돼."

그는 되풀이 말했다.

"안 돼. 안 돼. 그건 절대로 안 돼."

갑자기 그에게는 레네가 종종 밭을 갈기 위해 밖으로 나오게 될 것이며, 그렇게 되면 지금까지 이어온 생활방식이 분명 심각하게 요동칠 것이라는 생각이 들었다. 그리고 밭을 갖게 된 데 대한 그의 기쁨은 돌연 역겨움으로 변했다. 그는 마치 무언가 부당한 일이라도 하려고 했었던 듯 서둘러 삽을 흙에서 빼내어 다시 초소로 가져갔다. 여기서 그는 다시 몽롱한 생각에 골똘히 잠겼다. 그는 왜 그런지는 잘 알 수 없었지만 레네가 하루 종일 근무 중인 자신 곁에 있게 될 것이라는 예상은 마음을 다스리려고 아무리 노력해도 점점 더 견딜 수 없게 되었다. 그에게는 자신에게 값진 무언가를 지켜야만 한다는, 또한 누군가가 자신의 가장 신성한 것에 손을 대려고 한다는 생각이 들었으며, 입술에서 도발적인 짧은 웃음이 터져나오면서 자신도 모르게 근육이 가볍게 떨리며 팽창되었다. 웃음소리의 울림에 깜짝 놀라 그는 위를 올려다보았고, 곧장 명상의 실타래를 놓쳐버렸다. 그는 그 실타래를 다시 찾자 바로 그 오랜 문제 속으로 파고 들어갔다.

그리고 갑자기 두터운 검은 커튼이 두 조각나듯 무언가가 갈라졌고, 그의 흐릿해진 두 눈은 뚜렷한 조망을 얻게 되었다. 그는 갑자기 마치 2년 동안의 죽음과도 같은 잠에서 깨어나 자신이 이 상황에서 저지르게 되어 있는 소름끼치는 모든 일을 믿을 수 없다는 듯 머리를 흔들면서 바라보는 듯한 기분이 들었다. 바로 얼마 전에 본 모습들로 재삼 확인할 수 있었던 큰 아이의 수난이 뚜렷하게 그의 가슴에 다가왔다. 동정과 후회와 함께, 의지할 데 없는 사랑하는 아이를 보살피지 않고, 아이가 얼마나 심한 고통을 겪고 있는지 확인할 힘조차 내지 못한 채 지금까지 줄곧 굴욕적으로 참으면서 살아온 데 대한 처절한 수치심이 그를 사로잡았다.

자신의 태만 때문에 벌어진 온갖 죄악에 대한 자학적인 생각들을 하는 사이 그에게는 극심한 피로가 몰려왔고, 그래서 그는 식탁에 올려놓은 손에 이마를 묻고 등을 구부린 채 잠이 들었다.

그는 한동안 그렇게 구부리고 있다가 숨막히는 듯한 목소리로 여러 번 "민나"라는 이름을 불렀다.

무한히 넓은 물에서 들려오는 듯한 쏴 하고 부서지는 소리가 그의 귀를 채웠고, 주변은 어두워졌으며, 그는 눈을 뜨고 잠에서 깨었다. 그의 사지는 후들거렸고, 온몸에서 식은땀이 났으며, 맥박은 불규칙하게 뛰었고, 얼굴은 눈물로 젖어 있었다.

아주 깜깜했다. 그는 어느 쪽으로 몸을 돌릴지 모른 채 문 쪽으로 시선을 던지고자 했다. 그는 비틀거리며 일어섰고, 엄청난 불안은 여전히 계속되었다. 바깥 숲은 부서지는 파도처럼 요란한 소리를 냈고, 바람은 작은 초소의 창문을 향해 우박과 비를 뿌렸다. 틸은 어찌할 바를 모르며 두 손으로 주변을 더듬거렸다. 틸은 한순간 자신이 마치 물에 빠져 죽는 사람인 것처럼 여겨졌다. 그때 갑자기 푸르스름하게 반짝이며 불꽃이 일었는데, 그것은 천상의 불빛방울들이 어두운 대기권 속으로 내려앉아 곧장 그 속에서 익사해 버리는 듯했다.

그 순간은 철로지기에게 제정신을 차리도록 하기에 충분했다. 그는 손을 뻗어 다행히도 자신의 등을 붙잡을 수 있었고, 그 순간 멀리 외딴 밤하늘의 귀퉁이에서 천둥이 일어났다. 천둥은 둔탁하고 조심스럽게 울리면서 부서뜨리는 듯한 짧은 파동으로 점점 더 가까이 굴러오더니 마침내 엄청난 충격파로 커져서 전체 대기권을 덮치고, 진동시키고, 흔들고, 소란스럽게 하며 닥쳐왔다.

창유리들은 삐거덕거렸고, 땅은 흔들렸다.

틸은 불을 켰다. 그가 다시 정신을 차린 다음 처음 바라본 것은 시계였다. 그 순간은 급행열차의 도착이 채 5분도 남지 않은 시각이었다. 신호음을 듣지 못했다고 믿은 그는 폭풍과 어둠이 허용하는 한 최대한 빨리 차단기를 향해 달려갔다. 그가 차단기를 닫는 일에 몰두하고 있을 때 신호의 종소리가 울렸다. 바람이 신호 종소리를 갈기갈기 찢어 사방으로 흩뿌렸다. 소나무들은 휘어지고, 나뭇가지들은 서로 부딪혀 무시무시하게 삐걱거리고 날카로운 소리를 냈다. 한순간 연한 금빛 쟁반과도 같이 구름 사이에 떠 있는 달이 보였다. 달빛 속에서 바람이 소나무의 검게 드리워진 잎 속으로 파고들어가는 것을 볼 수 있었다. 철둑 옆 자작나무에 매달린 잎사귀들은 섬뜩한 말꼬리와도 같이 바람에 흔들리며 퍼덕였다. 그 아래로 철도의 선로가 놓여 있었고, 그것은 빗물에 젖어 반짝이면서 여기저기 일그러져 있는 창백한 달빛을 빨아들이고 있었다.

틸은 머리에 쓴 모자를 벗었다. 비는 그를 기분 좋게 했고 눈물과 섞여 얼굴 위로 흘러내렸다. 그의 머릿속은 부글부글 끓어올랐다. 꿈속에서 보았던 것에 대한 흐릿한 기억들이 꼬리를 물고 이어졌다. 그에게는 토비아스가 누군가로부터 학대받는 듯 보였었는데, 너무도 끔찍스럽게 학대받았기에 아직도 그 생각에 심장이 멎는 것 같았다. 또 하나의 현상을 그는 더 분명하게 기억했다. 그는 죽은 부인을 보았던 것이다. 그녀는 어딘가 멀리서 와서 한 선로 위에 서 있었다. 그녀는 무척 아픈 듯 보였으며, 옷 대신 누더기를 걸치고 있었다. 그녀는 틸의 작은 초소를 둘러보지도 않고 지나쳐 갔으며, 마침내 - 여기서 기억이 희미해졌는데 - 어떤 이유에서인지 그저 힘겹게 앞으로만 나아가다 여러 번 쓰러졌다.

틸은 계속해서 곰곰이 생각한 끝에 그녀가 도망치고 있었다는 것을 알았다. 그것은 전혀 의심의 여지가 없었다. 그렇지 않다면 그녀가 발이 말을 듣지 않는데도 불구하고 그런 근심에 가득 찬 눈길을 뒤로 보내면서 계속 몸을 질질 끌며 앞으로 나아갈 리가 없었던 것이다. 아 그 끔찍한 눈길!

한편 그녀는 무언가를 들고 갔는데, 그것은 보자기에 휩싸인 축 늘어진, 피를 흘리는, 창백한 어떤 것이었으며, 그것을 내려다보는 그녀의 모습은 그에게 지난날의 장면들을 떠오르게 했다.

그는 남겨두고 갈 수밖에 없는 갓 태어난 아기를 심한 고통과 헤아릴 수 없는 괴로움의 표정으로 꼼짝하지 않고 바라보며 죽어 가는 여인을 상기했는데, 틸은 자신을 낳아준 아버지와 어머니가 있다는 사실을 잊을 수 없는 것처럼 그녀의 그 표정을 좀처럼 머릿속에서 지울 수 없었다.

그녀는 어디로 가는 것이었을까? 그는 그것을 알지 못했다. 그러나 그의 마음에 뚜렷하게 다가온 것은 그녀가 그에게 결별을 고했고, 그를 안중에 두지 않았으며, 폭풍우가 몰아치는 어두운 밤을 뚫고 몸을 질질 끌며 점점 더 멀리 갔다는 것이었다. 그는 "민나, 민나" 하며 그녀를 불렀고, 그러면서 잠에서 깼다.

거대한 괴물의 부릅뜬 눈과도 같이 동그랗고 붉은 두 개의 불빛이 어둠을 뚫고 들어왔다. 그 불빛 앞으로 핏빛의 광선이 내뻗쳤고, 그것은 빛 속에서 빗방울들을 핏방울들로 변화시켰다. 마치 하늘에서 피로 된 비가 내리는 듯했다.

틸은 두려움을 느꼈고, 기차가 가까이 다가오면 다가올수록 더 큰 공포가 밀려왔다. 그에게는 꿈과 현실이 하나로 융합되어 있었던 것이다. 그는 여전히 철길 위를 걷는 여자를 보고 있었으며, 그의 손은 돌진해오는 기차를 멈춰 세우려는 듯 탄약주머니를 찾았다. 다행히 한 발 늦었는데, 이미 틸의 눈앞이 불빛으로 어른거리더니 기차는 지나가 버렸다.

틸은 그날 밤 남은 시간을 근무하면서 거의 안정을 찾지 못했다. 그는 몹시 집에 가고 싶은 충동을 느꼈다. 그는 어린 토비아스를 다시 보게 되기를 갈망했다. 그는 마치 토비아스와 몇 년은 떨어져 있었던 것 같은 느낌이 들었다. 마침내 그는 아이에 대한 점점 더 해 가는 걱정으로 여러 번 근무를 이탈하려고 했다.

동이 트기 시작하자 틸은 시간을 보내기 위해 자신의 선로 구간을 검사하기로 마음먹었다. 그는 왼손에는 막대기를, 오른손에는 긴 강철 스패너를 들고 철길 위를 걸어 칙칙한 잿빛 여명 속으로 들어갔다.

때때로 그는 스패너를 가지고 볼트를 꼭 조이거나 선로를 아래로 붙들어 매고 있는 둥근 쇠막대들 중 한 개를 두드렸다.

비와 바람은 멎었고, 갈라진 구름층 사이로 여기저기 푸르스름한 하늘 조각들이 보였다.

단단한 쇠 위에서 단조롭게 딱딱거리는 구두바닥이 내는 소리는 물방울이 떨어지는 나무들의 잠에 취한 듯한 소리와 연결되어 점차 틸을 진정시켰다.

새벽 6시에 그는 근무에서 풀려나 지체 없이 귀갓길에 올랐다.

무척 청명한 일요일 아침이었다.

구름은 조각나서 그 사이 지평선 뒤쪽으로 가라앉았다. 태양은 어

마어마한 새빨간 보석과도 같이 반짝이면서 솟아올라 숲 위에 광
활하게 밝은 빛을 쏟아 부었다.

광선다발은 눈부시게 강한 선들을 이뤄 뒤엉킨 나무둥치들 사이를
뚫고 들어갔는데, 한쪽에서는 섬세하게 짜인 레이스와도 같은 잎을
한 부드러운 양치식물들의 섬에 불꽃으로 입김을 내뿜고, 다른 한
쪽에서는 숲 바닥의 은녹색 이끼들을 빨간 산호들로 변화시켰다.

나무꼭대기들과 둥치들과 풀잎들에서는 불타는 이슬이 흘러내렸
다. 빛으로 된 대홍수가 밀려와 온 땅을 뒤덮는 것 같았다. 대기 중
에는 신선함이 있었고, 그것은 가슴속으로 밀려들었으며, 틸의 이
마 뒤에서도 밤의 영상들은 점차 희미해질 수밖에 없었다.

그리고 그가 방안으로 들어서서 전보다 더 붉은 뺨을 한 토비아스
가 햇살이 비치는 침대에 누워 있는 것을 본 순간 밤의 영상들은
완전히 사라졌다.

정말 괜찮았던가! 그날 하루가 지나는 동안 레네는 여러 번 틸에게
서 무언가 이상한 점이 느껴진다고 믿었다. 교회 의자에 앉아서는
그가 성경책을 바라보는 대신 곁에 있는 그녀를 관찰했었고, 그런
다음 점심때에는 늘 하던 대로 토비아스가 거리로 데리고 나가게
되어 있던 어린 아기를 한마디 말도 없이 토비아스의 팔에서 빼앗
아 그녀의 무릎 위에 앉혀놓았었다. 그는 그러나 그밖에는 조금도
별다른 점을 보이지 않았다.

하루 종일 눕지 못했던 틸은 다음 주에는 낮 근무가 있기에 저녁 9
시쯤 일찍 침대로 기어 들어갔다. 그가 막 잠들려고 하는데, 부인
이 내일 아침에 밭을 일궈 감자를 심기 위해 숲에 함께 가겠다고
알렸다.

틸은 깜짝 놀라 몸을 움츠렸고, 잠에서 완전히 깼지만 눈은 꼭 감
고 있었다.

레네는 감자를 심어 수확을 하려면 지금이 바로 일할 때라고 말하
고, 하루 종일 걸릴지도 모르니 아이들을 데리고 가야 된다고 덧붙
였다. 철로지기는 알아들을 수 없는 말을 몇 마디 했고, 레네는 여
전히 관심을 기울이지 않았다. 그녀는 그에게 등을 돌리고 기름등
불 빛을 받으며 코르셋의 끈을 풀고 치마를 벗어 내리는 데 열중
했다.

갑자기 그녀는 왜 그런지 자신도 모르게 몸을 휙 돌려 남편의 격앙
되어 일그러진 흙빛 얼굴을 바라보았다. 그는 반쯤 몸을 일으켜 두
손을 침대 모서리에 얹은 채 불타는 눈으로 그녀를 응시했다.

"틸!"

부인은 반은 화가 나고 반은 깜짝 놀라서 외쳤고, 틸은 자기 이름을 부르는 소리를 들은 몽유병자처럼 몽환 속에서 깨어나 몇 마디 혼란스런 말을 더듬거리고는 침대에 다시 몸을 눕히고 이불을 귀 위에까지 끌어올렸다.

다음 날 아침 잠자리에서 맨 먼저 일어난 사람은 레네였다. 그녀는 조용히 소리 내지 않고 야외나들이에 필요한 모든 것을 준비했다. 그녀는 작은 아이를 유모차에 앉힌 다음 토비아스를 깨워 옷을 입혔다. 토비아스는 어디에 가는지를 알고 당연히 미소를 지었다. 모든 것이 준비되고 식탁 위에 커피까지 마련된 다음 틸은 잠에서 깼다. 필요한 모든 준비가 다 된 것을 보고 그는 먼저 불쾌감을 느꼈다. 그는 거기에 대해 반박의 말을 하고 싶었지만 어떻게 시작해야 할지 알 수 없었다. 또한 레네가 납득할 만한 분명한 이유들을 어떻게 댄단 말인가?

점점 환하게 빛나는 아이의 얼굴이 점차 틸에게 영향을 미치기 시작했고, 그리하여 마침내 틸은 야외나들이가 아이에게 마련해준 기쁨을 지켜주기 위해 이의를 제기할 생각을 할 수 없게 되었다. 그럼에도 불구하고 틸은 숲속을 걷는 동안 불안에서 벗어날 수 없었다. 그는 유모차를 밀고 힘겹게 깊숙한 모래밭을 통과해 갔으며, 토비아스가 뜯어온 여러 가지 꽃들을 유모차 위에 놓았다.

아이는 유별나게 즐거워했다. 그는 플러쉬 천으로 만든 갈색 모자를 쓰고 양치식물들 사이를 이리저리 뛰어다니면서 그 위로 날아다니는 유리 같은 날개를 한 잠자리들을 서툰 동작으로 붙잡으려고 했다. 도착하자마자 레네는 밭을 살펴보았다. 그녀는 종자로 쓰기 위해 가져온 감자들이 담긴 자루를 키 작은 자작나무숲가에 던져놓고, 무릎을 구부리고 앉아 거친 손가락들 사이로 거무스름한 모래를 흘려보냈다.

틸은 긴장한 채 그녀를 바라보았다.

"자, 밭 어떻수?"

"슈프레 강 모퉁이 밭 못지않게 아주 좋아요!"

철로지기의 마음속에서 근심거리 하나가 떨어져 나갔다. 그는 그녀가 불만스러워 할까봐 걱정했었는데, 이제 안심이 되어 수염이 난 턱을 긁적였다.

레네는 급히 굵은 빵 쪼가리 한 개를 먹어치운 다음 숄과 재킷을 벗어 던지고 뚱뚱한 몸에도 재빠른 동작과 끈기로 땅을 파기 시작했다.

그녀는 일정한 시간 간격으로 몸을 일으켜 깊은 심호흡을 했는데,

땀방울을 흘리고 가슴을 헐떡거려도 급히 젖을 먹여 아기를 달래
야 될 경우가 아니면 심호흡은 순간에 그쳤다.
"선로를 순찰해야 하는데, 토비아스를 데리고 가겠소."
철로지기는 잠시 후 초소 앞 플랫폼 앞에서 그녀를 향해 외쳤다.
"아니 뭐라고요. 안 돼요!"
그녀는 되받아 외쳤다.
"아기는 누가 돌보게요? 당신 이리 와요!"
그녀는 더 큰 소리로 덧붙였고, 철로지기는 그녀의 말을 듣지 못하
기라도 한 듯 토비아스를 데리고 멀어져 갔다.
그녀는 처음에는 그를 뒤쫓아 가야만 하지 않을까 생각했지만 시
간낭비로 여기고 단념하기로 했다. 틸은 토비아스를 데리고 철로를
따라 걸어갔다. 토비아스는 적잖이 흥분되어 있었는데, 그에게는
모든 것이 새롭고 낯설었던 것이다. 그는 햇볕을 받아 따사로워진
좁고 검은 선로가 무엇에 쓰이는 것인지 이해하지 못했다. 그는 끊
임없이 온갖 이상한 질문들을 했다. 그에게는 무엇보다도 전신주들
의 울림소리가 신기했다. 틸은 자신의 구역에 있는 전신주들의 각
각의 소리를 알고 있어 눈을 감고도 그 소리만으로 언제나 자신이
선로의 어느 부분에 서 있는지 알 수 있을 정도였다.
그는 나무기둥에서 교회당 안의 낭랑한 합창과도 같이 흘러나오는
멋진 울림소리에 귀를 기울이느라 토비아스의 손을 잡은 채 자주
멈춰 섰다. 담당구역의 남쪽 끝 전신주는 특별히 완벽하고 아름다
운 화음을 띠었다. 그것은 전신주 속 소리들이 혼합된 것으로 끊김
없이 단숨에 고르게 이어져 울렸으며, 토비아스는 자신의 믿음대로
전신주 틈새를 통해 그 아름다운 소리의 근원을 찾아내기 위해 비
바람에 손상된 나무기둥 둘레를 맴돌며 뛰었다. 철로지기는 마치
교회 안에 있는 것과도 같이 장엄한 기분이 들었다. 뿐만 아니라 그
는 시간이 흐르면서 자신의 죽은 아내를 회상케 하는 목소리를 식
별해냈다. 그는 그것이 죽은 영혼들의 합창으로서 그녀의 목소리
또한 그 속에 뒤섞여 있다는 상상을 했으며, 이러한 상상은 그의 마
음속에서 그리움을 일깨우고, 그를 동요시켜 눈물까지 흘리게 했다.
토비아스는 옆쪽에 서 있는 꽃들을 따기 원했고, 틸은 늘 그랬듯
그렇게 하도록 했다.
파란 하늘의 조각들이 내려앉아 숲의 땅바닥을 비추었는데, 땅 위
에는 조그만 파란 꽃들이 놀랄 만큼 아주 빽빽하게 서 있었다. 울
긋불긋한 깃발들 같이 나비들이 하얗게 반짝이는 나무둥치들 사이
로 소리 없이 나풀거리며 날아다니는 가운데, 자작나무 꼭대기의

연녹색 잎사귀들 사이에서는 부드러운 이슬방울이 떨어졌다.

토비아스는 꽃들을 땄고, 아버지는 깊은 생각에 잠겨 그를 바라보았다. 이따금 토비아스의 시선도 위를 향했고, 잎사귀들의 틈새를 통해 흠 없는 거대한 푸른 수정쟁반 같은, 금빛 햇살을 머금고 있는 하늘을 찾았다.

"아빠, 저게 사랑하는 하느님이지?"

갑자기 아이는 외딴 소나무둥치로 날카로운 소리를 지르며 휙 올라가 버리는 갈색 새끼다람쥐를 가리키며 물었다.

"멍청한 녀석."

틸은 다람쥐가 뜯어낸 나무껍질이 나무둥치를 타고 내려와 자신의 발 앞에 떨어지자 이렇게 대답할 뿐이었다.

어머니는 틸과 토비아스가 돌아왔을 때도 여전히 땅을 파고 있었다. 밭의 절반은 이미 파 놓은 상태였다.

짧은 간격을 두고 기차가 연달아 왔는데, 토비아스는 매번 입을 딱 벌린 채 기차가 난폭하게 지나치는 것을 바라보았다.

어머니는 아이의 우스꽝스런 찡그린 얼굴에 재미있어 했다.

그들은 초소 안에서 감자와 차가운 돼지고기구이 남은 것으로 점심식사를 했다. 레네는 자리를 정돈했고, 틸도 피할 수 없는 운명에 공손하게 순응하려는 듯 보였다. 그는 식사 중에 자신의 직업과 관련된 갖가지 얘기들로 레네를 즐겁게 해주었다. 그는 그녀에게 레일 한 개에 마흔 여섯 개의 못이 박혀 있다는 것을 알고 있는지를 물었고, 그밖에도 많은 질문들을 했다.

오전에 레네는 땅 파는 일을 끝냈으며, 오후에는 감자를 심어야 했다. 그녀는 이제 토비아스가 아기를 봐야 한다고 주장하고 토비아스를 데리고 갔다.

"조심해야 하는데…"

틸은 돌연한 걱정에 사로잡혀 그녀를 향해 외쳤다.

"그 애가 선로에 너무 *가까이* 가지 않도록 조심하오."

레네의 어깨가 들썩인 것이 대답이었다.

슐레지아 급행열차가 신호를 보내왔고, 틸은 임무에 나서야 했다. 그가 근무준비를 마치고 차단기 옆에 서자마자 이미 기차가 다가오는 소리가 들렸다.

기차가 눈에 들어왔고, 점점 더 가까이 다가왔으며, 검은 기관실 연통으로부터 쉴 새 없이 급박하게 박동하며 증기가 뿜어 나왔다. 하나, 둘, 세 개의 우윳빛 증기줄기가 양초처럼 곧게 솟구쳐 올랐고, 그런 다음 곧장 기관차의 기적소리가 대기에 울려와 퍼졌다.

기적은 짧고, 쩌렁쩌렁하고, 위협적으로 연거푸 세 번 울렸다. 기차에 제동을 건다고 생각한 틸은 왜 그럴까 의아해 했다. 그리고 다시 비상기적이 절규하듯 메아리를 일으키며 울렸는데, 이번에는 끊김 없이 길게 이어졌다.

틸은 선로구간을 조망해 볼 수 있도록 앞으로 나아갔다. 그는 기계적으로 주머니에서 붉은 깃발을 꺼내 곧바로 앞쪽 선로 위로 내밀었다. 에구머니, 저 사람 눈이 멀었나? 에구머니, 아이고, 아이고, 에구머니! 저게 뭐야? 저기! 저기 선로 사이에……

"멈춰!"

철로지기는 있는 힘을 다해 외쳤다. 그러나 너무 늦었다. 무언가 검은 덩어리가 기차 밑으로 빨려 들어가 바퀴 사이에서 고무공처럼 이리저리 내던져졌다. 잠시 동안 그러다가 삐거덕거리며 끽 하는 제동음이 들렸다. 기차는 멈췄다.

쓸쓸하게 서 있는 선로가 진동했다. 여객전무와 차장이 자갈 위를 지나 기차의 끝으로 달려갔다. 무슨 일인지 궁금해 하는 얼굴들이 모든 창문들을 통해 내다보았고, 이제 차장 등은 한데 엉켜 앞쪽으로 나갔다.

틸은 숨을 헐떡였다. 그는 도살당하는 황소처럼 쓰러지지 않기 위해 몸을 가누어야만 했다. 정말 사고였고, 사람들은 그에게 손짓한다.

"이럴 수가!"

사고지점에서 비명소리가 대기를 갈라놓으며, 짐승의 목구멍에서 나오는 듯한 울부짖음이 이어진다. 누구일까?! 레네일까?! 그녀의 목소리는 아닌데, 그렇다면……

한 남자가 급히 선로 위로 달려온다.

"철로지기 양반!"

"무슨 일이오?"

"사고요!"

전령은 철로지기의 눈빛이 이상하여 몸을 움찔한다. 모자는 기울어져 있고, 붉은 머리털은 곤추서 있는 듯하다.

"그 애는 아직 살아 있으니 아마 빨리 도우면 될 듯하오."

색색거리는 숨소리가 틸의 유일한 응답이다.

"빨리 갑시다, 빨리요!"

틸은 죽도록 긴장하여 가슴이 찢어진다. 그의 축 늘어진 근육은 팽팽해지고, 그는 몸을 곤추세우며, 얼굴은 멍청하게 사색이 되어 있다.

그는 전령과 함께 달려가며, 차창 안 승객들의 창백하고 놀란 얼굴들은 보지도 않는다. 한 젊은 여자, 터키모를 쓴 한 출장 여행자, 신혼여행 중인 것으로 보이는 한 쌍의 부부가 차창 밖으로 내다본다. 그게 그와 무슨 상관이 있단 말인가? 그는 그들의 야단법석을 떠는 소리에 관심을 둘 수 없었는데, 그의 귓속은 온통 레네의 울부짖음으로 가득 찼던 것이다. 그의 눈앞에는 개똥벌레와도 같이 노란 점들이 서로 뒤엉켜 무수히 어른거린다. 그는 흠칫하며 멈춰 선다. 춤추는 개똥벌레들 속에서 창백하고 축 늘어진 피투성이의 모습이 나타난다. 이마는 이리저리 부딪혀 갈색과 청색으로 멍들고, 파란 입술에서는 검은 핏방울이 떨어진다. 그것은 그 아이다. 틸은 아무 말도 하지 않는다. 그의 얼굴은 추하게 창백한 기색을 띤다. 그는 정신이 나간 듯 미소 짓는다. 마침내 그는 몸을 굽히고, 축 늘어진 죽은 사지를 힘겹게 두 팔로 끌어안으며, 붉은 깃발은 그를 휘감는다.

그는 걸어간다.

어디로?

"철도의사에게, 철도의사에게."

목소리들이 뒤엉켜 울린다.

"곧 그를 데리고 갈 겁니다."

수화물책임자가 이렇게 외치고, 자신의 차량 안에 근무복과 책들로 누울 자리를 마련한다.

"이제 됐지?"

틸은 사고를 당한 아이를 놓아주려 하지 않는다. 사람들이 그에게 재촉한다. 헛일이다. 수화물책임자가 화물칸에서 들것을 내려 보내고 한 남자에게 아이 아버지를 도와줄 것을 지시한다.

시간은 급박하다. 역객전무가 호각을 분다. 창문들에서 동전들이 떨어져 내린다.

레네는 미쳐버린 듯이 행동한다.

"불쌍한, 너무도 불쌍한 여자로군. 불쌍한, 너무도 불쌍한 엄마야."

객실에서 사람들이 말한다.

여객전무는 다시 한 번 호각을 불고, 기차는 실린더들로부터 쉬쉬 소리를 내는 하얀 증기를 내뿜으며 강철 바퀴 축을 내뻗는다. 몇 초 후면 급행열차는 길게 뻗은 연기를 나부끼며 갑절의 속도로 숲을 뚫고 달리게 된다.

정신을 차린 철로지기는 반죽음 상태의 아이를 들것 위에 눕힌다. 거기에서 아이는 엉망진창이 되어 누워 있으며, 이따금 그르렁거리

며 긴 호흡을 하는 동안 찢어진 셔츠 아래로 보이는 부러진 갈비뼈
가 들썩인다. 조그만 팔과 다리는 관절이 부러졌을 뿐만 아니라 지
극히 기형적인 자세를 취하고 있다. 작은 발의 뒤꿈치는 앞쪽으로
뒤틀려 있다. 두 팔은 들것 가장자리로 뻗쳐 나와 헐렁하게 흔들리
고 있다.

레네는 계속해서 흐느끼는데, 이전의 고집불통의 흔적은 그녀에게
서 깡그리 사라졌다. 그녀는 계속하여 자신은 그 사고의 모든 책임
으로부터 결백하다고 반복해서 이야기한다.

틸은 그녀에게 주의를 기울이지 않는 듯한데, 그의 두 눈은 끔찍이
도 불안한 기색으로 아이에게 고정되어 있다.

주위는 쥐 죽은 듯 조용해졌고, 뜨거워진 검은 선로는 반짝이는 자
갈 위에서 쉬고 있다. 한낮은 바람을 잠재웠고, 숲은 마치 돌로 된
듯 움직이지 않고 서 있다.

사람들이 조용히 상의한다. 프리트리히스하겐에 가장 빨리 가기 위
해서는 거꾸로 브레슬라우 쪽에 있는 역으로 가야만 하는데, 그 역
은 바로 다음 열차인, 가속하여 달리게 될 보통열차가 정차하는 프
리트리히스하겐에 가장 가까운 역이기 때문이다.

틸은 자신도 함께 갈 것인지 곰곰이 생각하는 듯하다. 당장 근무를
대신할 수 있는 사람이 아무도 없다. 그의 말없는 손짓이 부인에게
들것을 들라고 명하며, 그녀는 남아 있게 될 젖먹이가 걱정이 되면
서도 감히 거역하지 못한다. 그녀와 낯선 남자는 들것을 옮긴다.
틸은 자신의 담당구역 경계까지 기차를 따라간 다음 멈춰 서서 오
랫동안 그것을 바라본다. 갑자기 그는 손바닥으로 이마를 치고, 그
소리는 멀리 울려 퍼진다.

그는 잠에서 깨어나고 있다고 여기며 혼잣말을 한다. 헛되이.

“어제와 같은 꿈일 거야.”

그는 달린다기보다는 비틀거리면서 초소에 도착했다. 그는 초소 안
에서 얼굴을 처박고 땅바닥에 쓰러졌다. 모자는 구석으로 굴러갔
고, 지극히도 소중하게 간수해 온 시계는 주머니에서 떨어져 나와
상자가 튀겨 나가고 유리가 깨졌다. 그는 마치 강철로 된 주먹이
자신의 목덜미를 너무나 단단히 움켜잡고 있는 것처럼 끙끙거리고
신음하면서 벗어나려고 했지만 움직일 수가 없었다. 그의 이마는
차가웠고, 눈은 메말랐으며, 목구멍은 불탔다.

신호종소리가 그를 깨웠다. 반복하여 울리는 세 번의 종소리에 영
향 받아 발작은 가라앉았다. 틸은 일어나서 근무에 임할 수 있었다.
그러나 그의 두 발은 납덩이처럼 무거웠고, 자신의 머리를 축으로

한 어마어마한 수레바퀴의 살과도 같이 선로가 그를 에워쌌다. 하지만 그는 적어도 얼마 동안 꼿꼿이 서 있을 수 있을 정도의 힘만은 있었다.

보통열차가 다가왔다. 그 안에는 틀림없이 토비아스가 있을 것이었다. 열차가 가까이 다가오면 다가올수록 환영들이 틸의 눈앞에서 흐릿해졌다. 마침내 그는 입에서 피를 흘리는 산산조각 난 아이의 모습만을 떠올리게 되었다. 그러고는 밤이 되었다.

얼마쯤 후에 그는 제정신을 차렸다. 그는 자신이 차단기 바로 옆 뜨거운 모래밭에 누워 있다는 것을 알았다. 그는 일어서서 옷에서 모래를 흔들어 털어 내고 입 속의 모래를 뱉었다. 그의 머리는 좀 더 맑아졌고, 그는 좀 더 차분하게 생각할 수 있게 되었다.

초소 안에서 그는 즉시 바닥에 떨어진 시계를 주워 올려 책상 위에 올려놓았다. 시계는 떨어졌는데도 멈춰서 있지 않았다. 그는 두 시간 동안을 토비아스가 그 사이 어떻게 되었을지 상상하면서 시시각각을 헤아렸다. 지금 레네가 그 애를 데리고 도착했다. 지금 그녀는 의사 앞에 섰다. 의사는 아이를 관찰하고 만져보고 머리를 저었다.

"심각한, 매우 심각한 상태로군요. 하지만 혹시라도…… 알 수 없지요."

의사는 좀 더 자세히 진찰했다. 그러고 나서 그는 말했다.

"아니, 끝났어요."

"끝나, 끝났다고."

철로지기는 신음하듯 말하고는 벌떡 일어나서 빙빙 도는 눈으로 천장을 응시하고, 들어 올린 두 손을 자신도 모르게 움켜쥐면서 그 좁은 공간이 무너져 내릴 듯한 목소리로 외쳤다.

"그 애는 반드시, 반드시 살아야 해. 당신 말이야, 그 애는 반드시, 반드시 살아야 해."

그리고 그는 다시 한 번 작은 초소의 문을 발로 차 열어젖히고는 걷는다기보다는 달려서 차단기 쪽으로 돌아갔는데, 열린 문을 통해서는 붉은 저녁노을이 방안으로 밀려들었다. 그는 잠시 당황한 듯 차단기 앞에 서 있다가 갑자기 두 팔을 벌리고 철둑 한가운데까지 걸어 들어갔는데, 마치 보통열차가 지나간 방향에서 오는 무언가를 저지하려는 것처럼 보였다. 그때 그의 크게 뜬 두 눈은 닥치는 대로 무분별한 행동을 할 듯한 인상을 풍겼다.

그는 뒷걸음질치면서 무언가를 피하려는 듯한 가운데 계속하여 반쯤은 알아들을 수 없는 말을 내뱉었다.

"당신, 듣고 있지, 멈춰, 당신, 잘 들어, 멈춰, 그 애를 내놔, 그 애는
죽도록 두들겨 맞았어, 그래, 그래, 좋아, 난 그 여자를 역시 죽도록
두들겨 패주겠어, 당신 듣고 있소? 멈춰, 그 애를 내게 돌려 줘."
무언가가 그의 옆을 지나쳐가고 있는 듯 했는데, 그것은 그가 몸을
돌려 그 무언가를 뒤쫓으려는 듯 반대방향으로 나아갔기 때문이다.
"당신, 민나."
그의 목소리는 어린 아이의 그것과 같이 울먹였다.
"당신, 민나, 듣고 있소? 그 애를 돌려 줘…… 나는……"
그는 누군가를 붙잡으려는 듯 허공을 더듬었다.
"그 여편네, 그래, 이제 난 그 여자를…… 이제 나도 그 여자를 두들
겨 패줄거야, 죽도록 마구, 두들겨 패주겠어, 또한 손도끼로…… 당
신 알지? 부엌용 손도끼, 난 그 부엌용 손도끼로 그 여자를 내려칠
거고, 그러면 그 여자는 쓰러져 죽을 거야. 이제…… 그래 손도끼로-
부엌용 손도끼, 검은 피!"
그의 입에서는 거품이 일었고, 유리 같은 그의 눈알은 끝없이 움직
였다.
부드러운 저녁안개가 계속하여 살포시 숲 위로 퍼져나갔고, 저녁노
을에 장밋빛으로 불타는 구름덩이가 서쪽 하늘 위에 걸려 있었다.
그는 백 발짝쯤 그 보이지 않는 무언가를 뒤쫓아 가다가 겁을 먹은
듯 멈춰 서서 끔찍하게 두려운 표정으로 간청하고 맹세하면서 두
팔을 뻗었다. 그는 다시 한 번 먼 곳에 있는 그 보이지 않는 것을
찾아내려는 듯 눈을 곤두세우고 손을 가져다 댔다. 마침내 손은 내
려왔고, 얼굴의 긴장된 표정은 무뚝뚝한 무표정으로 변했으며, 그
는 돌아서서 몸을 질질 끌며 왔던 길을 돌아갔다.
태양은 마지막 햇살을 숲 위에 쏟아 붓고 나서 사라져버렸다. 소나
무들의 둥치들은 그 위를 흑회색 곰팡이덩이와 같이 내리누르고
있는 우듬지들 사이로 퇴색한 썩은 뼈처럼 뻗어 있었다. 딱따구리
한 마리의 나무 쪼는 소리가 정적을 꿰뚫었다. 늦은 저녁 차가운
회청색 하늘 사이로 한 덩이의 장밋빛 구름이 흘러갔다. 바람결은
꽤 차가워 철로지기를 추위에 떨게 했다. 그에게는 모든 것이 새로
웠고, 모든 것이 낯설었다. 그는 뭐가 뭔지, 자신이 어디를 걷고 있
는지, 혹은 자신의 주변에 무엇이 있는지 알지 못했다. 그때 다람
쥐 한 마리가 선로를 휙 스쳐 건너갔고, 틸은 깊은 생각에 잠겼다.
그는 왜 그런지도 모른 채 사랑하는 하느님을 생각하지 않을 수 없
었다.
"사랑하는 하느님이 길을 건너 뛰어가네. 사랑하는 하느님이 길을

건너 뛰어가네."

그는 이 문장과 연관된 무언가를 떠올리려는 듯 여러 번 반복해서 말했다. 그는 말을 중단했고, 뇌리 속에 한 줄기 빛이 흘러들었다. "하지만 이런, 이건 망상이야."

그는 모든 것을 잊고 이 새로운 적에게서 등을 돌렸다. 그는 생각을 정돈하려고 했으나 헛된 일이었다! 생각은 끊임없이 얽히고 휘어졌다. 그는 너무나도 엉뚱한 상상들을 하기 시작했고, 자신의 무력함을 깨닫고는 온몸을 부르르 떨었다.

가까운 자작나무숲에서 아이의 외침소리가 들려왔다. 그것은 그가 미쳐가고 있다는 신호였다. 그는 거의 자신의 의지와는 반대로 그곳으로 서둘러 달려갈 수밖에 없었고, 아무도 돌보는 이 없이 울고 발버둥치면서 객차 안에서 이불도 덮지 않고 누워 있는 그 어린애를 발견했다. 그는 무슨 일을 할 생각이었나? 무엇이 그를 여기로 내몰았나? 온갖 감정과 생각의 소용돌이치는 물결이 이 의문들을 삼켜버렸다.

"사랑하는 하느님이 길을 건너 뛰어가네."

이제 그는 이것이 뜻하고자 했던 것이 무엇이었는지 알게 되었다. "토비아스."

그녀가 그를 죽였다. 레네가…… 그 애는 그녀에게 맡겨졌었다. "계모, 무자비한 에미."

그는 이를 갈았다.

"그런데 그년의 아이는 살아 있지."

붉은 안개가 그의 감각을 흐릿하게 했고, 아이의 두 눈이 안개 속을 파고들었다. 그는 손가락 사이에서 무언가 연한 살덩이 같은 것을 느꼈다. 고롱고롱 울리는 피리 부는 듯한 악기 소리가 누가 내는지 알 수 없는 목쉰 외침소리와 혼합되어 그의 귓전을 때렸다. 그때 뜨거운 봉랍 방울과도 같은 어떤 것이 그의 뇌리 속으로 떨어졌고, 그는 정신이 마비된 것 같은 상태가 되었다. 제정신이 들면서 그는 신호종의 메아리가 대기를 뚫고 울리는 소리를 들었다. 갑자기 그는 자신이 무슨 짓을 하려고 했는지 깨달았고, 움켜잡고 있던 아이의 목에서 손을 풀었다. 아이는 숨을 쉬려고 발버둥친 다음 기침을 하고 울부짖기 시작했다.

"아이가 살았어! 다행히도 아이가 살았어!"

그는 아이를 눕히고 서둘러 건널목으로 달려갔다. 검은 연기가 멀리서부터 선로 위로 굴러왔고, 바람이 그것을 땅바닥으로 내몰았다. 그는 뒤에서 기관차의 헐떡거리는 소리를 들었는데, 그것은 병든 거인이 간헐적으로 내는 고통에 찬 숨소리처럼 울렸다.

주변에는 차가운 황혼빛이 내려앉았다.

잠시 후 먼지구름이 흩어졌을 때 틸은 그것이 빈 화차들을 달고 가서 하루 종일 선로작업을 한 인부들을 싣고 오는 자갈열차임을 알아차렸다.

그 열차는 충분한 운행시간이 있었고, 이곳저곳에서 작업을 한 인부들을 태우거나 반대로 내려주기 위해 도처에서 정차할 수 있었다. 틸의 초소에 이르기 한참 전에 열차는 제동을 걸기 시작했다. 끼익, 덜커덩, 딸깍, 삐거덕거리는 시끄러운 소리가 멀리 저녁의 적막 속으로 뚫고 들어왔고, 마침내 열차는 한 번 길게 늘어져 울리는 날카로운 소리를 내며 멈춰 섰다.

50명가량의 남녀 인부들이 화차에 나눠 타고 있었다. 거의 모두가 똑바로 서 있었고, 남자들 중 몇은 모자를 쓰고 있지 않았다. 그들 모두의 마음속에는 알 수 없는 장엄함이 자리하고 있었다. 그들이 철로지기를 알아보자 그들 사이에서 귓속말이 오갔다. 나이든 사람들은 누런 이 사이로 담뱃대를 내밀고는 그것을 정중하게 두 손으로 붙잡았다. 여자들은 여기저기서 코를 푸느라 몸을 돌렸다. 차장이 선로로 내려서서 틸에게 다가갔다. 인부들은 차장이 틸에게 격식을 차려 손을 흔들고, 그에 따라 틸이 천천히, 거의 군인처럼 뻣뻣한 걸음걸이로 맨 마지막 차량 쪽으로 걸어가는 것을 보았다. 인부들은 모두가 그를 알고 있었지만 아무도 감히 그에게 말을 걸지 못했다.

사람들이 마지막 차량에서 막 어린 토비아스를 들어올렸다.

그는 죽어 있었다.

레네가 그 아이를 뒤따랐는데, 그녀의 얼굴은 하얗게 질려 있었고, 눈 주위로 갈색의 원이 생겨 있었다.

틸은 그녀에게 눈도 돌리지 않았으나 그녀는 남편의 모습을 보고 깜짝 놀랐다. 그의 뺨은 움푹 들어가 있었고, 속눈썹과 턱수염은 척 달라붙어 있었으며, 가르마를 탄 머리털은 전보다 더 희어져 있는 듯 여겨졌다. 그의 얼굴 곳곳에는 마른 눈물자국이 있었고, 두 눈 속에는 불안스런 빛이 서려 있었다. 그 눈앞에서 그녀는 공포에 사로잡혔다.

사람들은 시신을 옮길 수 있도록 다시 들것을 가져왔다.

잠시 동안 무시무시한 정적이 지배했다. 틸은 깊고 끔찍스런 명상에 사로잡혔다. 날은 더 어두워졌다. 한 무리의 노루가 옆에서 철둑으로 뛰어올랐다. 숫노루가 선로 사이 한가운데에 멈춰 섰다. 그것은 호기심에 차서 유연한 목을 이리저리 내둘렀고, 기차가 기적을 울리자 무리와 함께 재빨리 사라졌다.

기차가 움직이려는 순간 틸이 쓰러졌다.

기차는 다시 멈췄고, 어떻게 해야 할지에 대해 상의가 이루어졌다. 사람들은 아이의 시신은 우선 초소에 안치해 두고, 도저히 다시 의식을 되돌릴 수 없는 철로지기를 들것에 태워 집으로 데려가기로 결정했다.

그리고는 그렇게 행해졌다. 두 남자가 무의식 상태의 철로지기를 태운 들것을 들고 갔고, 레네가 뒤따랐는데, 그녀는 계속 흐느끼면서 눈물로 범벅이 된 얼굴을 한 채 모랫길을 지나 막내 아기가 탄 유모차를 밀었다.

숲속 소나무 숲 사이에는 달이 자색 빛을 내는 거대한 공과 같이 떠 있었다. 그것은 높이 솟아오를수록 더 작아지는 듯했고, 더 창백해졌다. 마침내 달은 전등과 흡사하게 숲 위에 걸려 있게 되었고, 늘어진 나무 꼭대기들의 모든 틈새를 통해 희미한 빛을 내비침으로써 그곳을 걸어가는 사람들의 얼굴을 시체처럼 보이게 했다.

힘차게, 그러나 조심스레 사람들은 앞으로 걸어 나갔다. 그들은 빽빽하게 몰려 있는 어린 나무들을 통과해 다시 높은 숲으로 둘러싸인 넓은 유목보호구역을 따라 갔는데, 창백한 달빛은 커다란 검은 대야와도 같은 그곳으로 한데 몰려들었다.

의식을 잃은 철로지기는 이따금 숨을 쌕쌕거리거나 헛소리를 하기 시작했다. 그는 여러 번 주먹을 움켜쥐었고 눈을 감은 채 몸을 일으키려고 했다.

그를 데리고 슈프레 강을 건너는 일은 힘이 들었다. 사람들은 부인과 아기를 따로 데려오느라 강을 두 번 건너야 했다.

사람들이 마을의 작은 언덕을 올랐을 때 몇 사람의 주민과 마주쳤는데, 그들은 즉시 그 불행한 사고 소식을 마을에 퍼뜨렸다.

온 마을이 들고 일어났다.

레네는 아는 사람들 앞에서 다시 탄식을 터뜨렸다.

사람들은 좁은 언덕길을 힘겹게 올라 환자 틸을 집으로 옮겨 즉시 침대에 눕혔다. 인부들은 토비아스의 시신을 옮겨오기 위해 곧바로 돌아갔다.

경험 있는 노인들이 냉찜질을 권했고, 레네는 정성을 다해 세심하게 그들의 지시에 따랐다. 그녀는 수건을 차가운 샘물에 넣었고, 의식 잃은 그의 불타는 이마에 의해 그것들이 뜨거워지자마자 다시 그것을 샘물에 넣었다. 그녀는 불안해하며 환자의 호흡상태를 지켜보았는데, 그것은 점차 고른 상태가 되어 가는 듯 여겨졌다. 그날의 소동이 그녀를 무척 지치게 하여 그녀는 잠시 잠을 자려고 마음먹었지만 안정이 되지 않았다. 그녀가 눈을 뜨건 감건 관계없이 과거의 사건들이 쉬지 않고 스쳐지나갔다. 어린 아기는 잠이 들었고, 그녀는 지금까지의 습관과는 반대로 아기에게 거의 관심을 두지 않았다. 그녀는 완전히 다른 여자가 되어 버렸다. 지난날의 고집불통의 흔적은 어디에도 없었다. 땀으로 번득이는 파리한 얼굴의 이 병든 남자가 이제 어렵지 않게 그녀를 지배하게 된 것이다. 구름덩이가 둥근 달을 가렸고, 방안은 어두워졌으며, 레네는 여전히 남편의 힘겹지만 고른 호흡소리만을 듣고 있었다. 그녀는 불을 켜야 하지 않을까 생각했다. 어둠 속에서 그녀는 무서운 생각이 들었다. 그녀는 일어서려고 했지만 사지가 납덩이처럼 무겁고, 눈이 저절로 감겨 그대로 잠들어 버렸다.

몇 시간이 흐른 후 사람들이 아이의 사체를 들고 돌아왔을 때 그들은 대문이 활짝 열려 있는 것을 보았다. 그들은 깜짝 놀라 계단을 타고 올라가 위층 거실로 들어갔는데, 그곳의 문 또한 활짝 열려 있었다.

그들은 여러 차례 부인의 이름을 불렀지만 대답을 듣지 못했다. 마침내 그들은 벽에 있는 성냥으로 불을 켰고, 번쩍하는 불빛이 끔찍스런 파괴의 모습을 드러내 주었다.

"살인이다! 살인!"

레네가 피투성이로 누워 있었는데, 두개골이 파괴되어 얼굴은 알아볼 수 없을 정도였다.

"그가 자기 부인을 살해했어, 그가 자기 부인을 살해했어!"

그들은 정신없이 이리저리 헤매고 다녔다. 이웃사람들이 왔고, 한 사람이 요람을 밀쳤다.

"이럴 수가!"

그리고 그는 창백하게 질린 채 놀라 얼어붙은 시선으로 뒤로 물러섰다. 거기에는 아기가 목이 잘린 채 누워 있었다.

철로지기는 사라지고 없었고, 사람들이 그날 밤 동안 벌인 수색작업은 성과가 없었다. 다음 날 아침에 근무 중이었던 또 다른 철로지기는 토비아스가 열차에 치인 선로에 앉아 있는 틸을 발견했다. 그는 그 갈색의 조그만 모피모자를 끌어안고 마치 살아있는 어떤 것인 양 끊임없이 그것을 어루만졌다.

동료 철로지기는 그에게 몇 가지 질문을 던졌으나 아무런 대답도 듣지 못했고, 곧장 그가 미친 사람과 다름없는 상태라는 것을 알아차렸다.

안전장치 옆에 있던 철로지기는 그러한 사실을 알고 전신으로 도움을 요청했다.

이제 여러 사람들이 좋은 말로 설득하여 그를 선로에서 비켜나게 하려고 시도했으나 허사였다.

바로 그 시각에 통과하는 급행열차는 멈춰서야 했고, 열차 승무원의 막강한 힘은 곧 무섭게 미쳐 날뛰기 시작한 그 병든 자를 강제로 선로에서 밀쳐냈다.

사람들은 그의 손과 발을 묶어야 했고, 그 사이 요청을 받고 온 경찰관이 그의 베를린 미결감방으로의 이송을 감시했는데, 그는 거기에 도착한 당일 곧장 자선병원의 정신병동으로 옮겨졌다. 그는 옮겨지는 동안에도 여전히 그 조그만 갈색 모자를 두 손에 쥐고 더할 나위 없이 애정 어린 마음으로 세심하게 그것을 보듬었다.

자아와 초자아의 싸움

– 슈니츨러

6장 자아와 초자아의 싸움 – 슈니츨러[9]:
『죽은 자는 말이 없다』

프란츠는 은밀한 사랑을 즐기기 위해 엠마가 오기를 초조하게 기다리고 있다. 엠마는 이미 결혼하여 아이 하나를 두고 있다. 마침내 엠마가 오자 두 사람은 누군가가 그들을 알아볼까 봐 무척 조심스러워한다. 그들은 우선 마차를 타고 프라터거리로 들어선 다음 제국다리 쪽으로 가기로 결정한다. 그들은 가는 도중 홀가분한 마음으로 이

---

9) 아르투어 슈니츨러(Arthur Schnitzler, 1862-1931)는 오스트리아의 소설가 겸 극작가이다. 헝가리 출신의 유태계 후두과 의사인 아버지와 유명한 외과의사의 딸인 어머니 사이에서 태어났다. 부모의 영향을 받아 빈대학교 의학부에 들어가 1885년 의학박사 학위를 받았다. 그래서 슈니츨러의 이름에는 항상 '닥터(Dr)'라는 호칭이 따라 붙는다. 그는 빈의 한 종합병원에서 근무하다가 의사라는 직업을 버리고 좋아하는 문학의 길로 접어들었다.

슈니츨러의 작품은 우선 성행위에 대한 지나치리만큼 솔직한 표현으로 유명하며, 반유대인 정서를 반박하는 주제로도 유명하다. 이러한 성향이 두드러지게 나타나 있는 작품은 희곡 『베른하르디 교수』와 소설 『개방으로 가는 길』이다. 이 두 작품에 등장하는 주인공은 모두 유대인이다. 슈니츨러가 희곡 『윤무』를 발표한 후 사람들은 그를 포르노작가로 규정하였다. 희곡 『윤무』는 열 명의 등장인물들이 한 사람의 창녀와 각각 성행위를 한 후에 보여주는 심리상태를 그린 것이다. 이 작품이 나오자 사람들은 "유대인이 그린 지저분한 작품"이라면서 비난했고, 히틀러는 "유대의 배설물"이라면서 경멸했다. 슈니츨러는 1900년에 『구스틀 중위』라는 소설을 발표했다. 이 소설은 주인공인 구스틀 중위가 지나치게 형식만 추구하는 군대에 대하여 염증을 느낀다는 내용이다. 제국 육군의 군의관으로 복무했던 슈니츨러는 이 소설로 인하여 예비역 의무장교의 계급을 박탈당했다.

슈니츨러는 빈에서 1931년 뇌종양으로 세상을 떠났다. 그는 평소에 일기를 꼼꼼히 쓰는 것으로 유명했다. 그는 숨을 거두기 이틀 전까지 일기를 썼다. 모두 8천 페이지에 이르는 그의 일기에는 섹스에 대한 경험담과 생각이 자세하게 기록되어 있다.

런저런 얘기를 나눈다. 물론 그들은 울퉁불퉁한 길과 도로로 계속하여 신경이 거슬린다. 이미 술에 취한 마부는 깜깜한 밤의 도시를 통과하여 미친 듯이 말을 몬다. 갑자기 마차가 뒤집어지고 두 사람은 마차 밖으로 내동댕이쳐진다. 엠마가 다시 정신을 차리자 모든 것이 엉망진창이 된 것을 알아차린다. 그녀는 가볍게 다쳤을 뿐이지만 프란츠는 중상을 입고 의식을 잃은 상태다.

당황하고 공포에 사로잡힌 채 엠마는 마부를 마을로 보내 도움을 요청하도록 한다. 그녀는 움직임이 없는 프란츠와 단 둘이 남아 그가 더 이상 숨을 쉬지 않고 살아 있다는 징후를 내보이지 않음을 알아챈다. 그녀는 누군가가 그와 함께 있는 자신을 볼까 두려워 불륜의 애인을 버려두고 달아난다. 다시 시내로 돌아온 그녀는 아무도 만나지 않게 되기를 희망한다. 도중에 그녀는 구급차 한 대가 제국다리 쪽으로 달려가는 것을 보게 된다. 여러 가지 생각들이 그녀의 머릿속에서 거칠게 맴돈다. 그녀는 집에 도착해서야 비로소 그 사고를 냉정하게 떠올린다. 남편이 돌아오자 그들은 아이와 함께 저녁식사를 한다. 남편과 이야기를 나누면서 그녀는 눈에 띄게 조심스러워하고 불안해한다. 남편은 그런 그녀의 상태를 알아채고, 그녀는 갑자기 "죽은 자는 말이 없다"라고 더듬거린다. 엠마는 남편에게 모든 진실을 털어놓으려 한다.

이 작품은 불륜관계에 있는 프란츠와 엠마라는 남녀가 마차여행 중 사고를 당해 남자가 치명적 부상을 입은 다음 벌어지는 여자의 심리변전을 예리한 의식의 흐름을 통해 묘사한 단편이다. 작가 슈니츨러는 이 작품에서 의식의 흐름이라는 문학적 기법을 자주 사용하고

있다. 무엇보다도 엠마가 사고 직후, 또한 집으로 돌아온 후 불륜관계
가 들통 날 것을 두려워하며 고통스러워하는 부분에서 이야기는 온
통 그녀의 머릿속에서 전개되어 의식의 흐름기법이 광범위하게 적용
되고 있다. 이 작품이 나온 19세기말에만 해도 이 의식의 흐름기법은
꽤 새로운 것이었으므로 이 작품은 작가 슈니츨러를 인상주의의 대
가로 인식시키는 데 일조했다고 볼 수 있다.

　의식의 흐름기법을 사용한 것으로 보아 이 작품은 프로이드의 이
론에 영향을 받은 것이 분명하므로 자아와 초자아 이론을 바탕으로
엠마의 심리상태를 분석해 볼 수 있다. 프로이트는 정신을 구성하는
요소를 자아(ego)와 초자아(superego), 이드(id)의 세 가지로 분류했다.
이드는 본능적인 에너지로 인간이 내재적으로 가지고 있는 욕망이나
충동을 저장하는 창고다. 따라서 이드는 오로지 쾌락만을 추구하며
불쾌한 것은 적극적으로 기피하는 성질을 지니고 있다. 자아는 기억·
평가·계획하고 여러 방식으로 주변의 물리적·사회적 세계에 반응하며
그 속에서 행동하는 부분이다. 자아는 성격을 실행하는 기능을 하며
이드와 초자아의 통합자이자 외부세계와 내부세계의 통합자이다. 자
아는 기억 속에 남아 있는 과거의 사건과 현재의 행위 및 기대와 상
상 속에 나타나는 미래의 행위와 관련된 개인적 준거를 제공함으로
써 행동에 지속성과 항상성을 부여한다. 초사아는 자아로 하여금 원
시적 욕구를 억제하고 도덕이나 양심에 따라 행동하도록 하는 정신
요소이다. 이드와 자아보다 늦게 발달하며 보통 '양심'으로 알려진 금
지·비난·억제의 체계와 '자아이상'으로 알려진 일련의 관념을 포함한
다. 초자아는 부분적으로는 의식적이고 부분적으로는 무의식적·원시
적·비합리적이기 때문에 자아보다는 외부세계에 대한 반응이 덜한 편

이며 주변상황과 관계없이 일정한 기준을 유지하는 경향이 있다. 자아와 초자아의 사이가 벌어지게 되면 죄책감이나 열등감을 불러일으킨다.

엠마는 남편과 가정이 있음에도 불구하고 내연남인 프란츠를 만나 마차를 타고 프라터 왕실별장으로 향한다. 이것은 그녀의 이드가 발현한 것으로 쾌락의 충족을 위해서는 어떤 도덕적 제약도 통하지 않는다. 하지만 그녀는 거리의 사람들 중 자신을 알아보는 이들이 있지 않을까 걱정하는 예민한 상태에 놓이며, 프란츠가 같이 멀리 떠나자는 말에 자신의 아이를 걱정하며 주저한다. 이것은 그녀의 자아가 발현한 것으로 이드의 본능적인 감정을 초자아의 양심으로 억제한 것이다.

마차가 전복되고 프란츠가 의식을 잃으며 치명적 부상을 당한 상황에서 처음에 엠마는 마부를 인근 마을로 보내 의사를 데려와줄 것을 요청한다. 이것은 엠마의 정신 속에 무의식적으로 내재되어 있던 초자아, 즉 양심이 발현한 것이다. 마부가 떠나고 의식 없는 프란츠와 단 둘이 남게 된 엠마는 살아날 가망이 없는 남자 옆에서 여러 가지 복잡한 생각에 휘말린다. 마부를 보낸 것을 후회하고, 여자 몸으로 혼자서 무얼 어떻게 하겠다는 것인지 막막해하고, 사람들이 오면 어떻게 해야 할 것인지를 생각한다. 그러면서 그녀는 자아와 초자아의 대립과정을 거쳐 마침내 프란츠를 버려두고 집으로 돌아가기로 결정한다. 이 결정과정에서 그녀는 프란츠가 영원히 죽어버렸는데 그의 곁에 남아 있을 필요가 어디 있겠느냐고 생각한다. 어쩔 수 없는 상황이니 도망쳐야 한다는 이성적 판단의 자아가 나선 것이다. 그러나 초자아는 그녀에게 만약 그녀가 다쳤다면 프란츠는 달아나지 않고 그녀 곁에 머물러 있었을 것이라고 상기시킨다. 이렇게 자아와 초자아가 서로 대립하는 동안 그녀에게는 극도의 죄책감이 일어난다. 그녀는 이 죄책감을 극복하기 위해 여러 가지 자기합리화를 통해 스스로를 위안하게 된다. 집에 돌아와 남편과 마주한 엠마는 무의식중에 "죽은 자는 말이 없다"라는 혼잣말을 하게 되고, 남편은 그녀에게 무슨 일이 있었음을 직감한다. 남편을 배신한 것이 그녀의 초자아를 더욱 자극하여 그녀의 죄책감은 더 커지고, 그리하여 그녀는 환각 속에서 혼잣말을 하게 된 것이다. 마지막에 엠마는 남편에게 모든 진실을 털어놓을 것인지를 놓고 또 한 번 자아와 초자아의 싸움에 휘말린다.

죽은 자는 말이 없다

아르투어 슈니츨러

그는 마차 안에 가만히 앉아 있는 것을 더 이상 견딜 수 없었다. 그는 마차에서 내려 이리저리 거닐었다. 이미 날은 어두워졌고, 고요하고 외진 거리의 몇몇 가로등 불빛은 바람에 흔들리며 이리저리 가물거렸다. 비는 그쳤고, 인도는 거의 말랐지만 포장되지 않은 차도는 아직 젖어 있었고, 곳곳에 작은 웅덩이를 이루고 있었다.
프란츠는 프라터 거리에서 불과 백 보 떨어진 이곳에서 헝가리의 어느 작은 도시에 있는 것처럼 느낄 수 있다는 것이 기이하다고 생각했다. 어쨌든 이곳에서는 적어도 마음을 놓아도 될 것이며, 그녀가 두려워하는 아는 사람들도 만나지 않을 것이다.
그는 시계를 보았다. 7시였는데 이미 깜깜한 밤이었다. 이번에는 가을이 일찍 왔다. 또한 지긋지긋한 폭풍우도.
그는 외투 깃을 세우고 더 빨리 이리저리 거닐었다. 가로등 불빛이 비치는 창문들이 삐거덕거렸다. 그는 혼잣말을 했다.
"아직 30분이 남았군. 30분만 지나면 갈 수 있지. 아, 떠나려 해도 꽤 먼 길이 될지도 모르지."
그는 모퉁이에 멈춰 섰다. 여기에서 그는 그녀가 오게 될 양쪽 거리를 다 볼 수 있었다.

그는 바람에 날아가려는 모자를 꼭 붙들고 오늘 그녀가 올 것이라
고 생각했다. 금요일이고… 교수회의가 있고… 따라서 그녀는 과감
히 집을 나와서 좀 오래 있을 수 있을 거야… 그는 마찻길에서 울
리는 종소리를 들었고, 이제 근처 네포묵 교회에서도 종소리가 울
리기 시작했다. 거리는 더 번잡해졌다. 더 많은 사람들이 그의 곁
을 지나쳐갔는데, 그가 보기에 대부분은 7시에 문을 닫은 가게들에
서 나온 종업원들 같았다. 모두가 재빨리 걸어갔고, 걸음을 힘들게
하는 폭풍우와 일종의 싸움을 벌였다. 아무도 그에게 관심을 보이
지 않았고, 두어 명의 여점원만이 약간의 호기심으로 그를 올려다
보았다. 갑자기 그는 낯익은 모습이 재빨리 다가오는 것을 보았다.
그는 그 사람을 향해 달려갔다. 그는 생각했다. 마차도 타지 않고?
그녀일까?
그녀였고, 그녀는 그를 알아보자 걸음을 재촉했다.
"걸어서 오는 거야?"
그가 말했다.
"카알극장 옆에서 마차를 내렸어. 나는 전에도 한 번 그 마부의 마
차를 탄 적이 있는 것 같아."
한 남자가 그들 옆을 지나쳐가면서 여자를 흘깃 쳐다보았다. 젊은
그가 그를 거의 위협하듯 날카롭게 응시하자 그 남자는 재빨리 가
버렸다. 여자는 그의 뒤를 바라보았다.
"저 사람 누구지?"
그녀가 걱정스럽게 물었다.
"모르는 사람이야. 이곳에는 아는 사람이 없으니 마음 푹 놓아. 이
제 빨리 가서 마차에 올라타야지."
"저거 당신이 타고 온 마차야?"
"그래."
"무개마차네?"
"한 시간 전에 그렇게 멋지게 해놓았지."
그들은 마차 쪽으로 서둘러 갔고, 젊은 여자가 올라탔다.
"마부 아저씨!"
젊은 남자가 외쳤다.
"도대체 마부는 어디에 있어?"
젊은 여자가 물었다.
프란츠는 주변을 둘러보았다. 그는 외쳤다.
"마부가 보이지 않으니 이상하네."
"야단났네!"

그녀가 조용히 외쳤다.

"잠깐만 기다려. 마부는 분명 저기에 있을 거야."

젊은 남자는 문을 열고 조그만 술집으로 들어갔다. 마부는 다른 사람들과 함께 식탁에 앉아 있다가 재빨리 일어났다.

"즉시 가겠습니다, 손님."

마부는 이렇게 말하고 일어선 채 자신의 포도주잔을 모두 비웠다.

"도대체 뭐하고 있는 겁니까?"

"아닙니다, 손님. 바로 갑니다."

그는 조금 비틀거리면서 말들에게로 달려갔다.

"어디로 갈까요, 손님?"

"프라터 왕실별장 쪽으로요."

젊은 남자가 올라탔다. 젊은 여자는 펼쳐진 덮개 아래 구석에서 거의 웅크린 상태로 몸을 완전히 숨긴 채 기대고 있었다.

프란츠는 그녀의 두 손을 잡았다. 그녀는 움직이지 않고 있었다.

"내게 최소한 저녁인사말이라도 해주지 않을래?"

"부탁이야. 잠깐만 이대로 있게 해줘. 난 아직도 숨이 차."

젊은 남자는 한쪽 구석에 기대고 있었다. 두 사람은 잠시 침묵했다. 마차는 프라터 거리로 꺾어들었고, 테게톱 기념상 옆을 지나 잠시 후 넓고 어두운 프라터 가로수길을 달려갔다. 엠마는 갑자기 두 팔로 사랑하는 남자를 끌어안았다. 그는 자신을 그녀의 입술에서 갈라놓은 베일을 걷어 입맞춤했다.

"마침내 내가 당신 곁에 있게 되었네!"

그녀가 말했다.

"우리가 서로 얼마나 오랫동안 보지 못했는지 알아?"

그가 외쳤다.

"일요일부터."

"그래, 그날도 그저 말도 못하고 멀리서만 바라보았지."

"무슨 얘기야? 딩신은 우리 식구들과 한께 있었잖아."

"그래… 너희와 함께 있었지. 아, 앞으로는 그렇게 되지 않을 거야. 나는 너희에게 결코 다시 가지 않을 거야. 그런데 왜 그래?"

"마차 한 대가 우리 옆으로 지나갔어."

"이봐, 오늘 프라터에서 마차를 타고 산책하는 사람들은 전혀 우리에겐 관심 없어."

"나도 그렇게 믿고 있었어. 하지만 누군가가 우연히 우리를 들여다볼 수도 있어."

"누구인지를 알아내는 건 불가능하지."

“부탁인데, 우리 다른 곳으로 가.”

“너 좋을 대로 하자.”

그는 마부를 불렀지만 마부는 듣지 못하는 것 같았다. 그러자 그는 몸을 앞으로 숙이고 손으로 마부를 건드렸다. 마부가 뒤를 돌아보았다.

“돌아가야겠어요. 그런데 왜 그렇게 말을 심하게 모십니까? 우리는 전혀 급하지 않은데! 우리는 어떤 길로 가느냐 하면… 라이히스 다리 쪽으로 난 가로수길 아시나요?”

“라이히스 거리요?”

“그래요. 하지만 그렇게 빨리 달리지는 마세요. 전혀 그럴 필요 없습니다.”

“무슨 말씀이세요, 손님. 말들을 이렇게 난폭하게 만드는 건 폭풍우입니다.”

“아 그렇군요. 폭풍우.”

프란츠는 다시 앉았다.

마부는 말들을 돌렸다. 말들은 되돌아 달렸다.

“당신 어제는 왜 오지 않았어?”

그녀가 물었다.

“내가 어떻게 갈 수가 있어?”

“나는 당신도 내 언니 집에 초대받은 걸로 생각했어.”

“아, 그랬지.”

“당신은 왜 거기에 오지 않았어?”

“다른 사람들 틈에서 너와 함께 있는 걸 견딜 수 없기 때문이야. 그래, 결코 다시는 가지 않을 거야.”

그녀는 어깨를 들썩였다.

“우리 지금 어디에 있는 거야?”

그녀가 물었다.

그들은 철도교량 아래 라이히스 거리로 접어들었다.

“저쪽으로 가면 커다란 도나우 강이지.”

프란츠가 말했다.

“우리는 라이히스 다리 쪽으로 가는 중이야. 여기에는 아는 사람들이 없지!”

그는 놀리듯 덧붙였다.

“마차가 지독히도 흔들거리네.”

“응, 이제 우리는 다시 자갈포장길 위에 있어.”

“저 사람은 왜 마차를 지그재그로 몰지?”

"네게는 그렇게 보이는구나."

그러나 그도 마차가 필요 이상으로 그들을 심하게 이리저리 내동 댕이치고 있다고 생각했다. 그는 그녀를 더 불안하게 하지 않기 위해 그런 것에 대해 아무 말도 하지 않으려 했다.

"나는 오늘 너와 진지하게 할 얘기가 많아, 엠마."

"그럼 빨리 시작해. 나는 9시에는 들어가 있어야 하니까."

"두 마디 말로 모든 게 결정될 수 있어."

"아니, 도대체 무슨 일이야?"

그녀가 외쳤다. 마차는 어느 전차선로로 빠져들었고, 마부는 빠져 나오려고 거의 마차를 전복시킬 듯 심하게 방향을 틀었다. 프란츠 는 마부의 외투를 붙잡았다.

"멈춰요. 당신은 취했어요."

그는 마부에게 외쳤다.

마부는 간신히 말들을 멈춰 세웠다.

"하지만 손님…"

"자, 엠마, 우리 여기서 내리자."

"여기가 어디야?"

"벌써 다리 옆이지. 지금은 더 이상 폭풍우가 몰아치지 않아. 우리 조금 걷자. 마차를 타고 가면서는 제대로 얘기를 나눌 수 없어."

엠마는 베일을 아래로 끌어내리고는 뒤따랐다.

"폭풍우가 몰아치지 않는다고?"

그녀는 마차에서 내리면서 곧장 바람세례를 받자 이렇게 외쳤다.

그는 그녀의 팔을 붙들었다.

"마차로 뒤따라오세요."

그는 마부에게 외쳤다.

그들은 앞으로 걸어 나갔다. 다리는 길게 점차 가팔라졌고, 그들은 아무 말도 하지 않았다. 그들 두 사람은 아래에서 강물이 흘러가는 소리가 들리자 잠시 멈춰 섰다. 깊은 어둠이 그들을 에워쌌다. 넓은 강물은 잿빛으로 한없이 멀리 뻗쳐 있었고, 그들은 멀리서 강물 위로 둥둥 떠다니는 듯 보이면서 물속에 반사되는 빨간 불빛들을 보았다. 두 사람이 방금 지나온 강가에서 흔들리는 광선줄기가 물 속으로 가라앉았다. 건너편에서는 강물이 검은 풀밭 속으로 사라져 버린 것 같았다. 이제 더 먼 곳에서 천둥소리가 울리는 듯했고, 그 소리는 점점 더 가까이 다가왔다. 두 사람은 무의식적으로 붉은 불 빛이 가물거리는 곳을 바라보았다. 밝은 창문들을 한 열차들이 굽 은 철로 사이를 굴러 지나갔는데, 그것은 갑자기 어두운 밤으로부터 솟아나왔다가 곧장 다시 가라앉는 듯했다. 천둥은 점점 사라졌고, 조용해졌으며, 바람만이 갑작스런 돌풍이 되어 불어왔다.

오랜 침묵 끝에 프란츠가 말했다.

"우리는 가야 돼."

"물론이지."

엠마가 조용히 대답했다.

"우리는 가야 돼. 내 말은 완전히 떠나야 된다는 건데…"

프란츠는 힘주어 말했다.

"그건 안 돼."

"엠마, 안 된다는 건 우리가 겁쟁이이기 때문이야."

"그럼 내 아이는?"

"그는 아이를 네게 맡길 거야. 나는 그러리라고 굳게 믿고 있어."

"그리고 어떻게 떠나? 안개 낀 밤에 몰래 달아나?"

그녀가 조용히 물었다.

"아니야, 결코 그렇지 않아. 너는 그에게 다른 남자의 여자가 되었기 때문에 더 이상 그의 곁에서 살아갈 수 없다는 말만 하면 돼."

"당신 제정신이야, 프란츠?"

"네가 원한다면 내가 부담을 덜어주지. 내가 그에게 그 말을 해주겠어."

"그러면 안 돼, 프란츠."

그는 그녀를 바라보려고 했다. 그러나 그는 어둠 속에서 그녀가 고개를 들고 그를 향해 몸을 돌린 것밖에는 아무 것도 알아볼 수 없었다.

그는 잠시 침묵했다. 그리고 나서 그는 조용히 말했다.

"걱정하지 마. 나 그러지 않을 거야."

그들은 맞은 편 강가를 향해 걸어갔다.

"당신 들려? 저 소리는 뭐지?"

그녀가 말했다.

어둠 속에서 달가닥거리는 소리가 천천히 다가왔다. 조그만 붉은 불빛 한 개가 그들을 향해 흔들리며 다가왔다. 그들은 곧 그것이 시골수레의 앞쪽 채에 매달린 조그만 등에서 나오는 빛이라는 걸 알아차렸다. 그러나 그들은 그 수레에 짐이 실려 있는지, 사람들이 타고 가는지는 알아볼 수 없었다. 바로 그 뒤로 두 대의 똑같은 수레가 왔다. 그들은 뒤쪽 수레 위에 농부복장의 한 남자가 타고 있는 것을 알아볼 수 있었는데, 그는 막 파이프담배에 불을 붙이는 중이었다. 수레들은 지나갔다. 그리고 나서 그들은 스무 걸음쯤 뒤

에서 그들을 따라오는 마차의 둔탁한 소리 외에는 다시 아무 소리
도 듣지 못했다. 이제 다리는 맞은 편 강가 쪽으로 살짝 내려앉았
다. 그들은 자신들 앞의 거리가 나무들 사이에서 어둠 속으로 길게
뻗어 있는 것을 보았다. 그들의 왼쪽과 오른쪽으로는 깊숙하게 풀
밭이 놓여 있었는데, 그들은 마치 심연 속을 들여다보듯 그 안을
바라보았다.
오랜 침묵 끝에 프란츠가 갑자기 말했다.
"그럼 마지막이네…"
"뭐가?"
엠마가 걱정스런 목소리로 물었다.
"우리가 함께 있는 것 말야. 너 그 사람과 살아. 나는 너와 작별할
게."
"당신 진심으로 하는 말이야?"
"물론."
"당신이 알다시피 우리가 늘 몇 시간씩 시간을 낭비해온 건 바로
당신 때문이야. 나 때문이 아니야!"
"그래, 그래, 네 말이 맞아. 자, 우리 돌아가자."
프란츠가 말했다.
그녀는 그의 팔을 더 꼭 잡았다.
"싫어. 지금은 가고 싶지 않아. 나는 이렇게 헤어지지는 않을래."
그녀는 부드럽게 말했다.
그녀는 그를 끌어당기고는 그에게 오랫동안을 입을 맞췄다. 그러고
나서 그녀는 물었다.
"우리가 여기서 계속 간다면 어디로 가게 되지?"
"그러면 곧장 프라하로 가게 돼."
"그다지 멀지 않네. 당신이 원한다면 좀 더 멀리 나가."
그녀는 웃으면서 말했다. 그녀는 어둠 속을 가리켰다.
"이봐요, 마부!"
프란츠가 외쳤다. 마부는 듣지 못했다.
프란츠는 또 외쳤다.
"멈춰요!"
마차는 계속 달려왔다. 프란츠는 마차로 달려갔다. 이제 프란츠는
마부가 자고 있다는 걸 알았다. 프란츠는 큰 소리로 마부를 깨웠다.
"우리는 조금 더 멀리 나가야겠는데… 이 거리를 곧바로 달려서…
내 말 알아듣겠어요?"
"알겠습니다, 손님."

엠마는 마차에 올랐고, 프란츠도 그녀를 따라 올랐다. 마부는 채찍을 가했고, 말들은 미친 듯이 빗물로 진창이 된 거리 위를 달려갔다. 두 사람은 마차가 이리저리 흔들어놓는 동안 서로 꼭 껴안고 있었다.

"썩 좋지는 않네."

엠마가 그의 입에 아주 가까이 대고 속삭였다.

이 순간 마차가 갑자기 공중으로 날아가는 듯했고, 자신이 밖으로 내동댕이쳐지는 느낌이 들어 무언가를 붙잡으려고 했지만 허공을 휘저었다. 그녀는 엄청난 속도로 원을 그리며 빙빙 도는 듯한 느낌이 들어 눈을 감을 수밖에 없었다. 그녀는 갑자기 자신이 땅바닥에 누워 있다는 걸 느꼈고, 온 세상과 멀리 떨어진 채 완전히 홀로 있는 듯 무시무시하고 무거운 정적이 몰려왔다. 그러고 나서 그녀는 여러 가지가 뒤섞인 소리를 들었다. 그녀는 아주 가까이에서 바닥에 부딪히는 말발굽소리들과 나지막한 흐느낌소리를 들었지만 아무 것도 볼 수는 없었다. 이제 그녀는 미칠 것 같은 공포를 느꼈다. 그녀는 소리를 질렀다. 그녀는 자신의 외침소리를 들을 수 없었으므로 공포는 더 커졌다. 갑자기 그녀는 무슨 일이 일어났는지를 정확히 알아차렸다. 마차가 이정표석과 같은 무언가에 부딪혀 전복되었고 그들이 밖으로 튕겨 나온 것이었다. 그는 어디 있지? 이것이 그녀의 다음 생각이었다. 그녀는 그의 이름을 외쳤다. 그리고 그녀는 자신이 외치는 소리를 들었다. 아주 작지만 어쨌든 자신의 소리가 들리긴 했다. 대답은 없었다. 그녀는 몸을 일으키려고 했다. 그녀는 간신히 일어나 땅바닥에 앉을 수 있었으며, 손을 뻗치자 그녀 옆에서 사람의 몸을 느낄 수 있었다. 그리고 이제 그녀는 눈으로 어둠 속을 꿰뚫어 볼 수 있었다. 프란츠가 아무런 움직임도 없이 그녀 옆에 누워 있었다. 그녀는 뻗은 손으로 그의 얼굴을 만졌는데, 얼굴 위로 무언가 축축하고 따뜻한 것이 흘러내리고 있었다. 그녀는 숨이 멎는 것 같았다. 피잖아? 무슨 일이 일어났지? 프란츠가 다쳐서 의식을 잃었어. 그런데 마부는, 도대체 그는 어디에 있지? 그녀는 마부를 불렀다. 아무 대답도 없었다. 그녀는 여전히 땅바닥에 앉아 있었다. 그녀는 온몸에 통증을 느꼈지만 자신에게는 아무 일도 일어나지 않았다고 생각했다. 뭘 어떻게 하지, 뭘 어떻게 하면 좋아… 내게는 전혀 아무 일도 일어나지 않았지만 어떻게 할 수가 없잖아.

"프란츠!"

그녀는 외쳤다. 아주 가까이에서 어떤 목소리가 대답했다.

"어디 계세요, 아가씨? 그리고 남자손님은요? 아무 일도 없나요?
아가씨, 기다리세요. 잘 보이게 내가 등불을 켤게요. 오늘 꺾쇠가
제대로 채워져 있지 않았나. 나는 죄가 없어요. 내가 정신을… 아니
이 빌어먹을 말들이 자갈더미 속으로 들어가 버렸어요."
엠마는 사지가 온통 아파왔지만 완전히 일어섰다. 마부에게 아무
일도 일어나지 않은 것이 그녀를 좀 더 안심시켰다. 그녀는 마부가
등 뚜껑을 열고 성냥을 긋는 소리를 들었다. 그녀는 공포에 떨며
불빛을 기다렸다. 그녀는 프란츠를 다시 한 번 만져볼 용기가 나지
않았다. 그녀는 생각했다. 아무 것도 볼 수 없으면 모든 것은 더 무
섭게 보이므로 그는 틀림없이 눈을 뜰 거고… 아무 일도 아닐 거야.
옆쪽에서 가물거리는 불빛이 나왔다. 그녀는 갑자기 마차를 보고
놀랐는데, 그것은 땅 위에 있지 않고 한쪽 바퀴가 부서진 듯 도로
변 구덩이를 향해 기울어진 채 세워져 있었다. 말들은 아주 조용히
서 있었다. 불빛이 가까이 다가왔다. 그녀는 불빛이 점차 이정표석
을 지나고 자갈더미를 지나 구덩이 속으로 옮겨가는 것을 보았다.
그러고 나서 불빛은 프란츠의 발 위로 기어올라 그의 몸을 훑고,
그의 얼굴을 비추더니 얼굴 위에 멈췄다. 마부는 등을 땅 위에 세
워놓았다. 누워 있는 자의 머리 바로 옆이었다. 엠마는 무릎을 꿇
었고, 그의 얼굴을 바라보자 심장의 고동이 멎는 것 같았다. 그의
얼굴은 창백했고, 두 눈은 반쯤 떠 있어서 그녀는 흰자위만을 볼
수 있었다. 오른쪽 관자놀이로부터 한 줄기의 피가 서서히 뺨 위로
흘러내려 목 옆 셔츠 깃 아래로 흘러들어갔다. 그는 이빨로 아랫입
술을 깨물고 있었다.
"가망이 없구나!"
엠마는 혼잣말을 했다.
마부도 무릎을 굽히고 얼굴을 자세히 바라보았다. 그러고 나서 그
는 양손으로 머리를 잡아서 그를 일으켰다.
"뭐하는 거예요?"
엠마는 목소리를 낮춰 외쳤고, 스스로 일으키는 듯 보인 머리를 보
고 깜짝 놀랐다.
"아가씨, 내가 보기엔 크게 불행한 일이 일어난 것 같습니다."
"그렇지 않아요. 그럴 수 없어요. 그렇다면 아저씨에게도 무슨 일
이 일어났어야 했잖아요? 그리고 내게도…"
엠마가 말했다.
마부는 움직이지 않는 자의 머리를 떨고 있는 엠마의 무릎 위에 다
시 천천히 내려놓고 말했다.

"누구라도 오기만 하면 좋겠는데… 농부들이라도 곧 오면 좋겠는데…"
"우리 어떻게 하면 좋아요?"
엠마가 입술을 떨며 말했다.
"아가씨, 마차가 부서지지 않았다면 좋았을 텐데… 하지만 그것은 지금 망가져버렸으니… 우리는 누군가가 올 때까지 어쩔 수 없이 기다려야 합니다."
마부는 계속하여 말했으나 엠마는 그의 말에 귀를 기울이지 않았다. 그러나 그러는 사이 그녀는 정신이 드는 듯했고, 무엇을 해야 할지 알게 되었다.
"인근의 집들까지는 얼마나 먼가요?"
그녀가 물었다.
"별로 멀지 않습니다, 아가씨. 조금만 가면 곧 프란츠 요젭스란트지요. 불빛이 있다면 우리는 집들을 볼 수 있을 테고, 그곳에는 5분 안에 갈 수 있습니다."
"아저씨가 거기로 가세요. 나는 여기에 있을 테니 사람들을 데려오세요."
"아가씨, 제 생각에는 제가 아가씨와 여기에 그대로 있는 것이 더 좋을 것 같습니다. 오래지 않아 누군가 올 겁니다. 때마침 이곳이 국도가 시작되는 곳이니."
"그러면 너무 늦을 거예요. 너무 늦게 될 거예요. 우리는 의사가 필요해요."
마부는 움직이지 않는 자의 얼굴을 바라보고 나서 고개를 저으며 엠마를 쳐다보았다.
"아저씨가 뭘 안다고 그래요. 나 또한 알 수 없어요."
엠마가 외쳤다.
"예, 아가씨. 하지만 도대체 프란츠 요젭스란트에서 어떻게 의사를 찾는단 말입니까?"
"그렇다면 그곳에서 누군가가 시내로 가서…"
"아가씨, 이렇게 하면 되겠군요! 그곳 사람들은 아마 전화가 있을 겁니다. 그러니 구조대에 전화를 걸 수 있을 겁니다."
"예, 그게 가장 좋겠네요! 빨리 가세요, 달려가세요, 제발! 그리고 사람들을 데려오고… 그리고… 부탁이에요, 빨리 가세요. 도대체 또 뭐하는 거예요?"
마부는 엠마의 무릎 위에 놓인 창백한 얼굴을 들여다보았다.
"구조대, 의사, 결코 큰 도움이 안 될 겁니다."

“가세요! 제발! 빨리 가세요!”

“그럼 바로 가겠습니다. 아가씨, 어둡다고 무서워만 하면 안 돼요.”

그는 도로를 재빨리 달려갔다. 그는 혼자서 중얼거렸다.

“무서워해도 어쩔 수 없지. 한밤중에 국도 위에서…”

엠마는 움직이지 않는 자와 함께 혼자서 깜깜한 도로 위에 있었다.

“이제 어떻게 하지?”

그녀는 생각했다. 가망이 없습니다… 그 말이 계속하여 그녀의 머릿속을 스쳐지나갔다… 가망이 없습니다. 갑자기 그녀는 옆에서 숨소리가 들리는 것을 느꼈다. 그녀는 창백한 입술 쪽으로 몸을 숙였다. 아니었다. 거기에서는 아무런 입김도 나오지 않았다. 관자놀이와 뺨의 피는 마른 것 같았다. 그녀는 일그러진 그의 눈을 자세히 들여다보고 온몸을 떨었다. 그래, 나는 어째서 믿지 않는단 말인가! 틀림없는데… 이건 죽음이야! 그리고 그녀는 온통 전율했다. 그녀는 점점 더 이렇게 느꼈다. 죽은 자. 나와 죽은 자, 내 무릎 위에 있는 죽은 자. 그리고 그녀는 떨리는 손으로 그의 머리를 밀쳐냈고, 그리하여 그는 다시 땅바닥에 누워 있게 되었다. 그제야 홀로 떨어져 있다는 몹시 섬뜩한 감정이 그녀를 엄습했다. 어째서 마부를 보냈나? 얼마나 바보 같은 생각이었나! 국도 위에서 죽은 남자를 데리고 혼자서 어떻게 하겠다는 건가? 사람들이 오면… 그래, 사람들이 오면 어떻게 해야 하지? 여기서 얼마나 오래 기다려야 하지? 그녀는 다시 죽은 자를 바라보았다. 그녀는 자기 혼자만 그의 곁에 있는 것은 아니라는 생각이 들었다. 여기에는 불빛이 있지. 그리고 그녀에게는 이 불빛이 지금 자신이 생각할 수밖에 없는 사랑스럽고 정겨운 어떤 것으로 여겨졌다. 이 작은 불꽃 속에는 그녀를 에워싼 드넓은 까만 밤 속에서보다 더 많은 활력이 있었다. 그렇다. 그녀에게는 이 불빛이 자기 옆 땅바닥 위에 누워 있는 창백하고 무서운 남자에 맞서 자신을 보호해주는 존재로 여겨졌다. 그래서 그녀는 눈이 아른거리고 불빛이 흔들거리기 시작할 때까지 불빛을 오랫동안 들여다보았다. 그리고 갑자기 그녀는 꿈에서 깨어난 듯한 느낌이 들었다. 그녀는 뛰어 일어났다! 그건 안 돼, 그럴 수는 없어. 사람들이 여기서 그와 함께 있는 나를 발견해서는 안 돼. 그녀는 자신이 도로 위에 서 있는 자신의 모습과 발밑에 있는 죽은 자와 불빛을 바라보고 있는 것 같았다. 또한 그녀는 자신이 어마어마하게 커져서 어둠 속으로 빨려 들어가고 있는 모습을 보는 것 같았다. 나는 무엇을 기다리고 있지? 그녀는 생각했고, 머릿속에서는 자꾸만 이 생각이 솟구쳤다. 나는 무엇을 기다리고 있지? 사람들을? 그 사람들에게 내가 무슨 필요가 있지? 사람들은 와서 물을 텐데… 그럼 나는… 나는 여기서 어떻게 해야 하지? 모두가 내가 누구냐고 물을 거야. 나는 그들에게 뭐라고 대답해야 하지? 아무 대답도 못 해. 그들이 오면 나는 아무 말도 하지 않을 거고, 침묵할 거야. 아무 말도… 그들은 내게 강요하지는 못할 거야.

멀리서 목소리들이 들려왔다.

벌써 왔나? 그녀는 생각했다. 그녀는 불안해하며 귀를 기울였다. 목소리들은 다리 쪽으로부터 들려왔다. 그들은 마부가 데리고 온 사람들이 아닐 수도 있었다. 그러나 그들이 누구든 그들은 불빛을 알아보게 될 것이고, 그런 다음 그녀는 그들의 눈에 띄게 될 것인데, 그래서는 안 되었다.

그래서 그녀는 등을 발로 차 넘어뜨렸다. 등불은 꺼졌다. 이제 그녀는 깊은 어둠 속에 있게 되었다. 그녀는 아무 것도 볼 수 없었다. 죽은 그도 더 이상 보이지 않았다. 하얀 자갈더미만이 희미하게 빛났다. 목소리들은 점점 가까이 다가왔다. 그녀는 온몸을 떨기 시작했다. 여기서 발각되지 않아야만 한다. 어떻게 해서든 오직 발각되지 않는 것만이 다른 모든 것에 앞서 중요한 문제다. 그녀가 누구의 애인이라는 것이 알려지면 그녀는 파멸이다. 그녀는 온 힘을 다해 두 손을 모은다. 그녀는 맞은 편 도로 위의 사람들이 자신을 알아채지 못하고 그대로 지나가게 되기를 기도한다. 그녀는 귀를 기울인다. 그래, 저 위쪽에서… 그들은 무슨 얘기를 하지?… 두 명 혹은 세 명의 여자들이다. 그들은 마차에 대해 얘기하는 걸로 보아 마차를 발견했는데, 그녀는 그들의 말을 알아들을 수 있었다. 마차 한 대가… 뒤집어지고… 그들은 그밖에 무슨 말을 할까? 그녀는 알아들을 수가 없다. 그들은 계속 걸어가고… 지나갔다… 다행히도! 그런데 이제, 이게 뭔가? 오, 왜 그녀는 그처럼 죽지 않았나? 그가 부럽다. 그에게서는 모든 것이 사라졌고… 그에게는 이제 더 이상 어떤 위험도 두려움도 없다. 그러나 그녀는 많은 것을 두려워하고 있다. 그녀는 사람들이 여기서 자신을 발견하고, 누구인지 묻게 될 것을 두려워하며, 경찰에 불려가야만 하고, 모든 사람들이 자신의 남편은 어떻고 아이는 어떻다는 걸 알게 될 것을 두려워한다.

그녀는 자신이 벌써 오랫동안 마치 뿌리가 박힌 듯 거기에 서 있다는 것을 알아차리지 못한다. 그녀는 달아날 수 있으며, 거기에 서 있는 것은 아무에게도 도움이 되지 않고, 스스로를 불행에 빠뜨리는 것이다. 그녀는 한 발짝을 떼어놓는다… 조심스럽게… 그녀는 도로변 웅덩이를 건너야 하는데… 한 발짝을 들어올린다. - 오, 웅덩이는 아주 얕다! - 그러고는 또 두 발짝을 떼어놓고, 마침내 도로 가운데에 이르고… 그런 다음 잠시 조용히 서서 앞을 바라보고는 어둠 속으로 뻗친 음침한 길을 따라 계속 걷는다. 저쪽에, 저쪽에 도시가 있다. 그녀는 아무 것도 볼 수 없지만 방향만은 확실하다고 느낀다. 그녀는 다시 한 번 뒤로 돌아선다. 그다지 깜깜하지는 않다. 그녀는 마차를 뚜렷이 볼 수 있고, 말들도… 또한 세심하게 주의를 기울이면 땅바닥에 누워 있는 사람의 윤곽도 알아볼 수 있다. 그녀는 눈을 크게 뜬다. 무언가가 그녀를 가지 못하도록 제지하고 있는 듯 여겨지는데, 그녀를 여기에 붙들어두려고 하는 것은 바로 그 죽은 자이고, 그의 위력에 그녀는 두려움을 느낀다. 그러나 그녀는 거기에서 세차게 벗어나고, 이제 땅이 너무 젖어 있다는 것을 알아차린다. 그녀는 미끄러운 도로 위에 서 있으며, 축축한 먼지안개는 그녀가 걸어가는 것을 방해했다. 그러나 이제 그녀는 걸어가며… 더 빨리… 달려가며… 거기에서 달아나… 다시 돌아간다… 빛 속으로, 혼잡 속으로, 사람들에게로! 그녀는 도로를 따라 달리며, 넘어지지 않기 위해 옷을 높이 들어올린다. 바람이 그녀의 등 뒤에서 부는데, 그것은 그녀를 앞으로 내모는 듯하다. 그녀는 자신이 무엇으로부터 달아나는지 더 이상 잘 알지 못한다. 그녀에게는 자신이 저 뒤쪽 멀리 도로변 웅덩이 옆에 놓여 있는 창백한 남자에게서 달아나야만 하는 듯한 생각이 들며… 다음으로 그녀는 머지않아 그곳으로 와 자신을 찾게 될 살아 있는 사람들에게서 달아나려고 한다는 생각을 하게 된다. 그들은 어떻게 생각할까? 사람들은 그녀를 뒤쫓아 오지 않을까? 그러나 더 이상 그녀를 따라잡지는 못할 것이다. 그녀는 곧 다리에 닿게 되고, 거리가 크게 벌어지게 되며, 그러면 위험은 사라진다. 사람들은 그녀가 누군지 짐작하지 못하고, 그 남자와 함께 마차를 타고 라이히스 거리를 달렸던 여자가 누구였는지 아무도 짐작할 수 없을 것이다. 마부는 그녀를 알지 못하며, 나중에 그녀를 보게 되더라도 역시 그녀를 알아보지 못할 것이다. 사람들은 그녀가 누구였는지에 대해서도 관심이 없을 것이다. 누구에게 문제가 된단 말인가? 그녀가 거기에 머물러 있지 않은 것은 매우 현명한 일이고, 비열한 일도 아니다. 프란츠가 그녀에게 옳은 말을 한 것인지도 모른다. 그녀는 집으로 가야만 하며, 아이가 있고, 남편이 있으며, 사람들이 거기에서 죽은 애인과 함께 있는 그녀를 발견하게 된다면 그녀는 끝장이 날 것이다. 다리가 나오고, 거리는 더 밝게 빛나며… 그녀는 전과 마찬가지로 강물이 흐르는 소리를 듣는다. 그녀는 그와 함께 팔짱을 끼고 걸었던 그곳에

와 있다. 언제였더라? 몇 시간 전이었더라? 오래되지는 않았을 것
이다. 오래되지 않았다고? 어쩌면 그렇지 않을지도 모르지! 아마도
그녀는 오랫동안 의식을 잃고 있었을지도 모르며, 오래전에 자정이
지나 벌써 아침이 다가오는지도 모르며, 집에서는 이미 그녀를 찾
고 있을지 모른다. 아니, 아니, 그럴 리는 없다. 그녀는 자신이 의식
을 잃지 않았었다는 것을 알고 있다. 그녀는 지금 자신이 어떻게
마차에서 떨어져 곧 모든 것을 뚜렷이 알게 되었는지를 처음 순간
보다 더 정확하게 기억하고 있다. 그녀는 다리 위를 달려가면서 자
신의 발걸음이 울리는 소리를 듣는다. 그녀는 왼쪽도 오른쪽도 바
라보지 않는다. 이제 그녀는 어떤 모습이 자신에게 마주 오는 걸
알아차린다. 그녀는 걸음을 늦춘다. 마주 오는 사람은 누구일까?
그건 제복을 입은 어떤 사람이다. 그녀는 아주 천천히 걷는다. 그
녀는 시선을 끌어서는 안 된다. 그녀는 그 남자가 자신에게 시선을
집중하고 있다고 믿는다. 그가 그녀에게 묻는다면? 그녀는 그의 옆
을 지나며 제복을 알아보는데, 그는 안전순찰대원이다. 그녀는 그
를 지나쳐간다. 그녀는 그가 자신의 뒤에서 멈춰 서는 소리를 듣는
다. 그녀는 다시 뛰어가고 싶은 것을 간신히 억누르는데, 그렇게
했다간 의심을 받을지도 모른다. 그녀는 전과 마찬가지로 여전히
천천히 걸어간다. 그녀는 마차선로의 딸랑거리는 소리를 듣는다.
자정이 멀지 않은 듯하다. 이제 그녀는 다시 더 빨리 걷는다. 그녀
는 도시를 향해 서둘러 가는데, 이미 도로의 출구 옆 철로육교 아
래에서 도시의 불빛들이 그녀를 향해 반짝이고, 그녀는 벌써 희미
한 소음이 들려오는 것을 느낀다. 이 적막한 거리만 지나면 구원되
는 것이다. 이제 그녀는 멀리서 울리는 날카로운 호각소리를 듣는
데, 그것은 점점 더 날카롭게, 점점 더 가까이 다가오고, 마차 한
대가 쏜살같이 그녀 옆을 지나간다. 그녀는 저절로 그 자리에 멈춰
서서 마차를 바라본다. 마차가 어디로 가는지 그녀는 잘 안다. 그
녀는 생각한다. 저렇게 빠를 수가! 그것은 마치 요술을 부리는 듯
하다. 한 순간 그녀에게는 그 사람들의 등에 대고 소리를 질러, 그
들을 따라 가서, 자신이 떠나왔던 곳으로 다시 돌아가야만 할 것
같은 생각이 든다. 잠깐 동안 그녀는 지금껏 느껴보지 못한 어마어
마한 수치심에 사로잡히고, 자신이 비겁하고 나빴다는 걸 알게 된
다. 그러나 마차 굴러가는 소리와 호각소리가 점점 더 아스라이 멀
리 들리자 그녀에게는 강렬한 기쁨이 몰려오고, 그녀는 구원된 듯
서둘러 앞으로 걸어 나간다. 사람들이 그녀를 향해 마주오지만 그
녀는 더 이상 그들을 두려워하지 않는다. 가장 힘든 일이 극복된

것이다. 도시의 소음이 뚜렷하게 들려오고, 그녀의 앞쪽은 점점 더 밝아진다. 그녀는 벌써 프라터 거리의 늘어선 집들을 보게 되고, 수많은 사람들의 물결이 자신을 기다리고 있는 것 같은 느낌이 들며, 그 속에서 흔적 없이 사라져버려도 될 것 같은 생각이 든다. 이제 그녀는 어느 가로등 밑에 다가오자 안심을 하고 시계를 쳐다본다. 9시 10분전이다. 그녀는 시계를 귀에 대본다. 그것은 멈춰 서 있지 않다. 그리고 그녀는 생각한다. 나는 살아 있으며, 건강하다. 내 시계도 가고 있는데… 그는… 그는… 죽었다… 운명이지… 그녀에게는 모든 것이 어긋나버린 듯한… 하지만 자기 쪽에는 아무런 잘못도 없다는 느낌이 든다. 그것은 증명되었어. 그래, 그것은 증명되었어. 그녀는 자신이 이렇게 큰 소리로 말하는 걸 듣는다. 그런데 운명이 바뀌었더라면? 그래서 지금 그녀가 거기 도랑 안에 누워 있고, 그가 살아 있다면? 그는 달아나지 않았을 것이다. 그렇다… 그는 그러지 않았을 것이다. 그래, 그는 남자니까. 그녀는 여자이고 -또한 그녀는 아이와 남편이 있다. 그녀의 행동이 옳았다. 그것은 그녀의 의무다-그녀의 의무. 그녀는 자신이 의무감에서 그렇게 행동했다는 것을 매우 잘 알고 있다. 그녀는 올바른 행동을 한 것이다. 자신도 모르게… 마치… 착한 사람들이 늘 그렇게 행동하듯. 이제 그녀는 발각될지도 모른다. 이제 의사들이 그녀에게 질문을 할지도 모른다. 마나님, 남편은요? 오 이럴 수가! 그리고 내일 신문들은-그리고 가족들은-그녀는 영원히 파멸하고, 남편을 되살릴 수 없게 될지도 모른다. 이것이 핵심문제이며, 다른 어떤 것도 아닌 이것 때문에 그녀는 스스로 파멸할지 모른다. 그녀는 철로육교 밑에 와 있다. 계속 앞으로… 계속… 이제 테게톱 기념상에 이르고, 여기에서는 도로들이 여러 갈래로 갈라진다. 오늘은 비가 내리고 바람이 부는 가을저녁이라서 밖에 사람들이 별로 없다. 하지만 그녀는 자신을 둘러싸고 도시의 활기가 힘차게 솟구치는 듯 느낀다. 그녀가 떠나온 그곳에는 무시무시한 저막이 있었기 때문이다. 그녀는 시간 여유가 있다. 남편이 오늘 열시쯤은 돼야 집에 돌아올 것이라는 걸 알고 있는 그녀는 시간적으로 옷을 갈아입을 수 있는 것이다. 이제야 그녀는 자신의 옷을 바라볼 생각을 한다. 그녀는 깜짝 놀라면서 옷이 온통 더러워져 있음을 깨닫는다. 하녀에게 뭐라고 말할까? 내일 그 사고에 대한 이야기가 모든 신문에 실려 읽혀지게 될 것이라는 생각이 그녀의 머릿속을 스치고 지나간다. 또한 마차 안에 있었는데 사라져서 찾지 못한 한 여자에 대해서도 도처에서 읽히게 될 것이라는 생각에 그녀는 다시금 몸을 떤다. 경솔한 행동이었으며, 그녀의 온갖 비겁한 행동은 쓸모없는 짓이었다. 그러나 그녀는 집 열쇠는 지니고 있다. 그녀는 손수 문을 따고, 아무에게 도 들키지 않고 들어갈 수 있다. 그녀는 재빨리 마차를 잡아탄다. 그녀는 마부에게 집주소를 대려다가 현명하지 않은 듯한 생각이 들어 막 떠오른 어떤 거리이름을 말해준다. 프라터 거리를 통과해 가는 동안 그녀는 무엇이든 느끼고자 하지만 그럴 수가 없다. 그녀 는 집에 가서 마음 편히 있고 싶다는 오직 한 가지 소원밖에 없음 을 느낀다. 다른 모든 것은 그녀의 관심 밖이다. 죽은 자를 거리 위 에 버려두겠다고 결심한 그 순간에 그녀의 마음속에서는 그를 슬 퍼하거나 애통해하려는 모든 것이 멈춰버려야 했다. 그녀는 지금 자기 자신에 대한 걱정 외에는 아무 것도 느끼지 못한다. 그녀가 비정한 것은 아니다. 결코 그렇지 않다! 그녀는 자신이 절망하게 될 날이 올 것임을 분명히 알고 있으며, 아마도 그녀는 그 일로 인 해 파멸할 것임도 잘 알고 있다. 그러나 지금 그녀의 마음속에는 눈물을 거두고 예전과 똑같이 남편과 아이와 함께 편안하게 식탁 에 앉고 싶은 갈망 외에는 아무것도 없다. 그녀는 창밖을 내다본다. 마차는 도심을 지나가고, 여기서는 불빛이 밝게 비추며, 꽤 많은 사람들이 바삐 지나쳐간다. 이때 그녀에게는 갑자기 조금 전에 겪 었던 모든 일이 전혀 사실이 아닌 듯 여겨진다. 그것은 악몽같이 여겨지며… 실제 일어난 불변의 일이라고는 생각되지 않는다. 그녀 는 광장으로 향하는 어느 골목길에서 마차를 세우고, 내려서 재빨 리 모퉁이를 돌아 거기에서 다른 마차를 잡아타고는 마부에게 자 신의 올바른 집주소를 댄다. 그녀는 지금은 전혀 어떤 생각을 할 수 없는 듯이 느낀다. 그는 지금 어디에 있을까라는 생각이 그녀에 게 떠오른다. 그녀는 눈을 감는다. 그러자 병원에서 들것 위에 누 워 자신의 앞에 있는 그를 보게 되고, 그러고는 갑자기 자신이 그 의 옆에 앉아 함께 마차를 타고 가는 듯한 느낌을 받는다. 마차는 흔들리기 시작하고, 그녀는 그때처럼 밖으로 내동댕이쳐질까 봐 두 려워 비명을 지른다. 그때 마차가 멈춘다. 그녀는 몸을 움찔한다. 그녀는 자신의 집 대문 앞에 와 있다. 그녀는 재빨리 내려서 문지 기가 창문으로 올려다보지 않도록 조용한 발걸음으로 서둘러 현관 을 지나 계단을 오르고, 아무에게도 들리지 않도록 조용히 문을 딴 다음 앞방을 지나 자신의 방으로 들어간다. 성공이다! 그녀는 불을 켜고, 서둘러 옷을 벗어 장롱 속에 감춘다. 밤새 옷은 마를 것이며, 내일 그녀는 그것을 솔질하여 깨끗하게 해놓을 생각이다. 그런 다 음 그녀는 얼굴과 손을 씻고 잠옷으로 갈아입는다.

이제 밖에서 초인종이 울린다. 그녀는 하녀가 대문으로 가서 문을 여는 소리를 듣는다. 그녀는 남편의 목소리를 들으며, 그가 지팡이를 내려놓는 소리를 듣는다. 그녀는 자신이 이제 강해져야만 하며, 그렇지 않으면 모든 것이 헛일이 되어버릴 것이라고 느낀다. 그녀는 재빨리 식당으로 간다. 그리하여 남편과 동시에 식당에 들어선다.

"아, 당신 벌써 집에 와 있었군?"

그가 말한다.

"물론이지요. 벌써 오래 전에 왔는걸요."

그녀가 대답한다.

"당신이 오시는 걸 미처 보지 못했나 봐요."

그녀는 자연스럽게 보이려고 애쓰면서 미소를 짓는다. 미소를 지어야만 하는 것이 그녀를 무척 피곤하게 만든다. 그는 그녀의 이마에 입을 맞춘다.

어린 아들은 이미 식탁 옆에 앉아 있다. 아이는 오랫동안 기다려야만 했기에 잠이 들었다. 아이는 접시 위에 자신의 책을 올려놓고, 펼쳐진 책 위에 얼굴을 묻고 있다. 그녀는 아이 옆에 앉으며, 남편은 그녀와 마주앉아서 신문을 집어 들고 대강 들여다본다. 그러고 나서 그는 신문을 치우고 말한다.

"다른 사람들은 아직도 함께 앉아 계속 논의하고 있소."

"무슨 일에 대해서요?"

그녀가 묻는다.

그는 오늘 회의에 대해 매우 오랫동안 많은 것을 설명하기 시작한다. 엠마는 귀 기울여 듣는 듯 이따금 고개를 끄덕인다.

그러나 그녀는 아무 것도 듣지 않으며, 그가 무엇을 말하고 있는지 알지 못한다. 그녀는 무시무시한 위험에서 기이하게 빠져나온 듯한 기분이 들며… 나는 구제되었고, 나는 집에 와 있다는 느낌뿐이다. 그리고 그녀의 남편이 계속하여 이야기하는 동안 그녀는 자신의 의자를 아이에게 더 가까이 끌어당기고, 아이의 머리를 자신의 가슴으로 끌어안는다. 그녀에게 이루 말할 수 없는 피로가 몰려온다. 그녀는 몸을 가누지 못하고, 졸음이 엄습하는 걸 느끼며, 마침내 눈을 감는다.

갑자기 그녀에게 한 가지 가능성이 떠오르는데, 그것은 그녀가 웅덩이에서 몸을 일으킨 순간 이후 전혀 생각지 못해온 것이다. 그가 죽지 않았다면! 만약 그가… 아, 아니야, 전혀 의심의 여지가 없어… 그 눈… 그 입, 그리고… 입술에서 아무 입김도 없었어. 하지만 기절도 있지. 숙련된 눈길도 혼동을 일으키는 경우가 있다. 그런데 그녀는 분명 숙련된 눈길을 갖고 있지 않다. 그가 살아 있다면, 그가 다시 의식을 찾는다면, 그가 갑자기 한밤중에 국도 위에서 홀로 발견된다면… 그가 그녀를 향해 외치고… 그녀의 이름을 부르고… 마침내 그녀가 다쳤을까 두려워하고… 그가 의사들에게 거기에 한 여자가 있었으며, 그녀는 멀리 내동댕이쳐졌음에 틀림없다고 말한다면. 그러면… 그러면… 그런 다음엔? 사람들은 그녀를 찾게 될 것이다. 마부는 사람들을 데리고 프란츠 요젭스란트에서 돌아올 것이고… 그는 이렇게 설명할 텐데… 내가 떠날 때 그 여자는 여기에 있었다. 그리고 프란츠는 짐작할 것이다. 프란츠는 알게 될 것이다… 그는 그녀를 아주 잘 안다… 그는 그녀가 달아났다는 걸 알게 될 것이며, 엄청난 분노에 사로잡힐 것이고, 복수하기 위해 그녀의 이름을 댈 것이다. 그는 끝장이 났으므로… 또한 그녀가 최후의 순간에 자신을 홀로 버려둔 데 대해 깊은 상처를 받아 가차 없이 이렇게 말할 것이다. 그 여자는 엠마 부인인데, 내 애인이고… 비겁하고 동시에 멍청합니다. 의사 선생님들, 당신들에게 신중함이 요구된다면 분명 그녀에게 이름을 묻지 말아야 할 겁니다. 당신들은 그녀를 그대로 놔두는 게 좋을 거고, 나 또한 그럴 겁니다. 아, 그녀가 당신들이 올 때까지 여기에 있었어야 했는데. 하지만 그녀가 그런 몹쓸 사람이 되었으므로 나는 당신들에게 그녀가 누군지를 말하겠습니다. 그건… 아!
"당신 무슨 일 있어?"
교수는 일어서면서 매우 진지하게 묻는다.
"뭘… 왜요?… 뭐가요?"
"도대체 무슨 일이야?"
"아무 일도 없어요."
그녀는 아이를 더 꼭 끌어안았다.
교수는 그녀를 오랫동안 바라본다.
"당신 알아요? 졸기 시작하더니…"
"그러고요?"
"그러고는 갑자기 소리를 질렀소."
"아… 그래요?"
"우리가 꿈속에서 가위눌릴 때 외치는 것과 같았소. 당신 꿈꿨소?"
"모르겠어요. 난 아무 것도 모르겠어요."
그녀는 마주보이는 벽거울 속에서 자신의 얼굴을 보는데, 그것은 잔인하게 미소 짓고 있으며, 일그러진 표정을 하고 있다. 그녀는 그것이 자기 본연의 얼굴이라는 것을 알고 전율한다. 그리고 그녀는 그런 얼굴이 굳어질 것임을 깨달으며, 입도 뻥긋하지 못한다. 그녀는 이런 미소가 그녀가 살아 있는 한 자신의 입술 언저리에 맴돌게 될 것임을 안다. 그녀는 비명을 지르려고 한다. 그때 그녀는 두 손이 자신의 어깨 위에 놓이는 걸 느끼고, 자신의 얼굴과 거울 속의 얼굴 사이로 남편의 얼굴이 끼어드는 것을 본다. 남편의 두 눈은 의아한 듯 위협적으로 그녀의 눈 속으로 빨려든다. 그녀는 이 마지막 시련을 이겨내지 못하면 모든 것이 끝장이라는 것을 알고 있다. 그녀는 자신이 다시 강해지는 것을 느끼고, 자신의 표정과 사지를 마음대로 제어할 수 있게 된다. 그녀는 이 순간 이것들을 이용하여 뜻하는 일을 시작할 수 있다. 그녀는 남편을 이용해야만 하며, 그렇지 못하면 헛일이다. 그리하여 그녀는 양손으로 아직 자신의 어깨 위에 놓여 있는 남편의 두 손을 붙잡아 그를 자신에게로 끌어당기고, 밝고 사랑스런 눈빛으로 남편을 바라본다.

그녀는 이마 위에서 남편의 입술을 느끼면서 생각한다. 틀림없이… 나쁜 망상이었어. 그는 그것을 아무에게도 얘기하지 않을 거고, 결코 복수하지 않을 거야. 결코… 그는 죽었어… 그는 틀림없이 죽었어… 그리고 죽은 자는 말이 없어.

"어째서 그런 말을 하는 거요?"

그녀는 갑자기 남편의 목소리를 들었다. 그녀는 소스라치게 놀란다.

"도대체 내가 무슨 말을 했는데요?"

그녀는 자신이 갑자기 모든 것을 큰소리로 얘기해 준 듯한… 이날 저녁에 있었던 일을 식탁에서 모두 털어놓은 것 같은 생각이 들었고… 그리하여 그녀는 남편의 놀란 시선 앞에 좌절하면서 다시 한 번 묻는다.

"도대체 내가 무슨 말을 했는데요?"

"죽은 자는 말이 없어."

님편은 매우 천천히 그녀가 한 말을 다시 말한다.

"그래요… 그래요…"

그녀는 말한다.

그리고 남편의 눈 속에서 그녀는 그에게 더 이상 아무 것도 숨길 수 없다는 것을 읽으며, 두 사람은 오랫동안 서로를 바라본다. 그런 다음 그는 그녀에게 말했다.

"아이를 침대로 데려가 눕혀요. 당신 내게 뭔가 얘기할 게 있는 것 같은데…"

"예."

그녀가 말했다.

그녀는 몇 년에 걸쳐 속여 온 이 남자에게 곧장 모든 사실을 털어
놓아야 한다는 것을 알아차린다.

남편의 시선이 줄곧 자신에게 향하고 있음을 느끼면서 아이를 데
리고 천천히 문을 나가 걸어가는 동안 그녀에게는 커다란 평온이
찾아든다. 마치 많은 것들이 다시 좋아질 것 같은…

톨스토이의 최후

- 츠바이크

7장 톨스토이의 최후 - 츠바이크[10]:
『신에게로의 도피』

　　슈테판 츠바이크는 톨스토이의 최후를 『신에게로의 도피』라는 제목의 희곡으로 흥미롭게 재구성했다. 츠바이크는 톨스토이가 유고작으로 남긴 미완의 자전적 희곡 『그리고 빛은 어둠 속에서 빛난다』의 마지막 부분을 완성하는 뜻으로 이 희곡을 썼다면서, 최대한 역사적 진실을 가지고 사실들 및 기록물들을 존중하며 톨스토이의 마지막 삶을 담았다고 밝히고 있다.

　　톨스토이는 1828년 8월 28일 러시아 남부 둘라 근교의 영지 야스야나 폴랴나에서 태어났다. 백삭이었던 부친은 피산을 막기 위해 부

---

10) 슈테판 츠바이크(Stefan Zweig, 1881~1942)는 오스트리아 비인에서 태어나 베를린과 비인에서 철학과 독일 및 프랑스문학을 공부하여 철학박사 학위를 취득하고, 유럽 각국과 인도, 북아프리카, 북중미 등으로 오랜 외국여행을 많이 했다. 그는 주로 비인과 잘츠부르크에서 살았는데, 1938년 영국으로 망명했다가 다시 미국으로 건너가 잠시 머문 후 1941년에 브라질에 정착했다. 이듬해 그는 세계 대전과 군국주의에 휘말린 유럽의 정신적 파괴 앞에서 내면의 갈등을 극복하지 못하고 두 번째 부인과 함께 스스로 목숨을 끊었다. 그는 초기 신낭만주의와 비인의 표현주의 사조 속에서 작품활동을 했으며, 프로이트의 심리분석에 영향을 받았다. 그는 수필가, 전기작가, 서정시인, 극작가로서 세계적인 명성을 얻었으며, 휴머니스트이자 평화주의자로서 그의 작품들은 나치체제의 독일에서 금서처분을 받기도 했다.

유한 귀족의 외동딸인 모친과 정략결혼을 했다. 모친이 지참금으로 넘겨준 야스나야 폴랴나는 그 후 톨스토이의 고향이자 분신이 되었다.

젊은 시절의 톨스토이는 이상주의자인 동시에 쾌락주의자였다. 특히 성욕과 도박의 유혹 앞에 무방비상태였으며, 쾌락에 굴복한 직후에는 처절한 환멸이 몰려와 자괴감을 더해주는 일종의 악순환이 이어졌다. 이런 모순적인 사고방식은 말년까지 톨스토이를 괴롭힌 요인인 동시에 그의 작품과 사상의 원동력이기도 했다.

1851년 그는 군인이었던 형의 뒤를 이어 육군 장교로 입대했다. 그는 체첸 공격에 가담하고, 크림전쟁에 참여한 후 1856년 전역하여 고향에서 농민자녀들을 위한 학교를 연다.

1862년 34세의 톨스토이는 지인의 딸인 18세의 소피아 안드레예프나 이슬레네프와 결혼한다. 그녀는 훗날 남편을 대신하여 영지를 관리하고 원고를 정리하는 등 내조에 힘을 쏟았지만 신혼초기부터 남편의 복잡하고 모순적인 성격을 알고 충격과 혐오에 빠졌다. 8남매를 낳고 반세기 가까이 해로하긴 했지만 두 사람의 성격은 너무나도 대조적이었다. 남편이 이상주의자였다면 부인은 현실주의자였으며, 이런 성격차이는 날이 갈수록 극명해짐으로써 톨스토이의 말년을 힘겹고 불미스럽게 만든 원인이 되었다.

톨스토이는 50대에 들어서면서 인생의 위기를 맞는다. 그것은 지고의 만족과 행복의 절정 뒤에 오는 인생에 대한 허무감 내지는 죽음에 대한 공포 때문이었다. 톨스토이는 모든 사물의 배후에서 '허무'를 보았다. 그리고 이때부터 임종의 그날까지 이 암흑의 구멍을 바라보며 자기신뢰의 폐허 위에 서서 싸워나갔다.

톨스토이는 남달리 강인한 체력의 소유자였다. 젊을 때 중무장을 한 군인을 한 손으로 들어올리고, 67세의 나이에 자전거를 배우고, 70세 때에 스케이트를 타고, 80이 넘어서도 말을 타고 50리를 달릴 정도로 그의 활력은 초인적이었다. 이렇듯 체력의 한계를 모르는 톨스토이였기에 그의 죽음에 대한 공포 역시 그의 생명력과 마찬가지로 초인적인 것이었다.

50대에 접어들어 이가 빠지고 기억력이 쇠퇴하고 쉬 피로를 느끼기 시작한 톨스토이에게는 누구나가 겪는 갱년기 현상임에도 그것이 죽음의 도래로 밖에는 생각되지 않았다. 이때부터 그는 죽음의 공포에서 헤어날 수가 없었다. 1879년 톨스토이는 "죽음이란 무엇인가? 어떻게 하면 나는 나 자신을 구할 수 있는가?"라는 의문을 메모지에 적고 있다. 이것은 허무에 직면한 톨스토이가 그 심장 밑바닥에서부터 내뱉은 단말마적인 공포의 외침이 아닐 수 없다. 그리고 이때부터 마신적인 생명력과 마신적인 죽음의 공포와의 투쟁, 즉 삶과 죽음 간의 거인 대 신과의 투쟁이 시작되었던 것이다.

지금까지 톨스토이는 그의 작품 속에서 수많은 죽음을 묘사해 왔으나 그 죽음에 대해 형이상학적인 물음을 던진 적은 없었다. 이제 거인 톨스토이는 전력을 다해 죽음의 의의를 규명하며 용감히 죽음에 도전해 나간다. 그는 생존의 위기 잎에 비굴하게 몸을 피하거나 눈을 감지는 않았다. 그러나 그는 곧 어떠한 철학, 어떠한 이론, 어떠한 이성으로도 죽음을 초월할 수는 없다는 것을 절감하지 않을 수 없었다. 그리하여 이 죽음과의 대결에서의 패배는 톨스토이를 새로운 국면으로 접어들게 하였다. 이미 죽음을 불가항력의 섭리로 받아들인 톨스토이는 이때부터 죽음을 두려워하거나 피하려 하지 않고, 오히려 죽음을 자기의 생존 속에 융합시키면서 죽음에 단련되고 죽음에 익숙해지려고 노력했다. 그리하여 그는 공간에 제한된 육체는 파멸하지만 생명의 근원을 구성하고 있는 것, 즉 각 존재자의 세계에 대한 자신의 특수한 관계는 멸망하지 않으며, 이것은 시간과 공간을 초월한다고 믿었다. 따라서 그는 죽음은 일시적인 수면과 다를 것이 없다고 여기게 된다.

죽음에의 공포를 극복하기 위한 처절한 싸움을 벌이기 시작한 50대 이후 톨스토이는 그의 영지 야스나야 폴랴나에서 살면서 수많은 종교, 도덕, 교육에 관한 저서를 집필했다. 그는 '무저항주의'를 지상명령으로 삼고 어떠한 형식의 폭력도 비난하였다. 그는 또 과학적인 발전에 회의를 느끼고 민중의 원시적인 신앙을 따르며 농민의 마음속에서 진리를 찾았다.

1900년 톨스토이는 72세의 나이로 새로운 세기의 문지방을 넘어선다. 이 영웅적인 노인은 노령에도 굴하지 않고 자기완성을 향한 길을 변함없이 걸어가고 있었다. 백설에 뒤덮인 듯한 수염은 더욱 부드럽게 빛나고, 우울한 얼굴은 더욱 완벽한 위엄을 띠어갔다. 그의 엄격함은 고귀함으로 변하고 불붙는 듯한 정열은 자비와 박애적인 이해로 변모되었다. 지금 이 노령의 투사는 단지 평화만을 바라보고 있었다. 죽음의 공포는 이미 그에게서 사라진 지 오래였다. 이 노인은 고요한 묵상 속에 다가오는 종말을 침착한 눈초리로 직시하고 있었다. 죽음을 가장 고귀하고 모범적인 것으로 만드는 것이 이 위대한 사상가의 최후의 노력이었다. 전 생애를 자신의 결점과 싸워온 불굴의 노 투사는 만년에 와서 이렇게도 어질고도 유순한 성인으로 변모되었던 것이다.

그러나 주위의 사람들은 그를 비난했다. 그는 조잡한 욕설로 가득 찬 수많은 편지를 받았다. 그것은 그가 말하고도 실행치 않는 일, 즉 야스나야 폴랴나의 화려한 저택을 버리지 못하고 있는 데 대한 비난이었다. 그러나 톨스토이는 복음서의 말대로 자기완성을 위해서는 사랑하는 가족과 집, 귀족의 칭호는 물론 모든 재산과 이해타산을 버려야 한다는 것을 너무나도 잘 알고 있었다. 그래서 톨스토이는 이미 두 번이나 가출을 시도했으나 그때마다 아내와 가족들의 집요한 방해로 그 뜻을 실행에 옮길 수 없었다. 1891년 톨스토이는 청빈의 실천을 위해 저서의 판권을 포기하려 했지만 가족은 이에 크게 반발했다. 결국 그는 1881년 이후에 발표한 작품의 판권만 포기하고, 그 이전 작품의 판권은 아내에게 넘기기로 타협할 수밖에 없었다. 굳게 잠긴 야스나야 폴랴나의 저택 안에서는 재산을 지키려는 가족들의 추잡한 음모, 도청당하는 대화, 아내의 자살소동, 톨스토이의 노기에 찬 협박 등이 그칠 사이가 없었다. 추악한 분위기를 참다못해 톨스토이는 다음과 같이 울부짖는다.

"이 더럽고 죄 많은 재산으로부터 벗어난다는 것이 이렇게도 힘든 것일까."(1908년 7월 25일의 일기)

1910년 톨스토이는 가족 중에서 유일하게 자기편이었던 딸 알렉산드라에게 모든 저서의 판권을 상속한다는 내용의 유언장을 작성했다. 이에 경악한 아내 소피아는 이때부터 남편의 일거수일투족을 감시하기 시작한다. 1910년 10월 27일 밤 자신의 서류를 몰래 훔쳐보는 아내의 행동을 목격한 톨스토이는 더 이상 인내하지 못하고 집과 아내를 떠나기로 결심한다.

1910년 10월 28일 새벽, 톨스토이는 마침내 지옥의 문을 박차고 야스나야 폴랴나를 탈출하는 데 성공하고, 그의 가출소식이 전해지면서 온 세계는 깜짝 놀란다. 죽음을 직감한 그는 자기완성의 최후의 길, 신성화를 위한 영원한 길을 향해 마지막 걸음을 내디딘 것이다. 일기를 위한 펜과 종이 외에 가진 것이라곤 아무것도 없었다. 작업복 차림에 망토를 걸치고 고무장화를 신은 신에게로의 도피자 톨스토이는 더러운 3등 열차에 몸을 싣는다.

그는 아스타포보라는 조그만 시골 역에 머물지 않으면 안 되었다. 기차여행 중 걸린 감기가 폐렴으로 진전되어 이미 빈사상태에 빠진 노인은 더 이상 여행을 계속 할 수 없었다. 그를 간호하기에 적합한 숙소나 호텔은 없었다. 오한에 떠는 노인은 조그만 목조건물 역사로 운반된다. 낮고 습한 초라한 방, 딱딱한 철 침대, 그리고 석유램프의 희미한 불빛은 그가 탈출해온 그 화려한 생활과는 너무나도 대조적인 것이었다. 그가 끝없이 꿈꿔 온 모든 것은 현실로 실현되었고, 그의 의지가 명하던 숭고한 죽음은 눈앞에 다가오고 있었다.

그는 임종의 침상에서 굳어져가는 힘없는 손으로 마지막 일기를 썼다.

"바로 이것이 내가 바라던 것이다. 그리고 이것은 선을 위한 전부이고, 타인을 위해서가 아니라 바로 나 자신을 위한 것이다."

그는 죽음의 직전까지도 고차원의 진리, 도달하기 힘든 진리를 파악하려고 자신의 모든 감관을 끌어 모았다. 11월 7일, 드디어 죽음의 그림자가 이 거대한 위인을 엄습한다. 그의 백발머리는 힘없이 베개 위에 떨어지고, 그 누구보다도 총명하게 세계를 바라본 그의 천리안은 빛을 잃었다. 그리고 이제 비로소 이 탐구자는 인생의 참된 진리와 의의에 도달한다. 그의 시신은 야스나야 폴랴나로 운구되어 묻혔다.

톨스토이의 이런 극적인 최후의 삶은 영화로도 제작되어 2009년 미국의 마이클 호프만 감독은 『마지막 정거장(The Last Station)』을 내놓았다. 이 영화는 우리나라에서는 2010년 말 『톨스토이의 마지막 인생』이라는 제목으로 개봉된 바 있다.

신에게로의 도피

레오 톨스토이의 최후(1910년 10월 말)

슈테판 츠바이크

머리말

1890년에 레오 톨스토이는 드라마 형식의 자서전을 쓰기 시작한다. 그것은 나중에 그의 미완성 유고작이 되어 『그리고 빛은 어둠 속에서 빛난다』라는 제목으로 간행되고 무대에 올려진다. 이 미완성 드라마는 (첫 장면에서 이미 미완성임을 드러내는데) 전적으로 그의 가정의 비극에 대한 지극히 비밀스런 묘사로 이루어져 있는데, 자신의 의도적인 도피 시도에 대한 자기변명과 동시에 자신의 부인에 대한 용서의 의도로 쓰인 것이 분명하다. 따라서 극단적인 정신적 분열 가운데에서의 완전한 도덕적 균형을 이룬 작품이다.

분명히 톨스토이는 자화상 같은 니콜라이 미켈라예비치 사리네프의 모습 속에서 바로 자기 자신을 내보이며, 비극의 극히 일부만을 허구적인 것으로 취한다. 레오 톨스토이는 자신의 삶의 필수적인 해법을 미리 작품으로 그리기 위해 이 인물을 형상화한 것임에 틀림없다. 그러나 톨스토이는 작품 속에서도 삶 속에서도, 그 당시인 1890년에도, 10년 후인 1900년에도 용기를 찾지 못하고 결단 및 종결의 형태를 찾지 못했다. 이 같은 의지의 포기로 인하여 이 작품은 주인공이 신을 향해 두 손을 들어 올리고는 신에게 자신 곁에 함께 할 것과 자신을 위해 갈등을 끝내 줄 것을 간구할 뿐 완전히 어찌할 바 모르는 상태로 끝맺는 미완의 드라마로 남게 되었다.

톨스토이는 그 비극에 빠져 있는 마지막 막을 나중에도 더 이상 쓰지 않았는데, 보다 중요한 것은 그가 그 마지막 막을 직접 삶으로 살아나갔다는 것이다. 1910년 10월 하순에 25년간의 마음의 동요는 마침내 끝이 나고 그는 해방의 고비를 맞는다. 톨스토이는 몇몇 어마어마한 극적인 논란 끝에 도피하는데, 그의 운명적 삶에 완성과 존엄성을 부여하는 장엄하고 모범적인 죽음을 찾기 위한 도피를 하는 것이다.

나는 그가 직접 삶으로 살아간 그 비극의 결말부를 그 미완성 작품에 덧붙이는 것을 지극히 자연스런 일로 여긴다. 나는 이 일을 가능한 한 최대한의 역사적 진실을 가지고 사실들 및 기록물들을 존중하면서 시도했다. 나는 레오 톨스토이의 신조를 독단적으로 내 가치기준에 따라 보충하려는 주제넘은 짓은 할 수 없음을 잘 알고 있으며, 그 작품과 내가 한 패가 되는 게 아니라 나는 그저 그 작품에 봉사하고자 할 뿐이다. 내가 여기서 시도하는 것은 따라서 완성으로서의 가치를 띠는 것이 아니라, 오로지 그 미완의 비극에 장중한 종결을 부여하기 위한 의도를 지닌, 완성되지 않은 작품과 해소되지 않은 갈등에 있어서의 독자적인 에필로그로서의 가치를 띠고 있다. 그럼으로써 이 에필로그의 의미와 나의 경외심에 가득 찬 노력은 충족될 것이다. 전체적인 묘사에 있어서 강조되어야 할 것은 이 에필로그가 시간적으로『그리고 빛은 어둠 속에서 빛난다』보다 16년 늦게 펼쳐지는데, 이것이 레오 톨스토이의 모습을 통해 겉으로 무조건 분명히 드러내져야 한다는 점이다. 그의 말년의 아름다운 그림들이 좋은 표본이 될 수 있는데, 특히 샤마르디노 수도원에서 그의 누이와 나란히 그려져 있는 그림, 임종침대 위에 누워 있는 그의 사진은 좋은 예이다. 그의 작업실 역시 지극한 소박함 속에서 역사적 사실에 따라 충실하게 모사되어야 한다. 무대상연에 꼭 맞도록 나는 이 에필로그를 (톨스토이를 이중인물인 사리네프 뒤에 숨기지 않고 직접 톨스토이라는 이름으로 지칭하기로 함) 좀 더 긴 휴지를 둔 다음 그 미완성 작품『그리고 빛은 어둠 속에서 빛난다』의 제4막에 연결시킬 것을 희망한다. 독자적인 상연 여부는 내 의도 밖의 일이다.

에필로그의 등장인물들

레오 니콜라예비치 톨스토이(83세)
소피아 안드레예프나 톨스토이: 그의 아내
알렉산드라 르보프나(사샤로 불림): 그의 딸
비서
두샨 페트로비치: 가정의이자 톨스토이의 친구
이반 이바노비치 오솔링: 아스타포보 역장
키릴 그레고로비치: 아스타포보 경찰서장
첫 번째 대학생
두 번째 대학생
세 명의 여행객

처음 두 장은 1910년 10월 하순의 며칠 동안 야스나야 폴랴나의 작업실을 무대로, 마지막 장은 1910년 10월 31일 아스타포보 역의 대합실을 무대로 펼쳐진다.

제1장

1910년 10월 말 야스나야 폴랴나

잘 알려져 있는 사진에 따라 똑같은 모습으로 꾸민 소박하고 치장되지 않은 톨스토이의 작업실

비서가 두 명의 대학생을 데리고 들어온다. 그들은 러시아식으로 목까지 높이 잠긴 검은 블라우스를 입고 있으며, 둘 다 젊고, 예리한 얼굴을 하고 있다. 그들은 아주 당차게, 조심스러워 하기보다는 당돌하게 몸을 놀린다.

비서: 잠깐 앉으시오. 레오 톨스토이 선생님은 그대들을 오래 기다리게 하지는 않을 거요. 그대들께 한 가지 부탁하는데, 제발 그분의 나이를 좀 고려해 주시오! 선생님은 자주 자신의 과로를 잊을 정도로 토론을 좋아하시거든요.

첫 번째 대학생: 우리는 레오 톨스토이 선생께 물을 것이 별로 없습니다. 우리에게 있어서, 그리고 그분에게 있어서 분명히 결정적으로 중요한 단 한 가지 질문밖에는. 우리가 자유롭게 얘

기할 수 있다는 게 전제된다면 나는 당신께 잠깐 동안만 머
물겠다고 약속하겠습니다.

비서: 완전히 자유롭게 얘기하세요. 격식은 적을수록 좋은 거지요.
그리고 무엇보다도 그대들은 그분을 전하라고 부르지 마십시
오. 그분은 그걸 싫어합니다.

두 번째 대학생: (웃으면서) 그건 걱정하지 않아도 됩니다. 그것만은
전혀 걱정할 필요 없지요.

비서: 선생님이 벌써 계단을 올라오시는군요.

(톨스토이는 재빠른, 바람을 일으키는 발걸음으로 고령에도 불구하
고 민첩하고 기운차게 들어선다. 그가 말할 때면 그는 그 말을 빨
리 발언하려는 초조감에서 자주 손에서 연필을 돌리거나 종잇장을
구기곤 한다. 그는 재빨리 그 두 사람에게 다가가 그들에게 악수를
청하고, 한동안 그들 모두를 예리하게 뚫어지듯 바라보고 나서 그
들과 마주하여 밀랍가죽으로 된 팔걸이의자에 앉는다.)

톨스토이: 그대들은 위원회가 내게 보낸 그 두 사람이 아닌지… (편
지를 들여다본다.) 그대들의 이름을 잊어서 미안하네.

첫 번째 대학생: 우리의 이름이야 무엇이든 관심을 두지 마시기 바
랍니다. 우리는 단지 10만 명을 대표하는 두 명으로서 당신
께 왔을 뿐입니다.

톨스토이: (그를 예리하게 바라보며) 그대는 내게 무슨 질문이라도
있나요?

첫 번째 대학생: 한 가지 질문이 있습니다.

톨스토이: (두 번째 대학생에게) 그리고 그대는?

두 번째 대학생: 같은 질문입니다. 우리는 모두 당신, 레오 니콜라예
비치 톨스토이에 대해 단 한 가지 질문이 있습니다. 우리 모
두가, 러시아의 모든 혁명의 젊은이들이 갖고 있는 질문인데,
그것은 다른 게 아닙니다. 당신은 왜 우리와 함께 하지 않습
니까?

톨스토이: (매우 조용하게) 나는 그것을 내가 원하는 대로 내 책들
과 그밖에 그 사이에 쉽게 접할 수 있게 된 몇몇 편지들 속에
서 분명하게 천명했소이다. 그대들은 개인적으로 내 책들을
읽어보았는지 모르겠는데요?

첫 번째 대학생: (흥분하여) 레오 톨스토이 씨, 우리가 당신의 책들
을 읽어 봤냐구요? 당신이 우리에게 그런 걸 묻다니 기이하
군요. 읽은 것, 그 정도는 아무것도 아니지요. 우리는 어린 시
절부터 당신의 책들에 의해 살아왔으며, 우리가 청년이 되었

을 때 당신은 우리의 몸속에서 심장을 일깨워 주었습니다. 당신이 아니었다면 그 누가 우리로 하여금 모든 인간 재화의 분배의 불공정성을 깨닫도록 가르쳐 주었겠습니까? 당신의 책들, 그것들만이 인간에게서 인간성 대신 불의를 보호하는 국가, 교회, 지배자로부터 우리의 심장을 등 돌리게 했습니다. 당신, 오로지 당신만이 우리로 하여금 이 잘못된 질서를 궁극적으로 무너뜨릴 때까지 우리의 온 삶을 바치도록 명해 주었으며…

톨스토이: (말을 가로채며 말한다.) 그렇지만 폭력을 통해서가 아니라…

첫 번째 대학생: (거침없이 그의 말을 막으면서) 우리가 우리의 언어를 말해온 이래 당신만큼 그토록 신뢰해 온 사람은 아무도 없었습니다. 우리가 스스로에게 누가 이 불의를 제거할 것인지를 물을 때면 우리는 말했습니다. 그다! 우리가 누가 한번 일어나서 이 파렴치한 것을 물리칠 것인지를 물을 때면 우리는 말했습니다. 레오 톨스토이, 그가 그렇게 할 것이다. 우리는 당신의 제자였고, 신하였고, 머슴이었습니다. 나는 당시에 당신의 손짓 하나만을 위해서도 기꺼이 죽을 수 있었을 것이며, 몇 년 전에는 내가 이 집안에 들어설 수만 있다면 마치 성자 앞에서처럼 당신 앞에 몸을 굽혔을 것이리라 믿습니다. 레오 톨스토이, 당신은 우리에게, 우리 10만 명에게, 전체 러시아의 젊은이에게 몇 년 전까지만 해도 바로 그런 사람이었습니다. 그래서 나는, 그리고 우리 모두는 당신이 언제부턴가 우리에게서 멀어지고 거의 우리의 적이 되어버린 것을 한탄하는 것입니다.

톨스토이: (더 부드럽게) 그럼 그대들은 그대들과 내가 유대관계를 유지하려면 내가 어떻게 해야 한다고 생각합니까?

첫 번째 대학생: 저는 주제넘게 당신을 가르치려는 게 아닙니다. 무엇이 당신을 우리 전체 러시아 젊은이들에게서 멀어지게 했는지는 당신 스스로가 잘 아실 테니까요.

두 번째 대학생: 공손함을 갖추기에는 우리의 일이 지나치게 중대하므로 이제 노골적으로 터놓고 얘기해야겠습니다. 당신은 이제 우리 국민에 대한 정부의 어마어마한 범죄행위 앞에서 힘차게 두 눈을 떠야 하며, 더 이상 미온적으로 머물러서는 아니 됩니다. 당신은 이제 당신의 책상으로부터 힘차게 일어나서 공개적으로, 분명하게, 주저함 없이 혁명의 편에 들어서

야 합니다. 레오 톨스토이, 당신은 저들이 얼마나 무자비하게 우리의 운동을 진압했는지 잘 알고 계십니다. 당신의 정원에 있는 나뭇잎새들보다 더 많은 사람들이 지금 감옥에서 썩어 가고 있습니다. 그리고 당신은 그 모든 것을 함께 바라보고 있으며, 사람들이 말하기를 당신은 어느 영자 신문에 이따금 인간 삶의 신성함에 대해 모종의 기사를 쓰고 있다더군요. 그러나 이 유혈 테러에 대하여 오늘날 말은 더 이상 도움을 주지 않는다는 것을 당신 스스로도 잘 알고 계시지요. 당신은 지금은 오로지 완전한 전복, 혁명만이 필요하다는 것을 우리 못지않게 잘 알고 계실 것입니다. 그리고 당신의 말 한마디만으로 혁명에 군대를 마련해 줄 수 있습니다. 당신은 우리를 혁명가로 만들었는데, 당신의 시간이 무르익은 지금 당신은 조심스레 등을 돌리고 있으며, 그럼으로써 폭력을 인정하고 있습니다!

톨스토이: 나는 한 번도 폭력을 인정한 적이 없소, 전혀! 나는 30년 전부터 오로지 모든 권력자들의 범죄에 대항해 싸우기 위해 내 본업을 접어 두고 있소. 30년 전부터 - 그대들이 아직 태어나기 전부터 - 나는 그대들보다 더 극단적으로 개선뿐만이 아니라 사회 상황의 완전한 새 질서도 촉구해 오고 있소.

두 번째 대학생: (말을 막으며) 그래서요? 저들이 당신에게 허락해 준 게 무엇이며, 30년 동안 저들이 우리에게 준 게 무엇입니까? 그것은 당신의 가르침을 이행한 추종자들의 가슴에 총알을 쏘아댄 폭정뿐입니다. 당신의 온건한 촉구를 통해서, 당신의 책들과 팸플릿들을 통해 러시아에서 무엇이 더 좋아졌단 말입니까? 당신은 국민으로 하여금 오래 참고 견디도록 하고 천 년 제국에 대해 희망을 갖도록 이끎으로써 저 압제자들을 돕고 있다는 걸 모르십니까? 안됩니다, 레오 톨스토이 씨, 사랑의 이름으로 이 오만한 족속을 소환하는 것은 아무 소용이 없으며, 당신이 천사의 혀로 연설을 한다고 해도 마찬가지일 겁니다! 이 황제의 신하들은 우리가 주먹으로 그들의 목을 가격하지 않는다면 무슨 일이 있어도 그들의 지갑에서 단 1루블도 꺼내지 않을 것이며, 단 한 치도 물러서지 않을 것입니다. 국민은 충분히 오랜 동안 당신이 말하는 형제애를 기다려 왔습니다. 이제 우리는 더 이상 기다릴 수 없으며, 이제는 행동의 시간이 닥쳐왔습니다.

톨스토이: (꽤 격하게) 나도 알고 있소. 그대들이 그것을 그대들의

선언문들 속에서 "성스런 행동"으로, "증오를 불러일으키는" 성스런 행동으로 부른다는 것까지도 나는 알고 있소. 그러나 나는 증오는 알지 못하며, 알고 싶지도 않고, 우리 국민에게 죄를 짓고 있는 자들에 대해서도 적대시하지는 않소. 왜냐하면 악행을 자행하는 자는 그 악행을 당하는 자보다 영혼 속에서 더 불행하기 때문이오. 나는 그러한 자를 동정하지만 증오하지는 않소.

첫 번째 대학생: (분노하며) 그러나 나는 인류에게 부당한 짓을 저지르는 모든 사람들을 증오합니다. 나는 그들 모두를 포악한 맹수들처럼 가차 없이 증오합니다! 안돼요, 레오 톨스토이 씨, 당신은 이 범죄자들을 놓고 내게 동정을 가르쳐서는 아니 됩니다.

톨스토이: 범죄자 또한 내 형제요.

첫 번째 대학생: 만약 그가 내 형제이고 내 어머니의 아이라도 인류에 대해 고통을 안겨준다면 나는 그를 미친개처럼 때려죽일 것이오. 동정심 없는 무자비한 자들에게는 더 이상 동정을 할 수 없지요! 황제와 공작들의 시체가 러시아 땅 밑에 묻히기 전까지는 이 러시아 땅에 평온이 깃들지 않을 것입니다. 우리가 강제로 그 일을 이끌지 않는다면 어떤 인간적이며 도덕적인 질서도 주어지지 않을 것입니다.

톨스토이: 어떤 도덕적 질서도 폭력을 통해 강제로 이룩될 수는 없소. 폭력은 불가피하게 다시 폭력을 낳기 때문이오. 그대들이 무기를 손에 쥐는 즉시 그대들은 새로운 전제주의를 만들어내는 것이오. 그대들은 그것을 타파하는 대신 영구화하는 것이지요.

첫 번째 대학생: 그러나 힘 있는 자들에 대항할 수단은 그 힘을 파괴하는 것 외에는 없습니다.

톨스토이: 그렇다고 해도 우리 스스로가 부정하는 수단을 이용해서는 결코 아니 되지요. 내 말을 믿어요. 진정으로 강한 것은 폭력을 통해 폭력에 대항하지 않고, 양보를 통해 폭력을 나약하게 만드는 법일세. 그건 복음서에 쓰여 있는 건데…

두 번째 대학생: (말을 막으며) 아, 그 복음서는 집어치우시지요. 목사들은 오래 전부터 그 복음서로부터 독주를 만들어 내어 국민을 몽롱하게 만들어 왔습니다. 그것은 2천 년 전에나 통했었고, 그 당시에도 아무런 도움을 주지 않았지요. 그렇지 않다면 온 세상이 이토록 고난과 피로 가득 차 있지는 않을 텐

데 말입니다. 레오 톨스토이 씨, 성서의 격언들로는 오늘날 약탈당하는 자와 약탈하는 자, 주인과 하인 사이의 틈을 메울 수 없습니다. 이 두 강변 사이에는 너무도 많은 고난이 놓여 있지요. 수백, 수천의 믿음이 있고, 너그러운 사람들이 오늘 시베리아와 감옥에서 쇠잔해가고 있으며, 내일은 수천, 수만 명이 될 것입니다. 그리고 당신에게 묻는데, 정녕 이 수백만의 죄 없는 사람들이 몇 안 되는 범죄자들로 인하여 계속하여 고통을 당해야만 합니까?

톨스토이: (생각을 한데 모아) 그들이 고통을 당하는 것이 다시금 유혈사태가 빚어지는 것보다 낫지요. 죄 없이 고통을 당하는 것 자체가 불의에 대항하는 유용하고 좋은 방법이지요.

두 번째 대학생: (거칠게) 당신은 러시아 국민의 끝없는, 천 년 간의 고통을 제대로 알고 말하는 겁니까? 그럼 레오 톨스토이 씨, 감옥 안으로 들어가서 폭정에 시달리는 사람들에게 물어 보고, 우리네 도시와 마을들에 사는 굶주리는 사람들에게 물어 보시오. 고통이 정말로 그렇게 좋은 것인지를.

톨스토이: (분노하며) 그대들의 폭력보다는 분명 더 낫소. 그대들은 정말로 그대들의 폭탄과 권총을 통해 악행을 이 세상에서 궁극적으로 몰아낼 수 있다고 믿소? 아니오, 그렇게 되면 그대들 자신 속에 악행이 작용하게 되오. 그대들에게 반복해 말하건대, 신념을 위해 살인을 하는 것보다는 그것을 위해 고통을 겪는 편이 훨씬 더 나은 것이오.

첫 번째 대학생: (똑같이 분노하며) 그럼, 고통을 겪는 것이 그렇게 좋고 유익한 것이라면, 레오 톨스토이 씨, 그러면 왜 당신 자신은 고통을 겪고 있지 않습니까? 어째서 당신은 다른 사람들에게서는 늘 순교자정신을 추켜세우면서 스스로는 당신의 농부들이 - 제가 직접 목격한 것인데 - 누더기를 입고 반쯤 굶주린 상태로 오두막집에서 추위에 떨고 있는 동안 당신의 집에서 따뜻하게 앉아서 은 식기에 차려진 밥을 먹는 겁니까? 어째서 당신은 당신의 가르침으로 인해 고통을 당하는 당신의 추종자들 대신 자신이 핍박당하지 않습니까? 어째서 당신은 바람과 추위와 빗속에서 이른바 그토록 값진 가난을 손수 알기 위해 이 백작의 저택을 떠나 거리로 나가지 않습니까? 어째서 당신은 당신의 가르침을 따라 스스로 행동하는 대신 늘 말만 하며, 어째서 스스로 모범을 보이지 않는 겁니까?

톨스토이: (뒤로 물러선다. 서기가 앞으로 뛰어나와 그 대학생과 마

주서서 격분하여 그를 질책하려고 하지만, 톨스토이는 이미
마음을 가라앉히고 부드럽게 천천히 그를 옆으로 밀친다.) 내
버려 두시오! 이 젊은이가 내 양심에 던진 질문은 훌륭한 것
이었소. 훌륭하고, 아주 탁월하고, 정말로 꼭 필요한 질문이
었소. 나는 그 질문에 최선을 다해 솔직하게 답변하기로 하
겠소. (그는 한 발짝 약간 가까이 다가가서 머뭇거리다가 용
기를 내며, 그의 목소리는 거칠고 완곡하다.) 그대는 내가 왜
나의 가르침과 나의 말에 걸맞게 직접 고통을 겪지 않느냐고
묻는 거지요? 나는 여기에 대해 그대에게 극도의 수치심을
느끼며 답변하겠소. 내가 지금까지 나의 성스러운 의무를 회
피했다면, 그것은… 그것은… 내가 너무 비겁하고, 너무 나약
하거나 너무 솔직하지 못하기 때문이며, 내가 저급하고, 쓸모
없는, 죄 많은 사람이라면…, 그것은 하느님께서 오늘날까지
내게 미룰 수 없는 절박한 일을 행할 수 있는 능력을 아직 부
여해 주지 않았기 때문이오. 그대, 낯선 젊은이가 내 양심 속
에 대고 섬뜩하게 얘기를 하고 있구려. 나는 꼭 필요한 일을
눈꼽만큼도 행하지 않아 왔다는 것을 잘 알고 있으며, 수치
스럽게 고백하건대, 이 화려한 집과 내가 죄로서 느끼는 내
비열한 삶을 떠나서 그대가 말하는 대로 순례자가 되어 거리
를 떠도는 것이 이미 오래 전부터의 내 의무가 되었어야 했
소. 나는 영혼 깊숙이 부끄러워하고 있으며, 내 자신의 비열
함 앞에 머리를 숙이고 있다고밖에 대답할 수 없구려. (대학
생들은 한 발짝 뒤로 물러서며 당황하여 침묵한다. 한동안
휴지. 그런 다음 톨스토이는 좀 더 낮은 목소리로 계속한다.)
그러나 아마도… 아마도 그럼에도 나는… 아마 나는 내 말을
사람들 앞에서 실천할 수 있을 만큼 충분히 강하고 정직하지
못하다는 바로 그 점으로 괴로워하고 있는지도 모르오. 아마
도 나는 여기서 육체의 가장 무시무시한 고문에서보다 내 양
심에서 더 많은 고통을 겪고 있는지도 모르오. 아마도 하느
님께서는 바로 이런 십자가를 내게 만들어 주어, 내가 두 발
이 사슬에 묶여 감옥에 누워 있는 것보다 이 집을 내게 더 고
통스럽게 느끼도록 했을 것이오. 그러나 그대의 말이 옳소.
이 고통은 나 자신만을 위한 고통이기 때문에 쓸모없는 상태
로 머무르오. 그런데 나는 마치 그 고통을 자랑하듯 내세우
고 있구려.

첫 번째 대학생: (약간 부끄러워하며) 용서해 주십시오, 레오 니콜라

예비치 톨스토이 씨, 제가 개인적으로 너무 열을 올려 사적
인 문제를 파고 들었나본데…

톨스토이: 아니오, 아니오. 그 반대로 나는 그대에게 감사해요! 우리
의 양심을 흔들어놓는 자는 비록 주먹으로 그렇게 할지라도
우리에게 좋은 일을 한 거지요. (침묵. 톨스토이는 다시 더 조
용한 목소리로 말한다.) 두 사람 내게 또 다른 질문 있나요?

첫 번째 대학생: 아니오, 그것이 우리의 유일한 질문이었습니다. 그
리고 나는 당신이 우리와 함께 하는 것을 거절하는 것은 러
시아와 전체 인류에게 있어 불행이라고 믿습니다. 왜냐하면
아무도 이 전복, 이 혁명을 더 이상 지지해 주지 않을 것이기
때문이며, 나는 이 혁명이 끔찍스럽게, 이 지구상의 어느 것
보다 더 끔찍스럽게 될 것 같은 느낌이 듭니다. 혁명을 이끌
도록 정해진 자들은 쇳덩이같이 강인한 사람들, 가차 없는
결정을 행하는 사람들, 온화함이 없는 사람들일 것입니다. 만
약 당신이 우리의 선두에 들어선다면 당신의 그 본보기는 수
백만의 사람들을 얻을 것이고, 틀림없이 희생자들은 적어질
것입니다.

톨스토이: 나로 인해서 단 한 사람의 생명이라도 죽어가게 된다면
나는 양심상 그것을 막아야 할 것이오.

(아래층에서 현관의 초인종이 울린다.)

비서: (대화를 중단시키기 위해 톨스토이에게) 점심시간을 알리는
소리입니다.

톨스토이: (씁쓸하게) 그래. 먹고, 지껄이고, 먹고, 잠자고, 쉬고, 지
껄이고 - 그렇게 우리는 우리의 나태한 삶을 살아가는데, 다
른 사람들은 그 동안에 일을 하고 그럼으로써 하느님께 봉사
하지. (그는 다시 그 젊은이들에게 몸을 돌린다.)

두 번째 대학생: 우리는 그럼 우리의 친구들에게 당신의 거절만을
가져다주어야 합니까? 우리에게 용기를 북돋워 주는 말을 해
주시지 않겠습니까?

톨스토이: (그를 예리하게 바라보고, 곰곰이 생각하고는) 그대들의
친구들에게 다음과 같은 말을 내 이름으로 전해 주시오. 나
는 그대들이 형제들의 고통을 그토록 강하게 함께 느끼고,
그들의 삶을 개선시키기 위해 그대들의 삶을 바치고자 하기
에 그대들, 러시아의 젊은이들을 사랑하고 존경합니다. (그의
목소리는 단호하고, 강하고, 거칠어진다.) 그러나 나는 더 이
상 그대들을 따를 수 없으며, 그대들이 모든 인간에 대한 인

간적이며 형제적인 사랑을 거부하는 즉시 그대들과 함께 하
는 것을 거절할 것입니다.

(대학생들은 침묵한다. 그리고는 두 번째 대학생이 결연하게 앞으
로 나서 단호하게 말한다.)

두 번째 대학생: 우리는 당신이 우리를 맞아 주신 데 대해 감사드리
고, 당신의 솔직함에 대해 감사드립니다. 저는 더 이상 당신
과 맞서지 않겠습니다. 그러니 낯모르는 아무 것도 아닌 제
가 작별하면서 한 마디 털어놓도록 허락해 주십시오. 당신께
말씀드리는데, 레오 톨스토이 씨, 당신이 인간의 관계들이 오
로지 사랑을 통해서만 개선될 수 있다고 생각하시는 것은 잘
못된 것입니다. 그것은 부자들과 걱정 없이 사는 자들에게는
들어맞을지 모릅니다. 그러나 어려서부터 굶주리고 평생을
주인의 지배 아래에서 혹사당하는 사람들은 기독교의 하늘로
부터 이 형제적 사랑이 내려오기를 기다리느라 지쳐 있고,
그들은 하늘보다는 오히려 그들의 주먹을 신뢰하게 될 것입
니다. 그래서 저는 죽음을 앞둔 당신, 레오 니콜레예비치 톨
스토이 씨에게 말씀드리는데, 세상은 다시 핏속에서 질식하
게 될 것이며, 사람들은 주인들뿐만 아니라 그들의 아이들까
지 때려 죽여 갈기갈기 찢어놓을 것입니다. 이 땅이 더 이상
은 그들로부터 부정한 것을 생각할 수 없도록 하기 위해서지
요. 당신의 생명이 좀 연장되어 당신이 자신의 잘못된 생각
의 목격자가 될 수 있게 되면 좋겠습니다. 그렇게 되기를 충
심으로 기원합니다! 하느님께서 당신에게 평화로운 죽음을
선사하시길!

(톨스토이는 그 피 끓는 젊은이의 맹렬함에 몹시 놀라 뒤로 물러난
다. 그런 다음 정신을 가다듬고는 그에게로 걸어가서 아주 겸허하
게 말한다.)

톨스토이: 나는 그대에게 특별히 그대의 그 마지막 말에 대해 감사
하오. 그대는 내가 30년 전부터 염원해 온 것을 내게 기원해
주었소. 하느님과 모든 사람이 함께 하는 평화로운 죽음 말
이오. (두 대학생은 몸을 숙여 인사하고는 떠난다. 톨스토이
는 오랫동안 그들을 바라다보며, 그런 다음 흥분하여 이리
저리 걸어 다니기 시작하고, 감동하여 비서에게 말한다.) 저
런 대단한 젊은이들이 있다니, 얼마나 용감하고, 당당하고,
강한 러시아 젊은이들인가! 이 믿음 깊고, 혈기왕성한 젊은이
들은 정말 훌륭한 사람들이야! 나는 그런 젊은이들을 60년

전에 세바스토폴에서도 만난 적이 있었지. 그들도 똑같은 자유롭고 당당한 시선으로 죽음에 대항했고, 온갖 위험에 대항했지. 그들은 단지 헌신에의 기쁨으로 아무런 대가 없는 공허한 것을 위해 대담하게 웃으며 죽을 준비가 되어 있었고, 그들의 그 화려한 젊은 인생을 텅 빈 호두를 위해, 내용 없는 말을 위해, 진실 없는 이념을 위해 내던질 준비가 되어 있었지. 이 영원한 러시아의 젊은이들은 얼마나 멋진가! 그리고 이 모든 열정과 힘으로 성스러운 일인 양 증오와 살인에 봉사하고 있으니! 그런데도 그들은 내게 좋을 일을 행했던 거야! 그들 두 사람은 정말로 나를 뒤흔들어 놓았어. 그들의 말은 옳으며, 나는 과감하게 나 자신을 나약함으로부터 끌어내어 내 말을 실천하기 위해 나설 필요가 있어! 죽음을 두어 발짝 앞에 둔 내가 여전히 주저하고 있다니! 우리는 진정 올바른 것은 젊은이로부터만 배울 수 있지. 오로지 젊은이로부터만!

(문이 열리고, 백작부인이 화가 나고 흥분되어 예리한 샛바람과 같이 날쌔게 들어선다. 그녀의 동작은 불분명하고, 두 눈은 계속 이것저것을 산만하게 바라본다. 그녀는 말하는 동안 다른 것을 생각하는 듯하고, 내면을 뒤흔드는 불안으로 속이 타는 듯이 보인다. 그녀는 의도적으로 비서를 마치 허공인 듯 지나쳐보고는 그녀의 남편에게만 얘기를 한다. 그녀 뒤에서 재빨리 그녀의 딸 사샤가 들어서는데, 그녀는 어머니를 감시하기 위해 따라온 듯한 인상을 준다.)

백작부인: 이미 점심식사를 알리는 종이 울렸고, 반시간 전부터 아래층에서는 사형에 반대하는 당신의 기사로 인해 <데일리 텔리그래프>의 편집자가 기다리고 있는데, 당신은 그따위 젊은 녀석들 때문에 그를 내박쳐 두고 있군요. 그런 무례하고 뻔뻔스런 녀석들이 있나요! 아래층에서 하인이 그들에게 백작께 방문신청을 했는지를 묻자 한 녀석이 이렇게 대답하더군요. "아니오, 우리가 백작님께 신청한 게 아니고, 레오 톨스토이가 우리를 초대한 것이지요." 그런데 당신은 세상을 자기들 머릿속과 똑같이 혼란스럽게 만들고 싶어 하는 그런 건방진 멍청이들과 노닥거리다니요! (그녀는 불안하게 방안을 둘러본다.) 여기에 널려 있는 모든 것, 바닥 위에 있는 책들, 모든 것이 뒤죽박죽 먼지에 가득 덮여 있으니 정말 누군가 좀더 괜찮은 사람이 방문하게 되면 창피한 노릇이지요. (그녀는

팔걸이의자 쪽으로 가서 그것을 붙든다.) 천이 완전히 헤져버
렸으니 부끄러워 죽겠어요. 정말 더 이상 남에게 보여줄 수
없어요. 다행히 내일 툴라에서 실내장식공이 집에 오는데, 그
에게 이 팔걸이의자를 즉시 수선하도록 해야겠어요. (아무도
그녀에게 대답하지 않는다. 그녀는 불안스레 이리저리 바라
본다.) 제발 이제 가세요! 그를 더 이상 기다리게 할 수는 없
어요.

톨스토이: (갑자기 매우 창백해져 불안스레) 곧 가겠소. 나는 여기
서 무언가… 좀 정리할 게 있는데… 사샤는 나 좀 도와주고…
당신이 그 동안 그 손님을 접대해 주고, 내가 곧 간다며 미안
하다고 전해 주오. (백작부인은 다시 한 번 가물거리는 눈길
로 온 방안을 둘러본 다음 나간다. 그녀가 방에서 나가자마
자 톨스토이는 문 쪽으로 달려가 재빨리 문을 잠근다.)

사샤: (그의 격한 행동에 깜짝 놀라) 무슨 일이세요?

톨스토이: (극도로 흥분하여 손을 가슴에 얹은 채 더듬거리면서) 실
내장식공이 내일… 다행히도… 아직 시간이 있군… 다행이야.

사샤: 아니 도대체 무슨 일인데…

톨스토이: (흥분하여) 면도칼, 빨리 면도칼이나 가위 좀… (비서는
이상하다는 눈길로 책상에서 종이 자르는 가위를 그에게 건
네준다. 톨스토이는 이따금 불안하게 잠긴 문을 올려다보면
서 아주 급하게 팔걸이의자의 찢어진 틈을 가위로 더 크게
트고는, 두 손으로 솟아나온 말털 속을 헤집어서 마침내 봉
인된 편지 한 통을 꺼낸다.) 자, 그렇지 않느냐?… 우스꽝스럽
고… 저속한 프랑스 통속소설에서처럼 우스꽝스럽고 있을 수
없는 일이며… 끝없는 치욕이고… 분명한 감각을 지닌 내가
내게서 모든 것이 뒤죽박죽 파헤쳐지고, 사람들이 나를, 내
모든 말과 비밀을 뒤쫓고 있기 때문에 내 자신의 집안에서
여든세 살이나 되었는데도 내 가장 중요한 문서들을 감춰야
만 하다니! 아, 이 얼마나 큰 수치이고, 여기 이 집에서의 내
삶은 얼마나 엄청난 지옥이며, 얼마나 큰 허위인가! (그는 좀
더 안정을 찾고, 그 편지를 뜯어 사샤에게 읽어준다.) 나는 이
편지를 13년 전에 썼는데, 그때 네 어머니와 이 지옥 같은 집
에서 떠났어야 했다. 그건 네 어머니와의 작별이었는데, 나는
그 작별을 감행할 용기를 낼 수 없었다. (그는 그 편지를 두
손으로 펼쳐 들고는 나지막하게 읽는다.) "… 내게는 한편으
로 그대들과 맞서 싸우면서 그대들을 자극할 수밖에 없는 16

년 전부터 이끌어 온 이 삶을 계속해 나가는 것이 더 이상 불
가능하구려. 그리하여 나는 내가 오래 전부터 행했어야 됐을
일을, 즉 도피를 하려고 결심했소. 내가 이 일을 드러내놓고
행하면 괴로울 거요. 나는 아마도 나약하게 되어 꼭 행해야
만 하는데도 그 결심을 실행하지 못하게 될지도 모르오. 내
발걸음이 그대들에게 고통을 준다고 해도 나를 용서해 주고,
무엇보다도 당신 소냐는 당신의 가슴으로부터 나를 흔쾌히
떨쳐내고, 나를 찾지 말고, 나를 비난하지 말고, 나를 심판하
지 말아 주기 바라오." (무겁게 숨을 들이마시면서) 아, 그로
부터 13년이 흘렀으며, 그 이후 나는 13년을 계속 괴로워해
왔는데, 그때 한 모든 말은 아직도 예전과 마찬가지로 진심
이며, 내 오늘날의 삶은 그때와 똑같이 비겁하고 나약하지.
아직도 여전히 나는 도피하지 않고 있으며, 아직도 여전히
기다리고 또 기다리지만 무엇을 기다리는지도 모르고 있지.
언제나 나는 모든 것을 분명하게 알면서도 늘 그릇되게 행동
해 왔지. 나는 언제나 지나치게 나약했으며, 언제나 그들과
맞서려는 의지가 없었지. 학생이 선생 앞에서 더러운 책을
숨기듯 나는 그 편지를 여기에 숨겨왔지. 그리고 내가 그 당
시에 내 작품들의 저작권을 전체 인류에게 선사하라고 당부
한 그 유서는 내 양심의 평화 대신 오직 집안의 평화를 위해
네 어머니 손에 넘겨졌지.

(휴지)

비서: 레오 니콜레예비치 톨스토이 선생님, 제가 감히 여쭙겠는데,
　　　선생님은 예기치 않게 그런 계기가 생길 때… 만약… 만약 하
　　　느님이 선생님을 거둬들인다면… 그러면 작품들의 저작권을
　　　포기하겠다는 선생님의 이 마지막 절박한 소원이 정말로 이
　　　루어지리라고 믿습니까?

톨스토이: (깜짝 놀라서) 물론이지… 다시 말하면… (불안하게) 아니
　　　야, 난 모르겠는데… 네 생각은 어떠냐, 사샤?

사샤: (몸을 돌리고는 침묵한다.)

톨스토이: 아이구, 내가 그것은 생각하지 못했는데. 그래, 여전히 나
　　　는 완전히 진실하지는 않은 거야. 그래, 나는 그저 그것을 생
　　　각하고 싶지 않았을 뿐이며, 언제나 내가 분명하고 곧은 결
　　　단에서 벗어나 왔듯이 이번에도 다시 벗어난 거야. (그는 비
　　　서를 날카롭게 바라본다.) 그래, 나는 잘 알아. 내 아내와 아
　　　들들이 오늘날 내 믿음과 영혼의 의무를 존중하지 않듯 내

마지막 의지를 별로 존중하지 않으리라는 것을. 그들은 내 작품들로 폭리를 취하고, 내가 죽은 뒤에 나는 내가 한 말을 지키지 못한 거짓말쟁이로서 사람들 앞에 서게 될 거야. (그는 결연한 몸짓을 한다.) 그러나 그렇게 되어서는 안 되지! 분명하게 해 놓아야지! 오늘 그 대학생이, 그 참되고 솔직한 사람이 무어라고 말했던가? 세상은 내게서 행동을 갈망한다고, 정직함을, 분명하고 순수하며 명백한 결단을 갈망한다고 했었지. 바로 그거야! 여든 세 살이나 되어서 죽음 앞에서 더 이상 눈을 감고 있어서는 안 되며, 죽음을 똑바로 바라보고 확실하게 결단을 내려야만 하지. 그래, 그 낯선 사람들이 내게 좋은 충고를 해 주었어. 행동하지 않는 모든 것은 언제나 영혼의 비겁함만을 숨기고 있는 것이지. 우리는 분명하고 진실해야만 하며, 나는 마침내 지금 여든세 살의 마지막 순간에 그렇게 되고자 하는 거야. (그는 비서와 딸에게 몸을 돌린다.) 사샤와 블라디미르 게오르게비치, 나는 내일 내 모든 저작물들의 수익금을, 돈이 돈을 불리는 그 더러운 모든 돈을 만인에게, 전체 인류에게 선사한다는 내용의 분명하고 진솔하며 정확하고 논란의 여지없는 유서를 작성하겠네. 그것은 내가 모든 사람을 위해 내 필연적인 양심으로부터 말하고 쓴 것으로 어떤 거래의 대상도 되어서는 안 되지. 그대들은 내일 오전에 제2의 증인 한 사람을 데리고 함께 오도록 하게. 나는 더 이상 머뭇거려서는 안 되네. 그렇게 되면 아마도 죽음이 내 손을 잡아 올릴지도 모를 테니까.

사샤: 잠깐만요, 아버지, 저는 그 일을 못하게 하려는 게 아니고, 어머니가 우리 넷이서 여기에 있는 것을 보시게 되면 곤란한 일이 벌어지지 않을까 걱정이 됩니다. 어머니는 즉시 의심을 하게 되어 마지막 순간에 아버지의 의지는 산산조각 나 버릴지도 모릅니다.

톨스토이: (깊이 생각하며) 네 말이 맞구나! 그래, 나는 여기 이 집에서는 어떤 순수한 일도, 올바른 일도 완수할 수 없지. 여기서는 삶 전체가 거짓이 되어 버리지. (비서에게) 그대는 그대들이 내일 오전 11시에 그루몬트 숲의 호밀밭 뒤쪽에 있는 왼쪽 큰 나무 옆에서 나를 만날 수 있도록 준비하게. 나는 늘 해온 대로 말 타고 산책을 하듯이 행동하겠네. 모든 것을 잘 준비하게. 그리고 나는 거기에서 하느님께서 내게 확고부동함을 내려주어 나를 최후의 속박으로부터 풀어주시길 희망하

고 있네.

(점심식사를 알리는 종소리가 두 번째로 더 크게 울린다.)

비서: 그러나 지금은 백작부인께서 아무것도 눈치 채지 못하게 하
　　　셔야 합니다. 그렇지 않으면 모든 것이 허사가 됩니다.

톨스토이: (무겁게 숨을 쉬며) 계속해서 끊임없이 위장을 해야 하
　　　고, 계속하여 은폐해야만 하다니 이 얼마나 끔찍한 일인가.
　　　우리는 세상 앞에서 정직하려 하고, 하느님 앞에서 정직하려
　　　하고, 자기 자신 앞에서 정직하려 하지만 아내와 아이들 앞
　　　에서는 그럴 수 없다니! 그래, 그렇게 살아갈 수는 없지. 그렇
　　　게 살아갈 수는 없어!

사샤: (깜짝 놀라) 어머니예요!

(비서가 급히 문의 자물쇠를 돌려 풀고, 톨스토이는 자신의 흥분을
숨기기 위해 책상으로 가서 들어서는 아내에게 등을 향한 채 앉아
있다.)

톨스토이: (신음하듯) 이 집안의 거짓이 나를 오염시키고 있어. 아,
　　　단 한 번만이라도, 적어도 죽음 앞에서만이라도 진실해질 수
　　　있으면 좋으련만!

백작부인: (급히 들어선다.) 도대체 왜들 내려오지 않는 거예요? 당
　　　신은 언제나 그렇게 오랜 시간을 요하는군요.

톨스토이: (그녀에게 몸을 돌리고, 그의 얼굴표정은 이미 완전히 평
　　　온해졌으며, 오로지 다른 사람들이 이해할 수 있는 어조로
　　　천천히 말한다.) 그래요, 당신 말이 맞아요. 나는 항상 모든
　　　일에 오랜 시간을 필요로 해요. 그러나 중요한 것 한 가지는,
　　　적시에 올바른 것을 행하기 위해서 인간에게는 시간이 머무
　　　른다는 사실이오.

제2장

같은 방. 다음 날 늦은 밤.

비서: 오늘은 일찍 잠자리에 드셔야겠는데요, 레오 니콜레예비치
　　　톨스토이 선생님. 말을 오래 타고 신경을 많이 쓴 뒤라서 틀
　　　림없이 피곤하실 텐데요.

톨스토이: 아니야, 나는 전혀 피곤하지 않네. 이리저리 흔들리고 확
　　　실하게 결정하지 못한 상태만이 사람을 피곤하게 만들지. 모

든 행동은 사람을 자유롭게 하며, 가장 나쁜 행동까지도 행
동하지 않는 것보다는 낫지. (그는 방안에서 이리저리 걸어
다닌다.) 나는 오늘 올바르게 행동한 건지 모르겠으니, 우선
내 양심에게 물어봐야 되겠어. 내가 내 작품을 모든 사람들
에게 되돌려 준 것은 내 영혼의 짐을 가볍게 만들었지만, 나
는 이 유서를 남몰래 작성하지 말고 모든 사람들 앞에서 공
개적으로 확신의 용기를 가지고 작성했더라면 좋았을 것이라
믿어지네. 진실을 위해서 터놓고 행해져야 할 일을 내가 적
절치 않은 방식으로 행했을지도 모르겠군. 그러나 고맙게도
이제 삶에서 한 단계 더 멀어지고 죽음에 한 단계 더 가까워
지게 되었네. 이제 가장 어려운, 최후의 일만이 남아 있는 것
같은데, 그것은 종말이 올 때 적시에 동물과도 같이 숲 속으
로 기어 들어가는 일이지. 왜냐하면 이 집안에서는 내 죽음
이 내 삶과 마찬가지로 진실하지 못하게 될 것이기 때문이야.
나는 여든세 살이나 되었는데도, 여전히 현실세계를 완전히
떨치고 달아날 힘을 찾지 못하고 있네. 아마도 나는 그 적시
를 놓쳐버리고 있는지도 모르겠어.

비서: 자신의 갈 시간을 아는 사람이 어디 있을까요! 우리가 그것
을 안다면 그처럼 좋은 게 어디 있을라구요.

톨스토이: 아니야, 블라디미르 게오르게비치, 그것은 전혀 좋은 게
못될 거야. 자네는 언젠가 한 농부가 내게 들려준, 그리스도
가 어째서 인간들로부터 죽음을 미리 아는 것을 거둬갔는지
에 대한 오랜 전설을 알지 못하는가? 그전까지는 모든 사람
이 미리 자신의 죽을 시간을 알았었는데, 한번은 그리스도가
땅에 내려와 보고는 많은 농부들이 밭을 갈지 않고 마치 사
형선고를 받은 죄수들처럼 살아간다는 것을 깨닫게 되었다
네. 그래서 그가 그들 중 한 사람에게 게으름피우는 것을 꾸
짖자, 그 가련한 인간은 수확을 보지도 못하고 갈 텐데 누구
를 위해 땅에 씨앗을 뿌린단 말이냐고 투덜거렸다네. 그리하
여 그리스도는 인간들이 자신들의 죽음에 대해 미리 아는 것
은 좋지 않다는 것을 깨닫고는 그들에게서 그 앎을 거둬갔다
네. 그 후부터 예외 없이 농부들은 마치 자신들이 영원히 살
아갈 듯 그들의 밭을 마지막 날까지 경작하고 있는데, 그럴
수밖에 없지. 왜냐하면 일을 통해서만 사람들은 영원한 것을
차지하게 되기 때문이지. 그리하여 나 역시 오늘도 (그는 자
신의 일기장을 가리킨다.) 나의 날마다의 밭을 일굴 것이네.

(밖에서 격한 발걸음 소리가 들리고, 벌써 잠옷차림을 한 백작부인
이 들어와서, 비서에게 기분 나쁜 눈길을 던진다.)
백작부인: 아아… 전 당신 혼자 계신 줄 알았는데… 당신과 얘기 좀
　　　　하려고…
서기: (몸을 굽히며) 저는 가보겠습니다.
톨스토이: 잘 가게, 사랑하는 블라디미르 게오르게비치.
백작부인: (그의 뒤에서 문이 닫히자마자) 저 사람은 항상 당신 주
　　　　위에서 맴돌고 있고, 귀찮도록 당신에게 붙어 지내면서… 나
　　　　를, 나를 증오하고, 당신으로부터 나를 떼어놓으려 하고 있어
　　　　요. 이런 나쁘고 음흉한 사람 같으니.
톨스토이: 당신 그에 대해 그렇게 말하는 건 옳지 않아요, 소냐.
백작부인: 나는 옳다는 말을 듣고 싶은 게 아니에요! 그가 우리 사
　　　　이에 끼어들어 왔으며, 나에게서 당신을 훔쳐갔고, 당신의 아
　　　　이들에게서 당신을 멀어지게 했어요. 그가 이 집에 있게 된
　　　　이후로 나는 더 이상 아무 가치도 없는 존재가 되고 있으며,
　　　　당신은 지금 온 세상에 속하고 있는데도 우리들, 당신의 가
　　　　장 가까운 식구들에게만은 속하고 있지 않아요.
톨스토이: 내가 진정으로 그럴 수만 있으면 좋겠구려! 하느님께서
　　　　는 만인에게 속하면서 자신과 가족들을 위해서는 아무 것도
　　　　견지하지 않는 것을 원하신다오.
백작부인: 나는 내 아이들을 빼앗아 간 그 도둑놈이 당신에게 그렇
　　　　게 권고한 걸 다 알아요. 그가 당신에게 우리 모두에게 등을
　　　　돌리도록 심하게 부추기고 있다는 것을 다 안단 말이에요.
　　　　그래서 나는 더 이상 그를 집안에 두는 것을 참을 수 없으며,
　　　　그 선동가가 싫은 거예요.
톨스토이: 그러나 소냐, 당신도 알다시피 내 일을 위해 그가 필요해
　　　　요.
백작부인: 당신은 그가 아닌 다른 사람들도 얼마든지 찾을 수 있을
　　　　텐데요! (거부하는 태도로) 나는 그가 가까이에 있는 것을 참
　　　　을 수 없어요. 그 사람이 당신과 나 사이에 있는 것을 원치
　　　　않는단 말이에요.
톨스토이: 소냐, 착한 당신, 제발 흥분하지 말아요. 자, 이쪽으로 와
　　　　앉아서 차분히 - 우리의 삶이 시작되었던 지난 시절과 똑같
　　　　이 - 서로 얘기해 봅시다. 생각해 봐요, 소냐, 우리에게 앞으
　　　　로 남아 있는 좋은 말들과 좋은 날들은 얼마 되지 않아요!
　　　　(백작부인은 어쩔 줄 몰라 하며 주위를 둘러보고 몸을 떨며

않는다.) 이봐요, 소냐, 나는 그 사람을 필요로 하는데 - 아마
도 내가 그를 필요로 하는 것은 오로지 내가 믿음에 있어 나
약하기 때문일 거요. 소냐, 나는 내가 원하는 것만큼 그렇게
강하지 못하기 때문이오. 하루하루가 내게 확인해 주는 것은
이 세상 멀리 어딘가에 내 믿음을 함께 나누는 수천의 사람
들이 있다는 것이오. 우리 인간의 세속의 마음은 바로 그렇
다는 것을 이해해야 하오. 그 믿음을 확고하게 유지하기 위
해서는 적어도 한 사람으로부터의 가까운, 숨쉬는, 눈에 보이
는, 느낄 수 있는, 붙잡을 수 있는 사랑이 필요한 거요. 성자
들이라면 아마도 조력자 없이도 홀로 자신의 방에서 일을 해
나가고 증인들이 없이도 의기소침하지 않을 것이지만, 소냐,
나는 성자가 아니고 - 나는 지극히 나약하고 이미 늙어버린
한 남자일 뿐이오. 그렇기 때문에 나는 내 믿음을, 지금 내
오랜, 고독한 삶의 가장 값진 것인 이 믿음을 나눌 누군가를
가까이에 두어야만 하는 것이오. 만약 내가 48년 전부터 감
사하게 여겨온 바로 당신이 나의 종교적 인식에 함께 해왔다
면 그것은 두말할 것 없이 나의 가장 큰 행복이 되어 왔을 것
이오. 그러나 소냐, 당신은 결코 그렇게 하려고 하지 않았소.
내 영혼에게서 가장 값진 것이 되어버린 것을 당신은 애정
없이 바라보며, 나아가 당신이 그것을 증오로서 바라보는 것
이 나는 두렵소. (백작부인이 몸을 움직인다.) 소냐, 내 말을
오해하지 말아요. 나는 당신을 비난하는 게 아니오. 당신은
나와 이 세상에게 모성적인 사랑과 정성어린 배려 등 당신이
줄 수 있었던 것을 주어왔소. 당신의 영혼 속에 함께 하고 있
지 않은 신념을 위해 당신이 희생할 수는 없는 일이지요. 내
마음속 가장 깊은 곳의 생각을 당신이 함께 나누지 않는다
하여 내가 당신을 질책할 수는 없는 일이지요. 한 인간의 정
신적 삶이 계속 유지될 때 그의 최후의 생각들은 그와 그의
하느님 사이에 있는 비밀이니까요. 그런데 이봐요, 한 사람
이, 마침내 한 사람이 내 집에 온 거요. 전에는 시베리아에서
자신의 신념을 위해 스스로 고통을 겪던 한 사람이 이제 나
의 신념을 나누며, 나에게 조력자이자 귀한 손님이 되어 나
를 돕고 나의 내면의 삶을 강하게 해주고 있는 거요. 당신은
어찌하여 내게서 그 사람을 내버려두지 않으려 하는 것이오?
백작부인: 그가 나에게서 당신을 멀리 떼어놓았기 때문이지요. 나
는 그것을 참을 수 없어요. 그것을 참을 수 없단 말이에요.

당신들이 하는 모든 일들이 나를 표적으로 하고 있다는 것을 내가 정확히 감지하고 있기에 그것이 나를 미치게 만들고, 나를 병들게 하고 있어요. 오늘 점심에 내가 또다시 그와 맞닥뜨렸을 때, 그는 황급히 어떤 서류를 치워 감춰버리더군요. 당신들 중 어느 누구도 내 눈을 솔직하게 똑바로 바라보지 못했어요. 그도, 당신도, 사샤까지도! 당신들 모두가 내 앞에서 무언가를 숨기고 있어요. 그래요, 나는 알아요. 당신들이 나에 대해 무언가 나쁜 일을 저질렀다는 것을.

톨스토이: 나는 하느님께서 죽음을 코앞에 둔 나로 하여금 고의적으로 어떤 나쁜 일을 저지르지 못하게 해 주시기를 희망하오.

백작부인: (격정적으로) 역시 당신은 당신들이 나에 대해 비밀스런 일을 저질렀다는 데에 이의를 달지 않는군요. 아, 당신은 내 앞에서는 다른 사람들 앞에서 하듯 그렇게 거짓말을 할 수 없다는 것을 잘 아시겠지요.

톨스토이: (격하게 흥분하며) 내가 다른 사람들 앞에서 거짓말을 한다고? 당신은 내가 모든 사람들 앞에서 거짓말쟁이로 등장한다고 얘기하는구려. (감정을 억누르며) 그럼, 나는 고의로 거짓의 죄를 저지르지 않게 해 달라고 하느님께 빌겠소. 아마도 나 같은 나약한 사람에게는 언제나 완전한 진실을 말하는 것이 주어지지 않았을지 모르지만, 나는 그렇다고 하여 내가 사람들에게 거짓말쟁이이며 사기꾼이라고 믿지는 않소.

백작부인: 그러면 당신들이 무슨 일을 했는지를 내게 말해 줘요. 그 편지, 그 서류는 무엇이었는지… 나를 더 이상 괴롭히지 마세요.

톨스토이: (그녀에게 다가가서 매우 부드럽게) 소피아 안드레예프나, 내가 당신을 괴롭히는 게 아니라 당신이 더 이상 나를 사랑하지 않음으로써 당신 스스로가 당신을 괴롭히고 있어요. 당신이 아직 사랑을 지니고 있다면, 당신이 나를 더 이상 이해하지 못하는 그런 곳에서까지도 나에 대한 믿음을 가질 수 있을 것이오. 소피아 안드레예프나, 당신 마음속을 들여다보기 바라오. 우리는 48년을 함께 살아왔소! 아마도 당신은 이 오랜 세월 가운데 당신의 존재의 어느 골짜기 속 잊혀진 시간의 어느 지점에선가 나에 대한 조그만 사랑을 찾아낼 수 있을 것이오. 그렇게 되면, 당신께 청하건대, 이 불꽃을 붙잡아 불을 지피고, 다시 한 번 당신이 내게 그토록 오랜 동안 그래왔던 것처럼 사랑스럽고, 믿음 있고, 부드럽고, 헌신적이

되도록 시도해 보오. 소냐, 당신이 지금 내게 어떤 상태가 되어 있는지 나는 때때로 깜짝 놀란다오.

백작부인: (충격을 받고 흥분하여) 나는 내가 어떠한지 더 이상 알지 못해요. 그래요, 당신 말이 맞아요. 나는 추하고 악하게 되어 버렸어요. 그러나 인간 이상이 되려고 당신이 당신 자신을 괴롭히는 것을 바라보는 일을 그 누가 참을 수 있을지 모르겠구려. 하느님과 함께 살려는 그 광기, 그 죄악을 말이에요. 그래요, 그것은 죄악이지요. 그렇게 하느님에게로 돌진해 들어가서 우리에게 허용되지 않은 진리를 찾으려 하는 것은 겸손이 아닌 오만이고 불손이기 때문이지요. 전에는, 전에는 모든 것이 좋았고 분명했으며, 우리는 다른 사람들과 마찬가지로 성실하고 순수하게 살았고, 우리 일과 우리 행복을 가졌었으며, 아이들은 잘 자랐고, 우리는 나이가 들어가며 기뻐했지요. 그런데 갑자기 30년 전 그때 그 무시무시한 광기가, 당신과 우리 모두를 불행하게 만드는 그 믿음이 당신에게 닥쳐오고 말았지요. 세상이 가장 위대한 예술가로서 아끼는, 바로 그런 당신이 난로를 닦고 물을 나르고 헤진 구두를 고치는 것이 어떤 의미를 띠는지를 오늘날에도 내가 이해할 수 없는 걸 어떻게 하란 말이에요. 그래요, 우리의 분명한 삶, 부지런하고 검소하며, 조용하고 소박한 삶이 어찌하여 다른 사람들에게 돌연 죄가 되어야 하는지를 나는 여전히 이해할 수 없어요. 그래요, 나는 그것을 이해할 수 없어요. 도무지 그걸 이해할 수 없단 말이에요.

톨스토이: (매우 부드럽게) 이봐요, 소냐, 내가 바로 이 점을 당신께 말했잖아요. 우리가 이해하지 못하는 곳, 바로 거기에서는 우리는 사랑의 힘으로 믿어야만 한다는 것 말이오. 그것은 사람들과의 관계에서도 그렇고, 하느님과의 관계에서도 마찬가지라오. 당신은 내가 정말로 올바른 것을 알 수 있는 사람이라고 생각하오? 아니오, 나는 단지 우리가 성실하게 행하는 것을 믿을 뿐인데, 우리는 인간과 하느님 앞에서 의미와 가치를 띨 수 있는 그것을 얻기 위해 그토록 고통을 겪지요. 그러니 소냐, 당신도 역시 당신이 나를 더 이상 이해하지 못하는 곳에서 조금이라도 믿으려고 노력해 보고, 적어도 올바른 것에 대한 나의 의지를 믿어 보오. 그러면 모든 것이 다시 좋아질 것이오.

백작부인: (불안하게) 그럼 당신은 내게 모든 것을… 당신들이 오늘

했던 모든 일을 내게 말해 주세요.

톨스토이: (매우 조용히) 나는 얼마 남지 않은 인생에서 당신에게 모든 것을 말하고, 아무 것도 더 이상 숨기지 않고 몰래 행하지 않으려 하오. 나는 세르요쉬카와 안드레이가 돌아오기만을 기다리고 있는데, 그들이 돌아오면 당신들 모두 앞에 걸어 나가서 요 며칠 동안에 내가 결심한 것을 솔직하게 얘기할 것이오. 그렇지만 소냐, 이 짧은 시간만이라도 당신의 불신을 거두고 나를 염탐하지 말아 주오. 이것은 나의 유일한, 진심으로부터의 부탁이니, 소피아 안드레예프나, 당신은 그것을 들어주겠지요?

백작부인: 그러지요… 그러지요… 물론… 물론.

톨스토이: 고맙소. 봐요, 솔직함과 믿음을 통해 모든 것이 얼마나 가볍게 해소되는지! 우리가 평화롭고 친밀하게 얘기를 나눈 것이 얼마나 좋은 일이오. 당신은 내 마음을 다시 따뜻하게 만들어 주었소. 당신이 들어설 때에는 당신의 얼굴 위에 불신이 어둡게 깔려 있었으며, 불안과 증오로 인해 당신의 얼굴은 내게 낯설었고, 나는 당신을 예전의 그런 여인으로 인식할 수 없었소. 소피아 안드레예프나, 이제는 당신의 이마가 다시 밝게 펴지고, 나는 당신의 눈, 선하게 내게 향한 예전의 그 소녀 같은 눈을 다시 알아보게 되는구려. 하지만 사랑하는 당신, 밤이 늦었으니 이제 푹 쉬구려. 당신께 진심으로 감사하오. (그는 그녀의 이마에 입맞춤하고, 백작부인은 나가는데, 문 옆에서 다시 한 번 격앙되어 몸을 돌린다.)

백작부인: 당신은 내게 모든 것을 얘기해 주실 거지요? 모든 것을?

톨스토이: (여전히 아주 조용히) 모든 걸 얘기하지, 소냐. 그러니 당신의 약속이나 잊지 말아요.

(백작부인은 불안한 눈길로 책상 위를 바라보며 천천히 멀어진다.)

톨스토이: (방안에서 여러 번 이리저리 걷다가 책상에 가 앉아서 일기장에 몇 마디 말을 적는다. 잠시 후에 일어서서 이리저리 걸어 다니고, 다시 책상으로 돌아가 생각에 잠겨 일기장을 넘기다가 낮은 목소리로 쓴 것을 읽는다.) "나는 소피아 안드레예프나 앞에서 가능한 한 아주 조용하고 확고한 태도를 보이고자 노력하는데, 그녀를 안정시키려는 내 목표를 어느 정도는 달성하리라 믿는다… 오늘 나는 처음으로 그녀를 호의와 사랑 속에서 양보로 이끌 수 있는 가능성을 엿보았다… 아, 만약…" (그는 일기장을 내려놓고, 무겁게 숨을 쉬고는 옆

방으로 건너가서 불을 켠다. 그런 다음 다시 돌아와서 힘겹
게 발에서 무거운 농부용 장화를 풀고 겉옷을 벗는다. 그리
고는 불을 끄고 넓은 바지와 작업용 셔츠를 입은 채 옆 침실
로 들어간다.)

(잠시 동안 그 방은 온통 조용하고 어두운 상태로 있다. 아무런 일
도 일어나지 않는다. 숨소리조차 들리지 않는다. 갑자기 작업실로
들어가는 출입문이 나지막하게, 도둑이 조심스레 열듯이 열린다.
누군가가 앞쪽을 향해 방바닥에 좁은 원추형 불빛을 던지는 차광
등을 손에 든 채 맨발로 그 깜깜한 공간 안으로 들어선다. 그것은
백작부인이다. 그녀는 불안하게 주위를 둘러보고, 먼저 침실 문에
귀 기울인 다음 아주 조용히 책상 쪽으로 살금살금 걸어간다. 이제
그 세워 놓은 차광등이 어둠 한가운데에서 책상 둘레의 공간을 하
얀 원을 만들며 밝게 비춘다. 원형 불빛 속에서 떠는 양손만이 보
이는 그 백작부인은 먼저 그대로 내버려 둔 일기장을 손에 잡고 심
한 불안 속에서 읽기 시작하고, 마침내 서가로부터 조심스레 서류
들을 차례로 끌어내어 점점 더 급하게 그것들을 샅샅이 들여다보
지만 무언가를 찾아내지는 못한다. 결국 그녀는 떨리는 몸놀림으로
다시 그 등을 손에 들고 밖으로 걸어 나간다. 그녀의 얼굴은 몽유
병자와도 같이 극도로 당황한 모습이다. 그녀 뒤에서 문이 닫히자
마자 톨스토이는 단숨에 침실문을 연다. 그는 한손에 촛불을 들고
있는데, 그것이 이리저리 흔들릴 정도로 흥분이 그 늙은이를 무시
무시하게 뒤흔든다. 그는 아내의 행동을 엿보았던 것이다. 그는 즉
시 그녀를 쫓아가, 출입문 손잡이를 붙잡아 열려고 생각하다가 갑
자기 힘차게 몸을 돌리고는 조용히 결심한 듯 촛불을 책상 위에 올
려놓고, 다른 쪽에 난 옆방 문으로 가서 아주 조용하고 조심스럽게
문을 두드린다.)

톨스토이: (나지막하게) 두샨… 두샨…

두샨의 목소리: (옆방으로부터) 레오 니콜레예비치 아니오?

톨스토이: 조용히, 조용히 하게, 두샨! 그리고 곧장 밖으로 나와 보
　　　게…

두샨: (옆방에서 나오는데, 그도 역시 옷을 반쯤 벗은 상태다.)

톨스토이: 내 딸 알렉산드라 르보프나를 깨워서 즉시 건너오게 하
　　　게. 그러고 나서 재빨리 마구간으로 내려가 그리고르에게 말
　　　들을 마차에 매도록 하게. 집안에서 아무도 알아차리지 못하
　　　도록 아주 조용하게 해야 되네. 그리고 자네부터 내게 조용
　　　히 해! 신발은 신지 말고, 문이 삐걱거리는 것을 조심해야 되

네. 우리는 지체 없이 출발해야만 돼. 머뭇거릴 시간이 없어.
(두샨은 서둘러 나간다. 톨스토이는 앉아서 결연하게 장화를 다시
신고, 겉옷을 입고는 급히 안으로 들어가 몇몇 서류들을 찾아서 그
것들을 한데 접는다. 그의 동작은 힘차고, 이따금 흥분되어 있다.
그가 이제 책상에서 종이에 몇 마디 말을 적는 동안 그의 두 어깨
가 떨린다.)

사샤: (조용히 들어서며) 무슨 일이라도 생겼어요, 아버지?

톨스토이: 나는 떠나야겠다. 나는 탈출해야겠다… 마침내… 마침내
    결정했다. 한 시간 전에 네 어머니는 내게 믿음을 갖겠다고
    맹세했는데, 지금, 밤 3시에 네 어머니는 몰래 내 방에 침입
    하여 서류들을 몽땅 뒤졌다… 그러나 그건 잘 된 일이었다.
    그건 매우 잘 된 일이었다… 그것은 네 어머니의 의지가 아니
    고, 다른 의지였다. 나는 시간이 되면 하느님께서 내게 신호
    를 내려 주실 것을 얼마나 자주 빌었는지 모른다. 이제 나는
    내 영혼을 떠나버린 네 어머니를 홀로 남겨둘 권리를 갖게
    되었으므로 그 신호가 내게 내려진 셈이다.

사샤: 그렇지만 어디로 가시려고요, 아버지?

톨스토이: 모르겠다. 알고 싶지도 않다… 어디론가, 단지 이 존재의
    허위로부터 떠나는 거다… 어디론가… 이 땅에는 수많은 길
    들이 있으며, 어딘가에는 이미 늙은이 하나가 조용히 죽을
    수 있는 볏짚이나 침대가 기다리고 있을 게다.

사샤: 저도 따라 가겠어요…

톨스토이: 안 돼. 너는 아직 여기에 머물러서 네 어머니를 진정시켜
    야만 해… 네 어머니는 미쳐 날뛸 텐데… 아, 네 어머니가 얼
    마나 고통스러워할지, 불쌍한 여자!… 그리고 네 어머니를 고
    통스럽게 만드는 게 바로 난데… 그렇지만 나는 달리 어떻게
    할 수 없으며, 더 이상은… 그렇지 않으면 나는 여기서 질식
    해 버릴 것이다. 너는 안드레이와 세르요쉬카가 도착할 때까
    지 여기에 남아 있거라. 그런 다음 나에게로 찾아오너라. 나
    는 우선 샤마르디노 수도원으로 가서 내 누이와 작별을 할 것
    이다. 나는 작별의 시간이 닥쳐왔다는 것을 느끼기 때문이다.

두샨: (급히 돌아와서) 마부가 말을 마차에 모두 맸습니다.

톨스토이: 그럼 자네도 빨리 준비하게, 두샨. 저기 서류들을 챙겨
    넣고…

사샤: 그렇지만 아버지, 모피옷을 가져가셔야 돼요. 밤에는 엄청나
    게 추워요. 제가 재빨리 좀 더 따뜻한 옷가지들을 챙겨올까

하는데…

톨스토이: 아니다, 아니다, 더 이상은 아무 것도 필요 없다. 어이구, 우리는 더 이상 머뭇거려서는 안 되는데… 나는 더 이상은 기다리지 않을 거야… 이십육 년간을 이 시간, 이 신호를 기다려 왔는데… 빨리 서두르게, 두샨… 누군가가 우리를 붙잡고 방해할지도 몰라. 자, 서류들을 넣고, 일기장들, 연필…

사샤: 그리고 기차 탈 돈, 제가 돈을 가져올 테니…

톨스토이: 아니다, 돈은 더 이상 필요 없다! 나는 더 이상 돈을 만지지 않을 것이다. 역에서 일하는 사람들은 나를 알아볼 테니, 내게 표를 줄 거고, 그밖에는 하느님이 도와주실 거다. 두샨, 빨리 끝내고 가세. (사샤에게) 너는 이 편지를 네 어머니에게 전해 주거라. 이것이 나의 작별인데, 네 어머니가 내 작별을 용서해 주면 좋으련만! 그리고 네 어머니가 이것을 어떻게 참아냈는지를 내게 편지로 알려 주거라.

사샤: 그렇지만 아버지, 제가 어떻게 편지를 보낸단 말이에요? 제가 편지봉투에 이름을 적으면 그들은 즉시 아버지의 거처를 알게 되고, 아버지를 뒤쫓을 것입니다. 아버지는 거짓이름을 하나 가지셔야 돼요.

톨스토이: 아, 언제나 거짓이구나! 언제나 거짓투성이고, 계속해서 영혼은 비밀로 저속해지는구나… 그렇지만 네 말이 맞다… 이리 와보게, 두샨!… 사샤, 네가 원하는 대로… 그것은 좋은 방법이지… 그런데 내 이름을 어떻게 지어야 될까?

사샤: (잠시 곰곰이 생각하고) 저는 모든 우편물에 프롤로바로 서명할 테니, 아버지는 T. 니콜라예프로 불리면 되겠네요.

톨스토이: (조급함에 이미 극도로 달아올라서) T. 니콜라예프… 좋다… 좋아… 그럼 잘 있거라. (그는 그녀를 껴안는다.) 너는 내 이름이 T. 니콜라예프로 불려야 한다고 말했지. 또 하나의 거짓, 또 하나의 거짓이군! 이제 - 하느님께서 이것이 사람들 앞에서의 내 마지막 거짓이 되게 해 주시면 좋겠구나.

(그는 급히 떠나간다.)

제3장

3일 후(1910년 10월 31일). 아스타포보 역의 대합실. 오른쪽으로는 플랫폼으로 나가는 유리로 된 큰문이 있고, 왼쪽에는 역장 이반 이

바노비치 오솔링의 거처로 향하는 좀 더 작은 문이 있다. 대합실의 나무벤치와 한 탁자 주위에는 몇 명의 승객들이 앉아서 단로프에서 오는 급행열차를 기다리고 있다. 보자기로 몸을 감싼 농부의 아낙들이 잠자고 있고, 양모 옷을 입은 소상인들과 그밖에 관리나 거래상들임에 틀림없는 몇몇 대도시 계층에 속하는 사람들이 있다.

첫 번째 여행객: (신문을 보면서 갑자기 큰 소리로) 그가 그걸 아주 멋지게 해냈군! 그 나이든 사람이 이룬 훌륭한 작품이야! 아무도 그것을 기대하지 못했을 거야.

두 번째 여행객: 도대체 무슨 일이기에 그러시오?

첫 번째 여행객: 그가, 레오 톨스토이가 집에서 달아났는데, 어디로 갔는지는 아무도 모른대요. 그는 밤중에 떠났대요. 장화를 신고 모피외투를 입고는 아무 짐도 들지 않고, 작별인사도 없이 의사 두샨 페트로비치만을 동반한 채 떠나 버렸다네요.

두 번째 여행객: 그럼 부인은 집에 남겨 두었군요. 소피아 안드레예프나에게는 유쾌한 일은 아니군요. 그는 지금 여든세 살이지요. 그에게서 어느 누가 그런 일을 생각이나 했겠어요. 그런데 그가 어디로 갔을까요?

첫 번째 여행객: 바로 그것을 집에 있는 사람들과 신문에 종사하는 사람들은 알고 싶어 한답니다. 그들은 지금 전 세계 곳곳에 수소문하고 있답니다. 불가리아의 국경지역에서 누군가가 그를 보았다고 하고, 어떤 이들은 시베리아를 입에 올리고 있다오. 그러나 아무도 정확한 사실은 모르고 있대요. 그는 그 일을 잘 해냈어요, 그 늙은이가!

세 번째 여행객 (젊은 대학생): 무슨 말씀들을 하시는 거예요? 레오 톨스토이가 집에서 달아났다니, 제가 직접 읽어보도록 그 신문 좀 제게 주십시오. (그는 신문을 들여다본다.) 오, 잘 됐군요, 잘 됐어요. 그가 마침내 제정신을 차렸으니.

첫 번째 여행객: 도대체 어째서 잘 됐다는 거요?

세 번째 여행객: 그가 자신의 말과 어긋나게 사는 것이 이미 치욕이 되었기 때문이지요. 그들은 충분히 오랜 동안 그로 하여금 백작의 역할을 하도록 강요해 왔고, 아첨하면서 그의 목소리를 잠재워 왔지요. 이제 레오 톨스토이는 마침내 자유롭게 그의 영혼으로부터 나오는 말을 사람들에게 전할 수 있게 되었으니, 하느님께서 그를 통하여 이곳 러시아의 민중에게 무슨 일이 일어나고 있는지를 세상이 알도록 해주시면 좋으련

만. 그래요, 이 성스러운 사람이 마침내 구원되었다는 것은 좋은 일이며, 러시아를 위한 축복이자 회생입니다.

두 번째 여행객: 그러나 아마도 여기 신문에서 지껄여대는 모든 것은 전혀 사실이 아닐지도 모릅니다. (그는 아무도 듣지 못하게 하려는 듯 몸을 돌리고는 속삭인다.) 아마도 그들은 엉뚱하게 오도하기 위해 신문들에서만 그렇게 다루게 하고, 실제로는 그를 끌어내어 제거했을지도 모르는데…

첫 번째 여행객: 레오 톨스토이를 쫓아내는 데 앞장설 사람은 누구일지…

두 번째 여행객: 그들… 그가 방해가 되는 그들 모두지요. 그를 두려워하고 있는 정교회 교청과 경찰과 군부, 그들 모두지요. 이미 몇몇 사람들은 외국으로 사라졌다고들 말하더군요. 그러나 우리는 그들이 말하는 외국이 무엇을 뜻하는지를 알고 있잖소…

첫 번째 여행객: (역시 나지막하게) 그럴 수도 있겠는데…

세 번째 여행객: 아니오, 그들은 감히 그렇게 하지 못합니다. 그분은 자신의 한마디 말만으로 그들 모두보다 더 강합니다. 그들은 우리가 우리의 주먹으로 그를 구해낸다는 것을 잘 알기 때문에 감히 그렇게 하지 못합니다.

첫 번째 여행객: (급하게) 조심해요… 주의해요… 키릴 그레고로비치가 와요… 빨리 신문을 치워요…

(경찰서장 키릴 그레고로비치가 정복을 입은 채 플랫폼 쪽 유리문 뒤쪽에 나타난다. 그는 곧장 역장의 방을 향해 가서 문을 두드린다.)

이반 이바노비치 오솔링: (머리에 역무원 모자를 쓰고 방에서 나오며) 아, 어쩐 일로 오셨나요, 키릴 그레고로비치…

경찰서장: 급히 당신과 얘기 좀 해야겠소. 당신 부인은 집안에 있소?

역장: 예.

경찰서장: 그럼 여기가 더 좋겠규! (여행객들에게 날카로운, 명령조의 음조로) 단로프 발 급행열차가 곧 도착하니, 즉시 대합실에서 나가 플랫폼으로 가시오. (모두 일어나 급히 밖으로 몰려 나간다. 경찰서장이 역장에게) 방금 중요한 암호전보가 도착했소. 도피 중인 레오 톨스토이가 그저께 그의 누이가 있는 샤마르디노 수도원에 도착했다는 것이 확인되었소. 확실한 정보에 의하면 그는 거기에서 다른 곳으로 계속 여행을 떠날 것으로 추측되고 있으며, 행선지가 어디든 샤마르디노에서 발차하는 모든 열차들에는 그저께부터 형사들이 함께

타도록 되었소.

역장: 키릴 그레고비치 서장님, 도대체 왜 그러는지 설명 좀 해주시
겠습니까? 레오 톨스토이, 그는 결코 소요를 일으키는 사람
이 아니며, 우리의 명예이고, 우리나라의 진정한 보배로서 위
대한 사람입니다.

경찰서장: 그러나 그는 모든 혁명가 집단보다 더 많은 소요와 위험
을 일으키고 있어요. 어쨌든 골치 아프게도 나는 모든 열차
를 감시하는 일을 위임받았소. 모스크바의 당국자들은 우리
의 감시가 전혀 눈에 띄지 않게 행해지기를 바라고 있소. 그
래서 부탁하는데, 이반 이바노비치, 제복을 입어 누구나 알아
보는 나 대신에 당신이 플랫폼으로 나가 달라는 것이오. 열
차가 도착하는 즉시 비밀경찰 한 사람이 내려서 그 구간에서
관찰한 사항을 당신에게 알려줄 것이오. 그럼 나는 그 소식
을 즉시 상부에 보고해야 하오.

역장: 주의해서 잘 하겠습니다.

(입구에서 열차가 접근해 오는 신호음이 울린다.)

경찰서장: 당신은 그 형사에게 오랜 친지에게 하듯 아주 자연스럽
게 인사를 해야 돼요, 알겠지요? 승객들이 감시한다는 걸 눈
치 채서는 안돼요. 모든 보고가 페터스부르크의 최고위층에
까지 전달되기 때문에 우리가 모든 것을 재치 있게 해내면
우리 두 사람에게는 이득이 있을 것이오. 아마 우리 같은 사
람도 게오르크 십자훈장을 낡을지 모르오.

(뒤쪽으로 열차가 굉음을 울리며 진입한다. 역장은 즉시 유리문을
통해 밖으로 달려 나간다. 몇 분 후에 첫 승객들인 무거운 바구니
들을 든 농부와 농부의 아낙들이 큰소리로 떠들면서 유리문을 통
해 나온다. 몇 사람은 대합실에 앉아서 쉬거나 차를 마신다.)

역장: (갑자기 문을 통해 들어온다. 그는 앉아 있는 사람들에게 흥
분하여 외친다.) 즉시 이곳을 떠나시오! 모두! 즉시!⋯

사람들: (깜짝 놀라 투덜거리며) 아니 도대체 왜 이러는 거야⋯ 우
린 차비를 냈는데⋯ 어째서 여기 대합실에 앉아 있으면 안 된
다는 거야⋯ 우린 그저 완행열차를 기다릴 뿐인데.

역장: (외치면서) 즉시, 다시 말하는데, 즉시 모두 나가시오! (그는
그들을 급히 쫓아내고, 다시 서둘러 문 쪽으로 가서 그 문을
활짝 열어젖힌다.) 이곳으로 들어오시게 백작 어른을 인도하
시지요!

톨스토이: (오른쪽에서는 두샨, 왼쪽에서는 딸 사샤에게서 부축 받

으며 힘겹게 안으로 들어온다. 그는 모피외투를 목 위로 높
이 올려 입고, 목에 목도리를 두르고 있는데도 감싸인 온 몸
이 추워서 떨고 있는 것을 알 수 있다. 그의 뒤에서는 대여섯
명의 사람들이 따른다.)

역장: (뒤따르는 사람들에게) 밖에서 있어요!

목소리들: 우리를 좀 들여보내 주세요… 우리는 단지 레오 니콜레
예비치를 도우려고 하는데… 아마도 꼬냑이나 차 같은 걸
로…

역장: (극도로 격앙되어) 아무도 여기에 들어올 수 없소! (그는 그
들을 강압적으로 밀쳐내고 플랫폼으로 통하는 유리문을 폐쇄
한다. 그러나 호기심에 찬 얼굴들은 계속 유리문 뒤에서 지
나다니면서 안을 들여다본다. 역장은 재빨리 안락의자 한 개
를 가져와서 탁자 옆에 펼쳐 놓는다.) 전하께서는 앉아서 좀
휴식을 취하시지 않으시겠습니까?

톨스토이: 전하란 말은 그만… 제발 더 이상은 그만… 더 이상은, 그
것은 끝났어. (그는 흥분하여 주위를 둘러보고, 유리문 뒤의
사람들을 발견한다.) 가… 이 사람들 가버리게 해… 혼자 있
고 싶어… 언제나 사람들… 이젠 혼자 있고 싶어…

사샤: (유리문으로 달려가서 급히 외투들을 걸어 문을 가린다.)

두샨: (그 사이에 역장과 나지막하게 얘기를 나누며) 우리는 그분을
즉시 침대로 옮겨야 합니다. 그분은 열차에서 갑자기 40도가
넘는 고열이 올랐는데, 상태가 좋지 않다고 믿어지는군요. 이
근처에 몇 개의 괜찮은 방이 있는 여관이 있습니까?

역장: 아니오, 전혀 없는데! 아스타포보에는 어디에도 여관이 없습
니다.

두샨: 그렇지만 그분은 즉시 침대로 가야 합니다. 보시다시피 그분
은 열이 심하게 납니다. 그것은 위험할 수 있지요.

역장: 여기 옆에 있는 제 방을 레오 톨스토이 선생께 내드린다면
저로서는 당연히 명예로운 일이지만… 용서해 주시오… 그
방은 극히 누추하고, 초라하며… 낮고, 좁은 집무실이라서…
제가 어떻게 감히 레오 톨스토이 선생께 그 안에서 묵으시도
록 할지…

두샨: 그건 상관없고, 우리는 우선 그분을 어떻게든 침대로 옮겨야
합니다. (갑작스런 오한으로 덜덜 떨면서 탁자 옆에 앉아 있
는 톨스토이에게) 역장 어른께서 친절하게도 자신의 방을 내
주겠다는군요. 이제 곧바로 푹 쉬셔야겠어요. 그러면 내일은

다시 완전히 회복되어 우리는 여행을 계속할 수 있을 거요.

톨스토이: 여행을 계속 한다고?… 안 돼, 안 돼, 나는 더 이상 여행할 수 없을 거라 믿네… 이것이 내 마지막 여행이었고, 이제 나는 이미 목적지에 도착했어.

두샨: (용기를 북돋우며) 그까짓 몇 차례의 열 때문에 걱정할 필요는 없어요. 그건 아무 것도 아닙니다. 당신은 감기가 좀 든 것이며 - 내일이면 다시 좋아질 겁니다.

톨스토이: 나는 지금 이미 완전히 좋아졌네… 완전히, 완전히 좋아졌어… 단지 지난밤엔 무시무시했었지. 그들이 집에서부터 나를 추적하여, 나를 붙들어 다시 그 지옥으로 데려갈 것이라는 생각이 엄습했고… 그 급박함이 너무도 강하게 나를 몰아쳐 나는 일어나서 그대들을 깨웠었지. 오는 동안 줄곧 이 공포와 고열이 나를 놓아두지 않고 괴롭혀 나는 이를 악물었어야 했는데… 그러나 이제는, 내가 여기에 당도한 후부터는… 그런데 내가 도대체 어디에 있는 거지?… 이런 곳은 와 보지 못했는데… 이제는 상태가 갑자기 완전히 달라졌어… 이제 나는 전혀 더 이상 공포를 느끼지 않으며… 그들은 더 이상 나를 따라잡지 못하겠지.

두샨: 틀림없이 따라잡지 못하지요, 틀림없이 못해요. 당신은 안심하고 침대에 누워도 되며, 여기에서는 아무도 당신을 찾지 못하지요.

(두 사람은 톨스토이를 부축하여 일으킨다.)

역장: (그에게 다가가며) 용서를 구해야겠습니다… 저는 아주 누추한 방밖에는 드릴 수가 없는데… 제 유일한 방이지요… 또한 침대도 좋지 않을 테고… 철침대밖에 없으니까… 그렇지만 저는 온 힘을 기울이겠으며, 전보를 쳐서 다음 열차로 즉시 다른 침대를 가져오도록 하겠으며…

톨스토이: 아니오, 아니오, 다른 건 전혀 필요 없소… 너무 오래, 지극히도 오랜 동안 나는 다른 사람들보다 더 좋은 삶을 살아왔소이다! 지금은 더 열악하면 열악할수록 내게는 더 좋은 것이오! 농부들이 어떻게 죽어갑니까?… 가난한 그들이지만 편안한 죽음을 맞지요.

사샤: (그를 계속 부축하며) 가세요, 아버지, 피곤하시겠어요.

톨스토이: (다시 한 번 멈춰 서서) 알 수 없는 일이로구나… 네 말대로 나는 피곤하며, 온 사지에서 힘이 쭉 빠지고, 매우 피곤한데도 무언가를 기다리고 있으니… 그것은 마치 우리가 우리

앞에 놓인 어떤 좋을 것을 생각할 때, 잠자는 동안 그 생각을 잃어버리지 않기 위해 졸린데도 불구하고 잠을 자지 못하는 그런 상태라고나 할까… 기이하구나, 내게 이런 일은 아직까지 없었는데… 아마도 그것은 죽음에 관련된 어떤 것이리라… 그대들도 알다시피 몇 년 간 나는 늘 죽음에 대해 두려움을 가져왔지. 내가 내 침대에 누워서 죽음을 맞이할 수 있을 것인지, 동물처럼 비명을 지르며 나를 죽음 앞에서 숨기려고 하지는 않을지에 대한 두려움 말일세. 그런데 지금 아마도 저 방안에서는 그 죽음이 머무르면서 나를 기다리고 있을 거야. 그런데 나는 전혀 아무런 두려움도 없이 그것을 향해 걸어가고 있네. (사샤와 두샨은 문 앞까지 그를 부축하고 간다.)

톨스토이: (문 옆에 서서 안을 들여다보며) 이 방은 좋구먼, 아주 좋아. 작고, 좁고, 낮고, 낡고… 언젠가 내가 이런 곳을 꿈꿔온 것처럼 여겨지는군. 어느 낯선 집안에 있는 저런 낯선 침대 위에 한 사람이… 한 늙은, 지친 남자가 누워 있는… 잠깐, 그의 이름이 무엇이었더라, 몇 년 전에 내가 쓴 작품에서 그 늙은 남자를 무어라 칭했더라?… 그는 예전엔 부유했는데 아주 가난하게 되어 돌아오고, 아무도 그를 알아보지 못하며, 난로 옆의 침대 위로 기어 올라가는… 아, 이 내 머리, 이 돌대가리!… 그의 이름이 무엇이었더라, 그 늙은 남자? 부자였다가 몸에 속옷밖에 걸친 게 없는 가난뱅이가 된… 그리고 그를 병들게 한 그의 아내는 그가 죽을 때 그의 곁에 있지 않는데… 그래, 그래, 이제야 알아냈어. 그 늙은 남자를 나는 그 당시 내 소설 속에서 코르네이 바질리예프라고 지칭했었지. 그리고 밤중에 그가 죽어갈 때, 하느님은 그의 아내에게서 영혼을 일깨우고, 그녀 마르파는 다시 한 번 그를 보기 위해 찾아오는데… 그러나 그녀는 너무 늦게 오고, 그는 이미 두 눈을 감은 채 낯선 침대 위에서 완전히 굳어버린 몸으로 누워 있으며, 그녀는 그가 아직도 그녀에게 원한을 품고 있는지, 아니면 이미 그녀를 용서했는지 알지 못하지. 그녀는 더 이상 알지 못하지, 소피아 안드레예프나… (정신이 번쩍 드는 듯) 아니야, 그녀는 마르파라고 하지… 내가 웬 혼동을 이렇게 하지… 그래, 나는 누워야겠어. (사샤와 역장은 그를 계속 부축해 끌고 간다. 톨스토이가 역장에게) 낯모르는 이여, 나는 그대가 내게 이 집에서 잠자리를 마련해 준 데 대해 감사하오.

그대는 숲속에서 동물이 갖는 잠자리를 내게 마련해 주었으며, 하느님께서는 나 코르네이 바질리예프를 그 잠자리로 보낸 것이오… (갑자기 몹시 두려워하면서) 이제 문을 잘 잠가 주고, 아무도 내게 들여보내지 마시오. 나는 어떤 사람도 더 이상 원치 않으며… 예전의 삶에서보다 더 심오하고 더 멋지게 오로지 그분과만 함께 있을 것이오. (사샤와 두샨은 그를 침실로 이끌고 가고, 역장은 그들 뒤에서 조심스레 문을 잠그고는 어리둥절해 하며 서 있다.)

(유리문 밖에서 격렬하게 문을 두드리는 소리. 역장이 문을 열고, 경찰서장이 급히 들어온다.)

경찰서장: 그가 당신께 무슨 말을 했지요? 나는 모든 것을 즉시 보고해야 돼요, 모든 걸! 그는 마침내 여기에 머무르려고 합니까? 얼마 동안이나?

역장: 그것은 그분도 모르고 다른 어떤 사람도 모릅니다. 그건 하느님만이 알지요.

경찰서장: 그런데 당신은 어떻게 국가 건물을 그에게 묵을 곳으로 제공했소? 그것은 당신의 관사로서 낯선 사람에게 내어주면 안 될 텐데요!

역장: 레오 톨스토이 선생은 내 마음속에서는 낯선 사람이 아닙니다. 내게서는 어떤 형제도 그분보다 더 가깝지 않습니다.

경찰서장: 그러나 사전에 문의해 보는 것이 당신의 의무였소.

역장: 나는 내 양심에 물어 보았습니다.

경찰서장: 그럼 당신이 책임을 져야겠군요. 나는 즉시 보고를 하겠습니다만… 끔찍하군요, 순식간에 어떤 책임이 떨어질지! 최고위층에서 레오 톨스토이를 어떻게 보고 있는지만이라도 안다면 그런 짓은 하지 않았을 텐데…

역장: (매우 태연하게) 나는 진실한 최고위층은 레오 톨스토이를 언제나 좋게 여겨왔다고 믿습니다.

경찰서장: (그를 어처구니없다는 듯 바라본다.)

(두샨과 사샤는 조심스레 문을 꼭 닫으면서 방에서 나온다.)

경찰서장: (재빨리 멀어져 간다.)

역장: 어떻게 백작님을 홀로 남겨두고 나왔습니까?

두샨: 그분은 아주 평온하게 누워 계신데 - 나는 그처럼 평온한 그분의 얼굴을 본 적이 없습니다. 마침내 여기서 그분은 사람들이 그에게 허용하지 않은 것, 바로 평화를 찾을 수 있나 봅니다. 그분은 처음으로 하느님과 함께 단둘이 계시는 겁니다.

역장: 보잘것없는 제가 한 말씀 드리겠는데, 저는 가슴이 떨리고 도
저히 이해할 수가 없습니다. 하느님은 어떻게 하여 레오 톨
스토이 선생이 집에서 도망쳐 나와 여기 제 허름하고 격에
맞지 않는 침대에서 죽어가도록 엄청난 고통을 그분에게 내
리실 수 있는지… 도대체 어떻게 하여 러시아 사람들은 그토
록 성스러운 영혼을 흔들어놓을 수 있는 것이며, 그분을 경
외하며 사랑하는 것 외에 어떻게 다른 짓을 할 수 있는지…

두샨: 한 위대한 사람을 사랑하는 사람들은 자주 그와 그의 과제
사이에 서 있게 되며, 그에게 가장 가깝게 서 있는 사람들로
부터 그는 가장 멀리 달아날 수밖에 없는 것입니다. 이미 이
치대로 바로 그렇게 된 것이지요. 이 죽음은 그분의 삶을 완
성시키고 성스럽게 할 겁니다.

역장: 그렇지만… 내 가슴은 우리 러시아 땅의 보배인 그분이 우리
들 인간들로 고통을 겪어야만 했는데도, 사람들은 아무 걱정
없이 자신들의 시간들을 살아나온 것을 이해할 수 없으며 이
해하려 하지도 않습니다… 그래서 사람들은 자신들이 숨 쉬
는 것을 부끄러워해야만 합니다.

두샨: 사랑하는 착한 양반, 그분을 너무 애통해 하지 마세요. 평범하
고 하찮은 운명은 그분의 위대함에 어울리지 않았을 것입니
다. 그분이 우리 인간들로 인해 고통받지 않았다면 결코 그분
은 오늘날 인류의 레오 톨스토이가 되지 못했을 것입니다.

〈이 희곡은 슈테판 츠바이크의 『인류사를 이끈 운명의 순간들』
(이관우 역, 공주대학교출판부)에서 발췌한 것임〉

불운한 시대 지식인의 삶

- 이미륵

8장 불운한 시대 지식인의 삶 - 이미륵[11]: 『압록강은 흐른다』

이미륵은 독일어로 작품을 발표하여 한국을 독일 땅에 소개한 최초의 한국인이다. 그의 소설『압록강은 흐른다』는 전후 독일에서 초등학교 교과서에 실릴 만큼 선풍적인 인기를 차지하며 독자들을 열

---

11) 이미륵(1899~1950)은 구한말 황해도 해주에서 부농의 아들로 태어났다. 본명은 이의경이었으나 아들 낳기를 염원하는 어머니의 간절한 치성에 의해 미륵불의 점지로 태어났다 하여 집안에서는 이미륵이라 불렀다. 위로 세 명의 누이를 둔 막내 외아들이었으며, 엄격한 유교적 전통에서 자랐다. 한일합방 1년 후 그는 열한 살의 나이로 결혼했다. 그는 1914년 이른바 '신식학교'에 들어갔지만 일생 동안 따라다닌 질병으로 도중에 학업을 중단했다. 그러나 대학입학을 위해 2년간 통신학습을 통한 독학을 하여 1917년 서울의 경성전문대학 의학부에 입학했다. 1917년에 아들이, 1919년에 딸이 태어났다. 1919년 점령세력인 일본에 항거하는 운동에 참여하여 일제의 수배를 받던 그는 어머니의 강요로 그 해 압록강을 건너 중국 상해로 도주했다. 그는 상해에서 대한민국임시정부에 참여하면서 계속하여 독일로 갈 준비를 했다. 1920년 5월 목적지인 독일에 도착한 그는 1922년 뷔르츠부르크에 정착하고 1년 뒤 하이델베르크에서 의학공부를 계속했다. 하지만 독일에서도 그를 따라다니는 질병에 의해 학업을 중단하게 되고 1925년에야 뮌헨에서 전공을 바꿔 동물학, 식물학, 인류학을 다시 공부하여 1928년 동물학박사학위를 받았다. 그는 1931년부터 잡지 등에 짧은 산문들을 발표했는데, 특히 1946년 〈압록강은 흐른다〉가 출간되면서 이름을 널리 알렸다. 그는 타계하기 직전 2년 동안 뮌헨대학교 동아시아학부에서 한국어와 중국문학 및 역사를 가르치다 1950년 3월 20일 그레펠핑에서 영면했다.
이미륵은 국가와 민족 및 신앙을 초월하여 인간다운 인간이 되려고 진지하게 시도한 인물이었다. 그는 역사적인 현실에 대하여 넓고 깊은 인식과 판단력을 가진 박학자요, 인간의 존엄성을 주장한 인본주의자였다. 그는 원만한 품성과 부단한 노력으로 동양인의 긍지와 정서를 서구에 인식시켰고, 작가 활동과 대학강의를 통해 한국의 문화사절 역할을 했다. 그는 독일어로 독일에서 작가생활을 했지만 엄연한 한국 작가이다. 독일에서 발간된 많은 서지에도 이미륵은 한국 작가로 기록되어 있다. 그런데 한국문학사에서는 그의 이름을 찾을 수 없다.

광시켰다. 이 작품은 한국의 전통과 민족성을 꾸밈없이 진솔하게 내보이고 있어 한국을 중심으로 한 동양문화에 호기심을 갖고 있던 독일인들에게 큰 호감을 불러일으킬 수 있었고, 그럼으로써 문학을 통한 한국과 독일의 만남을 이루었다. 이 소설은 시대상황을 바탕으로 소년시절, 교우관계, 학교생활, 현실의 문제들을 하나하나 그려나가면서 한 인간이 완성되는 과정을 묘사하고 있어 괴테의 자서전『시와 진실』을 떠올리게 한다.

『압록강은 흐른다』는 이미륵이 어린 시절부터 일본의 압박을 피해 독일로 망명하기까지의 성장과정을 그린 자전적 소설이다. '한국에서의 소년시절(eine Jugend in Korea)'이라는 부제를 단 이 소설은 독일 문학에서 흔한 성장소설 혹은 발전소설로서 손색이 없는 작품이다. 작가는 개구쟁이 시절부터 서당과 신식학교를 거쳐 의과대학생으로 3·1운동에 참여했다가 망명길에 올라 중국을 거쳐 독일 땅을 밟게 되기까지의 과정을 자연환경, 풍속, 시대상황 등과 더불어 사실적이고 섬세하게 묘사하고 있다.

작가가 머나먼 독일에서 고향에 대한 절절한 그리움에서 독일어로 엮어낸 이 아름다운 추억담은 개인적 삶의 기록을 넘어 동양과 유럽, 좀 더 구체적으로는 한국과 독일의 만남을 이룬 중개물로서도 평가될 수 있다. 이 작품은 독일인들을 동아시아 및 한국의 사고와 풍속에 가까이 다가서게 했다. 한국과 독일이라는 두 개의 고향을 가졌던 작가는 실제로 "한국인들은 아시아의 독일인들이고, 독일인들은 유럽의 한국인들이다."라고 말하기도 했다.

이 작품을 읽는 사람은 자신의 어린 시절이 그대로 투영되어 있다는 느낌에 자신도 모르게 이야기 속에 몰입되지 않을 수 없다. 간결하고 유려한 문체에 세밀하고 꾸밈없는 묘사도 돋보인다. 이야기 사이사이에 나오는 천자문이 백발문이 된 사연, 김삿갓이 유랑시인이 된 이유, 명나라 태조와 이성계의 운명적 만남, 아들을 끌어안고 바닷물에 뛰어들어 자결한 송나라 마지막 황제 등 우리나라와 중국의 역사적 인물들에 관한 짤막한 일화들도 재미와 감동을 안겨준다. 또한 세시풍속, 봉화, 아들 낳기를 기원하는 불공의식, 소작농제도, 한일합방 전후의 세태, 3·1운동 스케치 등 우리나라 근대의 사회상과 역사적 편린을 흥미롭게 엿볼 수 있어 문학외적인 사료적 가치도 무시할 수 없다.

이 작품은 방송드라마로도 제작되어 2008년 말 SBS TV에서 같은 제목을 단 3부작 드라마『압록강은 흐른다』로 방영되었다. 이 드라마는 한독수교 125주년을 기념하여 SBS와 독일의 바이에른방송국이 공동 제작했다. 독일에서도 뮌헨을 중심으로 하이델베르크 등 남부지역에서 방영되어 독일인들의 관심을 끌었다.

『압록강은 흐른다』는 이미륵이 다섯 살 적 사촌형과 함께 아버지로부터 천자문을 배우는 이야기로 시작된다. 큰아버지가 돌아가신 후 큰집 식구들을 맞아들여 함께 살게 된 이미륵은 사촌형 수암과 둘도 없는 단짝이 되어 어린 시절의 추억을 쌓아간다. 처음부터 자세하고 치밀한 상황묘사가 깊은 인상을 준다.

그 당시 우리가 몇 살이었는지는 정확하게 생각나지 않지만 아마 나는 다섯 살이었고, 수암은 다섯 살 여섯 달쯤 되었을 것이다. 어느 날 저녁 우리는 내 아버지 앞에 함께 앉아 있었는데, 아버지는 가느다란 막대기로 한자책 속의 어려운 글자 한 개를 짚어 가리켰다. 수암은 그 글자의 뜻이 무엇인지 말해야 했다. 수암은 그 글자를 아침에 배웠지만 질문을 받자 그 뜻을 잊어버린 것 같았다. 아버지가 연거푸 묻는데도 수암은 말없이 꼼짝하지 않고 그대로 앉아 있었다. 아버지는 명예욕이 강한 사람이어서 죽은 형의 아들에게 일찌감치 한자공부를 시키려 했는데, 한자는 무척 어려웠기 때문이다. 성미 급한 스승이 물었다.
"이 글자는 채소라는 뜻이다. 그럼 한자로는 무어라 읽느냐?"
"채(菜)"
어린 수암이 재빨리 외쳤다.
"옳지!"
아버지는 수암을 칭찬했다.
"그럼 그 다음 글자는 무어라 읽느냐?"
그러나 이 글자는 첫 번째 글자보다 더 어려운 듯이 보였다. 수암은 입을 다물고 있었고, 방구석을 이리저리 곁눈질했고, 어쩔 줄 모르며 나를 바라보기도 했다. 그러나 나는 아직 읽지 못했기 때문에 수암을 도울 수 없었다.
"이런 멍청한 녀석!"
아버지는 수암을 꾸짖었고, 수암의 가느다란 두 눈에서는 눈물이 흘러내려 알지 못하는 그 글자를 적셨다. 그런 모습에 나는 무척 슬펐다.
수암은 내 작은 동무였다. 우리는 늘 함께 놀았고, 아침과 저녁에 함께 밥을 먹었으며, 이곳저곳을 함께 나다녔다. 우리 집안에는 다른 아이들도 많이 있었다. 나는 누나가 셋 있었고, 수암은 누나가 둘이어서 우리는 모두 일곱 명이었다. 그리고 구월이라는 아이도 있었다. 청소부이자 보모이며 혼자서 거의 모든 일을 맡아 하는 그녀 또한 아이들 축에 끼었다. 그러나 그들은 모두 우리 둘보다 나이가 많았고, 우리가 함께 놀기에는 불편한 여자들일 뿐이었다. 그래서 우리 둘은 똘똘 뭉쳤다. 내가 기억하는 한 우리 둘은 흑갈색 장식띠가 달린 분홍색 조끼와 회색 바지를 똑같이 입었고, 검은 가죽으로 된 똑같은 신발을 신었다. 수암은 나이가 나보다 겨우 반년 더 먹었으므로 우리의 겉모습이 크게 다르게 보이지만 않았다면 사람들은 틀림없이 우리를 자주 혼동하거나 쌍둥이로 여겼을 것이다. 수암은 단단한 근육을 지닌 뚱뚱하고 키가 작은 아이였으며, 뺨은 아주 매끈하고 매우 탄력이 있었다. 그는 두드러지게 가느다란 눈과 거의 입술이 없는 작은 입과 귀여운 코를 지니고 있었다. 나는 그와는 반대로 호리호리하고 키가 컸으며, 커다란 눈과 코를

지니고 있었다. 우리는 그러나 떨어질 수 없는 단짝이었으며 거의
언제나 둘이서 함께 웃고 함께 울었다.

수암과 미륵은 거미줄로 만든 잠자리채로 잠자리를 잡아 재미있게
놀기도 한다. 거미줄을 얽어매어 채를 만들고, 그것으로 날아가는 잠
자리를 달라붙게 하여 잡는 방식은 지금의 우리 젊은이들에게는 무
척 낯설 것이다. 하물며 이 글을 접한 독일인들에게는 얼마나 신기한
일이었으랴.

또 한 번은 그가 나에게 잠자리채를 어떻게 만드는지를 가르쳐주
었는데, 내 고향의 남자아이들은 모두가 당연히 그것을 만들 줄 알
았다. 그것을 만들려면 가느다란 버들가지를 둥근 원형으로 묶어
긴 막대기에 매었다. 우리는 이 둥근 채를 가지고 거미줄을 찾아나
서 그것을 가능한 한 촘촘하게 거미줄로 메웠다. 우리는 멋진 잠자
리가 날아가는 것을 보는 즉시 이 그물을 가지고 잠자리를 쫓아 달
려가 할 수 있는 한 잽싸게 그것을 휘둘렀다. 수암은 운 좋게도 자
주 잠자리를 잡곤 했다. 그러면 그는 그놈을 그물에서 조심스럽게
떼어낸 다음 엄지와 집게손가락으로 통통한 가슴부분을 잡고 꼬리
를 앞쪽으로 잔뜩 굽혀 급기야 그놈이 자신의 꼬리를 물도록 했다.

개구쟁이들은 어른들이 단지에 담아 장롱 위에 고이 보관해 둔 꿀
을 훔쳐 먹다가 벌을 받기도 한다.

어느 쾌청한 날 오후 수암은 놀이를 중단하고 나를 안마당을 거쳐
이른바 식모방으로 데리고 갔다. 그 방은 컸지만 어둠침침했고, 지
금까지 우리가 거의 들어가 본 적이 없는 방이었다. 나는 사촌형
수암이 늘 재미있는 일을 꾀한다는 걸 잘 알고 있었기 때문에 그를
기꺼이 따라갔다. 이 방에서 그는 잠시 높은 장롱 앞에 서서 그 위
에 놓인 반짝이는 갈색 단지를 곰곰이 생각하며 올려다보았다. 나
는 전에 이미 이 단지를 본 적이 있지만 그 안에 무엇이 들어있는

지는 알 수 없었다. 수암은 베개를 여러 개 가져와 차례로 쌓아올
리고는 장롱 위로 기어오르고자 했다. 나는 할 수 있는 한 밑에서
그를 도왔다. 그는 계속하여 아래로 넘어졌는데, 한국의 베개는 평
평하지 않고 길고 둥글기 때문이었다. 그러나 그는 포기하지 않았
고 마침내 장롱 위에 올라서게 되었다. 그는 오랫동안 장롱 위에
있었고, 그가 쩝쩝 입맛 다시는 듯한 소리가 들렸다. 나는 거기서
무얼 먹느냐고 그에게 물었다. 그는 아무런 대답도 하지 않고 계속
해서 쩝쩝대며 먹을 뿐이었다. 그런 다음 그는 마침내 나에게 꿀을
조금 가지고 내려가겠다고 말했다. 그는 오른손을 단지 속에 깊숙
이 집어넣었다가 빼낸 다음 왼손으로만 장롱모서리를 붙든 채 조
심스럽게 아래로 내려왔다. 그러나 베개들이 무너져 굴러 내렸기
때문에 그는 결국 방바닥으로 넘어졌다. 그는 꿀이 묻은 오른손으
로 이곳저곳을 허우적거리며 더듬었기에 그 귀한 노란 꿀은 손가
락에 남은 게 별로 없게 되었다. 하지만 나는 그의 손을 깨끗이 빨
아먹었고, 우리는 앞으로 우리에게 무슨 일이 일어나게 될지 예상
하지 못한 채 흡족해하며 그 방을 나왔다.
저녁에 우리는 우리의 죗값을 치러야 했다. 우리는 이미 각자의 잠
자리에, 즉 수암은 그의 어머니 방에, 나는 내 어머니 방에 누워 있
었다. 그때 갑자기 우리는 불려나갔다. 우리는 달콤한 참외나 배를
먹게 되리라 잔뜩 기대하면서 엄마방이라 부르는 큰 방으로 들어
섰다. 거기서 나는 여자들이 썩 좋은 기분이 아니라는 걸 알아챘다.
가정부 구월이는 베개들을 차례로 조심스럽게 바라보며 자주 혀를
끌끌 찼고, 두 어머니는 우리를 시험하듯 훑어보았다. 수암은 절망
하여 나를 쳐다보았고, 우리가 베개들 때문에 발각되었음을 알렸
다. 수암의 어머니는 우리에게 장롱에 올라갔었느냐고 물었다. 수
암은 아무 대답도 하지 않고 분해하면서 곁눈질로 자신의 어머니
를 흘겨보았다. 수암의 어머니는 우리를 벌주기 위해 대나무회초리
를 손에 들고 있었다. 그러나 수암의 어머니는 회초리는 사용하지
않았고, 단지 우리의 왼쪽과 오른쪽 뺨을 한 대씩 때렸을 뿐이었다.
나는 뺨을 맞은 것이 무척 슬퍼서 소리를 질렀지만 수암은 아주 조
용히 있었다. 그는 처벌의 정당성을 이해하는 듯했다. 그는 울지도
항의하지도 않았고, 그저 조용히 나를 방에서 데리고 나갔다.

아버지는 미륵과 수암에게 천자문을 가르치면서 천자문의 유래에
대한 교훈적인 전설을 들려주기도 한다.

이 독본은 '천자문'이라 불렸다. 표지 위에 제목으로 그렇게 쓰여 있었다. 이 책 안에는 정확히 천 개의 글자가 담겨 있었는데, 네 글자씩 차례로 나열되어 있었다. 이 책에는 본제목 외에 '백발문'이라는 부제가 달려 있었다. 아버지는 우리가 이 책을 마침내 끝까지 샅샅이 읽고 공부를 마쳤을 때 이 부제의 의미를 설명해주었다. 아버지의 설명에 의하면 이 책을 지은 사람은 범죄자였다고 한다. 그는 젊은 나이에 중국의 황제로부터 사형을 선고받았다. 그는 위대한 시인이기도 했으므로 황제의 신하들은 모두 그의 목숨을 구해줄 것을 황제에게 간청했다. 이에 황제는 그에게 어려운 과제를 주고, 이것을 해결하면 목숨을 구해주기로 했다. 과제는 황제가 임의로 선정한 천 개의 글자로 단 하룻밤 사이에 훌륭한 시를 짓는 일이었다. 사형을 선고받은 젊은이는 그 과제를 해결했다. 그러나 그가 다음 날 아침 자신의 시를 가지고 황제 앞에 나섰을 때 황제는 더 이상 그를 알아보지 못했다. 자신의 목숨을 놓고 사생결단을 벌인 그 하룻밤 사이에 그는 백발의 노인이 된 것이다. 그런데 그 시는 대단히 훌륭했고, 황제는 그가 위대한 시인임을 알아차리고 그의 목숨을 구해주었다.

우리는 아버지 발 앞에 마주앉아 깊은 감동을 준 이 이야기에 귀를 기울였다. 우리는 범죄가 무언지, 그 시인이 어떤 범죄를 저질렀는지는 알지 못했다. 그러나 죽음과의 싸움으로 그의 머리칼이 백발이 되었다는 사실은 우리를 매우 슬프게 했다.

당시 아이들이 즐겼던 민속놀이 제기차기에 대해서는 이렇게 서술되어 있다.

아이들이 가장 많이 행한 놀이는 일종의 깃털공을 가지고 하는 제기차기였다. 우리는 이 공을 구멍이 뚫린 쇠붙이와 질긴 종이로 만들었다. 우리는 그것을 발로 높이 차 올렸다가 땅으로 떨어지기 전에 다시 발로 받아 연거푸 높이 차올렸다. 그것을 떨어뜨리지 않고 가장 많이 반복하여 차올리는 사람이 이 놀이의 승자가 되었다. 보통은 단순히 승자가 되는 영예를 얻기 위해 이 놀이를 하지만 어떤 아이들은 이 놀이에서 승자가 패자에게 욕을 하거나 패자의 팔 밑 손목 부근을 두 손가락으로 때리도록 허용했다. 또 어떤 아이들은 한 줌의 볶은 콩이나 밤을 내걸고 이 놀이를 했다. 수암은 제기를

열성적으로 찼지만 승자결정이 문제될 때면 자주 싸움이 벌어졌고,
싸움은 주먹질이나 발길질을 통해서만 끝났다.

　수암과 미륵은 글씨 연습용으로 받은 창호지로 연을 만들어 날리
곤 했는데, 어느 날 아버지에게 발각되어 벌을 받기도 한다.

　수암은 커다란 사랑방 옆에 딸린 조그만 방에서 열심히 작업을 했
다. 그는 긴 대나무통을 쪼개어 가느다란 막대기들로 만들고 이것
들을 매끄러워질 때까지 날카로운 칼로 깔끔하게 다듬었다. 그런
다음 그는 글씨쓰기 연습용으로 받은 커다란 전지에 둥근 구멍을
뚫고 그 아래쪽에 먹으로 나비를 그렸다. 종이는 가느다란 대나무
살들에 팽팽하게 펼쳐 풀을 칠해 붙여서 말렸다. 이것이 바로 종이
연이었다. (중략)
어느 날 저녁 나는 수암이 무엇을 하는지 보기 위해 다시 그 비밀
의 방으로 들어갔다. 수암은 그 동안 좀 더 작은 많은 연들을 만들
려고 시도해왔는데, 이제는 아주 큰 연을 만들 셈이었다. 그는 자
신이 대나무살을 다듬는 동안 나에게 두 마리의 커다란 나비를 둥
근 원 아래쪽에 검은 색깔로 그리도록 했다. 풀은 끓고 있었고 인
두는 화롯불 속에 꽂혀 있었다. 우리가 대나무살을 종이 위에 차례
로 붙이고 있을 때 갑자기 방문이 열리더니 아버지가 우리 앞에 와
서 있었다. 우리는 기겁을 하여 어떻게 해야 할지 몰랐다. 수암은
당황하여 연을 미처 숨기지 못했다. 아버지는 이미 그를 노려보고
있었다. 아버지는 우리와 연과 찢어진 전지를 잠시 멍하니 바라보
고 나서 분노하며 소리쳤다.
“이리 나와!”
우리는 슬금슬금 기어 밖으로 나갔고, 그 멋진 연은 방에 그대로
남아 있었다.
“얘는 그저 내가 만드는 것을 바라보고만 있었어요!”
수암은 벌을 받지 않게 나를 지켜주겠다는 듯 더듬거리며 말했다.
벌은 다음 날로 이어졌다. 연을 만드는 것 자체는 그다지 나쁜 일
이 아닐지도 모르지만 습자에 사용하도록 된 종이를 엉뚱한 곳에
쓴 것과 소중한 전지를 찢은 것은 무엇보다 큰 잘못이었다. 이 일
은 훈장에게 알려져 우리는 벌을 받았다. 우리는 바지를 걷어 올리
고 회초리로 종아리를 맞아야 했다. 훈장은 늘 손가락만한 굵기의

회초리 몇 개를 곁에 두고 있었지만 지금까지 그것을 사용한 적은 없었다. 이제 우리 둘은 평화로운 서당의 전체 아이들 중 맨 첫 번째 본보기가 되어야 했다. 우리 두 죄인이 방 가운데에 앉아 있는 동안 모든 아이들이 우리가 벌 받는 모습을 바라보기 위해 벽 쪽에 둥글게 둘러섰다. 분위기는 처절하리만큼 무척 엄숙했다. 훈장은 훈장모를 쓰고 우리의 잘못을 다시 한 번 분명하게 설명한 다음 회초리를 손에 들고 그것이 단단한지를 시험했다. 아, 얼마나 무서웠던가! 그런 다음 훈장은 수암에게 종아리를 걷어 올리라고 명했다. 수암은 내키지 않는 듯 회초리를 바라보며 움직이지 않고 그대로 앉아 있었다.

"스스로 이리 나오지 않겠느냐?"

훈장이 수암에게 외쳤다. 수암은 한숨을 쉬고 훈장 앞으로 나가 바지를 걷어 올렸다. 회초리 석 대가 재빨리 이어졌고 수암은 비명을 질렀다. 그러고 나서 수암은 내게는 전혀 잘못이 없으며, 그저 자신이 연을 만드는 것을 지켜보았을 뿐이라고 설명했다. 그럼에도 불구하고 나도 석 대의 회초리를 맞았는데, 매우 아팠다. 그러나 아픈 것은 최악의 것이 아니었고, 그것은 참아낼 수 있었다. 더 고통스러웠던 것은 동정을 하며 우리 둘을 바라보는 모든 아이들 앞에서 매를 맞는 수모였다.

민족 최대의 명절인 설날의 풍속도 자세히 묘사되고 있다. 자정에 조상께 제물을 바치고, 날이 밝으면 이집 저집 다니며 세배를 하는 풍경이 눈에 선하게 들어온다.

내 고향에서 일 년 중 가장 큰 가족명절인 설날이 다가왔다. 설 명절은 자정에 조상의 제단에 제물을 바치면서 시작되었다. 그러면 우리 아이들은 어머니의 큰 방으로 불려가 최고로 맛있는 음식과 과일을 받아먹었으며, 있고 싶은 만큼 거기에 오랫동안 앉아 있어도 되었다. 다음 날 아침 우리는 가장 좋은 옷을 입고 모든 친척들과 친한 이웃사람들에게 세배를 드리러 갔다. 날씨는 지독하게 추웠고, 길은 반들반들하게 얼어붙어 있었으며, 눈보라가 우리를 향해 몰아쳤다. 그러나 우리는 즐거이 이집저집으로 뛰어다니면서 외우고 있던 인사말을 건넸다. 어느 집에서건 우리를 따뜻한 인사말

로 맞아주었고, 달콤한 먹을 것들과 과일을 대접해 주었다. 기분
좋은 말들만 듣고 달콤한 것들만 받아먹었으니 명절날이야말로 얼
마나 좋았던가! 우리 집에서는 할머니에서 구월이에 이르기까지
모두가 가장 좋은 옷을 입었고, 아무도 우울한 표정을 보이지 않았
으며, 아무도 우리에게 듣기 싫어하는 말은 하지 않았다. 우리 집
에 살면서 농사일을 맡아 하고 나를 늘 놈팽이라고 불렀던 거친 성
격의 준옥까지도 오늘은 나긋나긋해져서 내가 언젠가는 제대로 된
사람이 될 수 있을 것이라고 말했다. 모든 사람들이 우리와 농담을
했고 우리에게 선물을 주었다. 우리가 밤늦게 잠자리에 누웠을 때 -
수암과 나는 1년 전부터 한 방에서 잤는데 - 나에게는 아직 보름 동
안의 방학기간이 남아있다는 엄청나게 기분 좋은 사실이 떠올랐다.

아들을 낳지 못하는 어머니가 부처님께 **49**일 동안 기도를 드려 이
미륵이 태어나게 되었다는, 남아선호사상에 물들어 있던 당시의 한국
적 현실도 흥미롭게 묘사되어 있다.

그 후 얼마 지나지 않아 우리에게 매우 희귀한 손님이 찾아왔다.
멀리 떨어진 지방에서 온 어느 나이 든 여자였다. 그녀는 어린 나
를 자신의 아들이라고 불렀다. 나의 어머니는 나에게 그녀를 '어머
니'라고 불러야 한다고 말했다. 그녀가 나를 낳지는 않았지만 내
어머니를 위해 대를 이을 아들을 낳게 해달라고 빌었으며, 그 덕분
에 내가 실제로 세상에 태어나게 되었다는 것이다. 말하자면 그녀
는 아이를 낳기 원하는 여자들에게 소원을 빌어주는 여자였다. 그
녀를 예언서와 울긋불긋한 부채를 들고 이 집 저 집 다니면서 사람
들의 앞날을 예언하는 점쟁이나 노래와 춤으로 귀신들을 쫓아내는
무당과 혼동해서는 아니 되었다. 그녀는 훨씬 더 높은 계층 출신이
었고 저속한 일들은 하지 않았다. 그녀는 하늘의 주인에게만, 그리
고 부처나 그 수제자 중 한 사람의 이름으로만 기도를 올렸다. 나
의 어머니는 이 여인에 대한 소문을 듣고는 먼 길을 마다하지 않고
그녀를 찾아가 소원을 빌어줄 것을 간청했었다. 어머니는 아들을
낳지 못한 채 늙어갈까 봐 큰 걱정 속에 나날을 보내고 있었기 때
문이었다. 그리하여 그 소원 빌어주는 여인은 우리 집으로 와서 내
어머니와 함께 부처의 수제자이며 나중에 내 이름이 된 신성한 미

륵에게 49일 간의 대기도를 올렸었다.

유교의식이 엄격하게 지배하던 당시 어린 아들과 아버지가 단 둘이서 술잔을 기울이며 시를 나누고 인생을 얘기하는 모습은 쉽게 상상하기 어려운 참으로 이채롭고도 아름다운 모습이 아닐 수 없다.

달빛이 비치는 아름다운 저녁이면 아버지는 샘마당의 복숭아나무 아래에 자리를 폈다. 그러면 아버지의 이야기들은 매우 시적이 되었다. 그는 이야기에 끝이 없었고 이따금 시를 짓기도 했다. 아버지로서의 엄격함은 모두 사라졌다. 그는 훌륭한 압운이 이루어지면 나와 농담을 했다. 한번은 아버지가 자신의 술병에서 술잔에 술을 가득 따라 나에게 몇 잔을 마시도록 꾄 적까지 있었다.
그 일은 달빛이 비치는 아름다운 저녁에 일어났다. 그날 어머니는 우리 곁에 없었다. 어머니는 내가 아버지와 함께 술을 마시는 것을 허락하지 않았기 때문에 그것은 잘 된 일이었다. 어머니가 술을 몹시 적대시했던 반면 아버지는 이 해로운 독약을 무척 즐겼다. 그로 인해 두 사람 사이에는 가끔 사사로운 긴장이 일었다. 하지만 보통은 어머니가 관대하여 아버지에게 매일 저녁 막걸리 한 병을 허용했다. 우리가 함께 앉아 있을 때면 아버지 앞에는 술병과 술잔 두 개와 가득 찬 과일 한 접시로 작은 식탁이 차려졌다. 어머니는 보통 밤이 깊어지고 술병이 빌 때까지 우리 곁에 오래도록 앉아 있었다. 그러나 그 여름날 저녁에는 여자들이 책읽기모임을 하고 있었으므로 어머니가 우리 곁에 없었던 것이다.
달은 이미 텅 빈 서당채의 지붕 위에 떠올라 있었다. 구름 없는 푸른 하늘에서 달은 자신의 빛을 펼치고 있었다. 두 마당 사이의 담장은 진한 그림자를 던졌다. 아무도 보이지 않았고 아무 소리도 들리지 않았다. 커다란 집 안에서는 아무것도 움직이지 않았다. 매혹적으로 이야기하는 아버지의 미소 띤 얼굴에서 모든 삶, 모든 인식이 나에게 밝게 빛났다. 밤이 더 깊어가고 아버지가 술을 더 마실수록 아버지의 이야기는 더 활기를 띠어갔다. 아주 많은 시들이 인용되고 노래되었다.
"너 우리나라의 위대한 시인 김삿갓이 누군지 아느냐?"
아버지가 나에게 물었다.

"아니요."
나는 새로운 이야기에 대한 행복한 기대에 가득 차서 말했다.
"그의 아버지는 고급관리로 우리나라 남쪽 어느 도의 관찰사였단
다. 왕은 통치를 잘 못하여 곧 모든 명망을 잃었단다. 그 당시 그
남쪽의 관찰사는 권력이 막강하여 3천 명의 군사를 거느렸었다. 이
들은 훌륭한 수비병이었지. 김삿갓의 아버지는 이들과 함께 왕을
무너뜨리기 위해 서울로 진격했다. 3개 도가 이미 그에게 합세했
고, 아무도 북쪽으로 향하는 그의 행렬을 저지하지 못했지. 그런데
군대를 이끌고 새로 점령한 서울로 들어섰을 때 그는 거리에서 그
를 기다리고 있던 한 남자를 만났다. 그 남자는 무장을 하지 않고
있었고 두 손은 비어 있었다. 하지만 그는 의기양양한 정복자의 말
을 막아서서 말고삐를 붙잡았단다."
아버지는 술잔을 들여다보고는 모두 마셔버렸다. 나는 술잔을 다시
채워드리려 했지만 술병은 비어 있었다.
"술병이 비었느냐?"
아버지가 물었다. 이때 아버지는 - 이렇게 말해도 되는지 모르지만
- 조금 슬픈 모습을 보였다. 그것이 내 마음을 아프게 했다.
"제가 술을 더 가져오겠습니다."
나는 이렇게 말하고 술병을 들고 일어섰다. 아버지는 웃고는 내 손
을 잡았다. 그리고 말했다.
"너는 참으로 총명하구나. 어머니께 잘 부탁드리거라! 아마 어머니
는 네게 조금 더 주시리라!."
나는 대답했다.
"꼭 술을 다시 가져다 드리겠습니다!"
나는 가득 찬 술병을 들고 돌아와 아버지에게 따라드렸다. 아버지
는 기뻐했다. 나는 다시 물었다.
"그런데 말을 막아 선 그 상대가 누구였어요?"
그러자 아버지가 말했다.
"나는 너에게서 답을 듣고 싶구나. 그 용감한 남자가 누구였을 것
같으냐?"
나는 오랫동안 곰곰이 생각한 다음 말했다.
"왕 자신이었나요?"
내 말에 아버지가 말했다.
"그래! 네 말이 맞을 수도 있겠구나. 왕 자신이 나와서 무장하지 않
은 채 적 앞에 설 수도 있었겠지. 아마 다른 왕이었다면 그럴 수 있
었을지도 모른다. 하지만 그 왕은 대단한 겁쟁이였단다. 사실은 그

남자는 왕이 아니라 정복자 자신의 아들인 유명한 김삿갓이었단다.
너는 전혀 예상도 못했었지? 그러나 그는 정말로 자기 자신의 아들
이었다. 아들은 '군대를 남쪽으로 돌리십시오!'라고 아버지에게 간
청했단다. 그러나 아버지는 '내 밑의 지휘관이 된다면 네게 천 명
의 수비병을 주겠다'고 말했지. 그러자 아들은 이렇게 대답했단다.
'싫습니다. 아버지는 아버지의 왕에게 충성을 깨뜨렸으니 저도 아
버지에 대한 복종을 거부하겠습니다.' 이 말을 하고 그는 아버지를
계속 진격하도록 내버려두었다. 김삿갓은 변함없이 왕에게 충실했
지만 아버지에 대항하는 일은 하지 않았고 대신 방랑시인이 되었
단다."
"하지만 저라면 아버지를 도왔을 거예요."
아버지가 이야기를 마치자 나는 이렇게 말했다. 그러자 아버지는
말했다.
"안 되지. 너는 아직 모르는구나. 왕에게 충성을 맹세했다면 결코
왕을 배반해서는 아니 되는 법이지."
"하지만 김삿갓도 아버지에게 복종을 약속했으니 아버지에게서 그
것을 거절하면 안 되잖아요."
아버지는 내 말의 논리성에 기뻐하면서 내게 말했다.
"물론이지. 그래서 김삿갓은 자기 아버지에 대항하는 일은 하지 않
았고 대신 시인이 되어 세상과 떨어져 지냈지 않느냐."
"저라면 그래도 아버지를 도왔을 거예요."
나는 그렇게 말했다. 왕 때문에 자신의 아버지를 떠나야 한다는 것
이 나에게는 이해되지 않았다.
"아, 이 고집쟁이 녀석!"
아버지가 외쳤다.
"아니에요. 그건 아버지만의 생각이에요. 저는 아버지가 어른이라
고 해서 저보다 더 잘 아신다고 생각하지는 않아요."
"말을 잘하는구나! 자, 내 총명한 아들아, 아버지와 함께 술 한 잔
마시자꾸나!"
아버지는 이렇게 말하고 사용하지도 않으면서 아마 모양새를 갖추
기 위해 놓여 있는 듯한 두 번째 술잔에 술을 부었다.
나는 아버지가 따라주는 술 앞에서 깜짝 놀랐다. 그때까지 나는 어
머니가 늘 술을 적대적으로 말해왔기 때문에 정신을 혼미하게 하
는 그 음료를 일종의 적으로 간주해오는 데 익숙해져 있었기 때문
이다. 그런 내가 지금은 술잔을 손에 들고 있었던 것이다.
"자, 마셔라!"

그래서 나는 단숨에 잔을 비웠다. 그러나 술이 너무 독했기 때문에 곧장 눈에서 눈물이 흘러내렸다. 아버지는 재빨리 입에 대추를 넣어주었고, 나는 상태가 좋아졌다.

"맛이 어떠냐?"

"좋아요."

"그럼 한 잔 더 하거라!"

나는 고개를 끄덕였다. 나는 말을 할 수가 없었다. 가슴 속이 뒤집혔고 목은 칼로 도려내는 듯했다. 그러나 나는 아버지가 김삿갓의 시들을 차례로 암송해주는 동안 조용히 앉아서 신음소리를 내지 않으려고 노력했다.

우리가 두 번째 잔을 비웠을 때 나는 이미 대추 두 개를 손에 쥐고 있었다. 그러나 이번에는 상태가 그다지 심하지 않았다. 나는 즐겁고 힘차게 대추를 씹었다. 그러나 곧 내 머리 속이 빙빙 돌면서 특별하고 기이한 느낌이 들었다. 하지만 나는 내 상태가 아주 좋은 듯이 포기하지 않고 그대로 앉아 있었다.

그때 어머니가 와서 곧장 내 상태가 정상이 아닌 것을 알아차렸다. 아버지는 어머니에게 말했다.

"맞아, 그래, 그래. 이 녀석이 술 두 잔을 마셨소."

어머니는 놀라서 아무 말도 하지 않았지만 눈빛은 엄하고 나무라는 듯한 게 아니라 조금 빈정대는 듯했다.

"저 한 잔 더 마셔도 돼요?"

나는 아버지에게 물었다.

"제발!"

어머니는 이렇게 소리치고 술잔을 빼앗았다. 그러자 아버지가 어머니에게 부탁하며 말했다.

"아, 그렇게 무섭게 굴지 말아요. 적당히 마시는 건 이 녀석에게 해롭지 않소. 나도 외로운데 친구 하나는 있어야 되지 않겠소."

"그럼 오늘 한 번만 봐주겠어요!"

어머니가 이렇게 말하고 술잔들에 술을 채웠다.

나는 매우 당당하게 세 번째 잔을 비웠다. 나는 어른이 된 듯한 느낌이 들었다. 나는 그토록 현명하며, 또한 멋지게 이야기를 할 줄 아는 내 아버지의 친구가 될 수 있었다.

"자, 아버지. 아니 - 잠깐 - 친구로 불러야 되겠는데 - 시인에게 있어서 술은 없어서는 안 되는 것이라는 걸 어머니도 아시면 좋을 텐데!"

"맞다."

아버지가 이렇게 말했고, 어머니는 눈을 비비고 옆에서 나를 바라
보았다. 나는 어머니가 나를 보고 놀랐는지 내 행동에 즐거워했는
지 분간할 수가 없었다. 내게는 아무래도 전혀 상관없는 일! 달이
밝게 비췄고, 복숭아 향기가 풍겨왔으며, 나는 술을 옆에 두고 앉
아 아버지의 친구가 되었던 것!

이미륵은 의식이 깨었던 아버지 덕분에 서당을 떠나 이른바 신식
학교에 들어가 공부하게 된다. 돗자리 위에만 앉아 한문을 배워온 그
가 처음 보는 의자조차 신기해하며 첫 발을 내딛은 신학문 세계로의
진입과정이 흥미롭다.

나는 이른바 이 신식학교에 대해서 이미 종종 들어왔으며, 지난 가
을 이후 부모님도 이따금 그것에 대해 얘기했다. 불과 몇 년 전에
세워진 이 특별한 교육시설은 고을 남쪽 직물거리 근처에 있으며
번득이는 창문이 많이 달려 있다고 했다. 이 학교에서 가르치는 것
은 지극히 희귀하게 여겨졌다. 아이들은 거기에서 한문고전도 서예
도 시작(詩作)도 배우지 않고, 대신 ‘서양’ 혹은 ‘유럽’이라고 부르
는 새로운 대륙에서 들여온 완전히 새로운 종류의 학문들을 배운
다는 것이었다. 사람들은 이 대륙이 실제로 어디에 놓여 있고 그
학문들이 무엇인지 정확히 알지 못하고 있었다. 많은 사람들은 이
학교에서 높은 수준의 산술과 어려운 마술을 배운다고 말했고, 어
떤 사람들은 지질학과 천문학을 배운다고들 말했다. 그러나 모두가
이 학교에서 아이들이 고전을 배우지 않음으로써 못쓰게 되지 않
을까 두려워했다. 이 학교와 그 장점에 대해 훨씬 더 많이 아는 듯
했던 내 아버지는 어머니와 전체 가족과의 오랜 상의 끝에 나를 1
년 동안 그곳에서 배우게 하기로 결정했다. 나는 그 학교에 가지
않았다면 열한 살 나이에 걸맞게 충분히 고전들을 읽었을 것이다.
내가 몇 달 전에 읽은 중용과 맹자는 당장은 내게 충분한 정도일
것이며 이어지는 책들은 내 나이에는 너무 어려울지도 몰랐다.
나는 이 학교에 기꺼이 다니겠느냐는 질문을 받고는 아주 홀가분
한 기분만은 아니었다. 나는 아버지의 하나밖에 없는 아들이었고,
고전한문과 고전시들을 읽는 것을 좋아했으므로 이 학교에 가 못
쓰게 되고 싶지는 않았다. 그러나 나는 아버지를 믿고 씩씩하게 말

했다.

"아버지께서 원하신다면 그렇게 해보겠습니다."

그리하여 나는 맑지만 쌀쌀한 어느 봄날 아침 아버지를 따라 집을 나서 시내로 갔다. 나는 내 가장 좋은 양복들 중 하나를 입고 어머니가 뜨개질로 만들어 내게 선물로 주었던 새 손가방에 점심도시락을 넣어 들고 갔다. 우리는 동네 골목을 지나 중심가로 나갔다. 나는 아버지에게 물었다.

"아버지, 거기에서 천문학을 배우는 게 사실이에요?"

"사람들이 그렇게 말하는구나. 언제든 하늘에 관한 얘기가 나오면 주의해서 들어라. 그것은 귀한 이론이란다."

"제가 그것을 이해할 수 있을까요?"

아버지는 내게 고개를 끄덕여주었다. 그리고 엄숙하게 주의를 주었다.

"네 정신은 항상 깨끗해야 하느니라!"

우리는 종로를 지나 옆길로 꺾어든 다음 곧 어느 큰 집의 대문 앞에 섰다. 그 집이 바로 사람들이 그토록 많은 얘기를 주고받고 두려워한 학교였다. 학교이름은 대문 위쪽에 팻말로 걸려 있었다. 나는 마당 안을 들여다보니 어마어마하게 크게 보였다. 앞서 가던 아버지가 말했다.

"들어오너라!"

내가 아버지를 따라가지 않고 머뭇거리자 아버지는 물었다.

"좀 두려우냐?"

아버지는 미소 지었다. 나는 천천히 문턱을 넘어섰다. 그런 다음 내가 대문 안에서 다시 멈춰 서서 많은 건물들을 하나씩 바라보자 아버지는 손을 잡아끌고 나를 어떤 방으로 데리고 갔다. 한 나이든 신사가 이 방에서 나왔고, 나는 아버지의 지시에 따라 그에게 몸을 숙여 인사를 해야 했다. 아버지는 웃으면서 내게 설명했다. 이분이 교장선생님이시다. 늘 감사하는 마음으로 말 잘 듣거라!"

아버지가 교장선생님과 얘기를 나누는 동안 어느 젊은 선생님이 나를 한 작고 어둠침침하며 햇볕이 들지 않는 방으로 데려갔다. 그는 송 선생님이라 불렸다. 나는 그에게도 몸을 숙여 인사를 했다. 그는 내게 앉으라고 말했다. 나는 그의 자리 앞에 있는 의자에 앉아도 되느냐고 물었다. 나는 그때까지 돗자리 위에만 앉아 지내왔기 때문에 아직 의자를 모르고 있었고, 그것은 나에게 너무나 고귀하게 여겨졌다. 송 선생님은 나에게 앉아도 된다고 허락했고, 나는 조심스럽게 의자 위에 앉았다.

“지금까지 무엇을 배웠지?”
선생님이 내게 물었다. 내가 잠시 당황하여 그대로 앉아 있자 그는
계속하여 물었다.
“예를 들어 통감을 읽었느냐?”
나는 그렇다고 말했다.
“예. 8권까지요.”
“그 다음에는 무엇을 읽었지?”
나는 다시 입을 다물고 있었다. 나는 순간적으로 그 다음에 읽은
것이 무엇인지 떠오르지가 않았다. 나는 너무 당황했던 것이다.
“소학은?”
그가 물었다. 나는 고개를 끄덕였다.
“맹자도?”
나는 다시 고개를 끄덕였다.
“중용도 벌써 읽었느냐?”
“그것도 이미 읽었습니다.”
“무척 많이 읽었구나!”
그는 책장에서 책 한 권을 꺼내어 내 앞에 펼쳐 놓았다.
“한번 읽어 보거라!”
나는 그 책을 읽었다.
“모두 이해하겠느냐?”
나는 조금 주저하며 그렇다고 말했다.
“이 말이 무슨 뜻이지?”
그는 이렇게 묻고 ‘아메리카’라고 하는 한 단어를 가리켰다. 나는
말했다.
“이건 아마 영국 근처에 있는 나라일 겁니다.”
나는 사람들이 유럽에 대해 말할 때면 그 두 나라의 이름을 자주
언급하는 것을 들어왔다.
송 선생님은 오랫동안 곰곰이 생각하더니 나를 2학년으로 정했다.
아버지는 나를 다시 한 번 보지도 않고 가버렸다. 교장선생님의 방
안에는 아무도 보이지 않았다. 아버지는 나를 내 운명에 맡겨버린
것이다.

일본이 한국을 병합하기 직전의 분위기와 병합 당일(1910년 8월 29
일) 벽에 붙은 조선왕조 마지막 왕 순종의 포고문을 접하게 되는 상

황도 이미륵의 학교와 가정을 중심으로 실감 있게 설명되고 있다.

그런 어느 날 저녁에는 구월이가 학교로 와 나를 데리고 갔다. 그
녀는 어머니가 오늘은 혼자서 거리를 나다니는 것이 위험하므로
자신을 보냈다고 말했다. 수많은 일본 군인들이 시내거리를 이리저
리 돌아다니고 있었는데, 그들은 많은 민가들에 들이닥치기도 했다
는 것이다.
나는 일본인들이 적으로서가 아니라 단지 우리를 돕기 위한 친구
로서 우리에게 왔다는 얘기를 자주 들어왔지만 마음이 편안하지는
않았다. 우리는 집을 향해 서둘러 갔다. 나는 일본 군인에 대한 얘
기를 들을 때면 늘 좀 불안했다. 나는 구월이에게 물었다.
"아버지께서 무어라 말씀하셨어?"
"나는 몰라."
"그럼 어머니께서는 무어라 말씀하셔?"
"곧 다시 전쟁이 일어날 거라고."
"그럼 준옥은 뭐라고 해?"
"이제 세상이 끝장난다고."
우리는 서둘러 걸었다. 중심가는 평소보다 더 어두웠다. 평소에는
등불을 켜놓고 늦참외, 호박, 배와 가끔 떡도 팔던 과일장사 여자
들이 더 이상 보이지 않았다. 남문은 어두운 밤하늘을 향해 하품을
하며 서 있었다. 늘 그토록 멋지고 절절하게 노래하던 엿장수도 더
이상 없었다.
집에서는 사람들이 그날의 사건에 대해 흥분하여 이야기했다. 정말
로 거리마다 일본 군인들이 나타나 많은 집들을 가택수색 했다. 준
옥은 중심가 건너에 있는 국수집으로 군인 세 명이 몰려 들어가는
것을 직접 목격했다. 그러나 그들의 말을 알아들을 수 없고, 그들
이 아무도 가까이 오지 못하게 했기 때문에 아무도 그들이 무엇을
찾는지 알지 못했다. 모두가 우리 고을에 매우 불길한 어떤 일이
닥칠 것이라는 추측만 할 뿐이었다.
부모님은 이날 밤 오래도록 상의했다. 어머니는 적어도 아이들 중
일부, 예를 들면 이미 다 큰 어진이와 막내인 나만이라도 안전한
곳으로 보내자고 제안했다. 그러나 아버지는 가택수색이 무엇을 의
미하는지를 자신도 정확히 알지 못했으므로 이 제안에 동의하지
않았다. 아버지는 전쟁이 일어날 이유가 없으며 군인들이 죄 없는
시민들에게 나쁜 짓은 하지 않을 것이라고 말했다. 우리는 그들에

게 저항하지 말고 그들이 가져가려는 것을 모두 내주어야 한다는 것이었다. 그들은 어떤 까닭이 있어 다름 아닌 우리의 왕에 의해 파견되었다는 것이었다.

이날 간신히 마음을 진정시킨 어머니는 주저하면서 자기 뜻을 포기했고, 결국 나에게 며칠 동안은 집을 나가지 말고 이날 밤은 안 뜰에 있는 옛 동쪽방에서 자도록 했다. 나는 더 이상 두려움이 없었고 아버지의 말로 충분히 안심을 했지만 어머니의 말에 기꺼이 따랐다.

다음 날 오후 실제로 총을 든 군인 네 명이 우리 집으로 와 뜰들을 모두 거쳐 들어갔고, 방과 대청과 창고들을 모두 샅샅이 뒤졌지만 아버지가 앞서 말한 대로 우리를 괴롭히거나 무언가를 가져가지는 않았다. 그리하여 모두가 안심을 했고, 나는 다시 학교에 가도 되었다. 다만 군인들을 보고 이 마당에서 저 마당으로 달아났던 어진 이만은 오랫동안 당혹감에 빠져 있었다.

그런 가택수색은 자주 되풀이되었다. 거의 날마다, 심지어 하루에 두 번 행해지는 일도 종종 있었다. 군인들은 가끔은 이른 아침에 나타나기도 했고, 가끔은 저녁에 갑자기 안마당으로 들어와 여자들이 놀라 달아나기도 했다.

동시에 좋지 않은 소문이 나돌았다. 근처 산속에서 농부, 사냥꾼, 젊은 남자 등 새로운 시대를 알려고 하지 않고 일본인들에게서 나쁜 의도를 짐작해낸 우리나라 사람들이 여러 곳에 모여 침입자들과 맞서 싸우고 있다는 것이었다. 그리하여 우리 시에 무기창고가 있을 것으로 짐작한 일본인들이 시내에서 계속하여 가택수색을 벌이고 있다는 것이었다.

아버지는 처음에는 이 소문을 그저 사람들의 잡소리로만 여겼다. 그러나 그것은 소문일 수만은 없었다. 우리는 점점 더 많은 일본 군대들이 중무장한 채 남문이나 서문을 통과하여 전투를 하기 위해 출동하는 모습을 보았기 때문이다. 그들은 노래를 부르며 출동 행진을 했고, 전투 후에는 노래를 부르며 다시 시내로 돌아왔다. 그들은 나중에는 포로들도 데려왔다. 그것은 끔찍한 광경이었다. 유혈이 낭자하게 얻어맞고 단단히 묶인 채 우리의 농부들이 끌려왔다. 이들의 얼굴은 엉망이었고 알아볼 수 없을 만큼 일그러져 있었다. 나는 그때까지 포승에 묶인 사람도 그렇게 유혈이 낭자하게 얻어맞은 사람도 본 적이 없었다. 나는 몸을 떨었고, 공포의 땀이 얼굴로 흘러내렸으며, 집으로 오는 도중 줄곧 신음하며 괴로워했다. 어머니는 나를 학교에서 끌어내어 아직은 평화로울 시골 어딘가로 보낼 것을 다시 제안했다. 나는 여린 아이이니 그런 무시무시한 광경들에서 벗어나 보호받아야 한다는 것이었다. 아버지는 어머니와 오래 동안 상의를 했으나 결국 동의하지 않았다. 아버지는 머슴 방씨와 농사관리인을 우리 농토의 소작농들에게 보냈을 뿐이다. 이들은 소작농들에게 일본인들과 맞서는 어리석은 행동을 하지 말도록 주의를 주어야 했다. 아버지는 나에게 행진하는 군인들을 절대로 바라보지 말라고 말했다. 배우지 못한 아이만이 신기해하며 그들의 얼굴을 똑바로 쳐다보는 법이라는 것이었다.

전투는 점점 더 잦아지고 격렬해졌다. 겨울과 봄 내내 포로들이 시내로 끌려왔다. 포로들 가운데에는 여자들도 종종 있었다.

장마가 시작된 여름이 되어서야 마침내 조금 평온해졌다. 가택수색은 완전히 중단되었다. 아침부터 저녁까지 조용히 장맛비가 내렸다. 어느 날 저녁 기섭이가 나를 찾아왔다. 그는 창백하고 야위어 보였다. 그가 내게 물었다.

"너 들었어?"

"아니. 무슨 얘기를?"

그는 잠시 침묵했다. 그리고는 말했다.

"내 생각에는 우리가 속았어. 우리나라가 합병되었어."

"일본에게?"

"물론 일본에게."

"그런 게 어디에 쓰여 있어?"

"시간 있으면 나중에 남문에 가서 포고문을 읽어 봐. 하지만 거기에는 군인이 서 있으니 조심해. 욕을 하거나 포고문을 찢어버리면 안 돼!"

저녁밥을 먹고 나서 나는 구월이를 앞세우고 남문으로 가 정말로 두 개의 커다란 램프불빛을 받으며 큰 종이 한 장이 인쇄되어 붙어 있는 것을 발견했다. 주변은 쥐죽은 듯 조용했다. 성문 근처와 중심가 전체에는 어떤 사람도 보이지 않았다. 단지 두 개의 등불만이 어둠 속에서 깜박이고 있었고, 군인 한 사람이 총을 들고 포고문 옆에 조용히 서 있었다. 나는 조심스럽게 게시물 앞으로 다가가 왕의 큼직한 옥새가 찍혀 있는 것을 보았다.

그것은 내가 생애 처음이자 마지막으로 읽은 왕의 편지였다. 나는 숙연하고 슬퍼졌다. 그것이 우리를 5백 년 이상 지켜온 전체 왕가의 작별편지였기 때문이다. 내가 모두 읽자 구월이가 와서 내 손을 잡고 아치형 성문을 빠져나갔다.

"거기에 뭐라고 쓰여 있어?"

구월이가 물었다 그녀는 읽을 줄을 몰랐다.
"우리의 왕이 물러났어!"
"영영?"
"응, 영원히."
"왜 물러났대?"
"나도 몰라."
집에서 나는 아버지에게 포고문의 내용을 있는 그대로 이야기했다.
아버지는 아무 말도 하지 않고 내 말을 주의 깊게 들었다. 나는 아
버지에게 물었다.
"우리 앞에는 이제 더 나쁜 일이 닥쳐오겠지요?"
아버지는 나를 바라볼 뿐 아무 말이 없었다.
바깥마당의 남자들, 어머니, 누나들 등 집안사람들 모두가 침묵만
지키고 있었다.
부모님과 준옥은 밤늦게까지 술병을 옆에 두고 마주앉아서 마지막
왕조의 왕에 대해 얘기했다. 아버지는 결론적으로 전체 왕실이 우
리를 지키기에는 너무 약해졌다고 말했다. 아버지는 우리는 이제
새로운 왕이 나타나 우리를 다시 통치할 때까지 조용히 기다려야
할 것이라고 말했다. 아버지는 나에게 조용히 계속하여 학교에 다
니고 세상일에 신경을 쓰지 말아야 한다고 말했다.

논바닥이 갈라져 벼가 말라죽어가는 극심한 가뭄으로 주민들이 극
한적 고통에 시달리는 모습 또한 절박하고 처절하게 그려져 있다.

이제 많은 사람들이 가뭄을 불러온 책임이 어디에 있는지를 따졌
다. 대부분의 사람들은 이번에도 틀림없이 일본인들 때문이라고 여
겼다. 그들이 많은 성곽들을 부수었고, 많은 값진 건물들을 허물었
으며, 아주 오래된 무덤들을 파헤쳤기 때문이라는 것이었다. 특히
무덤을 파헤친 것은 가장 악랄한 짓이었다. 왜냐하면 일본인들은
무덤들에서 시신과 함께 묻었던 진귀한 도자기들을 강탈해 갔기
때문이다. 그들은 그것들을 도쿄로 가져가 비싸게 팔았다고 한다.
산이란 산에는 예외 없이 수많은 무덤들이 파헤쳐진 채 하늘을 바
라보고 있었다. 오래 된 사람의 해골이 산에서 햇볕에 노출된 채
뒹굴었다. 그 야만인들은 도로건설을 하면서도 많은 오래된 묘지들
을 파헤쳐 훼손했다. 사람들은 산비탈을 지나갈 때면 자주 사람의

뼈나 통째로 된 두개골이 위에서 굴러 떨어져 깜짝 놀라 달아나곤
했다. 나도 하늘은 언젠가 그런 못된 짓에 복수를 할 것이라고 믿
었다.

가뭄은 계속되었다. 많은 들판에 물 한 방울 없었고 여기저기서 깊
게 갈라진 모습을 보였다. 사람들은 밤마다 물을 길어오기 시작했
다. 인근에 있는 수원인 우리의 유일한 개천까지 말라버리자 사람
들은 연약한 어린 벼를 최소한 다음 날까지라도 죽지 않도록 하기
위해 이용가능한 모든 통들을 가지고 몇 시간을 걸어가 또 다른 수
원에서 물을 길어왔다.

많은 아낙네들은 별이 반짝이는 밤에 그들의 뒷마당이나 갈아놓은
그들의 들판 옆에서 비를 내려달라는 기도를 올렸다. 그들은 촛불
을 켜놓고 작은 나무밥상 위에 한 사발의 물을 제물로 올려놓고는
죄 없는 농민들을 그토록 심하게 벌하지 말아달라고 하늘에 빌었다.
그러나 하늘은 여전히 가혹했다. 매일 아침 해는 불타는 공처럼 동
쪽에서 솟아올라 하루 종일 이글거리며 고통받는 땅을 내리쬐었다.
아무도 더 이상 일하면서 노래를 부르지 않았다. 사람들은 온종일
나가서 말없이 제초작업을 했고 밤에는 절망하여 하늘을 샅샅이
살펴 구름조각을 찾았다. 나 또한 제대로 밤잠을 이룰 수 없었고
자주 하늘을 올려다보았다. 우리는 모두 골머리를 앓았고 거의 한
마디 말도 하지 않았다.

경성전문대학 의학부에 입학한 이미륵은 죽은 육신을 소중히 모셔
안치하는 우리의 전통의식 아래에서는 상상도 할 수 없는 시체해부
실습을 하며 심한 회의와 갈등을 겪는다.

인간의 육체는 특히 거기에서 정신이 떠나버리면 신성한 것으로
여겨졌다. 그러면 사람들은 육체가 방해받지 않고 행복한 조화 속
에 자연으로 돌아가 후손들이나 당대의 사람들에게 불행을 가져오
지 않도록 하기 위해 시신을 땅의 일정한 곳에 넘겨주었다. 그리하
여 죽은 육체를 절개하는 것은 비록 의사에 의해 이루어지는 것일
지라도 자연의 법칙에 반하고 영혼에 반하는 죄악이었다. 그렇게
인식되었기 때문에 당시 한국인들뿐이었던 우리 대학 초창기의 학
생들은 해부실습에 참여하는 것을 거부해야 했다. 물론 그들은 낡

은 토속치료술보다 훨씬 뛰어나다고 생각했기 때문에 현대적인 의학을 배우고자 했다. 그러나 그들은 죽은 사람을 해부하는 것은 여전히 커다란 죄악으로 보았던 것이다.

그것은 물론 최초로 서양문화를 우리나라에 들여오려고 시도했던 수십 년 전에 있었던 일이었다. 그러나 이미 오래 전에 낡은 사고를 벗어던진 우리들도 어느 겨울날 오후 처음으로 해부가 행해질 회색으로 칠해진 외딴 건물 안으로 이끌려 갈 때는 그다지 마음이 편치 않았다. 다른 여섯 명의 동료들과 함께 익원과 나는 천천히 커다란 책상으로 다가갔는데, 그 위에는 한 젊은 남자의 시체가 누워 다가올 일을 기다리고 있었다. 우리 모두는 조금 떨어져 서서 땅속에 깊이 묻혀 쉬는 대신 이곳 철판 위에 누워 겨울햇살에 맨몸을 쬐어야 하는 그 창백한 시체를 바라보았다. 익원은 서글프게 나를 바라보고 내 손을 잡았다. 그는 불만스러운 듯 중얼거렸다.

"향불도 안 피우고!"

교수가 들어와 오늘은 복부기관들만 살펴볼 것이라고 설명했다. 그는 죽은 육신의 부검은 인간존엄을 해치는 것이 아니라고 말했다. 그는 우리가 땅속에 묻힐 시체를 고귀한 학문의 제단에 바침으로써 죽은 자에게 커다란 영예를 바친다고 생각한다고 말했다. 그는 우리들 중 한 사람이 이제 용감하게 착수하여 우선 갈비뼈 부근의 피부만을 아래로 절개하라고 했다. 우리는 아무도 움직이지 않았다. 마침내 한 친구가 천천히 머뭇거리면서 도구상자를 꺼내 지시받은 대로 행했다. 그 후 동료들이 차례로 나서 결국 우리는 모두 함께 작업을 했고, 마침내 내장이 훤히 드러나도록 복강을 말끔하게 절개했다.

우리가 전등불빛 아래서 모든 기관들을 살펴보고 나서 집으로 돌아갈 때 밖은 이미 어두워져 있었다. 집에서 우리는 밥 먹는 것을 거절하고 저녁 내내 침묵했다. 우리는 무슨 얘기를 해야 좋을지 몰랐다. 우리에게는 공부, 철학, 자연, 인간의 삶 등 우리를 에워싼 모든 것이 무의미하고 추하게 여겨졌다. 내가 대학에서 집으로 돌아올 때는 뜨거운 물로 목욕을 하며 몸을 깨끗이 씻고 싶은 마음이 간절했었다. 그러나 이제 나는 내 자신의 몸을 보고 그 피부를 손으로 문질러야 한다는 것이 두려웠다. 나는 가만히 누워서 오후의 그 끔찍했던 인상을 잊으려고 노력했다. 익원은 자기 책상에 앉아 이 책 저 책을 건성으로 넘기는 듯했고, 이따금 "끔찍해", "야만적이야", "무시무시해" 등의 말을 내뱉었다. 마침내 그는 자신의 기분을 돌이키는 책 한 권을 찾은 것 같았다. 그는 몰입하여 계속 읽었

다. 나는 자다가 깨고 또 자다가 깨며 그가 밤새 앉아서 책을 읽고
있는 것을 보았다. 그는 다음 날 아침 내게 물었다.
"우리 계속 의학공부를 해야 될까?"
나는 말했다.
"모르겠어."

　　1919년 3월 1일 오후 서울 파고다공원에서 열렸던 만세운동에 직
접 참여한 이미륵은 당시의 상황을 자세하게 묘사하고 있다.

　　내가 오후 2시에 공원으로 갔을 때 그곳은 이미 경찰들로 포위되
어 있었고, 담 안의 작은 공간은 밀려든 사람들로 꽉 차 있어 나는
열 발짝도 앞으로 내딛을 수가 없었다. 나는 근처에서 익원도 다른
어떤 동료도 찾을 수가 없었다. 나는 담 모퉁이에 서서 점점 더 많
은 대학생들이 입구를 통과하여 밀려들고 있는 것을 바라보았다.
갑자기 깊은 정적이 찾아들었고, 나는 누군가가 누각의 연단에서
한국 민족의 선언을 낭독하는 것을 보았다. 나는 무슨 내용인지 알
아듣기에는 너무 멀리 떨어져 있었다. 한 순간 정적이 지배하더니
그칠 줄 모르는 "만세"의 외침이 울려 퍼졌다. 그 작은 공원은 진
동했고 터져버릴 것 같았다. 공중에서는 다양한 크기와 내용으로
된 전단들이 휘날렸고, 운집한 전체 군중은 여전히 "만세"의 함성
을 외치며 사방으로 전단을 뿌리면서 공원을 나서 시가행진에 나
섰다.
　　나도 전단 한 장을 주워 선언문을 읽어보았다. 우리 민족은 일본에
의한 한국의 합병은 잘못된 것이며 오늘부터 더 이상 효력을 갖지
못한다고 선언하고 있었다. 한국인들은 자유로운 민족으로서 자신
들의 운명을 스스로 결정지을 권리를 되찾기를 요구하고 있었다.
나는 선언문을 반복하여 샅샅이 읽고는 행진에 합류했다. 공원 입
구에서 누군가가 한 무더기의 전단을 내 손에 쥐어주고는 짧게 명
령조로 "뿌려!"라고 외쳤다.
　　거리는 이미 수많은 사람들로 가득 찼다. 이들은 깜짝 놀라 어리둥
절해 하며 전단을 붙잡았다.
　　"마침내!"
　　몇몇 사람들이 외쳤다.
　　"그래, 우리의 학생들, 우리의 아이들이!"

다른 몇몇 사람들이 외쳤다. 여자들은 눈물을 흘리고 몸을 떨었으며, 우리에게 마실 것과 먹을 것을 주었다.

경찰은 개입하지 않았고, 우리가 완전히 자유롭게 시내를 통과해가도록 내버려 두었다. 관청건물들과 영사관들만이 중무장한 경찰들로 에워싸였다. 경찰들은 대학생들이 폭력행위를 벌이지 않을지 예리하게 관찰했다.

저녁 무렵에서야 우리는 제지받고 있음을 느꼈다. 우리의 행동의 자유는 점점 좁아졌다. 우리가 행진하여 통과해온 모든 구역이 경찰과 군인들에 의해 점거되어 우리는 점점 더 좁게 포위되었다. 우리는 방해받지 않고 자유로운 민족임을 선언한 프랑스 영사관 앞을 떠나 총독부로 행진해가려 했을 때 마침내 곤경에 빠졌다. 길이 차단되었던 것이다. 도로 전체가 양쪽은 중무장한 빽빽한 경찰들로, 가운데는 4열을 지은 군인들로 점령되었다. 양 측은 잠시 어쩔 줄 모르고 맞서 있다가 마침내 번쩍이는 칼을 든 첫 번째 열의 군인들이 군중을 향해 돌진했다. 맨 앞에 있던 사람들은 용감하게 그대로 서 있었으나 뒤쪽에서는 공포가 일어 전체 군중이 물러났다. 이로써 게임은 우리의 패배로 끝났다. 한탄하고 흐느끼는 소리만이 들렸다. 군인들은 우리를 한 순간에 중심가로 내몰았고, 거기에서 우리는 다른 군대에 의해 접수되어 계속 쫓겨났다.

나는 다친 데 없이 집으로 와서 곧 잠이 들었다. 내가 다시 깨었을 때는 어두워져 있었다. 익원은 아직 돌아오지 않고 있었다. 나는 걱정이 되어 익원을 찾기 위해 다시 밖으로 나갔다. 밖에 나가자 무서운 생각이 들었다. 모든 거리에는 사람이 없었고 불빛도 거의 비치지 않았으며, 길 양편에는 기관총을 든 군인들이 서 있었다. 검은 장갑차들이 수시로 질주해갔다.

나는 조심스럽게 이 골목 저 골목을 터벅거리며 내 동료들을 찾아갔다. 그러나 익원이 어떻게 되었는지는 아무도 모르고 있었다. 나는 하숙집들을 전전했지만 아무 소용이 없었다. 그때 나는 길모퉁이에서 상규를 만났다. 그도 친구들을 차례로 찾아다니고 있었다. 그는 거의 모든 친구들을 찾아가 알아본 결과 익원을 포함하여 다섯 명의 동료가 행방불명되었음을 확인했다.

나는 자정이 지나 집으로 돌아왔지만 방은 여전히 비어 있었다.

서서히 황량한 밤이 지나갔다.

다음 날 아침 상규는 익원과 다른 네 명의 동료가 경미한 부상을 당한 채 감옥에 갇혀 있다는 소식을 전해왔고, 갇혀 있는 그들에게 먹을 것을 가져다 달라고 내게 부탁했다. 민중봉기는 그 사이 대도

시에서부터 소도시를 거쳐 장터을에 이르기까지 급속히 확산되었
다. 내 고향에서는 기섭이와 만수가 다른 친구들과 함께 감옥에 갇
혀 있다는 소식이 들려왔다. 대학생과 중학생들에 이어 상인들이
운동에 합세했고, 그 후 직공과 농부들이, 마지막으로 한국인 공직
자들이 가담했다. 총독부는 곤경에 빠져 더 많은 일본군 사단을 파
견했다. 군대들은 10년 전 우리나라가 합병될 때와 마찬가지로 밤
낮 없이 행군을 했다. 도처에서 피가 흘렀다. 대부분 기독교 신자
들이 거주하는 어느 마을에서는 주민 전체가 교회 안에 갇힌 채 불
태워져 죽음을 당했다. 옛 구치소들과 감옥들이 확장되고 새로이
신축되었으며, 경찰은 밤낮 없이 고문을 했다. 서울의 대학생들은
네 번째 시위 이후 공개적인 시위에서 뒤로 물러나 운동을 위한 비
밀작업만을 진행했다. 나는 전단을 제작하는 그룹에 소속되었다.
도쿄의 일본정부는 봉기를 무력으로 진압한 후 하세가와 총독을
해임하고 해군제독 사이토를 후임으로 한국에 보냈는데, 그는 실제
로 화해의 정책을 이끌었다. 그는 우선 모든 공직자들을 비무장시
켰다. 이들은 지금까지 세무원이건 교사이건, 통역관이건 의사이건
상관없이 모두가 제복을 입고 칼을 차왔다. 국민에게 공포의 상징
이었던 지방순사는 해체되었고, 경찰에게는 고문이 금지되었다. 한
국인들의 봉급은 일본인들의 그것과 동등하게 책정되었고, 언론자
유가 공포되었다. 한국인학교들은 일본인학교들과 동등한 지위를
얻었고, 서울에 제국대학교가 설립되었다.
이러한 화해적인 정책과는 이상하리만큼 대조적으로 3월운동 참여
자들에게는 가혹한 형벌이 내려졌다. 법원은 '소요주동자들'에 대
한 재판을 계속해 나갔고, 경찰은 모든 운동가담자들을 찾아내 체
포하기 위해 이리저리 날뛰었다. 쫓기는 사람들은 외국으로의 도피
를 택했다. 나는 대학생제복을 벗어던지고 고향으로 갔다.

이미륵은 일본의 압박을 피해 중국을 거쳐 유럽행을 결심한다. 천
신만고 끝에 압록강을 건너 중국 땅을 밟는 힘겨운 역정이 서술된다.

나는 국경의 큰 강 가까이에 이르렀다. 도처에 어른 키 높이의 갈
대가 자라고 있었고, 밭이나 논은 거의 보이지 않았다. 그래서 나
는 이제 거의 더 이상 앞으로 나아갈 수 없었다. 이른 새벽부터 늦
은 밤까지 무장한 군인들이 순찰을 했으며, 자주 총소리가 울렸다.

특히 대부분의 도주자들이 도주를 감행하리라 여겨지는 해질녘에
총소리가 더 자주 들렸다. 나는 최대한 조심스럽게 농부인지 어부
인지 모를 어떤 사람의 안내를 받아 가장 가까운 마을로 가 마침내
어느 어부의 작은 오두막집에 이르렀다. 나는 거기에서 뱃사공이
강을 건너다 줄 때까지 숨어서 지내야 했다.

다음 날 밤에는 나처럼 강을 건너려는 두 명의 대학생이 오두막집
에 더 왔다. 그들은 나보다 더 어려 보였다. 두려움에 질린 창백한
한 학생은 갓 열일곱 살이 될 듯했다. 그는 도망치는 모험을 하게
된 것을 후회하는 것 같았다. 그는 가만히 앉아서 앞을 응시할 뿐
이었다.

셋째날 밤에 드디어 한 나이 든 어부가 나타나 우리에게 자신을 따
라오라고 했다. 우리는 아직 달빛이 비춰 쉽게 발견될 수 있기 때
문에 오두막집을 떠나는 것을 주저했다. 그러나 그 뱃사공은 오히
려 밝은 달빛 아래에서는 국경감시가 그다지 심하지 않다고 말했
다. 우리는 그를 믿고 갈대밭 사이로 난 간신히 알아볼 수 있는 좁
은 길을 타고 그를 따라갔다. 그렇게 우리는 한 시간 넘게 달아나
어느 작은 숲에 이르렀다. 여기에서 어부는 짧게 휘파람을 불었고,
빽빽한 숲에서 비슷한 휘파람소리가 들려왔다. 그런 다음 두 명의
어부가 나타났고, 우리는 잠시 더 갈대밭을 뚫고 달려 마침내 강가
에 도달했다. 우리는 소스라치게 놀랐다. 이곳은 강의 하구 근처였
으며, 강은 더 이상 강으로 보이지 않고 바다와 같은 모습으로 멀
리 망망대해로 이어지고 있었다.

우리가 움직이지 않고 서 있는 동안 어부들은 잠시 서로 소곤거리
고 나서 조그만 통나무배처럼 생긴 탈것들을 말없이 말뚝에서 풀
었다. 이 배 아닌 배들은 너무 작아서 한 척에 두 명만이 간신히 탈
수 있었다. 어부들은 제각기 우리를 한 사람씩 떠맡아 자기 배에
태웠고, 우리는 간격을 크게 벌린 채 연이어 강가를 출발했다. 우
리가 그렇게 조용히 소리 내지 않고 그 큰 강을 저어가는 동안 내
게는 시간이 무한히 길게만 여겨졌다. 우리는 강 한가운데에 도달
했을 때 멀리서 몇 발의 총이 발사되는 소리를 들었다. 내가 탄 배
의 어부는 미소를 지으며 내게 입 다물고 있으라는 시늉을 했다.
나중에 그는 내게 그것은 단지 이따금 철교에서 가하는 경고사격
임이 분명하다고 귓속말로 속삭였다. 그는 강의 수면이 반짝이는
데에서는 사람들이 우리를 결코 발견하지 못할 것이라고 말했다.
자정이 되어 우리는 건너편 강가에 내려서게 되었다. 어부들은 우
리에게 다음 국경도시까지 가는 3시간 걸리는 길을 간단하게 설명

해주고 우리와 헤어졌다. 우리는 한 동안 서서 세 척의 통나무배가 천천히 우리의 고향 쪽을 향해 돌아가고 있는 것을 바라보았다. 그런 다음 우리는 난생 처음으로 발을 디딘 만주 땅의 좁은 자갈길을 말없이 걸어갔다.

우리가 그 중국의 도시에 도착하여 오래 동안 힘들게 찾아 헤맨 끝에 어부들이 알려준 조그만 한국 여관을 찾았을 때는 이미 날이 밝아왔다. 우리는 곧장 누워 잠을 잤다.

그날 오후 우리는 서로 헤어졌다. 내 두 동행자 중 어린 사람은 장춘으로 갔고, 또 한 사람은 심양으로 갔다.

나는 난생 처음 본 중국의 도시를 걸어 다녔다. 좁은 거리에는 사람들이 넘쳤다. 거리는 금박 글자로 된 많은 간판들에도 불구하고 집들이 흰색으로 칠해지지 않고 사람들이 파랑색 옷을 입어 음침하게 보였다. 이곳은 한국의 도시보다 더 활기차고 소란스러웠으며 도처에서 내게는 생소하며 특이한 향내가 풍겼다.

나는 시내를 벗어나 다시 한 번 강을 보기 위해 어느 언덕에 올랐다. 강은 저녁노을 속에 조용히 푸른빛으로 반짝이며 언덕 사이의 모래밭을 통과하여 흐르고 있었다. 강은 이곳에서 좁아져 폭이 5백 미터가 넘지 않을 것 같았다. 나는 강 건너편 사람들의 얼굴까지도 거의 알아볼 수 있을 것 같았다. 그들은 그물을 널고 있었다. 아녀자들과 소녀들은 집 앞에 앉아 저녁밥에 넣어 먹을 콩을 까고 있는 듯했다. 아이들은 놀면서 서로 싸우고 있었다.

태곳적부터 이 무한한 만주 땅과 내 고향을 갈라놓은 국경의 강은 끊임없이 흐르고 있었다. 이쪽 편은 모든 것이 크고 어둡고 진지한데, 건너편은 모든 것이 작고 밝았다. 밝게 빛나는 초가지붕을 한 집들이 언덕 옆에 흩어져 있었다. 많은 굴뚝들에서는 벌써 저녁연기가 솟아올랐다. 멀리에는 맑은 가을하늘 아래 산들이 첩첩이 이어져 있었다. 산들은 햇빛을 받아 반짝였고, 노을 속에 또 한 번 빛을 내더니 천천히 푸른 안개에 휩싸였다. 먼 남쪽으로는 계곡과 개천이 있는 수양산과 내가 어릴 적 저녁마다 멋진 음악을 들었던 2층 탑건물이 보이는 것 같았다. 나는 아직도 남쪽에서 불어오는 그 신성한 소리를 듣고 있다는 생각이 들었다.

압록강은 쉬지 않고 소리를 내며 흘렀다. 날은 어두워졌다. 나는 언덕에서 내려와 기차역으로 걸어갔다.

이미륵은 상해에서 여객선에 올라 남중국해를 거쳐 프랑스의 마르

세이유에 도착하여 유럽 땅을 밟는다. 그는 배에 올라 항해하는 동안
의 이야기를 여러 정박지들에서의 체험담과 함께 자세하고 흥미롭게
펼친다.

우리가 남쪽으로 항해해 갈수록 날씨는 더 더워졌다. 싱가포르 근
처에서는 해를 가리지 않고는 햇볕에 거의 앉아 있을 수가 없었다.
이 굉장한 더위는 내가 심한 안질환을 앓게 된 원인이 되었다. 어
느 날 아침 나는 잠에서 깨면서 양쪽 눈에 찌르는 듯한 통증을 느
꼈다. 다른 사람들의 말로는 내 눈이 엄청나게 충혈되어 있었다고
했다. 나는 선내의사에게 갔고, 의사는 잠시 검사한 후 통증을 완
화시키는 연고를 바르고 두 눈을 붕대로 싸맸다. 그는 내게 무슨
질환인지는 말해주지 않고 붕대를 가능한 한 떼지 말라고만 조언
했다. 그리하여 나는 싱가포르에서 육지로 나갈 수 없었다.
그러나 내가 최소한 그 도시를 멀리서나마 바라보려고 의사의 주의
에도 불구하고 한번 붕대를 떼자 통증은 계속 이어졌고 염증은 더
심해졌다. 나는 연한 잿빛 어스름 외에 아무 것도 볼 수 없었고 통증
은 불타는 듯 심했다. 의사는 나에게 태양열로 인한 모든 불필요한
자극을 피하기 위해 며칠간 선실에 누워있으라고 지시했다. 나는 의
사의 조언에 따랐고, 시원한 선실에서는 정말로 바깥에서보다 지내
기가 더 좋았다. 나는 조용히 선실에 누워 파도가 부서지는 소리를
들었다. 나는 잠을 잤고, 깨어서 다시 파도소리를 듣곤 했다.
내가 눈 상태가 좋아져 다시 볼 수 있게 되었을 때 우리는 벌써 수
마트라 해협을 지난 지 오래였다. 우리는 인도양 위를 항해하고 있
었다. 드넓은 주위로는 돛단배도 섬도 해변도 아무 것도 보이지 않
았다. 짙푸른 하늘 아래 사방으로 파도만이 널리 퍼져나가고 있었
다. 하지만 눈을 뜨고 누워 천막 그늘 속에서 얘기를 나누는 것은
무척 좋았다. 내 고국학생들은 즐겨 책을 읽는 중국인 학생들만큼
부지런하지 않았다. 많은 중국인 학생들은 방해받지 않고 시원한
가운데 책을 읽기 위해 대부분의 시간을 그들의 선실에 머물렀다.
나는 손에 책을 들고 있지 않은 중국인은 거의 보지 못했다. 그러
나 책을 읽는 한국인은 더더욱 드물었다.
안남인들도 책을 읽었다. 그러나 그들은 오락서적만 읽었을 뿐 중
국어와 같은 교재는 읽지 않았다. 그들은 일부는 안남어로 되고 일
부는 프랑스어로 된 단편들과 소설들을 읽었다. 그들은 프랑스어로

된 책을 읽을 때는 말없이 읽었다. 그러나 안남어로 된 소설을 읽을 때는 반쯤 노래하면서 낭독했다. 다른 사람들은 그걸 보고 모두 웃었다. 안남인들의 그런 낭독은 내 마음을 이상하게 동요시켰다. 왜냐하면 멀리 외딴 북쪽 고지대에 사는 한국인들도 같은 방식으로 책을 읽기 때문이었다. 나는 내 고향을 생각했다.

갑판 위에서는 이제 동아시아의 대학생들 외에 싱가포르에서 탔을 인도인들도 보였다. 그러나 그들은 대학생들이 아니어서 우리 선실에 속하지 않았다. 그들은 1등실이나 2등실에 속한 사람들도 아닌 것 같았다. 그들은 계속 갑판 위에서 생활했고, 거기에서 잠을 자고 식사도 했다. 그들은 머리가 흰 두 늙은 남자와 한 늙은 노파와 한 젊은 여자였는데, 갑판 한가운데에 자리를 잡고 보따리들과 이불로 거처를 꾸며놓고 지냈다.

옛날, 7백 년 내지 8백 년 전에는 많은 한국의 학자들이 성스런 가르침의 원천으로 심신을 정화하기 위해 인도로 갔다. 그들은 '서역 하늘 아래에 있는 기적의 나라'에 도달하기 위해 전체 만주땅을 지나고 몽골과 쿠쿠놀과 티베트 고원을 거쳐 2년 넘게 걸어서 가야 했다. 그들 도보여행자들 중 많은 사람이 도중에 죽고, 극소수에게만 히말라야 산길을 걸어 넘는 것이 허용되었다고 한다. 마침내 그 열대 기적의 세계에 도착하여 황금사원 앞에서 인도 현자들의 설법을 들을 수 있게 된 사람의 기분은 어떠했을까!

갑판 위의 인도인들은 조용한 사람들인 것 같았다. 그들은 말없이 앉아 있었고, 가끔만 서로 속삭였으며, 부드럽게 출렁이는 끝없이 넓게 펼쳐진 물결을 꼿꼿이 바라보았다.

콜롬보에서는 비가 내렸다. 그럼에도 불구하고 모두가 상륙용 다리로 달려가 실론 섬을 보여주겠다고 하는 여행안내자를 따라갔다. 사이공에서 안내자가 없어 별로 구경하지 못했던 경험을 한 터라 우리도 다른 사람들과 합류했다. 사람들은 큰 무리가 되어 천천히 시내를 통과하여 걸어갔다. 시내에는 인도인들의 상점 외에는 서울이나 상해에서와 그다지 다르지 않은 유럽식의 집들만이 서 있었다. 우리는 아무도 어디로 가는지 알지 못했다. 그러나 우리는 명소들을 어떤 것도 놓치지 않기 위해 뒤처지지 않고 따라갔다. 마침내 우리는 시내를 벗어나 대나무늪과 야자나무농장을 통과하여 어느 커다란 외딴 집으로 갔다. 우리는 나중에 이 집이 박물관임을 알았다. 그 안에는 수천 명이, 아니 수천의 인물상들이 진열되어 있었다. 안내자는 이해할 수 없는 언어로 설명했고, 이를 무시하고 우리는 이 방에서 저 방으로 급히 돌아다녀 완전히 기진맥진했다.

우리들 가운데 이 짧고 소중한 시간을 이 부처상들을 공부하는 데 활용하려 한 예술가들이나 경건한 승려들이 그렇게 많이 있었을까? 방문자들의 무리는 설명을 이해하려거나 단순히 부처상들을 관찰하려고조차 하지 않았다. 많은 사람들은 어딘가에 조용히 서 있을 수 있게 되면 즉시 가방에서 책을 꺼내 읽었다. 안내자는 설명을 하고 나서 팁 문제로 장황하게 얘기했는데, 그것이 정작 안내보다 더 많은 시간을 요했다. 그런 다음 우리는 출발시간에 늦지 않기 위해 숨을 헐떡이며 급히 여객선으로 돌아갔다.

이 작품의 마지막 부분은 독일에 도착하여 고향과 어머니를 절절하게 그리워하는 이미륵의 모습을 담고 있다. 그는 흰 눈이 내리는 초겨울 날 고향에서 온 편지를 처음으로 받고, 어머니가 지난 가을 병으로 돌아가셨다는 것을 알게 된다.

가을은 빨리 다가왔다. 강 위에는 저녁안개가 자주 끼었고, 길 위에는 시든 나뭇잎들이 더 많이 나부꼈다. 나는 이미 오래 전에 추수가 시작되었을 것이기에 어머니는 지금쯤 어느 농토에 가 계시리라 추측했다. 어머니는 송림의 돌다리아저씨 집이나 강말의 수암네 집이나 산골마을 석탐에 계시겠지? 밀밖에 수확되지 않는 이 석탐이란 마을에 나는 한 번밖에 가보지 못했다. 깊은 산 속에 있어 찾아가기가 힘들었기 때문이다. 그곳에 가려면 오래 동안 좁고 가파른 오솔길을 걸어가 돌이 깔린 넓은 개천을 건너야 했다.
나는 고향에서 소식이 왔는지를 알아보기 위해 날마다 한 차례씩 우체국에 갔다. 그러나 나는 매번 빈손으로 돌아왔고, 유럽에 도착한 지 벌써 다섯 달 이상이 지났으므로 점점 더 불안해졌다. 나는 한국에서 내 편지들이 검열에 통과되지 않아 전달되지 않음으로써 고향에서의 소식을 받지 못한 채 한 해 한 해를 이곳에서 살아가야 하지 않을까 걱정이 되었다.
한번은 내가 우체국에서 집으로 돌아올 때 어느 낯선 집 앞에 멈춰 섰다. 그 집 정원에는 한 무더기의 꽈리나무가 서 있었고, 빨간 열매들이 햇볕에 반짝였다. 나는 뒷마당에서 자주 보았고 어린 시절 아이들과 그토록 즐겨 갖고 놀았던 이 식물을 보고 얼마나 기뻤던지! 여기에서 내 고향의 한 토막이 생생하게 내 앞에 살아있는 듯

했다. 내가 오래 동안 생각에 잠겨 있을 때 그 집에서 어떤 부인이
나오더니 왜 그렇게 서 있느냐고 내게 물었다. 나는 그녀에게 할
수 있는 한 자세히 내 어린 시절에 대해 설명했다. 그녀는 가지 한
개를 꺾어 내게 선물로 주었다. 나는 그녀가 얼마나 고맙던지!
그리고 곧 눈이 내렸다. 어느 날 아침 나는 잠에서 깨어 성벽에서
하얀 눈송이가 흩날리는 것을 보았다. 나는 친숙한 하얀 눈을 보고
행복했다. 그것은 내 작은 고향고을과 송림포구 위로 자주 흩날리
던 것과 똑같은 눈이었다.
이날 아침 나는 멀리 고향에서 처음으로 소식을 받았다. 큰누나가
쓴 편지에는 올 가을에 어머니가 며칠 간 앓다가 세상을 뜨셨다고
쓰여 있었다.

전후의 삶
– 보르헤르트

9장 전후의 삶 – 보르헤르트[12]: 『빵』

제2차 세계 대전으로 모든 것이 사라져버린 독일에서는 문학 또한 폐허상태가 되어 다시는 일어설 수 없는 듯했다. 그러나 폐허와 굶주림의 고통 속에서도 현실을 있는 그대로 내보이려는 작가적 본능은 '단화(Kurzgeschichte)'라는 장르를 도구로 삼아 힘차게 분출하기 시작했다. 생존 자체가 삶의 목표이자 최고가치가 되었던 시절 작가들에게는 편히 앉아 심사숙고하며 긴 글을 쓰는 것은 엄청난 사치일 수밖

---

12) 볼프강 보르헤르트(Wolfgang Borchert, 1921~1947)는 1921년 북부 독일의 항구도시 함부르크에서 태어났다. 그는 뛰어난 문학적 감수성으로 10대 중반에 서정시들을 쓰기 시작하여 후반에는 드라마 습작품을 썼으며, 연극에 심취하여 극단에서 직접 무대에 오르기도 하는 등 일찍부터 문학예술을 향한 미래의 꿈을 키워 나갔다. 그러나 전쟁은 그의 꿈을 무자비하게 깨뜨리고 그의 청춘은 물론 삶 자체를 앗아가는 결과를 낳았다. 19세 때 전선으로의 소집명령을 받은 그는 러시아의 혹한 속에서 전쟁의 비인간성에 고통받다가 육신을 좀먹는 심한 질병을 얻는다. 야전병원에서 치료를 받던 그는 양심의 목소리를 내다가 고발되어 처참한 감방생활을 체험한다. 질병과 고독감, 부조리한 세계에 대항할 수 없는 무력감에 시달리며 병원과 감방과 전선을 오가야 했던 그는 마침내 전쟁이 끝나자 몸과 마음이 깡그리 망가진 채 고향 함부르크로 귀향한다. 고향의 품은 따뜻했으나 그의 병든 육신은 그 품안에서 어릴 적부터의 꿈이었던 창작의 나래를 마음껏 펼치는 것을 방해했다. 악화된 간질환은 진실과 양심을 향해 펜을 잡은 그의 손을 흔들리게 했다. 그러나 그는 죽음을 예감하면서 더 강한 삶에의 의지, 창작에의 열의를 불태웠다. 그는 부모의 간병을 받으며 병상에서 세상을 감동시킨 드라마 『문밖에서』를 완성했고, 많은 단화들을 썼다. 모두가 전쟁과 전쟁의 비인간성을 고발하는 처절한 절규였다. 단편집 『이번 화요일에(1947)』와 『민들레(1947)』, 시집으로 『가로등과 밤과 별』(1946)이 있다.
병세가 극도로 악화된 그는 주변의 도움으로 스위스로 옮겨져 치료를 받다가 낯선 이국땅에서 눈을 감았다. 전쟁터에서 귀향한 지 2년 반 만이었고, 그의 나이 스물여섯 살 때였다.

에 없었다. 그들은 구겨진 종잇장에 도막연필을 가지고 자신들이 처한 상황을 있는 그대로 즉석에서 거칠게 휘갈겨 써나갈 수 있었을 뿐이다. 이렇게 시작된 독일 전후단화는 독일 폐허문학의 상징적 장르가 되었고, 나아가 전후 독일문학 재건의 도화선 역할을 했다.

볼프강 보르헤르트는 이러한 전후 독일단화를 대표하는 작가로 인정되고 있다. 보르헤르트는 전쟁의 비인간성, 전쟁이 빚은 파괴와 참상, 죽음 등을 일상적이며 간결한 문체로 적나라하게 묘사함으로써 전후 독일단화의 독창적 위상을 정립하고 있다. 26세로 요절한 그는 전후 불과 2년이라는 짧은 작품활동 기간에 60편에 이르는 단화를 썼다. 그의 단화들은 내용은 물론 표현기법과 형식 등에서 전형적인 독일단화의 특징을 띠고 있다.

『빵』은 전후 굶주림에 시달리는 어느 노부부의 삶을 소재로 하고 있다. 이는 전쟁에 의한 모든 존재 및 가치의 파괴와 그로 인한 물질적, 정신적 폐허를 체험한 전후 작가들이 전쟁과 감옥과 전후현실로부터 넘쳐흐르는 체험들을 소재로 삼은 것과 다르지 않다.

작품은 어느 노부인이 새벽 2시 반에 갑자기 잠에서 깨는 것으로 시작된다. 잠에서 깬 부인은 침대 옆자리가 텅 비어 있음을 느낀다. 남편이 자고 있어야 할 옆자리에 그의 숨소리가 없음을 알아차린다. 순간 부엌에서 무언가 부딪치는 소리가 나고, 부인은 어두운 거실을 지나 부엌으로 걸어간다. 그곳에서 속옷 차림의 남편과 부닥친다. 부인은 식탁 위에 놓인 빵접시와 칼과 빵부스러기를 보고 상황을 짐작한다. 그 순간 그녀는 오랫동안 자신을 휘감고 있던 타일바닥의 냉기와 같은 전율에 휩싸인다. 잠깐의 정적은 남편의 다음과 같은 첫마디로 깨진다.

여기에 무슨 일이 있나 해서.

수십 년을 함께 살아왔음에도 자신에게 거리를 두며 거짓말을 하는 남편과 굶주림에 시달리는 비참한 현실 앞에 부인은 심한 불쾌감과 분노를 느끼지만 남편의 거짓말을 되받아 인정해 줌으로써 남편을 감싸주려 한다.

저도 무슨 소리를 들었던 것 같아요.

노부부는 한밤중에 부엌에서 속옷차림으로 마주선 채 두 사람을 더 늙어 보이게 하는, 불빛에 반짝이는 흰 머리칼을 보며 서로에게 동정과 측은함을 느낀다. 남편은 부인이 자신의 거짓말을 덮어준 데 대한 보답이나 하듯 맨발의 부인을 걱정해 준다.

신발을 신을 걸 그랬소. 차디 찬 타일바닥에 맨발로 그렇게 서 있다니. 당신 감기 걸리겠소.

그러나 남편의 이 말이 자신을 진정으로 걱정해서라기보다는 거짓말을 눈치 챈 아내로 인한 자존심 손상을 은폐 내지 희석시키기 위해 작위적으로 내뱉은 것임을 알고 있는 부인은 견딜 수 없어 한다.

남편은 계속 "여기에 무슨 일이 있나 해서"라는 거짓말을 하며 자신의 행동에 대한 변명을 이어나간다. 수치심에 사로잡힌 자신이 온전히 벌거벗겨지는 것을 막기 위해 취하는 참으로 얄팍한 수단인 것이다. 그러나 부인은 남편의 계속적인 거짓말에도 불구하고 그를 도와주고자 한다. 그녀는 남편의 말을 사실로 받아들이듯 다음과 같이 남편을 감싸준다.

> 어서 들어가요. 그건 정말 밖에서 나는 소리였어요. 어서 침대로
> 가요.

이런 부인의 이해와 노력으로 부부는 다시 아무 일도 없었다는 듯 침실로 들어간다. 그러나 얼마 후 부인은 남편의 빵 씹는 소리를 듣게 된다. 부인에게 또 한 번 남편이 무언가를 숨기는 것을 도와야 하는 상황이 등장하는 것이다. 그녀는 자신이 깨어 있다는 것을 남편이 알아차리지 못하도록 "일부러 깊고 규칙적으로" 숨을 쉬고, 그의 너무나 규칙적인 빵 씹는 소리에 깊은 잠에 빠지게 된다.

그런 다음 시점은 다음 날 저녁으로 바뀐다. 남편이 일터에서 집에 돌아오자 부인은 자신 몫의 빵 한 조각을 더 얹어 남편에게 네 조각의 빵을 내어 놓으며 자신은 소화가 잘 안 되어 두 조각으로도 충분하다며 남편을 안심시킨다. 남편에 대한 부인의 모성애적 이해와 포용으로 남편의 내면에 머물던 수치심은 사라진 것으로 볼 수 있다.

이 작품에서 공간은 구체적으로 드러나 있지 않고, 상황의 묘사를 통하여 그 윤곽을 독자 스스로가 조금씩 연상해 내야 한다. 침실과 부엌 외에는 주변환경에 대한 구체적인 언급은 어디에서도 찾을 수 없다. 거실과 복도가 등장하지만 이는 부엌으로 가는 도중 잠깐 거쳐 지나는 공간에 불과하다. 실제상황이 존재하는 공간이라기보다는 집의 전체적인 윤곽에 대해 독자가 연상할 수 있도록 제시된 이미지 공간이라 할 수 있다.

이 작품에서의 중심공간은 부엌이다. 부엌이라는 공간은 단순한

이야기의 배경만이 아니라 굶주림과 곤경 속에서 혼돈과 갈등의 사고들이 맴도는 장소이기도 하다. 즉 부엌은 상황의 상징이기도 하다. 굶주림과 곤경의 상징인 부엌이라는 공간에 '차가운 타일바닥', '냉기' 등의 표현이 자주 등장하면서 부엌의 공간적 상황이 더 구체화된다.

> 그녀는 타일바닥의 냉기가 서서히 솟아오르는 걸 느꼈다. (중략) 차가운 타일바닥 위에 그렇게 맨발로. 당신 차가운 타일바닥에 서 있다가는 감기 걸리겠소.

부엌은 작품의 전반부에서 굶주림과 난처함과 비참함을 나타내는 상징적 공간이었다가 후반부에서는 전혀 다른 상황을 상징하는 공간이 된다. 즉 저녁식사가 이루어지는 다음 날 저녁의 부엌은 남편에 대한 부인의 모성애적 이해와 양보를 통해 사랑과 평화가 존재하는 공간으로 변한다.

한편 작품의 서두에서 세 차례나 반복하여 제시된 "새벽 2시 반"이라는 시각은 단순한 물리적 시각이라기보다는 다분히 상징적인 의미를 내포한 시각으로 해석할 수 있다. 특히 보르헤르트에게 있어서 이 2시 반이란 시각은 특별한 의미가 있는 순간으로 주목할 만하다. 그는 단화『부엌시계 Die Küchenuhr』에서도 폭격을 맞아 정지된 부엌시계가 가리키고 있는 시각을 "가장 기막힌 일은 그것이 하필 2시 반에 멈춰 서 있다는 것이요. 하필이면 2시 반에"로 서술하고 있다.

새벽 2시 반은 분주한 발길이 오가는 해질녘도 아니고, 야간활동을 즐기는 사람들이 흔히 활용하는 시간도 아니며, 잠자리에 들 시간도 아니고, 밤이 막을 내리고 여명을 맞이하는 이른 아침시각도 아니다. 그것은 깜깜한 어둠만이 존재하는 가장 깊은 밤 시간이자 인간이 활용할 수 있는 유용한 시간이 아니라 대부분 잠에나 빠져 있을 고적한 시간이다. 따라서 이 시간은 전후의 곤경과 참상에 연관되는 출구 없는 암흑과 절망의 시간일 수도 있고 고립과 소외의 시간일 수도 있다. 작가가 2시 반이란 시간을 세 차례나 강조한 것은 우연이 아닐 것이며, 함축적이며 상징적인 의미를 내포하고 있는 단화의 특성이 여기에서도 나타나 있음을 알 수 있다.

이 작품에서는 제목을 이루고 있으면서 사건전개의 핵심적 동인이 되고 있는 '빵'의 상징성이 돋보인다. 일반적으로 빵은 굶주림으로 대표되는 전후의 곤궁 속에서 인간의 본능적 욕구인 식욕충족과 이를 통한 생존을 위한 기본적 수단이다. 그러나 이 작품에서의 빵의 상징성은 이야기의 전개에 따라 상반적으로 나타나고 있다.

먼저 작품의 서두에서 빵은 이렇게 등장한다.

> 갑자기 그녀는 잠에서 깼다. 새벽 2시 반이었다. (중략) 식탁 위에는 빵 접시가 놓여 있었다. 그녀는 그가 빵을 잘랐다는 것을 알아챘다.

배고픔을 견디지 못한 남편이 한밤중 침대에서 빠져나와 부엌에서 부인 몰래 잘라먹다가 들키는 장면에서의 이 빵은 39년이라는 긴 결혼생활 동안 지켜져 온 부부 사이의 일체감과 신뢰의 파괴를 의미한다. 즉 그것은 오랫동안 유지되어 온 부부 사이의 공속성의 파괴를 상징한다. 부인 앞에서 마지막 자존심을 지키고자 변명을 늘어놓는 남편은 극한적인 수치심과 존재상실감 속에서 헤어나지 못하며, 부인은 수십 년을 살을 맞대고 살아 온 남편이 거짓말을 한다는 사실에 참을 수 없는 모욕감을 느끼게 되는 것이다.

그녀는 그를 바라보지 않았다. 그가 거짓말 하는 것을 참을 수가 없었기 때문이다. 결혼한 지 39년이 지난 지금 그가 거짓말을 하는 것을.

그러나 작품의 마지막 부분에서 부인이 자신의 몫을 더해 남편에게 내놓는 빵은 고난과 궁핍에 따른 참담함이나 공속성 파괴가 아니라 헌신적 사랑과 따뜻한 인간애를 느끼게 한다.

그가 다음 날 저녁 집에 돌아왔을 때 그녀는 그에게 네 조각의 빵을 내밀었다. 마음 놓고 네 조각 드세요. (중략) 저는 이 빵이 소화가 잘 되지 않아요. 그러니 하나 더 드세요. 저는 소화가 잘 되지 않아요. (중략) 어서 드세요. 어서 드세요.

여기에서의 빵은 남편에 대한 부인의 모성애적인 동정적 태도로 인해 헌신과 사랑의 상징이 되고 있다. 물론 작품에서는 빵이 상징하는 사랑이 한 번도 직접적으로 언급되지는 않는다. 그러나 남편을 향한 부인의 따뜻한 이해와 포용은 사랑을 낳고, 그 사랑은 비극의 빵을 '생명의 빵'으로 승화시킨다.

전후의 절대적 빈곤 앞에서 한밤중 몰래 빵을 훔쳐 먹음으로써 최소한의 자존심과 정체성마저 상실한 남편이 거짓말을 통해 곤경상황을 극복하려는 지난한 노력과 이를 받아들여 이해하고 김싸주는 부인의 태도는 인간의 존재상실의 비극과 이의 극복, 즉 구원이라는 도식으로 이해할 수 있다.

부인의 모성애적 사랑과 연관하여 흥미로운 것은 보르헤르트가 여성을 구원의 상징이며 영원한 안식처로 여겨 왔다는 점이다. 그는 인간의 비극은 인간에 의해 극복될 수 있다고 믿으며, 특히 여성에 의

한 구원에의 믿음을 강하게 표출하고 있다. 친구인 마이어-마르비츠도 그의 여성관에 대해 이렇게 밝히고 있다.

<blockquote>
또한 그는 어머니들을 좋아했다. 그에게 여자들은 위대한, 온통 마음을 사로잡는, 성스러운 삶의 은총의 상징이었다. 그것은 환희에 찬 사람들과 절망에 빠진 사람들을 위한 아늑한 보금자리였다.
</blockquote>

보르헤르트는 여러 작품에서 여성의 성스러운 역할을 부각시키고 있는데, 『부엌시계』에서는 편안함을 안겨주는 상징으로 어머니를 묘사하고 있고, 『어둠 속의 세 왕』에서는 궁핍상황에 대해 울분을 느끼는 남편을 따뜻하게 위로하고 희망을 불어넣는 아내의 모습을 그리고 있다. 또 방송극 『문밖에서』의 긴 머리 여인은 절망에 빠진 귀향병 베크만에게 희망으로 다가와 "조금은 부드럽고 따스한 연민"으로 보살핀다.

이런 안식과 희망의 상징으로서의 여성의 이미지는 작품 『빵』에서도 비극을 극복하는 구원의 상징으로 나타난다. 남편이 자신의 말이 거짓말임이 분명하게 드러났음에도 불구하고 계속하여 같은 거짓말을 반복하는 것은 자신의 거짓을 끝까지 감추기 위해서라기보다는 헤어날 수 없는 한계상황으로부터 부인에 의해 구원되기를 바라기 때문이라고도 볼 수 있다. 부인은 빵부스러기가 흩어져 있는 접시 위의 상황을 통해 남편이 몰래 빵을 잘라 먹고 있었다는 사실을 확인하지만 남편은 일관된 변명과 거짓말을 통해 자신의 자존심과 남편으로서의 위신을 지키고자 처절한 노력을 계속한다. 이런 남편의 거짓말에서 부인은 구원을 열망하는 목소리를 듣는다.

남편의 이런 비극적 상황은 부인에게 있어서도 역시 비극이다. 39

년 동안 부부로서 함께해온 서로의 믿음과 공속성과 질서가 한꺼번에 무너져 내리기 때문이다. 그러나 야스퍼스의 말대로 인간은 비극적인 것을 감내하고 그 안에서 자신을 변화시킴으로써 자신을 구원하고, 걷잡을 수 없는 혼란을 겪은 다음에야 비로소 구원을 발견하는 것처럼 부인은 자신의 혼란과 인내의 한계를 극복하고 두 사람 모두가 더 큰 비극적 상황에 빠지지 않도록 남편을 감싸주고자 한다.

부인은 우선 남편의 거짓말로 인한 처절하고 비참한 심정을 힘겹게 억누르면서 남편의 변명과 거짓말을 나타내는 흔적을 애써 지워버리려 노력한다.

> 그녀는 식탁 위의 접시를 치우고 식탁보에서 빵부스러기를 털어냈다. (중략) 그녀는 전등스위치에 손을 갖다 댔다. 지금 불을 꺼야 해. 그렇지 않으면 난 접시 쪽을 보게 될 테니까. 그녀는 그렇게 생각했다. 난 접시 쪽을 쳐다봐서는 안 돼.

그런 다음 부인에게서 어머니와 같은 자애로움과 관대함이 나타난다. 그녀는 남편을 감싸주고 보호하며, 남편으로서의 자존감 손상이라는 위기를 모면시키기 위해 남편을 침실로 데리고 들어간다. 그리고는 침대에서 더 큰 관용과 이해를 내보인다.

애써 잊으려던 남편의 거짓말을 다시금 싱기시키는 그의 빵 씹는 소리에도 불구하고 오히려 남편이 안심하고 빵을 씹어 삼킬 수 있도록 하기 위해 일부러 깊은 잠에 빠진 척 하는 부인의 행동은 남편으로 하여금 자신의 인간적 존재가치를 온전히 지키도록 해준다.

지금까지 일관되게 남편의 변명과 거짓말을 이해하고 잘못을 덮어주며 마지막까지 남편의 자존감을 지켜준 부인은 다음 날 저녁 자신

몫의 빵 한 조각을 남편에게 더 얹어줌으로써 모성애적 사랑과 이해를 넘어 자기희생을 통한 고귀한 인간애를 구현하게 된다. 이로써 굶주림과 난처함과 처절함 등으로 범벅된 남편의 전적인 비극은 극복되고 궁극적으로 남편은 구원된다. 부인의 숭고한 인간성 속에 녹아든 이해와 사랑은 인간적 비극에 대한 구원의 상징이기도 하다.

빵

볼프강 보르헤르트

그녀는 갑자기 잠에서 깨었다. 2시 반이었다. 그녀는 자신이 왜 깨었는지 곰곰이 생각했다. 아 그렇지! 부엌에서 누군가가 의자에 부딪혔어. 그녀는 부엌 쪽에 귀를 기울였다. 조용했다. 너무 조용했다. 그녀는 손으로 옆을 더듬고는 침대가 텅 비어 있음을 알았다. 그렇게 너무도 조용하게 만든 것은 바로 그것이었다. 그의 숨소리가 없었던 것이다. 그녀는 일어나서 캄캄한 거실을 지나 부엌으로 더듬거리며 걸어갔다. 부엌에서 그들은 마주쳤다. 시간은 2시 반이었다. 그녀는 찬장 옆에 뭔가 하얀 것이 서 있는 것을 보았다. 그는 불을 켰다. 그들은 속옷차림으로 마주섰다. 밤. 2시 반. 부엌에서. 식탁 위에는 빵 접시가 놓여 있었다. 그녀는 그가 빵을 잘랐다는 것을 알았다. 접시 옆에는 칼이 그대로 있었다. 그리고 식탁보 위에는 빵 부스러기가 있었다. 그들이 저녁에 잠자러 갈 때면 그녀는 늘 식탁보를 깨끗이 해두었다. 매일 저녁. 그러나 지금은 식탁보 위에 빵 부스러기가 있었다. 그리고 칼이 놓여 있었다. 그녀는 타일바닥의 냉기가 서서히 몸으로 솟아오르는 것을 느꼈다. 그리고 그녀는 접시에서 눈을 돌렸다.
"나는 여기에서 무슨 일이 일어났나 생각했소."
그는 이렇게 말하고 부엌 안을 둘러보았다.
"나도 무슨 소리를 들었어요."
그녀는 대꾸하고는 밤에 속옷차림을 한 그가 정말로 늙어 보인다는 것을 알았다. 그의 나이만큼이나. 예순 셋. 낮 동안에는 그는 이따금 더 젊어 보였다. 그도 그녀는 정말 늙어 보인다고, 속옷차림을 하니 꽤 늙어 보인다고 생각했다. 그러나 그것은 아마도 머리칼 때문일 거야. 여자들의 경우 밤에 늙어 보이는 것은 항상 머리칼 때문이지. 머리칼이 갑작스레 그렇게 늙게 만들지.

"당신 신발 좀 신을 걸 그랬구려. 차가운 타일바닥 위에 그렇게 맨 발로 있다니. 당신 감기 걸리겠구려."

그녀는 그를 바라보지 않는데, 그가 거짓말을 한다는 게 견딜 수 없었기 때문이다. 그들이 결혼 한 지 39년이나 지난 지금 그가 거짓말을 한다는 것을.

"나는 여기에서 무슨 일이 일어났나 생각했소."

그는 다시 한 번 말하고는 다시 이 구석 저 구석을 태연한 척 바라보았다.

"나는 여기서 무슨 소리를 들었소. 그래서 나는 여기에 무슨 일이 있나 생각했소."

"나도 무슨 소리를 들었어요. 그러나 아무 것도 아니었나 봐요."

그녀는 식탁에서 접시를 치우고 식탁보의 빵 부스러기를 털어 냈다.

"그래, 아무 것도 아니었나보오."

그는 흐릿하게 말했다.

그녀는 그를 도왔다.

"들어가요. 그건 밖에서 난 소리였어요. 침대로 들어가요. 당신 감기 걸리겠어요. 차가운 타일바닥 위에서."

그는 창문 쪽을 바라보았다.

"그래, 그건 밖에서 났던 소리였나 보구려. 나는 여기에서 무슨 일이 일어났나 생각했는데."

그녀는 전등 스위치로 손을 올렸다. 나는 지금 불을 꺼야만 해. 그렇지 않으면 접시를 보게 되니까. 그녀는 생각했다. 나는 접시를 바라보면 안 돼.

"들어가요."

그녀는 이렇게 말하고 불을 껐다.

"그 소리는 밖에서 났던 거예요. 바람이 불면 언제나 홈통이 벽에 부딪혀요. 그건 틀림없이 홈통소리였을 거예요. 바람이 불면 언제나 그게 달그랑거리지요."

그들은 둘이서 어두운 복도를 지나 비틀거리며 침실로 들어갔다. 그들의 맨발이 바닥에 부딪혀 철벅철벅 소리를 냈다.

"바람이로군. 밤새 바람이 불었지."

그가 말했다.

그들이 침대에 누웠을 때 그녀가 말했다.

“그래요. 바람이 밤새 불었어요. 그건 홈통소리였어요.”
“맞아. 나는 그것이 부엌에서 나는 소리인 줄 알았지. 그건 홈통소
리였는데.”
그는 반쯤 잠에 빠진 듯 말했다.
그러나 그녀는 거짓말을 하는 그의 목소리가 얼마나 부자연스럽게
울리는지 알아차렸다.
“추워요. 이불 속으로 들어가겠어요. 잘 자요.”
그녀는 이렇게 말하고는 가볍게 하품을 했다.
“잘 자요.”
그는 이렇게 대답하고 덧붙여 말했다.
“그래, 무척이나 춥군.”
그리고는 조용해졌다. 몇 분 후에 그녀는 그가 조용히 조심스럽게
씹는 소리를 들었다. 그녀는 자신이 깨어 있다는 것을 그가 알아차
리지 못하도록 의도적으로 숨을 깊고 고르게 쉬었다. 그러나 그의
씹는 소리가 너무 규칙적이어서 그녀는 그 소리에 서서히 잠들었다.
그가 다음 날 저녁에 집에 돌아오자 그녀는 그에게 네 조각의 빵을
내밀었다. 그는 지금까지는 늘 세 조각만 먹을 수 있었다.
“걱정 말고 당신 네 조각 드세요.”
그녀는 이렇게 말하고 전등불에서 멀어져 갔다.
“나는 이 빵을 제대로 소화시킬 수 없어요. 당신이 한 조각 더 드세
요. 나는 소화가 잘 안 돼요.”
그녀는 그가 접시 위에 몸을 깊이 숙이고 있는 것을 보았다. 그는
올려다보지 않았다. 그 순간 그의 모습이 그녀의 가슴을 아프게 했
다.
“당신 두 조각만 먹어서는 안 될 텐데.”
그가 접시 위로 머리를 숙인 채 말했다.
“아니에요. 저녁에는 빵이 소화가 잘 안 돼요. 드세요. 드세요.”
잠시 후에야 그녀는 전등 아래 식탁으로 와 앉았다.

10장

전쟁이
남긴 상처

- 보르헤르트

10장 전쟁이 남긴 상처 - 보르헤르트:
『문밖에서』

볼프강 보르헤르트의 방송극『문밖에서』는 제2차 세계 대전이 끝난 직후인 1946년에 쓰인 것으로 알려지고 있다. 이 작품은 전후 독일에서 즉각적인 반향을 일으켜 북독일방송국을 비롯한 여러 방송국에서 반복하여 방송되었다. 방송에 의해 점점 더 열렬해지는 반향은 작가 보르헤르트를 갑작스레 유명하게 만들었다. 그러나 정작 보르헤르트는 자신의 거주지역에 전류공급이 차단되어 방송을 들을 수 없었으므로 자신의 작품에 대한 반향을 알지 못했다. 하지만 도처에서 날아드는 공감과 격려, 혹은 비난과 회유의 편지들에 의해 자신의 작품이 성공을 거뒀음을 알게 되었다. 전쟁과 감옥으로부터 돌아온 수천의 독일 젊은이들은 주인공 베크만에게서 스스로의 모습이 반영되어 있다고 믿었다. 많은 사람들이 작가를 보려고 했으며, 방문자들의 물결은 투병 중인 작가를 괴롭히게 되었다. 이 작품은 보르헤르트가 죽은 다음 날 함부르크에서 초연된 후 슈투트가르트, 하이델베르크, 브라운슈바이크, 프랑크푸르트, 뮌헨 등지의 극장에서 연극으로 공연

되면서 발 빠르게 독일 전역의 무대를 점령해 나갔다.

이 작품은 독일 무대에서만 성공을 거두지는 않았다. 이 작품은 덴마크, 스웨덴, 핀란드에서 번역되기 시작하여 프랑스와 일본, 마침내는 영어권 국가들에서 호평을 받았다. 정치적 및 종교적 이유로 이 작품이 발붙일 수 없었던 곳은 공산주의 국가들과 스페인과 같은 엄격한 가톨릭 국가들뿐이었다. 『문밖에서』는 변화된 환경에서 살아가는 오늘날의 사람들에게도 여전히 본질적인 관심사로 인식되어 지금도 우리나라는 물론 세계 각국에서 이따금 이 작품을 연극무대에 올리고 있다.

혹자는 이 작품을 정치적 선전을 위한 수단으로서의 시대기록물로 왜곡하여 해석하고 있는데, 이는 특정한 정치적 노선이나 견해가 아닌 인간과 인간이 이끌어 나가는 가치질서 속의 인간의 위상을 문제로 삼은 보르헤르트의 의도와는 배치되는 것이다. 『문밖에서』는 바로 이 같은 인간존재의 본질적 문제를 다룸으로써 비록 특정한 시대와 연관된 작품이지만 시대를 초월한 영원불변의 문학으로 남아 있는 것이다.

이 작품은 전쟁터에서 돌아온 한 패잔병의 절망적 상황을 통해 전쟁의 참상과 비인간성을 고발하고 있다. 정신적 및 도덕적 토대를 빼앗긴 폐허와 고난의 세계로 귀환한 한 젊은 군인의 절망표출의 배경이 되고 있는 것은 철저하게 단절된 냉혹한 주변세계이다. 이 세계에서 그를 받아들이는 것은 아무 것도 없다. 전쟁터에서 명령을 내렸던 연대장도, 거리에서 만난 여인도, 일자리를 주리라 여겼던 카바레 지배인도 그를 받아들이지 않는다. 그는 아내에게서도 받아들여지지 못하고, 나아가 누구에게나 공평하며 절대적 존재로 여겨지는 신에게서

조차 외면당한다. 이런 단절된 주변세계들을 중심으로 작품을 살펴보기로 한다.

　주인공 베크만은 3년간의 처절한 러시아 전선에서 혹한과 굶주림에 만신창이가 된 채 고향으로 돌아온다.

> 한 남자가 독일로 돌아온다. 그는 오래 떠나 있었다, 그 남자는. 아주 오래. 아마도 너무 오래 동안. 그런데 그는 떠날 때와는 전혀 다른 모습으로 돌아온다. 그는 겉모습이 새들을 (또한 저녁에는 때때로 사람들을) 놀라게 하기 위해 서 있는 형상과 거의 근사꼴이다. 내적으로도 - 역시.

　귀향은 오랜 전쟁으로부터 돌아오는 당시대 젊은이들에게 응당 절대적인 희망으로 떠오를 수밖에 없다. 그들의 귀향은 단순히 전쟁의 참화에서 벗어났다는 뜻뿐만 아니라 고향이라는 낯익은 세계에서 박탈당한 인간을 되찾고, 또 다시 삶에 의미를 부여할 수 있는 새로운 가능성으로서의 의미를 가지기 때문이다. 그들 중 한 사람인 베크만도 전쟁터에서 종지뼈를 지불한 채 만신창이가 되어 사랑하는 아내가 기다리고 있을 가정을 찾아 간다. 아내가 반갑게 맞아 주리라는 믿음과 기대를 갖고 가정으로 돌아온 베크만에게 3년이라는 세월은 너무 길었는지 모른다. 다음과 같은 그의 말대로 아내에게 그는 낯설고 무의미한 존재로 느껴질 뿐이다.

> 베크만 - 이렇게 내 아내는 내게 말했지. 그저 간단히 베크만이라고만. 그도 그럴 것이 3년 동안을 떠나 있었으니까. 마치 책상을 책상이라고 말하듯이 베크만이라고 그녀는 말했지. 가구 나부랭이 베크만이었던 거야.

　오랜 동안 끊겼던 부부라는 가장 가까운 인간관계의 재생을 기대
하며 돌아온 베크만이지만 전쟁터에서 당한 것과 마찬가지로 그의
아내 또한 단지 가구 취급이나 하면서 그를 외면하고 만 것이다. 비
록 베크만이 아내의 곁을 떠나 있었던 3년간의 기간이 너무 긴 세월
이었다는 것을 이해하는 듯 말하고 있으나 그는 아내와 가정은 물론
삶의 터전마저 송두리째 빼앗겨 버린, 인간으로서 가장 견디기 힘든
상황인 완전한 고립상태로 인해 절망하게 된다. 그는 아내와의 인간
관계의 단절로부터 심한 배신감과 함께 박탈감에 빠져들 수밖에 없
다. 전쟁에서 돌아와 가장 먼저 가졌던 가정의 안락함과 포근한 아내
의 품에 대한 기대를 산산조각내 버린 채 남자 친구와 팔짱을 끼고 그
를 외면하며 지나치는 아내 앞에서 베크만은 다음과 같이 절망한다.

　　이봐, 난 내 목숨을 끊었어, 여보. 당신 다른 남자와 그래서는 안
　　되었는데. 나는 그래도 당신 밖에 없었는데! 당신 내 말이 전혀 안
　　들리지! 여보! 당신이 너무 오래 기다려야 했다는 것을 나도 잘 알
　　아. 그러나 슬퍼하지 말아요. 나는 이제 괜찮으니까. 나는 죽었으니
　　까. 당신 없이는 더 이상 살고 싶지 않았어! 여보! 나 좀 바라봐요!
　　여보! (…) 여보! 당신은 내 아내였잖소! 날 좀 봐요. 당신이 나를
　　죽게 했으니 날 좀 한 번 바라봐 줘요! 여보, 당신은 내 말을 전혀
　　듣지 않는구려! 당신이 나를 죽여 놓고, 그리고는 아무 일도 없었
　　다는 듯 그렇게 지나쳐 버리기요?

　베크만은 아내를 잃음으로써 삶의 의미까지도 잃어 버렸으며, 이
세상 어느 누구보다도 가장 가까운 아내와의 관계단절은 그 밖의 다
른 주변세계와의 관계 또한 순탄치 않을 것이라는 암시를 주고 있다.
　자신의 침대를 다른 남자에게 점령당한 베크만은 아내에 대한 배
신감과 삶의 무의미성에 사로잡혀 엘베 강으로 몸을 던진다. 그러나

스물다섯 살의 젊은 나이에 다리와 침대와 빵이 없다는 것을 참지 못하고 인생을 포기하고자 하는 그의 의도에 엘베 강은 "우선 살고 보라. 발길을 떼어 보아라. 다시 걸어 보라!"며 그에게 새로운 삶을 살도록 쫓아 버린다. 어른들의 세계에 적응하지 못한 채 마치 어머니의 치마 속으로 숨어 버리듯, 도착적인 순진무구함 속으로, 다시 말해 죽음 속으로 도피하려고 하는 소아적인 인물 베크만은 결국 단호하고 거친 여자로 등장하는 엘베 강으로부터 거부되어 버리는 것이다.

강가의 모래사장에 누워 있던 그는 전쟁 중에 스탈린그라드에서 실종된 남편을 둔 한 여인으로부터 구원을 받게 된다. 단지 "젖어 있고 너무 추울 거라는", 그리고 그가 "아주 절망적이고 슬픈 목소리"를 지니고 있음으로 인해 그를 도와주려는 여인에게서 베크만은 자신의 불행을 한 순간 잊어버리고 그녀의 집으로 그녀를 따라 가게 된다. 그녀의 따뜻함과 부드러움은 영원히 얼어붙을 그에게 삶의 생기를 불어넣어 준다.

전쟁의 망령에서 벗어나지 못하고 있다는 상징처럼 쓰고 있던 방독면 안경이 벗겨짐으로써 새로운 삶의 희망을 품게 되는 베크만과 수많은 낮과 밤을 헛되이 실종된 남편을 기다리며 외로움에 빠져 있던 여인은 서로 위안을 받으며 새로운 미래를 설계하고자 한다. 그러나 젖은 옷을 벗고 여인이 내어 주는 옷으로 갈아입고서야 그녀가 남편이 있다는 것을 안 베크만은 스탈린그라드 전선에서 함께 근무했던 그녀의 남편을 떠올리게 된다. 아내에 의해 거부당함으로써 맛보았던 자신의 절망과 똑같은 절망을 자신으로 인하여 여인의 남편에게 안겨 줄 수 있다는 죄의식으로 초조해진 베크만이 옷을 벗어 버리고 문 밖으로 나가려는 순간, 목발을 짚고 나타난 그녀의 남편은 베크만에게 말한다.

> 여기서 뭐하는 거지. 이봐? 내 옷을 입고? 내 자리에서? 내 아내 옆
> 에서?

　바로 전날 밤 자기 아내 옆에 있던 남자에게 자신이 물어 보았던 것을 여인의 남편은 베크만에게 똑같이 질문하는 것이었다. 아내의 남자에게 물었을 때 그 남자의 뻔뻔스런 행동으로 베크만은 어쩔 수 없이 자기의 아내에게서 소외되고 쫓겨날 수밖에 없었다. 여인의 남편이 외다리가 되어 돌아오게 된 것은 전쟁터에서 상사였던 자신이 내린 명령 때문이기도 했다. 따라서 베크만은 조금 더 높은 지위에 있던 자로서의 명령 하달에 따른 책임으로부터 자유로울 수 없었다. 타인에게 끼친 이 같은 불행에 대한 책임감과 죄의식으로 이제 베크만은 다음과 같이 자신의 존재 자체를 부정하고 싶어 한다.

> 이 이름을 부르지 말아라. 난 이제 베크만이 싫어. 이제부터 난 아
> 무 이름도 없는 거야. 나 때문에 한 쪽 다리만을 갖게 된 사람이 있
> 는 곳에서 내가 계속해서 살아야 한다고? 그 사람은 베크만 하사가
> 있었기 때문에 한 쪽 다리만을 갖게 된 거야. 내가 바우어 병장, 무
> 조건 진지를 끝까지 사수하라고 명령을 내렸기 때문이야. 언제나
> 베크만을 부르는 이 외다리가 있는 곳에서 내가 계속 살아야 하는
> 거야?

　자신을 동정하는 여인으로 인해 한 순간 새로운 삶에 대한 욕구와 기대를 가졌던 베크만은 그러나 그 여인과의 관계로 인하여 절망에서의 탈피가 아니라 오히려 죄책감에 의한 고통을 안게 된 것이다. 그는 좀 더 구체적인 죄책감을 느끼기 시작한다. 그리하여 베크만은

외다리가 된 자뿐만 아니라 자신의 인솔 아래 정찰에 나갔다가 명령
에 의해 죽은 11명의 부하들에 대해서까지 책임을 자각하게 된다. 살
인을 쉽게 잊어서는 아니 된다는 외다리가 된 자의 질책과 함께 새로
운 삶의 희망으로 떠올랐던 여인과의 만남이 실패로 끝남으로써 그
는 다시 죽음의 유혹에 사로잡히게 된다.

자신도 전쟁의 피해자이면서 베크만은 한없이 자신의 이름을 불러
대고 있는 외다리 남자와 전쟁 중에 자신의 명령에 의해 실종된 11명
의 부하에 대한 책임감으로 차가운 어둠 속에서 굶주린 배를 움켜쥐
고 괴로워한다. 그러한 그에게 책임에서 벗어날 수 있는 방법을 제시
해 주는 내면의 또 다른 자아인 타자의 제안에 베크만은 다음과 같이
새로운 희망을 품게 된다.

> 하룻밤만이라도 외다리가 없이 편안히 자 봐야겠어. 그것들을 그에
> 게 넘겨주고서 말야. 나는 그에게 죽은 자들을 돌려주겠어. 그에게!
> 나는 그에게 책임을 돌려주겠어. 그에게! 그래 가자, 우리는 따뜻한
> 집에서 살고 있는 그를 찾아 가는 거다. 이 도시, 아니 어느 도시에
> 있더라도 괜찮아. 지금 그를 방문하는 거다.

모든 병사들이 기껏해야 맹물이나 마시면서 혹독한 추위와 굶주림
속에서 괴로움을 당했던 전쟁터에서도 알젓조림만을 먹고 따뜻한 털
목도리를 두른 채 병사들에게 책임을 지고 전투를 수행하라고 명령
했던 연대장은 전쟁이 끝나 파괴되고 궁핍한 상황에서도 가족과 함
께 시민생활의 온갖 안락함을 누리며 따뜻한 불빛 아래에서 단란한
저녁식사를 하고 있다. 그는 엄청난 시련의 전쟁이 끝나고 혼돈의 사
회가 계속되고 있는 현재 시점에서도 전쟁의 피해나 상처를 입지 않

은 채 지극히 건전한 정신과 사고를 가진 양 지내고 있는 위인이다. 그는 관료주의적이고 권위주의적인 신분상의 계급의식으로 프로이센의 정신을 계승하는 군국주의자의 일면을 보여 주고 있다. 동부전선에서의 병사들의 비참한 실상을 고발하는 베크만의 항변에 그는 다음과 같이 독일적인 진실을 역설한다.

> 사랑하는 젊은 친구, 자네는 모든 사실을 지나치게 왜곡하여 표현하고 있어. 우리는 독일인이야. 우리는 기꺼이 훌륭한 독일적인 진리를 고수하고자 하네. 진리를 존중하는 자가 언제나 최선으로 행군하는 자라고 클라우제비츠는 말했지.

장교로서의 특권의식과 계급의식이 깊숙이 내재되어 있는 연대장은 옛 부하 베크만에 대해 여전히 우월감을 가지고 있다. 그는 독일인은 비참한 현실이 아니라 고상한 진리를 고수하고 이상을 추구해야 한다면서 프로이센의 정신과 본질만을 찬양하고 있다. 또한 삶이 어느 정도 윤택해질 때에야 비로소 진실도 찾아질 수 있다는 베크만의 말에 대해서도 그는 단지 베크만이 이유 없이 떼를 쓰는 것이라며 일축한다. 이에 베크만과 연대장은 다음과 같이 주고받는다.

> 베크만: 그래요, 연대장님. 거참 훌륭한 말이군요, 연대장님. 저도 그런 진실에 충실하고 싶습니다. 우리가 배부르게 잘 먹을 수 있다면, 우리가 정말로 배부를 수 있다면 말입니다, 연대장님. (…) 우리가 말끔히 정돈된 침대를 기다리며, 그것은 침실에서 부드럽고, 하이얗고, 따스하게 우리를 기다리고 말입니다. 연대장님, 그땐 우리들도 진실을 존중할 것입니다. 그 훌륭한 독일적인 진실 말입니다.
> 연대장: (덤덤하게) 나는 당신이 이 별 것 아닌 전쟁으로 인해 모든 관념과 이성이 혼탁해진 그러한 자들 중의 한 사람이라는 강한 인상을 받았소.

연대장은 혹독한 전쟁을 겪은 직후 고향으로 돌아온 베크만 앞에서 전쟁의 비참함에 대해서는 애써 외면한 채 전쟁을 별 것 아닌 것으로 보면서 프로이센의 정신과 본질을 들먹이고 있다. 이것은 애초부터 베크만과는 긍정적인 인간관계의 성립이 불가능함을 보여 주고 있는 것이다

베크만은 연대장에게 뼈로 만든 실로폰으로 행진곡을 연주하는 한 비대한 장군과 그 소리에 맞춰 무덤에서 일어나는 죽은 자들의 행렬이 이어지는 무시무시한 꿈을 꾸어 밤마다 편안히 잠을 이루지 못하고 비명 속에서 깨어난다고 말한다. 그리하여 그는 주변 사람들과 같이 조화로운 삶을 이끌어 나가기 위해 자신에게 명령을 내려 책임을 지어 주었던 연대장에게 다시 그 책임을 돌려주고자 한다.

> 저는 바로 책임을 그대로 지니게 되었습니다. 그래요, 제가 책임을 지게 되었습니다. 그래서 그 때문에 지금 당신을 찾아 온 거예요, 연대장님. 저도 정녕 단잠을 좀 자고 싶기 때문입니다.

영하 42도의 동부전선 고로도크에서 직속상관 연대장은 베크만 하사에게 "베크만 하사! 자네가 이 20명에 대한 책임을 지게. 그리고 고로도크 동쪽 숲을 수색해서 가능한 한 몇 명이라도 생포하게. 알겠나?"라고 명령을 내린다. 연대장의 명령에 따라 밤새 수색전을 벌이고 진지로 돌아온 사람은 모두 9명뿐이었고, 결국 그때의 죽은 11명의 부하에 대한 책임 문제로 베크만은 밤마다 다음과 같은 악몽 속에서 잠을 이루지 못하게 된 것이다.

부하 11명의 죽음에 대한 책임으로 괴로워하는 베크만에게 연대장
은 2천 명에 대한 책임을 지고 있으면서도 아무렇지 않은 것처럼 보
인다. 그리하여 그는 11명에 대한 책임을 연대장에게 넘겨주고 편안
히 영혼의 잠을 잘 수 있으리라는 희망을 갖게 된다. 전쟁에서 타의
에 의하여 희생을 당한 자에 대한 책임은 마땅히 희생을 강요한 자에
게 돌아가야 한다는 것이 그의 생각이다. 그러나 명령에 의해 11명의
실종자를 낸 작은 죄를 가진 자는 속죄를 하는데, 2천 명에 대한 책임
을 진 연대장은 조금의 가책도 없이 가식적인 웃음을 흘리고 횡설수
설하며 베크만을 익살꾼으로 몰아붙인다. 잊고 있었고 애써 외면하고
있었던 전쟁의 책임 문제에 직면한 연대장은 베크만의 절망적인 죄
책감을 코미디언의 익살로 치부하고, 전쟁의 망령에서 벗어나지 못하
는 그의 겉모습을 배우가 되기 위한 분장쯤으로 해석함으로써 불안
과 중압감에서 벗어나려 하는 것이다.

책임감으로 인해 갈기갈기 찢긴 베크만의 절규에 가까운 호소 앞
에서 베크만에게 오히려 인간이 되라고 말하는 연대장의 충고는 베
크만으로 하여금 더 이상 연대장과는 인간관계가 유지될 수 없다는
인식에 이르게 함으로써 다음과 같이 분노가 폭발한다.

에요? 인간입니까? 어떤? 무슨? 그래요? 당신들이 인간이란 말예
요? 그래요?!?

연대장에게 책임을 넘겨주려는 베크만의 필사의 시도는 악몽 같은
전쟁의 기억으로부터 벗어나고자 하는 노력이었으며 나아가 몰염치
한 연대장에게 일말의 죄책감이나마 일깨워 주고자 하는 양심의 행
동이었다. 그러나 실제로 전쟁에 대한 더 큰 책임을 져야만 하는 전
쟁 후의 연대장은 그러한 베크만을 이해하지 못하고 자신에 대해 단
순히 불평불만을 하고 다니는 정신병자 취급을 함으로써 자신의 책
임을 벗어나려고 한다.

베크만은 양심의 가책 속에서 사경에 처해 있는 옛 부하의 어려움
을 비웃고 단지 자신을 엉뚱한 사람들 중의 하나였을 뿐이라고 치부
하는 비겁한 연대장에게서 전후 사회를 이끌어 나갈 시민으로서의
모습을 발견할 수 없게 된다. 따라서 과거를 떨쳐 버리고 현재에 적
당히 융화된 채 안주하며 살아갈 수 없는 베크만에게는 연대장과의
인간관계는 완전히 불가능한 것이 될 수밖에 없다.

베크만은 삶을 방해하는 무시무시한 악몽으로부터 벗어나고자 했
으나 연대장의 책임회피와 비양심으로 인해 좌절에 빠진다. 그는 배
고픔을 참지 못해 연대장의 저녁식탁에서 바싹 마른 빵 반쪽을 훔쳐
연대장 집을 떠난다. 무대에나 서라는 엉뚱한 연대장의 충고를 받아
들인 그는 무대야말로 그가 자기표현의 가능성을 발견할 수 있는 유
일한 직업이라고 생각하고 카바레로 향한다.

그러나 카바레 지배인은 연대장과 마찬가지로 전쟁을 잊은 지 이
미 오래인 전후 독일인들의 성향에 철저히 융합하는 기회주의적인

인물이며 현실주의자이다. 이미 전쟁을 잊고 풍요로운 시민생활을 누
리고 있는 그는 "우리는 이미 오래 전에 다시 가장 탄탄한 시민생활
로 돌아왔다!"고 말하고 있다.

　지배인은 베크만이 아직도 전쟁으로 인한 정신적인 고통과 물질적
인 어려움에 시달리고 있는 것을 이해하지 못함으로써 베크만과의
인간적인 융화의 어려움이 처음부터 드러난다. 유물론자이며 물질주
의자인 지배인은 예술을 위해서 모든 문제를 적극적으로 다룰 줄 아
는 용감하고 현실적인 젊은이가 필요하다고 다음과 같이 설교한다.

> 혁명적인 청년이어야 되지. 우린 지금 스무 살 때에 그의 '도적떼'
> 를 만든 실러의 정신이 필요한 거야. 우리에겐 그랍베와 하인리히
> 하이네가 필요하단 말이야! 그러한 천재적 공격정신을 우리는 필
> 요로 한단 말이야! 아주 현실적이고 실제적이며 의지가 강한 청년,
> 인생의 음지까지도 냉철하고 객관적이고 탁월하게 관찰하여 파악
> 하는 그런 청년이. 우리가 필요로 하는 젊은이는 세상을 있는 그대
> 로 바라보고 사랑할 줄 아는 세대야. 진실을 존중하고 계획과 이념
> 을 가지고 있는 세대.

　베크만은 단지 굶주림 때문에, 배고픔을 해소하기 위해 직업을 얻
고자 하지만 지배인은 장황하게 예술이론을 역설한다. 그는 예술에
있어서의 전위주의자들을 요구하고 오늘의 고뇌에 찬 회색빛 얼굴을
그려 낼 수 있는 젊은이를 필요로 한다고 강조한다.

　전쟁의 상흔이 깃든 베크만의 방독면 안경을 보며 지배인은 이미
오래 전 전쟁이 끝났음에도 아직도 군복 차림으로 다니는 베크만을
힐난한다. 그는 또한 방독면 안경의 흉측함에 대해 비난하고 세 개나
되는 자신의 최고급 뿔테 안경을 자랑한다. 그러면서 그는 안경이 없

이는 아무런 구원도 기대할 수 없다며 한 개 달라는 베크만의 요청을 일언지하에 거절한다. 이 같은 모습에서 전쟁터에서 돌아온 젊은이에게 삶의 기회를 외면하는 독일사회의 비정함과 함께 그들과의 인간관계 성립의 불가능성이 제시되고 있다.

지배인은 전쟁과 추위와 굶주림에 시달려 온 베크만에게 전쟁터에서도 자기의 인생을 개척해 나가고 무엇이든 행해서 이름을 떨쳤어야 했다고 말함으로써 전쟁에 대한 무지와 허상을 드러내고 있다. 그는 베크만을 "풋내기, 신인, 무명인"으로 규정하고, 그에게 세상을 좀 더 배워 익힌 후 다시 오라고 말하며 일자리 제공을 거절한다.

오히려 러시아 전선에서보다도 더 한 전후 독일사회에서의 냉혹함에 대해 베크만은 계속적으로 항의를 하며, 이에 마지못해 지배인이 기회를 주는 척하자 베크만은 자신의 운명을 진실하고 충실하게 묘사한 '용감한 작은 병사의 부인'이라는 노래를 들려준다.

세계는 웃고 있었고
나는 울부짖고 있었네.
그리고는 밤안개가 모든 것을 덮고 있었네.
찢어진 커튼 구멍을 통해
달만이 입을 비죽이고 있네!

이제 내가 집에 와 보니,
내 침대는 차지되어 있었네.
나에겐 자살도 허용되지 않아,
그것이 나 스스로를 전율케 했어라.

지배인의 채용조건에 맞추려 노력한 베크만의 노래에 대해 지배인은 이번에는 대중이 관능적인 자극을 원하지 풍자적으로 꼬집는 듯한 얘기는 싫어한다며 "관객들은 비스켓을 원하는데 딱딱한 흑빵을 먹일 수 없다"는 지적을 한다. 지배인은 "자극적인 성애"의 부족을 탓하며 고용 거부에 대한 모든 책임을 관객들에게 전가함으로써 돈벌이에 급급해 하는 자신의 결점을 합리화시킨다.

베크만의 노래가 대단한 데는 있어도 예술이 되기에는 멀었다는 지배인의 말에 예술이 바로 진실이 아니냐는 그의 말은 묵살된다. 지배인은 예술은 진실이 아니고 진실은 예술이 될 수 없다며 진실을 인간의 도덕적이고 참다운 선과는 별개의 것으로 생각한다. 그의 냉혹하고 이기적인 현실관은 베크만에게 굴욕과 패배를 강요하지만 무엇인가 진실한 것을 찾는 베크만에게 다음과 같이 진실에 대한 역설적인 독설을 내뱉게 한다.

> 진실에 관한 한 그것은 도시의 유명한 창녀와 같습니다. 모두가 그녀를 알지만 길에서 그녀를 만나게 되면 그것은 고통스러운 것입니다. 그래서 창녀와는 은밀하게 그 일을 하지요. 밤에요. 낮에는 창녀는 칙칙하고, 거칠고 흉측하지요. 창녀와 진실은 말입니다. 그리고 많은 사람들이 그녀를 평생 동안 즐기지는 않습니다.

학살당한 진실을 수긍하고 받아들이는 대신 동시대의 젊은이가 겪은 시베리아에서의 고통에 개인적인 책임이 없다고 하는 지배인에게 더 이상 참된 대화와 의사소통을 기대할 수 없게 된 베크만은 도망치듯 그곳을 벗어나 버린다.

지배인은 처음부터 경제적인 논리로 관객에 영합하며 돈벌이에만 신경 쓰고 전쟁에서 돌아온 젊은 세대에게는 어떠한 동정이나 양심의 가책도 느끼지 못한다. 반면에 베크만은 참된 진실을 추구하며, 사회에 대한 비판 없이 그 사회에 적당히 부응해서 적응할 줄 모르는 사람이었기에 그들은 도저히 인간적인 융화를 이루어 내지 못하고 단절을 겪게 된다.

베크만은 길마다 깜깜한 어둠뿐인 사람들의 세계를 벗어나 유일하게 환한 곳인 엘베 강으로 가 죽음에 몸을 맡기고자 한다. 그러나 그 순간 또 다시 나타난 타자의 제안으로 최후의 인간관계를 맺을 수 있는 기회를 갖게 된다. 베크만의 마지막 위안이며 보루이자 인간관계 단절에 대한 최후의 도전은 새로운 생활의 추구가 아닌, 어머니 품으로의 도피였다. 타자의 말대로 "무엇보다 먼저 가야 할 곳인데도 마지막에 생각하는 곳"인 어머니의 집은 베크만에게는 죽음의 유혹을 뿌리치고자 하는 마지막 삶의 가능성인 것이다.

> 우리 집이 그대로 서 있구나! 그리고 문을 달고 있고. 그 문은 나를 위해 있는 거겠지. 어머니도 거기 계실 테고 내게 문을 열어 주며 들어오라고 하시겠지. 우리 집이 아직 그대로 있다니! (…) 하여튼 거기 나를 위한 문이 있어. 나를 위해 그것은 열리겠지. 그리고 나의 뒤에서 그것은 닫힐 거야. 그러면 나는 더 이상 밖에 서 있지 않을 거야. 그러면 나는 집안에서 지내게 될 거야.

베크만은 사회의 무관심과 냉대를 절감한 끝에 이전에 살던 집에서 평안함을 찾고자 하며, 안전하면서도 평범한 일상성 속에서 보호를 받으려고 한다. 그러나 그의 시도는 "온갖 조야함과 잔인함보다도 더 무시무시한, 냉랭한 전율을 일으키는 매끄러운 친절로" 그를 대하는 그 집의 새 주인 크라머 부인이 나타남으로 인해 산산조각이 나고 만다.

그녀의 경솔하고 무분별하며 다른 사람의 불행에 대해서 무관심한 지극히 자기중심적인 자세는 베크만 부모의 죽음을 전해 주는 다음과 같은 경박한 말에서 드러난다.

> 어느 날 아침 그들은 부엌에서 뻣뻣하게 굳은 채 검푸르게 누워 있
> 었어. 내 남편은 그런 어리석은 짓이 있느냐며 그만한 가스로라면
> 우리가 한 달간은 족히 조리해 먹을 수 있을 거라고 말했지.

크라머 부인은 절망 속에서 가스로 자살을 하고 만 두 노인의 죽음에 대해 가련함을 느끼기는커녕 그때 사용된 가스에 대해서만 아까움을 느끼는 냉혹한 태도를 보인다. 베크만은 그녀의 이러한 태도에서 부모의 죽음을 알게 된 것보다도 더 큰 좌절과 배신감으로 상처를 받음으로써 인간관계가 단절됨을 뼈저리게 느끼게 된다.

타자는 알래스카에서 두 소녀가 동사한 기사에 의해 케이프타운의 어느 신문 독자가 깊은 한숨을 지었으며, 보스턴의 어린이 유괴사건을 함부르크의 어느 사람이 읽은 후 밤잠을 못 이루었고, 파리에서 한 열기구 조종사가 떨어져 죽은 것을 샌프란시스코에서까지 슬퍼하던 때가 있었다면서, 인간관계가 살아 있던 전쟁 전의 일상사를 회상하며 베크만을 위로한다. 그러나 자신의 정신적 고통에 대해선 전혀 깨닫지 못한 채 위선으로 가득 찬 변명을 하는 크라머 부인에게서 베크만은 같은 민족의 참사에 대해서까지 그토록 냉담하고 비정한 데에 대해 인간적 냉혹성을 느끼고 절망하고 만다.

베크만은 크라머 부인과의 너무나 무심한 대화에 의해 이제 사람들과의 인간적인 유대를 가짐으로써 평안함을 찾고자 하는 시도를 완전히 포기하게 된다.

인간이 절망과 시련에 처했을 때 그 정도가 강하면 강할수록 그것을 대신해 줄 위안과 희망을 찾게 되는데, 그 궁극적인 대상이 신이

라는 것은 부정할 수 없는 사실이다. 신은 인류 역사상 윤리와 도덕의 모든 인위적 가치와 우주에 헌신하는 모든 생명 및 자연력을 통제하는 절대자로서 군림해 온 것이다. 그러나 제2차 세계 대전의 참상을 실제로 경험한 보르헤르트로서는 신을 긍정적으로 볼 수 없었다. 그리하여 그는 "그러나 그들은 우리에게 이 세상의 모진 바람이 휘몰아칠 때 우리 마음을 붙잡아 줄 수 있는 신을 마련해 주지 않았다. 그리하여 우리는 신이 없는 세대이다"라고 표명했다.

가정에서 아내로부터 소외되고, 사회에서 인간관계 단절로 고립과 좌절을 겪은 베크만은 그에게 힘과 위안이 되어줄 수 있는 하나의 절대적인 가치로서 신에게 의지하고자 한다. 그러나 전쟁으로 인해 수많은 시체들을 먹고 살이 찐 죽음에 비하면 지나치게 작은 목소리로 말하고 인간을 제대로 이해하지 못하며 아무도 그를 두려워하지 않는 그런 늙은이일 뿐인 신은 어찌할 수 없는 무기력한 존재에 불과하게 되었다. 신은 그가 울고 있는 이유를 묻는 장의사의 질문에 다음과 같이 답하고 있다.

> 내가 어떻게 할 도리가 없기 때문이야. 그들은 총으로 쏴 죽지. 목매달아 죽고. 물에 빠져 죽고. 오늘은 수백 명, 내일은 수십만 명이 그렇게 죽는 거야. 그러니 나는, 난 어찌할 도리가 없지.

신이란 존재는 전지전능하며 인간에게 희망과 구원의 빛을 던져주고, 인간의 생과 사를 주관하는 초인간적인 위력을 지닌 것이다. 그러나 이제는 신이 수없이 많은 죽음 앞에서 별로 슬픈 기색도 없이 어쩔 수 없는 자신의 무기력만을 한탄하고 있으며, 나아가 다음과 같이 절대적으로 인간의 믿음을 받고 있는 죽음에게 그의 자리를 넘겨주고 만다.

> 죽음이라고? 자넨 좋겠군! 자네가 새로운 신일세. 자넨 그들은 믿
> 어. 자넨 그들은 사랑하고 있단 말야. (…) 그래, 자네는 좋겠어. 자
> 넨 새로운 신이야. 자넨 모르는 체하고 지나가는 사람은 아무도
> 없어.

베크만은 고통과 고뇌, 절망과 갈등 속에서 방황하고 있는 무기력
한 인간을 구원해 줄 수 있는 절대자로서의 신을 기대했으나 이제는
배부르고 행복한 사람들에 의해서만 사랑을 받고 있는 신에 대해 실
망과 분노를 하게 되고 다음과 같이 신의 무기력함을 신랄하게 비판
한다.

> 베크만: 아, 당신은 사랑하는 신이시지요. 도대체 누가 당신을 그렇
> 게 불렀나요, 사랑하는 신이여? 인간인가요? 그래요? 아니
> 면 당신 자신이 그랬나요?
> 신: 인간들이 나를 사랑하는 신이라고 부르고 있지.
> 베크만: 이상하군요. 그래요. 당신을 그렇게 부르다니 참으로 이상
> 한 사람들도 다 있습니다. 그런 사람들은 아마 만족스럽거
> 나, 배부르거나 행복한 사람들, 그리고 당신을 두려워하는
> 사람들일 겁니다. 항상 양지 속을 거닐며 사랑하고 배부르
> 고 만족하며 사는 사람들이거나 밤마다 불안을 겪는 사람
> 들, 그런 사람들이 말하지요. 사랑하는 신이여!라고. 사랑
> 하는 신이여! 그러나 난 당신을 사랑하는 신이라고 부르지
> 않겠습니다. 난 당신, 사랑하는 신을 모르겠단 말이에요!

신은 인간이 고통을 당하거나 절망에 처했을 때 인간과 세상을 구
원해 주며 자비를 베풀어야 함에도 단지 자기 삶에 만족하면서 이기
적으로 살고 있거나 신 앞에서 두려움에 떨고 있는 사람으로부터만

사랑을 받을 뿐이라고 하는 자신에 대한 베크만의 빈정거림에도 아무런 반박을 하지 못한다. 인간의 불행을 보고도 해결해 주지 못한 채 속수무책으로 바라만 볼 수밖에 없는 그러한 신을 인정하지 못하겠다는 다음과 같은 베크만의 단호한 말에도 신은 아무런 할 말이 없는 것이다.

> 베크만: 당신은 도대체 언제 사랑하셨죠, 사랑하는 신이여? 한 살 난 제 아이가, 나의 어린 것이 폭탄에 날아갈 때도 사랑하고 계셨어요? 당신이 그를 죽게 내버려 두었을 때도 사랑하셨나요? 사랑하는 신이여, 그랬나요?
> 신: 내가 그 애를 죽도록 내버려 둔 것은 아니야.
> 베크만: 물론 아니겠죠. 당신은 그것을 단지 허락했을 뿐이죠. 그 애가 비명을 지르고, 폭탄이 터질 때 당신은 귀를 막고 있었을 뿐이죠. 아니면 당신은 나의 11명의 정찰대원들이 없어져 버렸을 때 사랑하셨나요? 사랑하는 신께선 11명의 생명쯤은 아무것도 아니었기에 그때 거기에 계시지 않았군요. 그 11명은 분명 그 고독한 숲 속에서 당신을 큰 소리로 찾았을 것이지만 거기에 당신은 계시지 않았어요.

전쟁터의 병사들은 잿더미가 된 폐허에서, 폭탄이 터진 웅덩이 속에서 절망과 실의에 빠져 있을 때 신을 향해 끝없이 울부짖고 구원을 갈망했지만 어느 곳에서도 신을 찾을 수는 없었다. 무기력감과 위선에서 벗어나지 못하던 신은 처절한 베크만의 항변에 대해 오히려 인간들의 배반에게 자기의 책임을 떠넘기며 변명에 급급해 한다. 절대자인 신에 대해 기대와 희망을 가졌던 베크만은 "우리 시대의 천둥소리에 대하여는 너무도 목소리가 작은" 신에 대해서 더 이상의 희망을 가질 수가 없게 된다. 무능력과 무기력, 책임회피 등으로 이제는 인간들의 경외의 대상도, 아무런 의지의 대상도 되지 못하는 신을 그는

단순히 이 지구상에 많은 고뇌와 고통을 주고 있는 하나의 늙은이로
서 여기며 깊은 회의와 절망감으로 좌절한다. 그리하여 그는 신에 의
해서 새로운 신으로 규정된 죽음을 절망에서 벗어나게 해 줄 유일한
통로로 인식하며 다음과 같이 말한다.

> 우린 모두 밖에 서 있는 거야. 신까지도 밖에 서 있으며, 어느 누구
> 도 그에게 더 이상 문을 열어 주지 않거든. 단지 죽음만이, 궁극적
> 으로 죽음만이 우리를 위한 문을 가지고 있어. 그래서 난 그곳으로
> 가는 중이지.

가정에서 아내로부터 버림받고, 이미 전쟁을 잊은 채 새로운 시민
사회의 질서 속에서 이기적인 삶을 살고 있는 인간들로부터도 단절
을 당하며, 결국에는 신에게서 받을 수 있는 위안과 구원까지도 잃어
버린 베크만은 이제 그 어느 곳에서도 희망과 기대를 찾을 수 없는
궁극적인 단절상황 속에 버려진 것이다. 그리하여 죽음만이 그에게
유일한 탈출구로 남아 있을 뿐이다.

지금까지 살펴보았듯이 주인공 베크만은 인간성을 깡그리 상실한
전후의 폐허세계 속에서 순수한 내면을 지키며 끝까지 살아남기 위해
고군분투하는 처절한 비극적 인물상으로 그려지고 있다. 그는 죽음에
의 유혹을 뿌리치며 힘겹게 삶의 끄나풀을 붙잡고 앞으로 나아가려
하지만 마주치는 모든 세계는 자신의 관점과는 동떨어진 비정하며 냉
혹한 것들뿐이다. 한마디로 그를 에워싸고 있는 주변세계들은 한결같
이 단절의 벽으로 막혀 있어 그가 접촉할 수도 진입할 수도 없다.
전쟁으로 헤어져 있던 3년이란 세월이 너무 길었던 아내는 다른

남자의 여인이 되어 더 이상 그와는 무관한 관계가 되었다. 그를 동정하며 집으로 데려가 온정을 베푸는 어느 여인은 그와 전쟁터에서 함께 싸웠던 부하병사의 아내임이 밝혀져 그를 죄책감으로 몰아넣는다. 전쟁에서의 수많은 죽음의 책임을 물으려고 찾아간 연대장은 그를 미치광이 광대쯤으로 비하하며 문전박대한다. 일자리를 구하러 찾아간 카바레 지배인은 참혹한 현실에 대한 인식 없이 돈벌이에만 몰두하는 냉정한 인간으로 나타난다. 베크만의 죽은 부모의 집을 차지하여 살고 있는 크라머 부인은 그들의 자살에 대한 측은지심 대신 자살에 사용한 가스에 대한 아까운 마음만을 드러내는 비정함을 드러낸다. 신조차도 죽음을 어떻게 통제하지 못하는, 그리하여 죽음에게 자신의 자리를 내주어야 한다고 고백하는 무력한 존재로 등장한다.

가정에서 아내로부터 버림받고, 이미 전쟁을 잊은 채 새로운 시민사회의 질서 속에서 이기적인 삶을 살고 있는 인간들로부터도 단절을 당하며, 결국에는 신에게서 받을 수 있는 위안과 구원까지도 잃어버린 베크만은 이제 그 어느 곳에서도 희망과 기대를 찾을 수 없는 궁극적인 단절상황 속에 버려진다. 그리하여 그에게는 죽음만이 유일한 탈출구로 남아 있을 뿐이다.

이처럼 모든 주변세계가 철저히 단절된 전후의 세계상은 원초적으로 전쟁이라는 비인간적 행위에 의해 초래되었지만 그보다 더 비극적인 것은 그러한 상황을 조정하고 제어하고 정화하여 좀 더 인간적인 세계로 변화시키지 못한 전후의 현실이라는 점을 이 작품은 예리하게 지적하고 있다.

11장

언론폭력 앞에
무너진 삶

– 빌

11장 언론폭력 앞에 무너진 삶 – 뵐13):
『카타리나 블룸의 잃어버린 명예』

    1974년에 발표된 하인리히 뵐의 소설 『카타리나 블룸의 잃어버린 명예』는 이례적으로 '폭력은 어떻게 일어나서 어디로 갈 수 있는가' 라는 부제를 달고 있어 제목만으로도 무엇을 문제로 삼고 있는지를 짐작케 한다. 아울러 이 작품에서는 이야기가 시작되기에 앞서 다음 과 같은 작가의 전제가 제시되고 있다.

---

13) 하인리히 뵐(Heinrich Böll, 1917~1985)은 1917년 쾰른에서 목공예 가문의 여섯 번째 아들로 태어났다. 전후 가장 먼저 두각을 나타낸 독일작가들 중 한 사람으로 청소년기에는 나치 치하에서 히틀러유겐트의 유혹을 뿌리치고 참여하지 않았다. 서점의 견습공으로 일하다 카이저 빌헬름 김나지움을 졸업하고 1939년 쾰른대학교 독문학과에 입학하나 곧 제2차 세계 대전에 징집되었다. 프랑스, 루마니아, 헝가리, 러시아 등지에서 복무하며 4차례나 부상당한 후 1945년 4월 미군에게 포로로 잡혀 2년 후 전업 작가가 된다. 1949년 병사들의 절망적인 삶을 묘사한 『열차는 정확했다』를 시작으로, 참혹한 참전 경험과 전후 독일의 참상을 그린 작품들을 주로 발표했다. 1951년 '47그룹 문학상'을 받으면서 문인으로서의 위치를 다졌고, 1953년에 출간한 『그리고 아무 말도 하지 않았다』로 비평가와 독자들로부터 찬사를 받으며 작가로서 대성공을 거두었다. 이외에도 사회적으로 엄청난 반향을 일으킨 문제작 『카타리나 블룸의 잃어버린 명예』를 비롯해 『9시 반의 당구』, 『어느 어릿광대의 견해』, 『신변 보호』 등의 작품을 발표했다. 1967년에는 독일 최고 권위의 문학상인 '게오르크 뷔히너 상'을 수상했다. 1970년대에는 사회참여에 더욱 적극적이 되었고, 이에 따라 독일사회와의 갈등도 심화되었다. 특히 1969년과 1972년 뵐은 권터 그라스와 함께 사회민주당으로의 정권교체를 위해 선거 유세에 직접 참여하며 빌리 브란트를 적극 지지했다. 또한 1971년 독일인으로서는 최초로 국제 펜클럽 회장으로 선출되어 세계 곳곳에서 탄압받고 있는 작가와 지식인들의 석방을 위해 노력했다. 1971년에는 성취 지향적 사회에 대한 저항을 담은 『여인과 군상』을 발표하고, 이 듬해 노벨문학상을 수상했다. 1929년 토마스 만 이후 독일작가가 노벨문학상을 받은 것은 43년 만이었다.

이 이야기의 인물들과 줄거리는 임의로 꾸며진 것이다. 특정 신문
의 실상들을 묘사함에 있어서 「빌트」 지의 실상들과 유사한 점들
이 나타나게 된다 해도 이런 유사성들은 의도적인 것도 우연한 것
도 아니며, 불가피한 것이다.

여기에서 이 작품이 다루는 폭력이 신문 및 그것이 행사하는 특정
한 방법들과 전적으로 연관되어 있음을 알 수 있으며, 작가가 상업주
의적 대중지의 상징이다시피 한 「빌트」 지를 비롯한 여론의 공격적
반응을 예견하고 있음이 드러난다. 또한 작품 속에서 허구적으로 가
공된 신문의 실상들일지라도 그것들은 어쩔 수 없이 실제적인 현실
상황과의 유사성을 띨 수밖에 없음이 암시되고 있다. 뵐은 항상 환상
적으로 이루어진, 즉 허구적인 사실과 감각적으로 인지할 수 있는 실
제적 현실은 각각 참된 내용의 측면에서 볼 때 근본적으로 모순되지
않으며, 오히려 그것들은 진실이 추구되거나 진실에 도달될 수 있는
상이한 두 개의 지평을 뚜렷하게 드러낸다는 논리를 펴왔다.

이 작품의 배경은 작가 자신이 1972년 초에 「슈피겔」에 극좌운동
단체인 바아더-마인호프 그룹의 단원인 울리케 마인호프의 사면을
요구하는 글을 기고한 후 신문들에 의해 극단주의자들의 폭력을 옹
호하는 선동자로까지 내몰리게 된 체험[14]과 역시 신문보도에 의해
자신과 비슷한 고통을 당한 브뤼크너 교수 사건이라고 알려져 있다.
하노버 공과대학의 심리학 교수였던 브뤼크너는 1972년 1월 20일 니
더작센주의 문화부장관 페터 폰 외르첸으로부터 바아더-마인호프 그

---

14) 바아더-마인호프는 사회주의 이념을 표방하는 극좌 반정부운동단체로서 「빌트」에 의해 1971년 카이저스
라우텐의 한 은행에서 벌어진 탈취사건의 범행을 주도했다는 단정을 받는다. 그러나 이 사건은 이 단체와
는 무관한 범죄사건이었고, 언론의 일방적인 선동적 보도행태에 반발하여 뵐은 1972년 1월 10일자 「슈피
겔」에 이 단체의 핵심인물인 울리케 마인호프를 옹호하는 듯한 글 '울리케 마인호프는 사면 혹은 구류면
제를 원하는가?'를 기고함으로써 극단적인 논쟁에 휘말린다. 그는 많은 우익언론들로부터 무정부주의자들
의 폭력에 동조하는 자로, 심하게는 나치의 괴벨스와 같은 선동자로까지 몰리게 되는 고통을 겪는다.

룹의 조직원들에게 숙소를 제공해 주었다는 이유로 공무정지처분을 당했다. 그 당시 서독을 휩쓸던 바아더-마인호프 열풍 속에서 브뤼크너 교수는 언론매체들이 그에게 격렬한 공격으로 맞서는 가운데 부당하게 부추겨진 여론에 의해 인간적 존엄성이 박탈된 상태에 내몰렸다.

뵐 자신도 이 작품을 쓰는 데에는 페터 브뤼크너를 둘러싼 사건이 실제적인 체험적 모델로서 기여했다며, "내가 거기에서 묘사하고자 했던 것은 본래는 바아더-마인호프 논쟁과 관련지어 브뤼크너 교수의, 즉 바아더-마인호프 단원들과 접촉을 갖게 되었으며, 그들을 재워주었고, 본질적으로 당연한 일을 행한 한 인간의 처절한 역할이 어떤 것이었나 하는 것이었다"고 강조한다.

한편 「디 벨트」 등 일부 신문은 뵐이 신문들 때문에 겪은 고통으로부터 "문학적 보복"을 행하려는 데 목표를 두고 이 작품을 썼다고 비난하면서, 그런 의도를 감추기 위해 처음부터 파괴력을 없애고 카타리나라는 한 개인을 중심으로 한 논쟁거리로 작품을 축소시켰다는 지적을 한다. 실제로 그는 이런 비난을 뒷받침하는 발언을 하기도 했는데, 1972년에 "지난 몇 주 간의 사건들에 대해 언젠가 소설 속에서 타격을 가할 것인지"를 묻는 한 스위스 기자의 질문에 그는 "물론 변형된 형태로 이런 저런 것이 복수에 활용될 수 있겠지요. 작가도 경우에 따라서는 복수를 하고 싶어 하지요"라고 답했었다.

어떤 배경에서 성립되었든 이 작품은 신문이라는 거대조직의 선정적 저널리즘에서 비롯되는 정보의 조작 및 허위보도와 그로 인한 나약한 개인의 희생의 문제를 제기하고 있음은 틀림없는 사실이다. 작품에서 등장하는 「차이퉁」과 「존탁스차이퉁」은 대표적인 신문폭력의 거대 주체이며, 이에 무기력하게 맞설 수밖에 없는 카타리나 블룸은 온갖 행동 가능성을 제한당하는 미미한 객체로 묘사된다.

뵐은 『카타리나 블룸의 잃어버린 명예』에서 신문폭력과 그것의 책임 내지 또 다른 물리적 폭력의 야기 문제를 다루고 있으므로 작품 분석에 앞서 그가 이해하고 있는 폭력이 어떤 것인지를 알아볼 필요가 있다. 그는 이론적 개념보다는 어떻게 하여 신문의 폭력이 대응행동을 불러일으키고 물리적 폭력을 야기하는지에 관한 인식을 중시하고 있는 듯이 보인다. 이에 따라 이제부터 폭력이 무엇을 의미하는지를 설명해 주는 뵐의 발언들을 인용하여 살펴보기로 한다.

> 지난 몇 년 동안에 이 나라에서는 폭력이 두드러지게 많이 눈에 띄었고, 폭력에 대해 많이 이야기되고 글로 쓰였다. 사람들은 폭력이라면 단지 한 가지, 눈에 보이는 것으로만 이해하는 데에 두말없이 견해를 함께 했는데, 그것은 폭탄, 권총, 곤봉, 돌, 살수기, 최루탄 등이다.
>
> (뵐의 에세이 '벤치 위에 놓여 있는 폭력'에서)

여기서 뵐은 아주 공공연하게 자신의 재야단체에서의 체험을 암시하고 있으며, 테러행위들과 미국의 베트남전 참전 또한 의미하고 있는 것으로 보인다.

뵐은 폭력의 주체를 신문으로 좁혀 신문에 의해 촉발되고 부추겨진 일련의 과정 또한 폭력으로 인식될 수 있고, 거기에서 이용된 방법들이 폭력의 수단들로 지칭될 수 있다고 다음과 같이 분명하게 밝히고 있다.

> 나는 여기서 다른 폭력과 다른 폭력들에 대해 얘기하고자 하는데
> (⋯) 가차 없는 분위기 조성으로 일해 나가는 것을 어렵게 하고, 비
> 방을 서슴지 않는 몇몇 신문그룹들의 막강한 신문폭력에 대해서
> 말이다. (⋯) 폭력은 거리에서만 존재하는 것이 아니며 (⋯) 폭력들
> 은 벤치들 위에도 놓여 있고 증권거래소들에서도 높이 거래되고
> 있다. (⋯) 「빌트」의 머리기사가 폭력을 행사하지 않는가? 어떤 폭
> 력? '빌트-광증'의 온갖 광적인 욕구들 가운데 정치적으로 가장 위
> 험한 욕구 속에 종속된 이 1천1백만 열광자들의 머릿속에서, 의식
> 속에서, 잠재적 공격성 속에서 무슨 일이 벌어질 것인가?
>
> (뵐의 에세이 '벤치 위에 놓여 있는 폭력'에서)

뵐은 독일의 기본법을 "한 국가가 20세기에 제공할 수 있었던 최선
을 다한 헌법"으로 여긴다면서 그것의 제1조 1항 "인간의 존엄성은
침해될 수 없다. 그것을 존중하고 보호하는 것은 모든 공권력의 의무
이다"를 인용한다. 뵐은 이 헌법규범 앞에서 현실을, 무엇보다도 신
문의 폭력 문제를 제기하면서 피해자보호 의무에 대해 강조한다.

> 범죄 혐의자들뿐만 아니라 범죄자들 역시 그들의 인간존엄성의 불
> 가침성에 대한 권리를 가지며, 그들이 그것을 손상당하거나 모욕당
> 했을 경우 그들에게서 그것이 지켜져야만 한다는 것은 지극히 자
> 명한데, 그것은 우리가 「빌트」 독자들에게서 요구할 수 있는 것과
> 똑같은 것이다.
>
> (뵐의 에세이 '인간의 존엄은 불가침적이다'에서)

신문의 폭력을 논하는 데 있어서는 노르웨이의 평화 연구가인 요
한 갈퉁에 의해 정리된 폭력의 개념을 빼놓을 수 없다. 갈퉁은 폭력
을 영향관계에 의해 비롯되는 것으로 파악하고 폭력에 있어서의 완
전한 영향관계는 세 가지 요인에 의해 규정된다고 밝힌다. 그것은
"영향을 미치는 어떤 것, 영향을 받는 어떤 것, 영향을 받아들이는 실

질적 방법"이다. 이 세 가지 요인은 폭력의 주체가 분명하게 인식되는 개인적 혹은 직접적 폭력에서건, 구체적인 행위자가 결코 드러나지 않는 구조적 혹은 간접적 폭력에서건 모든 폭력관계 속에 본질적으로 내재한다는 것이다. 신문의 폭력에 해당하는 구조적 폭력의 발생조건을 갈퉁은 다음과 같이 사회적 불공정성이라고 설명한다.

> 여기(구조적 폭력)에서는 타인에게 직접적인 해를 끼치는 어느 누구도 개인적으로 나타나지 않으며, 폭력은 체계 속에서 형성되고 불균등한 힘의 상황 속에서, 결과적으로 불균등한 삶의 기회 속에서 표출된다.

그는 계속하여 "구조적인 폭력이 개인적인 폭력보다 해를 덜 끼친다는 것은 받아들일 근거가 없다"면서 신문폭력과 같은 구조적 해악의 가능성을 강조한다.

이 같은 영향관계로서의 폭력의 논리를 작품『카타리나 블룸의 잃어버린 명예』에 적용할 경우 폭력과정에 내재해 있는 불균등한 영향관계가 분명하게 드러난다. 즉 영향을 미치는 주체로서 거대조직인 신문이 숨겨져 있는 반면, 영향을 받는 객체로서 카타리나 블룸이 존재하는데, 영향에 대한 그녀의 대응력은 제작, 운송, 정보취득을 망라하는 신문의 모든 행위에 의해 행동공간의 제한 속에 놓여 있음이 드러나는 것이다. 바로 이 같은 개인적 행동공간의 제한으로 카타리나 블룸은 막강한 조직적 힘으로 공격해 오는 두 신문에 의해 자신의 잠재적 실현을 강력하게 저지당하며, 이것은 일방적인 구조적 폭력이 행사되었음을 의미한다.

신문에서의 폭력은 무엇보다도 상업주의에 바탕을 둔 선정성에서 비롯된다. 신문에서는 흔히 합법적 기능을 뛰어넘어 전혀 엉뚱한 의미의 스캔들을 지향하는 변형된 보도가 이루어지는데, 이는 신문이 대중적 흥미유발을 통한 매출 확대에 초점을 맞추기 때문이다. 선정적 신문이 실제로 넓은 독자층의 호기심과 선정적인 말초신경의 욕구를 일깨워 만족시켜 준다고 하더라도 문제는 그것이 그 신문에 의해 이익을 보장받는 계층들만의 화려한 소득일 뿐 그 이면, 즉 그런 류의 보도로 인해 타격을 받는 대부분 저항할 수 없는 개인이나 집단으로서의 객체들은 헤어날 수 없는 고통 속에 내던져진다는 것이다. 이러한 신문의 폭력은 분명 윤리적으로 허용될 수 없는 것이며, 모든 독일의 연방주들에서 공식화된 신문강령상의 신문의 공적 과제에도 어긋난다.

독일 신문협회는 신문의 자기책임을 명문화하여 1973년에 신문강령을 공포했다. 이 신문강령은 관련 종사자들에게 있어서 법적인 구속력을 지닌 것은 아니며, 단지 직업윤리의 고수라는 측면에서 조문화된 것이다. 이 강령은 신문을 대상으로 이루어졌지만 내용상으로는 모든 대중매체 조직들에도 똑같이 적용될 수 있다.

이 신문강령을 토대로 거꾸로 추론하면 신문의 폭력은 진실존중 원칙의 무시, 세심한 주의 원칙의 무시, 정정보도 원칙의 무시, 정보생산에 있어서의 불순한 방법의 이용, 개인의 은밀한 삶의 무시, 근거 없는 명예훼손적 고발의 공표, 예단적 입장표명을 통한 계류 중인 재판에의 간여, 편집권 독립의 무시 등을 자행함으로써 발생한다고 볼 수 있다.

신문강령은 모든 조항에서 신문의 공적 책임을 두드러지게 강조하고 있지만 실제 신문의 현실은 이에 역행하는 경우가 많은 것이 사실이다. 그리하여 규범과 현실 사이에는 언제나 괴리가 있다는 것이 드러난다. 무엇보다도 선정주의적 신문은 여러 가지 방법에 의해 조작된 정보를 생산해 내는데, 그것은 잘못된 정보에 대한 정정기능의 결여로 더욱 확산된다. 여기서 뵐은 『카타리나 블룸의 잃어버린 명예』를 통해 자신이 겪은 신문에 의한 무력한 희생자로서의 체험을 바탕으로 신문폭력의 실상을 고발하고, 조작된 정보의 문제를 취하여 신문이란 정녕 무엇이며, 무엇일 수 있고, 무엇이어야 하며, 무엇이어서는 아니 되는가라는 문제를 제기하고 있다.

작품에서는 사건의 전개가 시간적으로 정연하게 서술되지 않고, 심문조서와 신문기사를 토대로 화자에 의해 줄거리가 모자이크 식으로 짜 맞춰지고 있다. 따라서 이야기들이 시간적 및 공간적으로 혼란스레 분산되어 독자는 이를 세심하게 종합하는 노력을 기울여야만 전체적인 흐름을 정확히 파악할 수 있게 된다. 이에 따라 우선 카타리나 블룸 사건의 전말을 시간의 경과에 따라 일목요연하게 재구성해 보기로 한다. 여기서 무엇보다도 신문기사들은 신문폭력의 실상 파악에 있어 중요한 자료가 될 것으로 판단되어 가급적 전문을 인용하기로 한다.

사건의 대강은 작품의 앞부분에서 다음과 같이 꼼꼼하게 제시된다.

1974년 2월 20일 수요일 저녁 18시 45분경 어느 도시에서 스물일곱 살의 한 젊은 여인이 사적인 무도회에 참석하기 위해 자신의 집을 나선다.
4일 뒤 - 정말로 이렇게 표현할 수밖에 없는데(여기에서 흐름을 가능케 하는 필연적인 높낮이 차이가 제시되는데) - 극적인 상황이 전개된 후 일요일 저녁 거의 같은 시각에 - 좀 더 엄밀히 말해서 19시 04분경에 - 그녀는 개인적이 아닌 공무상의 이유로 아랍인으로 막 변장하려던 형사반장 발터 뫼딩의 집 현관문의 초인종을 누른다. 그리고는 깜짝 놀란 뫼딩에게 진술한다. 그녀가 낮 12시 15분쯤 자신의 집에서 신문기자 베르너 퇴트게스를 사살했는데, 그는 그녀의 집 현관문을 부수고는 집안으로 "맞아들여지도록" 했다는 것이다. 그녀는 12시 15분부터 저녁 19시 사이에 참회를 하기 위해 시내를 돌아다녔으나 참회가 되지 않았다며, 자신을 체포해 줄 것을 요청하면서 그녀도 자신의 "사랑하는 루트비히"가 있는 곳에 기꺼이 있고 싶다고 말한다.

극적인 전개를 이끌어 정점으로 몰고 가는 이날의 사건들을 뵐은 보고형식으로 서술하는데, 그것은 그가 밝힌 대로 "몇 개의 부수적인 원천들과 세 개의 주요한 원천들"에 의해 뒷받침되고 있다. 이 보고를 작성하기 위해 가공적 화자는 (그에 대해서는 더 자세하게 언급되지 않는데) 객관적 상황을 포괄적으로 탐구하고 엄밀하고 세심하게 뒷조사를 해야 하며, 신문기자의 고전적인 업무방식과 수사기록을 이용한다. 뵐에 의해 틀림없이 의식적으로 선정되었을 이러한 가공적 화자는 「차이퉁」과 「존탁스차이퉁」의 보도내용을 두드러지게 부각시킬 뿐만 아니라 독자에게 두 선정적 신문의 작업방식을 분석할 수 있도록 하는 데 필요한 지식과 기준들을 전해준다.

살인행위 시점에 스물일곱 살이었던 카타리나 블룸은 이렸을 때 죽은 광부 아버지와 청소부로 고용살이를 하던 어머니 사이에서 태어났으며, 학교를 마친 후 대녀인 엘제 볼터스하임의 적극적인 뒷받침으로 가사학교를 매우 우수한 성적으로 졸업하고 시험에 통과하여 여러 곳에서 가정관리사와 가정부로 취업하여 지낸다. 그러던 중 나중에 강도행위로 옥살이를 하게 되는 오빠 쿠르트를 통해 알게 된 직조공 빌헬름 브레트로와 1968년에 결혼한다. 짧은 결혼생활 후 카타리나는 남편을 떠나는데, 악의적으로 떠났다는 이유로 유죄이혼이 되고 처녀시절 이름을 되찾으며, 나중에 세금횡령과 기타 범법행위들로 형을 받게 된 경제진단가 훼너른 박사 집에서 가정부로 일자리를 얻는다. 훼너른 박사는 그녀에게 야간 계속교육 과정을 이수하여 국가에서 실시하는 가계관리사 전문자격 시험을 치를 수 있게 해준다. 훼너른 박사를 통해 카타리나 블룸은 기업변호사인 후베르트 블로르나 박사와 역시 박사이며 건축사로 일하는 그의 부인 트루데의 집에서 가계를 돌보는 일자리를 얻는다. 블로르나 박사는 그의 부인과 마찬가지로 카타리나에게 대단한 애착을 가지고 만족한다.

그리하여 블로르나 부부는 카타리나 블룸에게 대출을 받기 위한 신용보증을 해 줌으로써 그녀가 조그만 주택을 마련할 수 있도록 돕는다. 주택 구입으로 인한 빚을 가급적 빨리 갚기 위해 그녀는 여유시간에는 몇몇 다른 곳들에서도 일한다.

1974년 2월 20일 오후 카타리나는 블로르나 부부에게 그들이 겨울휴가를 떠나기 직전에 그녀가 그날 저녁 대녀이며 친구이자 믿고 의지하는 엘제 볼터스하임 집으로 사적인 작은 무도회에 초대받았다며, 오랫동안 춤출 기회가 없었기에 그것을 기꺼이 기다리고 있다고 알린다.

볼터스하임 여인 집의 파티에서 몸을 사리는, "냉정한 여자로 알려진" 카타리나는 그때까지 전혀 알지 못했던, 우연히 그 연회장에 오게 된 루트비히 괴텐을 알게 된다. 그녀는 그 젊은이를 "거의 즉시 강압적으로 낚아채어" 그와 함께 스스로 말한 대로 "혼신을 다해 열렬하게" 춤을 추고 나서는 함께 그녀의 집으로 간다. 카타리나는 "나는 그에게 굉장한 애정을 느꼈고 그는 나에 대해 그러했다"고 밝히고, 더 분명하게는 "정말로 그는 거기에 와야 할 바로 그 사람이었다"고 말함으로써 괴텐에 대한 지극한 애정과 그와의 운명적 인연을 드러낸다. 괴텐은 연방군 탈주병으로서 은행강도와 살인 및 다른 범죄혐의로 경찰의 추적을 받고 은신 중인 자이다. 괴텐은 카타리나에게 자신이 연방군에서 탈영했다고 고백한다. 경찰이 그녀와 괴텐을 감시하고 있다는 것을 믿을 수 없고, 그것을 "강도와 경관들이 등장하는 일종의 낭만적인 이야기 같은 것으로" 여긴 카타리나는 괴텐이 지하 보일러실을 통해 아무도 모르게 집을 떠나 경찰을 따돌리고 달아날 수 있도록 도와준다. 그녀는 다음 날 아침 괴텐이 일찍 떠난 것을 통해 상황이 예사롭지 않다는 것을 짐작한다.

같은 날 아침 수사과장 에르빈 바이츠메네는 "여덟 명의 중무장한 경찰관들과 함께" 카타리나의 집으로 돌진해 들어가 그녀를 심문하기 위해 경찰서로 데려가는데, 괴텐은 달아나 버린 상태이며, 그녀는 "루트비히가 언제 집을 떠났는지 자신은 알지 못한다"고 주장한다. 심문에서 카타리나는 괴텐이 어떻게 하여 그 집의 "모든 입구들, 모든 출구들"을 감시하고 있던 경찰을 따돌리고 달아날 수 있었는지에 대해 입을 열지 않는다. 심문이 진행되는 중에 그녀는 그녀가 "때때로 남자 손님을 맞아들이거나 그와 함께 들어왔다"는 이웃사람들의 일치된 진술과 맞선다. 카타리나는 그 남자 방문자를 밝히기를 거부하고 바이츠메네의 심문방식에 대해 단호하게 거부감을 보이며, 마침내 저녁에 경찰관의 동행 아래 집으로 돌아가게 된다. 엘리베이터 앞에서 바이츠메네의 조수는 그녀에게 "전화기에 손대지 말고 내일신문을 펼쳐 보지 마시오"라는 충고를 해준다.

금요일에 「차이퉁」에는 다음과 같이 거대한 표제 아래 카타리나에
대한 머리기사가 등장한다.

강도의 정부 카타리나 블룸 남자방문에 관한 진술 거부
1년 반 동안 수배되어 온 강도이자 살인범인 루트비히 괴텐은 그의 애인인 가정
부 카타리나 블룸이 그의 흔적들을 없애지 않고, 그의 도주를 돕지 않았다면 어
제 체포될 수도 있었다. 경찰은 블룸이 이미 오래 전부터 공모에 연루되어 왔을
것으로 추정하고 있다(더 자세한 내용은 다음 면 '남자방문' 제하 기사로).

뒷면에는 휴가여행지까지 찾아온 기자의 강압적 질문에 대한 블로
르나의 발언이 실렸는데, 본래 의미와 달리 엉뚱하게도 카타리나가
"냉정하고 타산적"이며 "전적으로 범행의 가능성이 있다"고 되어 있
다. 계속하여 기사는 다음과 같이 이어진다.

겜멜스브로이히의 신부는 다음과 같이 진술했다: "나는 그녀가 무슨 일이든 저지
를 수 있다고 믿는다. 그녀의 아버지는 은폐된 공산주의자였으며, 어머니는 내가
불쌍한 마음에서 얼마 동안 청소부로 고용했었는데, 미사주를 훔쳐서 성구실에서
애인과 방탕한 술자리를 벌였다."
블룸은 2년 전부터 정기적으로 남자의 방문을 받았다. 그녀의 집이 바로 음모중
심지이며 일당의 회합장소이자 무기거래장소가 아니었을까? 겨우 스물일곱 살밖
에 되지 않은 가정부가 어떻게 시가 110,000마르크나 되는 개인집을 갖게 되었
을까? 그녀가 은행강도에 의한 약탈물을 나누어 가졌던 게 아닐까? 경찰은 계속
수사하고 있다. 검찰도 수사에 박차를 가하고 있다. 내일도 계속. 「차이퉁」은 변
함없이 계속 추적할 것이다! 종합적인 배후정보들은 내일자 주말판에.

같은 날 아침 카타리나는 블로르나에게 전화를 걸어 그가 정말로
「차이퉁」에 인용된 대로 말했는지를 묻는다. 카타리나에게 해명할 수
있게 된 데 대해 기뻐하며 블로르나는 그녀에게 "「차이퉁」의 기자 녀

석이 나타나 느닷없이 자신을 카타리나와 연결시켰다"고 설명한다. 그녀가 범죄를 저질렀을 것으로 믿느냐는 기자의 질문에 그는 의아 해하며 생각조차 할 수 없는 일이라고 말했었다. 기자가(그는 나중에 사살되는 베르너 퇴트게스인데) 블로르나에게 괴텐이 블룸 집에서 잠을 잤다는 사실을 전하고 카타리나의 성격을 말해 달라고 하자 블 로르나는 아무 말도 하지 않으려 했는데, 그러자 퇴트게스는 "앞에 숨겨진 이야기"가 중시되는 그 사건에 있어서 그의 침묵은 "악의적으 로 곡해될 수 있다"고 말함으로써 그는 "카타리나는 매우 총명하고 냉철한 사람이오"라는 답변을 했다고 카타리나에게 해명한다.

블로르나와의 전화 통화 후 카타리나는 심문을 받기 위해 다시 수 사본부로 끌려간다. 거기에서 바이츠메네는 두드러지게 공손한 태도 로 남자방문과 관련지어 그녀의 자동차 계기판에 나타난 지나치게 긴 주행거리는 어떻게 된 것이며, 1만 마르크 정도의 값이 나가는 그 녀 집에서 발견된 반지는 누가 준 것인지를 묻는다. 비록 카타리나의 진술이 충분히 만족스럽지 않게 이루어졌지만 그녀에 대한 심문은 종결된다. 그녀는 대기실에서 기다렸다가 자신의 대녀 엘제 볼터스하 임에 대한 심문이 끝나면 그녀와 함께 집으로 돌아가겠다고 말한다.

카타리나는 한 여자 경찰조수에 의해 대기실로 인도되는데, 그 안 에서 그녀는 오로지 "약 2시간 반 동안 계속하여 그 이틀 분 「차이퉁 」을 읽는 것" 외에는 아무것도 하지 않는다. 그녀를 안심시키고 위로 하기 위해 그 여자 경찰조수는 자료실에서 다른 신문들에 실린 비교 적 온건하게 다룬 블룸 사건에 관한 모두 15건의 기사들을 발췌해 와 서 카타리나 앞에 제시하지만 카타리나는 무덤덤한 반응을 보인다.

엘제 볼터스하임에 대한 심문이 끝난 후 두 여인은 카타리나의 집

으로 출발한다. 카타리나는 대녀 볼터스하임에게 자신을 집으로 데려
다 주고 함께 집안으로 들어가 달라고 부탁한다. 그녀는 지난밤에 루
트비히 괴텐의 전화가 있은 후에 어떤 소름끼치는 나지막한 남자의
목소리가 전화로 자신에게 "'거의 속삭이듯' 노골적인 '저속한 짓거
리들'을 얘기했으며, 불쾌한 것들 중에서도 최악의 것은 그 작자가
같은 아파트 거주자라고 밝히면서 그녀가 그토록 애정행위를 밝히면
서 왜 그렇게 먼데서 접촉상대를 찾느냐며, 자신도 준비가 되어 있으
며 그녀에게 온갖 종류의 애정행위들을 제공할 태세 또한 갖추고 있
다고 말한 것"이라며 자신이 집에 혼자 들어가는 데에 대한 불안감을
털어놓는다.

우편함에서 카타리나는 평소와 달리 많은 우편물들을 발견하는데,
그것들은 그녀를 성적으로 희롱하고 공산주의자로 매도하거나 종교
적인 훈계를 하고 있는 엽서 및 편지들이다. 사랑하는 괴텐으로부터
온 몇 줄의 글이라도 찾을 것을 기대하며 그 모든 우편물들을 읽고
난 카타리나는 분노를 가라앉히지 못하고는 집안의 미니바로 가서
"셰리, 위스키, 적포도주 한 병씩과 마시다 남은 버찌주스 한 병"을
꺼내서 이것들을 벽에 던져버린다. 그녀는 부엌에서도, 욕실과 침실
에서도 비슷한 행동을 한다. 그러나 비록 카타리나를 「차이퉁」과 익
명의 우편물들로부터 떼어놓으려는 시도는 무산되었지만 전반적으
로 금요일 밤부터 토요일에 이르는 시간은 평화롭게 지나간다.

토요일인 1974년 2월 23일에 카타리나는 다시 "여전히 완고한 살
인범의 정부! 괴텐의 소재 오리무중! 경찰 초비상 상태"를 표제로 뽑
은 다음과 같은 「차이퉁」의 머리기사에 등장한다.

독자들에게 폭넓게 정보를 제공하고자 끊임없이 노력하는 「차이퉁」이 블룸의 성격과 그녀의 불투명한 과거를 밝히는 또 다른 진술들을 확보하게 되었다. 「차이퉁」의 기자들은 심한 병을 앓고 있는 블룸의 어머니를 찾아내는 데 성공했다. 그녀는 우선 자신의 딸이 오래 전부터 더 이상 자신을 방문하지 않는 데에 대해 비난했다. 그런 다음 뒤집을 수 없는 분명한 사실들 앞에서 그녀는 "그렇게 될 수밖에 없었고, 그렇게 끝날 수밖에 없었다"라고 말했다. 블룸이 악의적으로 그를 떠남으로써 유죄 이혼을 하게 된 성실한 직조공인 전 남편 빌헬름 브레트로는 「차이퉁」에 기꺼이 정보를 제공했다. 그는 애써 눈물을 참으면서 말했다. "이제야 마침내 나는 그녀가 왜 나에게서 거리낌 없이 떠나갔는지 알겠습니다. 그녀가 왜 나를 버렸는지를. 그때 벌어진 일이 바로 그것이었습니다. 이제 나에게 모든 것이 분명해지는군요. 우리의 조촐한 행복이 그녀에게는 충분치 못했습니다. 그녀는 박차고 나가 높이 오르기를 원했는데, 어떻게 정직하고 보잘것없는 노동자가 포르쉐 승용차를 소유할 정도에 이를 수 있겠습니까. 아마도 (그는 박식한 투로 덧붙였는데) 당신은 「차이퉁」의 독자들에게 나의 충고를 전할 수 있겠지요. 사회주의의 그릇된 상념들은 따라서 끝내야만 한다는 것 말입니다. 나는 당신과 당신의 독자들에게 묻겠습니다. 어떻게 하여 일개 가정부가 그 같은 부에 이를 수 있는지를 말입니다. 정직하게 번다면 그녀는 그 같은 재산을 갖지 못합니다. 이제야 나는 내가 왜 그녀의 극단성과 교회에 대한 적대감을 항상 두려워해 왔는지를 알겠습니다. 또한 나는 우리에게 아이를 내려주시지 않은 주님의 결정을 축복으로 여깁니다. 그리고 그녀에게는 살인자이자 강도의 애정이 나의 소박한 애착보다 더 좋았다는 것을 이제 알았으니 이 점도 해명이 되었습니다. 그렇지만 나는 그녀에게 외치고자 합니다. 내 작은 카타리나여, 그대가 내 곁에 머물렀더라면 좋았을 텐데. 우리도 세월이 흐르면 재산을 모으고 조그만 자동차도 가질 수 있을 텐데. 비록 내가 그대에게 포르쉐는 마련해 주지 못한다 해도 노동조합을 불신하는 성실한 노동자가 제공할 수 있는 평범한 행복만은 안겨줄 수 있었을 텐데. 아, 카타리나."

그 기사는 마지막 면에서 다음과 같이 이어진다.

「차이퉁」이 겜멜스브로이히 고적단의 예행연습을 취재할 때 찾아낸 완전히 망가진 블룸의 전 남편은 눈물을 감추기 위해 몸을 돌렸다. 나머지 단원들도 알트바우어 메펠스가 표현한대로, 항상 아주 특이했고 언제나 무척 점잔빼듯이 행동했

던 카타리나에 대한 혐오감으로 몸을 돌렸다. 한 성실한 노동자의 순진무구한 카
니발의 흥겨움은 어쨌든 침울할 수밖에 없게 되었다.

　같은 면에서 그 신문은 "연금생활자 부부, 깜짝 놀랐으나 전혀 뜻
밖의 놀람은 아냐"라는 제목 아래 붉은 선으로 에워싸인 다음과 같은
박스기사를 싣고 있다.

> 퇴직한 대학총장 베르톨트 히페르츠 박사와 그의 부인 에르나 히페르츠는 블룸
> 의 행위에 대해 깜짝 놀라는 모습을 보였으나 "특별히 뜻밖으로 놀라는 것"은 아
> 니었다. 렘고에서 「차이퉁」의 한 여기자가 요양원을 운영하는 결혼한 딸집에 머
> 물고 있던 그들을 찾아갔을 때 블룸이 3년 전부터 그의 집에서 일하고 있는 고대
> 문헌학자이자 역사학자인 히페르츠는 다음과 같이 말했다. "모든 면에서 과격한
> 그 여자가 우리를 교묘히 속여 왔다."

　진행되는 사건들의 일지가 계속하여 이어지기 전에 「차이퉁」의 보
도내용에 대해 화자의 조사 결과가 대치되어 제시된다. 이에 따라 우
선 겜멜스브로이히의 목사의 발언이 실린 금요일자 「차이퉁」이 다시
문제가 된다. 목사는 블로르나와의 대화에서 "「차이퉁」이 자신이 한
말을 그대로 정확하게 인용했음"을 확인하지만, 카타리나의 아버지
가 은폐된 공산주의자였다는 "그의 주장에 대한 증거들은 댈 수 없으
며 그렇게 하고 싶지도 않고 그럴 필요도 없고, 그는 항상 자신의 후
각을 믿는데, 그저 단순히 블룸이 공산주의자라는 냄새를 맡았다"고
말한다. 블로르나는 카타리나 아버지의 공산주의를 증명하는 유일한
증거로 그가 1949년 마을의 주점에서 내뱉은 "사회주의는 전혀 가장
나쁜 것은 아니다"라는 한마디 말이라는 것을 알게 된다. 그리고 실
제로 "음주벽"에 빠졌던 카타리나 어머니에 대한 신부의 비난, 즉 그

녀가 미사주를 훔쳐 성구실에서 그녀의 애인들과 함께 음탕한 술판을 벌여 왔다는 것은 결국 블룸 여사가 오직 한 번 성직자들과 성구들을 위해 지정된 교회의 방에서 미사주 한 병을 마셨다는 것으로 그 진실이 밝혀진다.

1974년 2월 23일자 「차이퉁」에 중병을 앓는 블룸 여사의 발언이 어떻게 하여 실릴 수 있게 되었는지에 대해 베르너 퇴트게스는 동료 기자들에게 설명한다. 그가 이미 목요일에 블룸 여사를 인터뷰하고자 시도했으나 병원 관계자에 의해 "블룸 여사는 중하지만 성공적인 암 수술을 받은 후 안정을 요하고 있으며, 그녀의 회복은 그녀가 아무런 자극도 받지 않고 인터뷰가 문제되지 않아야 된다는 데에 달려 있다"는 말과 함께 제지당했다는 것이다. 그러나 그때 그는 병원 안에서 페인트공들이 일하는 것을 목격하고는 어머니들, 그것도 환자인 어머니들만큼 큰 성과를 거둘 수 있는 것은 없기에 금요일 아침에 페인트공으로 위장하여 블룸 여사에게로 돌진해 들어갔다는 것이다. 여기서 금요일에서 토요일에 이르는 밤에 블룸 여사가 예기치 않게 너무 빨리 사망한 것은 그녀를 지나치게 자극시킨 인터뷰의 결과로서 이해된다는 점이 화자에 의해 제시된다.

화자는 히페르츠 박사의 발언에 대한 인용보도에 대해서도 실제로는 그가 보도내용과는 반대로 카타리나가 극단적으로까지 도움을 기꺼이 베풀고, 계획성 있고, 총명하다는 뜻이라는 발언을 했음을 밝힌다.

카타리나가 어머니의 죽음을 알았을 때 그녀는 슬픔에 절망하지 않고 오히려 홀가분해진 듯한 인상을 준다. 대녀 볼터스하임에 의하면 그녀는 어린 시절에조차 결코 한 번도 눈물을 흘린 적이 없는데,

그런 그녀가 그러나 영안실을 나온 다음에는 "울기 시작했는데, 처음에는 소리 없이 울다가 점점 더 격하게 울더니 급기야는 주체하지 못하고 마구 울었다"는 것이다.

그런데도 카타리나는 간병인들에게 감사의 인사를 하는 것을 잊지 않으면서 침착하게 병원을 떠난다. 같은 토요일 아침에 그녀는 「짜이퉁」의 기자 베르너 퇴트게스와 일요일에 단독 인터뷰를 갖기로 약속하며, 그런 다음 엘제 볼터스하임과 블로르나 부부 등 몇몇 친지들과 모임을 갖는다. 이날은 또한 루트비히 괴텐이 체포되는데, 그에게서는 연방군 금고 약탈과 회계조작 및 무기절취 혐의만이 증명되어 살인, 은행강도, 범죄조직 가담에 따른 고발은 행해지지 않는다. 카타리나는 그의 체포에 대해 "홀가분해진" 태도를 보이는데, 그녀는 괴텐이 이제는 "더 이상 어리석은 일들은 벌이지 못할 것"이라고 말한다. 이런 확신에 따라 그녀는 긴장을 푼 채 편안한 마음으로 모임에 함께한 사람들에게 자신이 끝까지 경찰심문에서 털어놓지 않은 그 남자 방문자에 대해 입을 연다.

그 미심쩍은 남자방문의 주인공은 블로르나 박사의 소송위임자인 사업가 알로이스 슈트로이블레더이며, 그가 그녀의 꽁무니를 따라다녔으며, 그녀의 의지와는 반대로 그녀를 집요하게 뒤쫓았다는 것이다.

그녀는 자신이 경찰심문에서 슈트로이블레더에 대해 입을 열지 않은 것은 그와의 사이에 전혀 아무 일도 없었다는 것을 설명하는 일이 불가능하다고 여겼기 때문이며, 또 다른 이유는 슈트로이블레더가 오래 전에 그의 제2별장(괴텐이 체포된 바로 그 집)의 열쇠를 그녀에게 건네주었는데, 그 열쇠를 그녀는 다시 루트비히가 달아날 때 그에게 주었기에 자신이 수사기관에 그 사실을 털어놓을 경우 괴텐이 즉시 체포될 것으로 여겼기 때문이라고 밝힌다.

오전에 자신의 소송위임자인 슈트로이블레더로부터(그는 자신의 동업자 뤼딩과 함께 「차이퉁」과 탁월한 관계를 유지하고 있어 둘이서 "「차이퉁」을 손아귀에" 넣고 있는데) 카타리나가 베르너 퇴트게스와 단독인터뷰를 약속했다는 것을 알게 된 블로르나는 이날 저녁 그녀의 그 인터뷰 계획을 포기하도록 노력을 기울였으나 허사로 끝난다. 카타리나는 블로르나의 도움을 단호히 거부함과 함께 그 인터뷰를 강하게 고집한다. 한편 그날 모임은 최고의 화합 속에 서로에 대한 이해와 관심을 확인하면서 편안한 밤의 휴식으로 이어진다.

카타리나가 다음 날 아침 식탁에서 읽게 되는 「존탁스차이퉁」에는 그녀에 관한 스토리가 더 이상 머리면에 실리지 않고 안쪽 면에 다음과 같이 자세하게 실려 있다. (머리면에는 "카타리나 블룸의 애정남 사업가 별장에서 붙잡혀"라는 제목의 기사가 실림)

오리무중이며 여전히 구금되지 않고 자유롭게 지내는 카타리나 블룸의 첫 번째 분명한 희생자로서 이제 딸의 행위들로 인한 충격을 견뎌 내지 못하고 죽은 그녀의 어머니가 지목되고 있다. 딸이 자신의 어머니가 죽음에 처해 있는 동안 강도이자 살인범과 함께 열렬한 애정으로 무도회에서 춤을 춘 것도 무척 특이한 일인데, 그녀가 죽음 앞에서도 눈물을 흘리지 않은 것 또한 극단적으로 거꾸로 된 현상이다. 이 여인은 정말로 "냉정하고 계산적"일 뿐인가? 그녀에게 이전에 일자리를 주었던 한 명망 있는 시골의사의 부인은 그녀를 다음과 같이 묘사하고 있다. "그녀는 진정 창녀 같은 기질을 가졌다. 나는 내 자라나는 아들들, 우리의 환자들, 또한 내 남편의 명망을 생각하여 그녀를 해고할 수밖에 없었다." 카타리나 블룸은 악평받는 훼너른 박사의 횡령사건에도 가담했을까(당시 「차이퉁」이 이 사건에 대해 보도했었음)? 그녀의 아버지는 꾀병쟁이 병사였을까? 그녀의 오빠는 어찌하여 범죄자가 되었을까? 그녀의 급속한 생활수준의 향상과 높은 수입은 여전히 해명되지 않고 있는 부분이다. 이제 궁극적으로 확실한 것은 카타리나 블룸이 피로 얼룩진 범죄자 괴텐의 도주를 도와주었으며, 그녀가 대단한 명성을 얻고 있는 한 학자이자 사업가의 우정 어린 믿음과 자발적인 배려를 뻔뻔스럽게 악용했다는 점이다. 그 사이에 「차이퉁」에는 그녀가 남자방문을 받은 것이 아니라 그 별장을 탐색하기 위하여 그녀 스스로가 자발적으로 남자를 방문했음을 거의 분명하게 증명하는 정보들이 제시되고 있다. 이제 블룸의 비밀에 쌓인 자가용여행은 더 이상 그다지 비밀스런 것이 아니다. 그녀는 충실한 한 부인과 네 아이들의 감정 따위는 아랑곳하지 않은 채 한 명망 있는 남자의 명성과 그의 가족의 행복과 그의 성공적인 정치적 경륜을 – 이에 대해서는 「차이퉁」이 이미 여러 번 보도했는데 – 주저 없이 끌어들여 이용했다. 분명히 블룸은 한 좌익그룹의 사주 아래 S.의 성공적 경륜을 파괴했을 것이다.

경찰은, 그리고 검찰은 블룸의 책임을 완전히 벗게 해주려는 오점투성이의 괴텐을 진정으로 믿으려 하는가? 「차이퉁」은 재차 다음과 같은 의문을 제기한다. 우리의 심문방법이 지나치게 부드럽지 않은가? 비인간적인 사람에게 인간적으로 머물러야만 하는가?

오전 10시쯤 카타리나는 기자들의 단골주점인 '황금오리'로 가는데, 자기 집으로 돌아가 퇴트게스를 기다리기 위해 1시간 반 후에 다시 그곳을 떠난다. 그리고 무슨 일이 일어났는지를 나중에 그녀는 블로르나 박사에게 다음과 같이 진술한다.

나는 그 기자들의 단골주점에 단지 그의 모습을 보기 위해서 갔을 뿐입니다. 나는 내 삶을 파괴한 그 같은 인간은 어떤 모습인지, 어떤 태도를 지니고 있으며, 어떻게 말하고, 마시고, 춤추는지를 알고 싶었습니다. 그래요, 나는 그 전에 콘라트의 집으로 들어가서 그 권총을 가져와 손수 총알을 장전했습니다. 나는 전에 우리가 숲에서 사격을 했을 때 장전하는 법을 정확히 내보였었지요. 나는 그 주점에서 1시간 반 내지 2시간 동안을 기다렸지만 그는 오지 않았습니다. 나는 그가 지나치게 역겹게 보일 경우 결코 인터뷰에 가지 않으리라 생각했었으며, 만약 내가 그의 모습을 이전에 보았다면 그 주점에도 가지 않았을 것입니다. 그러나 그는 주점에 오지 않았습니다. 귀찮은 일들을 피하기 위해 나는 그곳에서 부업을 할 때 이따금 급사장으로서 나를 도와주어 알고 있는 페터 크라프룬이라는 점원

에게 나를 주대 뒤쪽에 숨겨줄 것을 부탁했습니다. 페터는 물론 「차이퉁」에 보도
된 나에 관한 내용을 알고 있었으며, 나에게 퇴트게스가 나타나면 신호를 보내겠
다고 약속했습니다. 카니발 기간이었으므로 나는 춤출 것을 두어 차례 요구받았
지만 퇴트게스가 오지 않자 무척 신경질이 났습니다. 왜냐하면 나는 미리 그의
얼굴을 보지 않은 채 준비 없이 그와 만나고 싶지 않았기 때문이었습니다. 나는
12시에 집으로 갔는데, 얼룩지고 더러워진 내 집이 끔찍하게 여겨졌습니다. 나는
초인종이 울릴 때까지 2분 정도를 기다렸는데, 권총의 안전장치를 풀고 그것을
호주머니에 넣어 손으로 쉽게 잡을 수 있도록 하는 데에는 충분한 시간이었습니
다. 그러고 나서 초인종이 울렸고, 내가 문을 열었을 때 그는 이미 문 앞에 서 있
었습니다. 나는 그가 맨 아래층 현관에서 벨을 눌렀으므로 2분 정도의 여유가 더
있으리라 생각했는데 그는 이미 엘리베이터를 타고 올라와 내 앞에 서 있었던 것
이고, 그래서 나는 깜짝 놀랐습니다. 나는 즉시 돼지 같은 녀석, 정녕 한 마리의
돼지가 내 앞에 서 있다고 여겼습니다. 그런데도 말쑥했지요. 사람들이 흔히 말
쑥하다고 칭하는 그런 모습. 당신도 사진을 보셨을 겁니다. 그는 "블룸 양, 이제
우리 둘이서 무얼 하지요?"라고 말했지요. 나는 아무 말도 하지 않고 거실로 돌
아갔는데, 그가 뒤따라 와서는 다음과 같이 말했지요. "그대는 도대체 왜 나를 그
렇게 넋 나간 듯 쳐다보는 거요, 나의 블룸 양 – 제안하는데 우리 지금 그거 한
번 합시다." 그 사이에 나는 호주머니에 손을 넣었으며, 그가 내 옷에 손을 대었는
데, 나는 "그거 하자고, 그렇게 해 주지"라고 생각하고는 권총을 뽑아 즉시 그를
향해 쏘았습니다. 두 번, 세 번, 네 번. 나는 정확히 몇 번을 쏘았는지 모릅니다.

이렇게 하여 카타리나는 살인자가 되는데, 그녀는 "참회의 마음도,
유감도 없이" 살해된 자를 떠올린다. 화자는 그녀가 "본질적으로, 정
확히 꿰뚫어 보면 신문보도로 인하여 살인자가 된다"고 밝히고 있다.

카타리나를 살인자로 만든 신문의 폭력은 처음부터 그녀를 범죄와
불륜의 상징인물로 단정한다. 그녀에 대해 첫 보도를 한 금요일자 「
차이퉁」에서 그녀는 "강도의 정부 카타리나 블룸 남자방문에 관한
진술 거부"라는 커다란 제목 아래 머리기사의 주인공으로 등장한다.

‘강도의 정부’와 ‘남자방문’이라는 두 개의 상징적 어휘는 그녀를 실제모습과는 지극히 대조적인 인물로 인식시킨다. ‘강도의 정부’라는 말은 불륜, 부도덕성, 불법성 등을 상징하며, ‘남자방문’이란 말에 의해 그녀의 난잡성과 부도덕적 이미지가 강화되고 있다.

카타리나는 이제 신문이라는 거대한 주체에 의해 난도질당하도록 내맡겨 버린 무력한 객체의 영역으로 전도되고, 동시에 그녀의 인간적인 속성은 비인간적 부도덕성으로 전락한다. ‘강도의 정부’와 ‘남자방문’ 사이에서 인간적 모독을 당하고 명예를 훼손당한 카타리나는 「차이퉁」의 기사 속에서 계속하여 범행공모, 무기거래, 은행강도에 연루된 것으로 제시된다. 더욱이 개인적이며 도의적인 동기로 침묵할 수밖에 없는 그녀의 입장은 「차이퉁」에 의해 일방적으로 그녀와 범죄조직과의 연루의 증거로서 해석되고 평가된다. 「차이퉁」은 자신의 보도내용을 배후에서 뒷받침한다는 논리로 그녀의 아버지와 어머니까지 끌어들여 아버지는 은폐된 공산주의자이며, 어머니는 교회 성구실에서 미사주를 훔쳐 술판을 벌인 난잡한 여인으로 묘사한다. 그리고 마침내는 그녀의 근면과 검소함으로 이룩된 재산까지도 가치전도적으로 엉뚱하게 포장하여 제시한다. 즉 “겨우 스물일곱 살밖에 되지 않은 가정부가 어떻게 시가 110,000 마르크나 되는 개인집을 갖게 되었을까?”라는 의문을 제기함으로써 독자로 하여금 일방적 방향으로 사고를 몰아가 은행강도와의 연관성을 추론케 한다.

이러한 기존 보도의 토대 위에서 「차이퉁」은 독자대중으로 하여금 분노를 일으키고 일찌감치 판단을 내리게 하며, 나아가 제작진의 명성을 올리기 위해 많은 배후 정보들을 끌어들인다. 「차이퉁」은 토요일자에서 “독자 여러분에게 폭넓게 정보를 제공하고자 끊임없이 노력한다"고 밝히면서 카타리나의 성격에 대해 자세하게 다룬다. 정보 출처로서 그녀의 현재와 과거의 온갖 생활권의 인물들이 등장하는데, 그들은 그녀의 어머니, 이전의 남편, 정년퇴직한 히페르츠 부부, 늙은 농부 메펠스 등이다. 「차이퉁」은 어머니가 "딸이 오래 전부터 그녀를 방문하지 않았다"고 말했다면서 카타리나가 무책임하다는 인상을 일깨우고 있으며, 어머니는 딸의 저주스런 삶의 변화를 몹쓸 것으로서 비난해 왔다고 보도하면서 "그렇게 될 수밖에 없었고, 그렇게 끝날 수밖에 없었다"는 기자에 의해 왜곡 표현된 어머니의 발언을 인용하고 있다.

다음으로 「차이퉁」에서는 "충직한 직조공"인 브레트로가 자신의 생각을 자세히 진술한다. 그는 먼저 카타리나가 "악의적으로 그를 떠남으로 인해 유죄이혼을 하게 된" 상태라고 밝히고 자신은 블룸의 희생자라고 "애써 눈물을 참으면서" 말한다. 그녀는 아무런 이유 없이 그에게서 "훌쩍 떠나가 버린" 것처럼 제시된다. 브레트로는 이제야 "평범한 행복이 그녀를 만족시킬 수 없다"는 것을 더 잘 알게 되었고 카타리나는 항상 "높은 곳으로 나아가려고 했다"고 말하면서 "어떻게 충직하고 보잘것없는 노동자가 포르쉐 승용차를 소유할 정도에 이를 수 있겠느냐"며 자신과 대조되는 카타리나의 허영심을 부각시킨다. 이런 브레트로의 발언에 따르면 카타리나는 무책임하고, 부도덕한 이혼을 했고, 불만족과 불충성과 사치스러움을 지닌 인물로 요약된다. 이제 브레트로는 사적인 영역을 떠나 카타리나가 정치적 극단주의의 성향이 있음을 밝히고자 하면서 "사회주의의 그릇된 상념들은 따라서 끝내야만 한다"고 말한다. 그는 개인주택을 구입한 카타리나의 돈의 출처에 대한 「차이퉁」의 질문에 대해 「차이퉁」에 의해 이미 짜인 각본대로 부정한 방식에 의한 것으로 단정 지어 답한다. 그는 회상하면서 카타리나가 극단성과 교회적대성을 드러냈었다고 말한다. 마지막으로 카타리나의 남편에 대한 아내로서의 평범한 애정의 결핍에 대한 비난이 고조되어 그는 "그녀에게는 살인자이자 강도의 애정이 나의 소박한 애착보다 더 좋았다는 것을 이제 알았다"고 말한다.

늙은 농부 메펠스는 기억을 더듬어 카타리나가 "항상 아주 특이했고 언제나 무척 점잔빼듯이 행동했다"고 말한다. 여기에서 카타리나의 성격에 모남과 비순수성이 추가된다.

마지막으로 은퇴한 고대문헌학자이자 역사학자인 히페르츠가 등장하여 "모든 면에서 과격한 그 여자가 우리를 교묘히 속여 왔다"고 말한 것으로 「차이퉁」은 기사화하고 있다. 여기에서 그녀의 과격성이 다시 한 번 제시되고, 교활성이 새로운 카타리나의 성격으로 등장한다.

계속하여 일요일자 「존탁스차이퉁」에는 여러 주장들과 추측들, 혐의점들이 카타리나의 성격과 연관되어 보도된다. 「존탁스차이퉁」은 그녀가 자신의 어머니의 죽음 앞에서도 눈물조차 흘리지 않은 냉정한 여인이라고 주장한다. 한 명망 있는 시골의사의 부인은 그녀에게서 "창녀적 기질"을 찾아낸다. 훼너른 박사의 횡령과 관련해서는 그녀의 부정 혹은 공범행위가 비난된다. 슈트로이블레더와 관련해서는 "대단한 명성을 얻고 있는 한 학자이자 사업가의 우정 어린 믿음과 자발적인 도움"을 악용한 배신적 행위와 함께 남자방문을 받은 것이 아니라 그를 스스로 찾아간 데 대한 허위적 행동이 비난된다. 이와 함께 "그녀는 충실한 부인과 네 아이들의 감정 따위는 아랑곳하지 않은 채 한 명망 있는 남자의 명성과 그의 가족의 행복과 그의 정치적 성공경륜을 주저 없이 끌어들여 이용했다"며 뻔뻔스러움과 무책임성을 부각시킨다. 또한 "분명히 블룸은 한 좌익그룹의 사주 아래 S.의 성공경륜을 파괴했을 것이다"를 통해서는 그녀의 부당한 대리행위가 도마 위에 오른다.

두 신문이 다루고 주장하는 이 모든 사안들은 신문의 속성상의 필요에 따라 추측과 피상적 현상들에 바탕을 두고 있으며 카타리나 본연의 참된 정체성과는 상반되고 있어 철저하게 개인에 대한 폭력으로서 작용하고 있다.

신문폭력이 그 희생자에게 어떤 영향을 끼치며 어떤 반응 내지 결과를 불러일으키는지를 카타리나는 분명하게 보여주고 있다.

카타리나에 대한 「짜이퉁」의 폭력적 보도가 나간 후 독자대중의 직접적인 반응이 현실로 나타난 것은 그녀에게 걸려온 변태성욕적인 익명의 전화와 익명의 우편물들이다. 전화 목소리의 주인공은 속삭이듯 나지막한 목소리로 그녀에게 노골적인 섹스행위를 요구한다. 모두 열여덟 통의 우편물들은 조잡한 성적 희롱이 담긴 엽서들과 그녀의 범죄 관련성 및 공산주의적 사상을 비난하는 편지들이다. 이것들은 모두 카타리나가 외부세계에서 본연의 모습과는 극단적으로 다르게 인식되고 있음을 확인해 주고 있다.

카타리나의 실제 모습은 그녀가 수녀로 불릴 정도로 이성과의 접촉에 있어서 엄격하며, 도덕적인 결벽성에 이를 정도라는 것이 증명되고 있다. 일찍이 그녀는 직업활동에서 남자들의 일방적 치근덕거림을 겪는데, 의사 클루텐 집에서 가정부 일을 포기하게 된 이유를 그녀는 "그 의사가 점점 더 자주 치근덕거려 그의 부인이 그것을 참을 수 없어 했기 때문입니다. 저 역시 그러한 치근덕거림을 좋아하지 않았습니다. 저에게는 그것이 역겨웠습니다"라고 설명한다. 그녀는 브레트로와의 이혼 사유가 된 그에 대한 혐오감 역시 그의 일방적인 치근덕거림에서 비롯되었다고 밝히며, 그밖에도 블로르나 집에서 일하면서 고위층 인사들에 의해 자주 치근덕거림을 경험한다. 이런 부정적 영향에 의해 그녀는 5년여 동안 도시에 살면서도 한 번도 무도장에 가 남자들과 어울려 춤을 춘 적이 없다. 그녀의 정숙성은 그녀가 "주로 궁핍한 대학생들만이 공짜로 거리의 여자를 찾는 주점들이 있고, 자유분방한 보헤미안적인 짓거리들이 있는 곳은 자신에게는 너무 난잡하게 여겨진다"고 말하는 데에서도 증명된다.

그런 카타리나가 그 치욕적인 전화 및 우편물들로부터 받았을 모멸감과 분노가 얼마나 컸을 것인지는 능히 짐작할 수 있다. 이에 따라 그녀는 자신의 주체할 수 없는 감정상태를 직접적인 행동으로 표출하는데, 자신의 집 스탠드바로 들어가 술병과 주스병들을 닥치는 대로 벽에 내던져 깨뜨리며 부엌과 침실에서도 똑같은 행동을 하는 것이다.

카타리나의 이런 행동은 왜곡된 정보에 의해 세상 사람들 속에서 자신이 본래의 인간적 본성과는 너무도 동떨어진 상태로 전락해 버린 데 대한 주체할 수 없는 감정의 폭발인 동시에 나아가 저항할 수 없는 거대한 신문폭력 앞에서 본능적 자아가 드러내는 원초적 발악이라고 해석할 수 있을 것이다. 왜냐하면 「차이퉁」은 허위 사실의 주장과 정보의 왜곡을 토대로 카타리나를 정해진 의도에 따라 지속적으로 어두운 협곡으로 몰아넣어 가고 있기에 그녀에게는 이성적으로 저항할 어떤 여지도 남아 있지 않기 때문이다.

허위 사실들의 지속적인 확산을 가능케 하는 것은 분명한 사실들의 고의적인 조작이라는 것을 「차이퉁」은 잘 알고 있다. 이 같은 신문의 실제적 현실 앞에서 카타리나의 상황을 「차이퉁」이 조명하는 것과는 다르게 내보일 수 있는 모든 정보들은 억압당하게 된다. 그녀는 공공연한 여론 속에서 저항능력을 상실하고 법의 보호를 받지 못하게 되는 반면 신문은 자극된 여론과 합세하여 또 다른 보도들을 통해 계속 의도된 여론을 부추겨 나가는 것이다. 「차이퉁」은 카타리나가 왜곡된 보도로 인해 전화나 우편으로 섹스제공을 제안 받든, 정치적인 욕설을 받든, 그 밖의 개인적인 모욕을 당하건 아랑곳하지 않는다.

끊임없이 이어지는 신문의 왜곡보도에 따라 카타리나는 신문의 구조적 폭력의 메카니즘을 인식하고 자신의 방어능력 부재를 깨달으며, 자신의 인격적 완전성이 이해되지 못하는 가운데 가차 없이 정신적 황폐화로 치닫는다. 신문의 거대한 구조적 폭력에 맞서 그녀가 마지막으로 택할 수 있었던 것은 기자 베르너 퇴트게스에 대한 직접적 혹은 개인적 폭력수단이었다. 신문폭력이 조작한 여론에 의해 세상으로부터 고립되고 인간으로서의 존재를 인정받을 수 있는 최소한의 명예마저 박탈되어 버린 출구부재의 나약한 한 여인의 최후의 저항수단은 대응폭력인 살인으로밖에 귀착될 수 없었던 것이다.

이런 맥락에서 카타리나의 퇴트게스 살해는 필연적 결과로서, 또한 거대조직의 구조적 폭력에 이어지는 개인의 대응폭력으로서 그 개연성이 충분히 인정될 수 있다. 여기서 "카타리나에 의해 행해진 그녀와 접촉해 온 「차이퉁」 및 「존탁스차이퉁」의 대표기자 베르너 퇴트게스에 대한 직접적 혹은 개인적 폭력이 그녀에 의해 어려움을 당하던 구조적 폭력의 결과로서 이해되는 것은 내게는 의심의 여지가 없다고 여겨진다. 신문의 차원에서 먼저 행해진 명예살해로부터 그에 뒤따르는 살인이 설명되는데, 한 가지는 다른 한 가지 없이는 파악될 수 없을 것이며, 양자는 서로를 조건 짓고, 그것들은 함께 어울려 잘 알려져 있으면서 부인되기도 하는 폭력의 변증법적 통일성을 형성한다"는 하노 베트의 말은 신문의 구조적 폭력과 개인의 대응폭력 간의 상관관계를 명쾌하게 해명해 주고 있다. 또한 "인간이 있는 곳에서는 인간만이 돕고, 폭력이 있는 곳에서는 폭력만이 돕는다"는 브레히트의 말도 폭력에 대한 대응폭력의 개연성을 뒷받침해 주고 있다.

이관우 ─────────────────────────────

공주사범대학 독어교육과와 고려대학교 대학원 독어독문학과를 졸업하고 독일 마인츠대학교에서 독문학을 연구했다. 독일 뮌헨대학교 객원교수로 활동했으며, 현재 공주대학교 독어독문학과 교수이다. 저서로는 『독일 단화의 이론과 실제』, 『독일문화의 이해』, 『볼프강 보르헤르트의 삶과 문학』, 『ARD 방송독일어』, 『독일의 역사와 문화』, 『작은 나 큰 세상』 등이 있고, 번역서로는 『인류사를 이끈 운명의 순간들』(슈테판 츠바이크), 『붉은 고양이』(루이제 린저 외), 『괴테 자서전』(괴테), 『압록강은 흐른다』(이미륵) 등이 있다.

문학 속의 삶

초판인쇄 | 2012년 3월 2일
초판발행 | 2012년 3월 2일

지 은 이 | 이관우
펴 낸 이 | 채종준
펴 낸 곳 | 한국학술정보㈜
주　　소 | 경기도 파주시 문발동 파주출판문화정보산업단지 513-5
전　　화 | 031) 908-3181(대표)
팩　　스 | 031) 908-3189
홈페이지 | http://ebook.kstudy.com
E-mail | 출판사업부　publish@kstudy.com
등　　록 | 제일산-115호(2000. 6. 19)

ISBN　　978-89-268-3114-4 03850 (Paper Book)
　　　　978-89-268-3115-1 08850 (e-Book)

이 책은 한국학술정보㈜와 저작자의 지적 재산으로서 무단 전재와 복제를 금합니다.
책에 대한 더 나은 생각, 끊임없는 고민, 독자를 생각하는 마음으로 보다 좋은 책을 만들어갑니다.